LIBERTAÇÃO

IMOGEN KEALEY

LIBERTAÇÃO

Tradução
Flávia Souto Maior

Copyright © Darby Kealey, 2019
Copyright © Editora Planeta do Brasil, 2020
Publicada pela primeira vez na Grã-Bretanha por Sphere.
Novela por Imogen Robertson do roteiro de Darby Kealey.
Todos os direitos reservados.
Título original: *Liberation*

Preparação: Fernanda Cosenza
Revisão: Andréa Bruno e Fernanda Guerriero Antunes
Diagramação: Vivian Oliveira
Mapa: Viv Mullet
Capa e imagem de capa: Collaboration JS

Dados Internacionais de Catalogação na Publicação (CIP)
Angélica Ilacqua CRB-8/7057

Kealey, Imogen
    Libertação / Imogen Kealey; tradução de Flávia Souto Maior. – São Paulo: Planeta, 2020.
    336 p.

ISBN 978-65-5535-130-9
Título original: *Liberation*

1. Ficção inglesa 2. Ficção histórica I. Título II. Maior, Flávia Souto

20-2717   CDD 813.6

2020
Todos os direitos desta edição reservados à
EDITORA PLANETA DO BRASIL LTDA.
Rua Bela Cintra, 986, 4º andar – Consolação
São Paulo – SP – 01415-002
www.planetadelivros.com.br
faleconosco@editoraplaneta.com.br

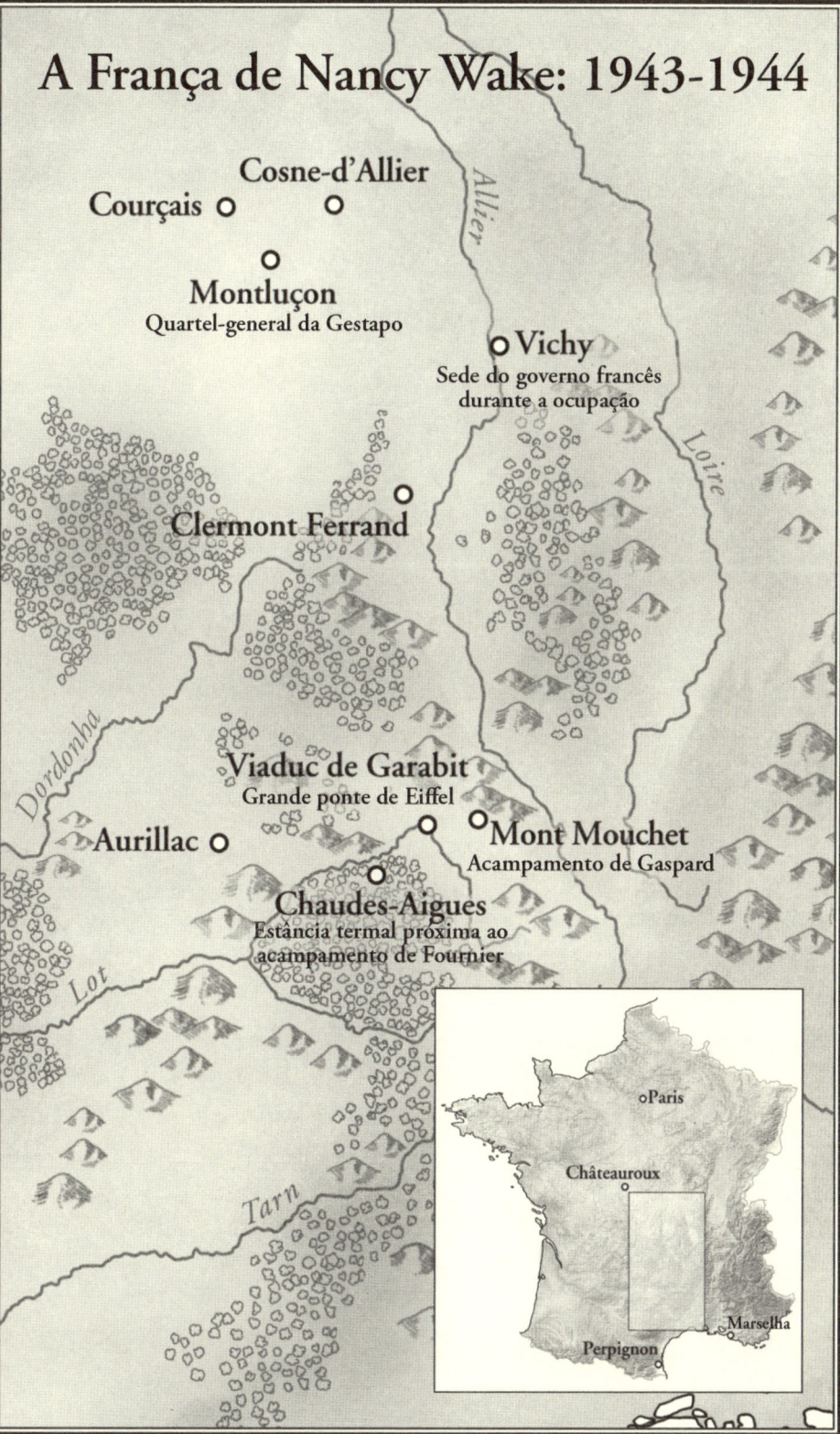

PARTE 1
MARSELHA, JANEIRO DE 1943

1

Foi uma má ideia. Uma péssima ideia. Droga.

Nancy fechou os olhos por um instante enquanto se agachava atrás dos escombros de uma parede detonada e respirava fundo. O cheiro dos prédios em chamas estava arranhando o fundo de sua garganta, a fumaça fazia seus olhos arderem e, espremida no estreito esconderijo, começava a sentir cãibra. Já podia ouvir nitidamente as vozes da patrulha alemã que se aproximava.

— *Auf der linken Seite.* — Do lado esquerdo.

A parede atrás da qual se escondia havia sido parte de uma casa no dia anterior, de um lar. Apenas uma entre os milhares de moradas estreitas daquela região de Marselha, onde os habitantes menos respeitáveis da cidade haviam, por anos, levado a vida à base de brigas, vigarices e barganhas, dia após dia.

Naquele momento, ela se abrigava nos escombros de uma sala pequena e suja, usando o segundo melhor casaco e o terceiro melhor par de sapatos de salto alto que possuía. Os malditos apertavam seus pés. O céu de inverno sem nuvens estava visível por entre as ruínas do andar superior, mas aquela sala tinha apenas uma porta. Ela cometera um erro idiota ao se esconder ali para evitar a patrulha alemã. Os agentes se movimentavam pelas ruínas enquanto seus colegas armavam explosivos mais acima, expulsando os ex-moradores do Bairro Velho de seus buracos. Indo de casa em casa. E aquela era a próxima. Sons abafados e o barulho de construções ruindo, juntamente com um ou outro estouro de tiros, ecoavam secamente do alto da ladeira.

— Eles encontraram mais uns ratos, rapazes — disse uma voz mais velha, provavelmente a do oficial superior.

— Mas eu quero *o* rato — um de seus homens respondeu, e eles riram.

A maioria dos amigos abastados de Nancy nunca teria sonhado em ir àquela parte da cidade, mesmo antes da guerra. Perigoso demais. Estranho demais. Em seu primeiro dia em Marselha, no entanto, cinco anos antes, Nancy tinha ido parar nas ruas estreitas e íngremes do Bairro Velho e se apaixonado pelo lugar e pelos pecadores, bêbados e apostadores que encontrara ali. Amou todas aquelas cores e contrastes gritantes e confusos e mergulhou de cabeça. Tinha sido esse talento para ir a locais indevidos, é claro, que lhe tornara possível ganhar a vida como jornalista na França. E ela sabia que, sendo australiana, podia fazer coisas que a maioria das mulheres francesas, tão cuidadosas com sua reputação, nem sonharia em fazer. Desde então, Nancy circulava por aquelas ruas e vielas sinuosas sem medo, compartilhando cigarros com os rapazes da rua e trocando palavras obscenas com os chefes deles. Mesmo quando ficou noiva de um dos industriais mais ricos da cidade, Nancy não deixou de ir aonde bem entendesse. E funcionou muito bem. Quando a guerra começou e os suprimentos passaram a ficar escassos até mesmo nos territórios de Vichy, Nancy já era amiga de metade dos comerciantes clandestinos de Marselha.

— Está vazia, capitão!

— Certo, vamos para a próxima, rapazes.

Até que os nazistas chegaram com sua feiura e violência gratuita, lançando por terra a ilusão de que uma parte da França permanecia desocupada, e logo eles resolveram que a forma de lidar com os provocadores, contrabandistas e ladrões do Bairro Velho era incendiar suas casas e atirar em qualquer um que não conseguisse fugir.

Então, agachada atrás da parede, com a patrulha se aproximando cada vez mais, Nancy teve que admitir com relutância, mesmo que para si mesma: ter ido até lá em uma última missão enquanto soldados da SS vasculhavam os escombros em busca de sobreviventes e fugitivos havia sido uma ideia ruim, e ter ido até lá quando o único indivíduo que aqueles sádicos de coturno realmente queriam encontrar era o mensageiro da Resistência e contrabandista de pessoas conhecido como Rato Branco, sendo que ela, além de srta. Nancy Wake, ex-jornalista e princesinha mimada da elite marselhesa, *era* o Rato Branco, tornava aquilo uma ideia muito ruim, péssima, nada inteligente.

Mas ela não tinha escolha. Toda missão de que participava era importante, porém aquela era vital e precisava acontecer naquele dia, mesmo que os alemães estivessem retalhando o mundo à sua volta. Nancy havia saído determinada do casarão de luxo em que morava com Henri, passado escondida pelas patrulhas, rastreado seu contato, intimidado aquele canalha malicioso e inquieto para que honrasse sua parte do acordo e conseguido aquilo que tinha ido buscar. Trazia o pacote seguro sob o braço, embrulhado com as sandices aduladoras de nazistas escritas pela imprensa de Vichy. Havia custado mil francos e valia cada centavo – *se* ela conseguisse voltar viva.

Precisava sair dali. Naquele instante. Jamais chegaria a tempo ao próximo compromisso se fosse capturada e interrogada, mesmo se eles caíssem naquela conversa-fiada: "Eu, oficial? Ah, virei na rua errada voltando do salão de beleza. Como está elegante com esse uniforme. Sua mãe deve estar tão orgulhosa". Deus era testemunha de que ela havia se safado de muitos postos de controle nos últimos dois anos com flertes e piscadinhas, um pouco de ruge nos lábios e comunicados oficiais secretos e peças de rádio para a Resistência costurados no forro da bolsa ou amarrados com firmeza na parte interna da coxa. Mas Nancy precisava, *precisava*, chegar àquele compromisso.

Dois homens da patrulha já estavam no corredor. Que droga. Se ela conseguisse fazer com que voltassem para a rua, poderia sair correndo pelos fundos do prédio. Era isso ou sair atirando.

Ela pegou a bolsa, tirou o revólver e umedeceu os lábios. Não havia tempo para preocupações. Aquilo simplesmente precisava ser feito. Levantou a cabeça e espiou sobre a beirada da janela quebrada, para a esquerda e para a direita. A casa do outro lado da rua, ao leste, ainda tinha partes do segundo andar intactas. Alguém tinha economizado no explosivo. Nancy via uma mesa com um vaso posicionado bem no centro, em um cômodo que não tinha mais paredes nem teto. A única rosa que havia nele movimentava-se com as correntes de ar provocadas pelo fogo. Excelente.

Nancy abriu o tambor do revólver e o esvaziou, segurando as balas na palma da mão, depois as arremessou na rua estreita. Um dos soldados se virou franzindo a testa, sentindo movimento. Nancy prendeu a respiração, colada à parede. Um. Dois. Então um estalo repentino quando o fogo encontrou a primeira bala, depois a segunda.

— Devolver fogo!

Os dois soldados no corredor voltaram para a rua e começaram a atirar no prédio em chamas. Nancy sentiu o cheiro da cordite nas roupas deles quando escapou da sala e correu para os fundos da casa. A patrulha ainda estava atirando em fantasmas. Ela abriu a porta dos fundos, correu pelo quintal estreito e repleto de escombros e mergulhou no labirinto de vielas sem nome até parar na relativa paz da Rue de Bon Pasteur. Vazia. Correu ladeira abaixo com um gritinho vitorioso, o pacote ainda debaixo do braço e a mão enluvada segurando o elegante chapéu de palha, esforçando-se para não rir e deslizando até a praça como uma criança descendo uma ladeira de bicicleta.

Deu de cara com outra patrulha. Ou quase. Eles estavam de costas para ela. Nancy se jogou novamente contra a parede mais próxima e subiu um pouco a ladeira. Da janela superior de uma casa do outro lado da rua, um gato que a observava piscou.

Nancy olhou para cima e colocou o dedo na frente dos lábios, esperando que a criatura não percebesse, àquela distância, que ela tinha mais afinidade com os cães. Sessenta centímetros adiante, viu a sombra de uma abertura na rua vazia. Um beco, quase estreito demais para atravessar e cheio de sabe-se lá que tipo de lixo.

Ela alcançou a passagem e entrou de lado, tomando cuidado para não deixar o casaco encostar nas paredes, que estavam estranhamente ensebadas, assim como as pedras sob seus pés. Nossa, o cheiro. Nem os bueiros do mercado de peixe no meio do verão fediam daquele jeito. Ela respirava pela boca, ensurdecida pelas batidas do próprio coração. Esperava que a empregada conseguisse salvar seus sapatos, mesmo apertados. Ouviu as vozes da patrulha novamente. Haviam capturado algum coitado, e dava para escutar os gritos que lhe dirigiam, assim como suas respostas mais mansas. Ele soava desesperado, temeroso.

— Não demonstre que está com medo, amigo — ela sussurrou por entre dentes cerrados. — Eles só ficam mais irritados.

— De joelhos!

Nada bom. Nancy olhou para a faixa estreita de céu azul no alto e rezou. Ela não acreditava em Deus, mas talvez aquele francês acreditasse, ou o alemão armado. Quantas pessoas estavam escondidas nas casas à volta deles naquele instante, ouvindo, mas assustadas demais para sair? Talvez estivessem rezando também. Talvez aquilo fizesse alguma diferença. Talvez não.

Ela ouviu o clique do ferrolho de um fuzil sendo posicionado, depois um grito e, então, passos apressados ladeira acima, na direção de seu esconderijo. O idiota estava tentando correr. O estrondo do tiro ecoou nos muros altos. Ela ouviu o suspiro gutural muito perto quando a bala o atingiu, e olhou de soslaio a tempo de vê-lo cair com os braços diante do corpo, paralelo ao seu esconderijo, no meio da via íngreme calçada de pedras. O rosto dele estava virado para ela. Nossa, era apenas um garoto. Dezoito anos, no máximo. Nancy o encarou, e parecia que ele a via. Tinha a pele morena de um rapaz nascido sob o sol de Marselha, olhos de um castanho intenso, maçãs do rosto protuberantes. Vestia a camisa de linho sem colarinho que todos os trabalhadores da área usavam, com o tecido fino de tanto lavar, mas de um branco ofuscante mantido por uma mãe dedicada. Meu Deus, a mãe dele. Onde estaria? Uma poça de sangue se formava sob o peito dele e escorria pela ladeira, por entre as pedras arredondadas. Os lábios se moviam como se ele tentasse sussurrar algum segredo. Então a visão dela foi bloqueada pelas botas de um soldado alemão. Ele olhou na direção da praça e gritou algo que Nancy não conseguiu entender. Uma resposta curta.

O soldado tirou o fuzil do ombro e levantou o ferrolho. Deu meio passo para trás, de modo que Nancy pôde ver o rosto do rapaz novamente. O mundo se resumia àquele trecho de rua de pedra, a parede de gesso amarelo do lado oposto tomada pela luz do sol, o movimento dos lábios do rapaz moribundo. *Crac!* Sangue e massa encefálica jorraram pela rua. O corpo se contorceu e depois ficou imóvel, a luz em seus olhos de repente extinta.

Nancy sentiu uma nuvem de raiva lhe subir pelo corpo. Cretinos, assassinos sem escrúpulos. Colocou a mão na bolsa e segurou o revólver, mas se lembrou subitamente de que ele estava vazio.

— Ah, merda! — o soldado disse em voz baixa, limpando uma mancha de sangue da barra do uniforme.

Havia ficado perto demais. Da próxima vez, tomaria mais cuidado. Ele olhou para a janela onde o gato estava, depois para a direita e para a esquerda, até o fim da rua. Nancy não tinha para onde ir. Um instante a mais e ele a notaria, e não havia nada que ela pudesse fazer. Sem poder matá-lo, teria que sair daquela situação na conversa. Começou a pensar em desculpas e bajulações. Deveria bancar a garota assustada? Ou talvez a dona de casa francesa indignada, peitando até mesmo a SS com um sermão sobre a riqueza do marido e os amigos do alto escalão? O ataque pode ser a melhor forma de defesa. Só poder berrar na cara dele já seria um prazer, mesmo que no final ela acabasse levando um tiro.

Outro grito veio da praça, e o soldado se virou. Ele desceu a ladeira, pendurando o fuzil no ombro e deixando o Rato Branco, que tremia de raiva, em seu esconderijo.

Ela tinha que esperar, então contou até cinquenta e observou o rosto do homem morto. Um. Hitler discursando em Berlim, Nancy em meio a um pequeno grupo de jornalistas, sem entender as palavras, mas sentindo o entusiasmo selvagem e repulsivo da multidão. Ela olha para os amigos, todos correspondentes estrangeiros baseados, como ela, em Paris, todos, como ela, na Alemanha para ver com os próprios olhos o que aquele homenzinho engraçado pretendia fazer. Todos são mais velhos e mais experientes que Nancy, mas parecem, sem exceção, tão assustados e indignados quanto ela. Dois. Viena, brutamontes com as camisas pardas da Sturmabteilung batendo nas vitrines dos estabelecimentos de judeus, arrastando os donos para as ruas pelos cabelos e os açoitando na frente dos vizinhos. Os vizinhos virando as costas. Os vizinhos rindo e aplaudindo. Três. Polônia invadida, a declaração de guerra e os meses de espera que se seguiram. Quatro. Enchendo sua ambulância de refugiados enquanto a França caía. Cinco. Combatentes alemães metralhando as fileiras de mulheres e crianças que fugiam. Seis. Henri voltando de sua passagem pelo *front* deprimido e humilhado pela velocidade com que a França fora derrotada. Sete. O dia da queda de Paris.

As imagens vinham em uma procissão ordenada. Nancy cerrou os punhos. Naquele dia em Viena, havia jurado que, se tivesse qualquer chance de prejudicar os nazistas, ela a aproveitaria, e tudo pelo que havia passado desde então apenas fortalecera aquela convicção. Ela se alimentava do ódio por eles. Desfrutava de cada pequena vitória. Acreditava que Hitler era um homem louco e que arremeter contra a enorme fortaleza que era a Rússia acabaria com ele. Ela faria todo o possível para que o colapso de seu regime cruel e repleto de ódio chegasse um pouco antes. Sabia que deveria ter medo, ficar quieta, manter-se longe de problemas e esperar até que Hitler e seu bando asqueroso implodissem, mas estava furiosa demais para ter medo, e não conseguia se calar.

Cinquenta. Aquele homem. Aquele garoto, pego na ocupação e destruição do Bairro Velho de Marselha, assassinado casualmente por um invasor com um fuzil. A luz deixando seus olhos. Nancy voltou para a rua e desceu até a feira sem olhar para o cadáver. Ela nunca o esqueceria. Tirou a tranca da bicicleta que estava presa perto do chafariz e, com o pacote na cesta de vime, deixou a praça pedalando.

Quando chegou à orla, a deslumbrante joia mediterrânea sob o céu frio de inverno, tirou a luva, inclinou-se para a frente e passou a unha perfeitamente esmaltada na beirada do embrulho de jornal, abrindo-o com a precisão de uma faca. No pacote, havia uma garrafa de Krug 1928, champanhe da mesma marca e safra que Henri pedira na noite em que se conheceram em Cannes. Nancy virou o pacote para o rasgo não aparecer e seguiu de bicicleta em direção à parte elegante da cidade, onde Henri e ela viviam juntos desde o início da guerra. O choque de ter visto o homem morrer estava passando. Ela levantou o rosto para o sol e deixou a brisa esfriar sua pele. Danem-se os alemães. Eles já haviam colocado o preço de cem mil francos pela cabeça de Rato Branco, então ela devia estar fazendo algo certo. Cem garrafas de excelente champanhe do mercado clandestino. Ela brindaria àquilo, mas no momento estava indo para casa se vestir para o próprio casamento.

2

Henri Fiocca observava da janela de seu quarto de vestir enquanto Nancy subia a rua. Ele sentiu o coração flutuar e teve a sensação familiar de admiração, medo e raiva. Até no dia do casamento ela tinha que sair em alguma missão. Provavelmente cartas para a Resistência, documentos falsos para mais um refugiado desesperado sair da França, peças de rádio para células da Resistência ali mesmo em Marselha, em Cannes, em Toulouse. Nancy estava sempre em um trem arriscando a vida para levar dinheiro e mensagens a algum amigo misterioso de um amigo. Ele detestava aquilo. A natureza flexível e improvisada da rede da Resistência a obrigava a confiar em estranhos, e naqueles dias não se podia confiar nem na própria família. Henri era patriota – detestava os alemães com uma fúria violenta que se equiparava à de Nancy, por isso compartilhava seu dinheiro e sua mesa com qualquer um que pudesse prejudicar o inimigo. Ainda assim, desejava não ter que compartilhar sua futura esposa com eles. Nancy parecia ter nascido destemida, mas Henri sabia o que era o medo. Seu amor por ela havia lhe ensinado aquela lição.

Quando ela desapareceu para dentro da casa, ele colocou a mão na vidraça e sussurrou o nome dela. Aquela garota invadira sua vida como um meteoro, espalhando luz, magia e caos em igual medida por onde passava. Apaixonou-se por Nancy imediata e completamente, na mesma noite em que se conheceram. Foi como a queda de um abismo para o abraço chocante do mar, mas ele não sabia ao certo o que ela queria dele. Era tão mais velho do que ela, e sua vida, apesar do luxo, era tão desinteressante em comparação à dela. Depois de um ano, descobriu que Nancy não ligava para o dinheiro. Ah, ela gostava de gastá-lo, assim como gostava de todos os novos prazeres que pudesse encontrar, mas o fazia com o encanto de uma criança. Aos poucos, Henry ficou sabendo sobre a infância miserável de Nancy e sua fuga da Austrália para os Estados Unidos e para Londres aos dezesseis anos; o desespero de colocar um oceano, meio mundo, entre si e aquela infância infeliz se transformou em um desejo selvagem pelo prazer e em uma independência feroz. Depois de mais um ano, Henri percebeu que até Nancy precisava de alguém com quem contar de vez em quando, e ela o havia escolhido.

Ela o havia escolhido.

O orgulho estufava seu peito.

Naquela noite, ele poderia chamá-la de esposa. Sabia que ela não pararia de gastar seu dinheiro e de correr riscos insanos para ajudar a Resistência só pelo fato de estar casada com ele – não tinha ilusões quanto a isso –, mas naquele dia e naquela noite, pelo menos, saberia onde Nancy estaria, saberia que ela era dele.

— Talvez *eu* deva falar com Nancy — disse uma voz atrás dele, fina e anasalada. — Se ela não consegue chegar na hora marcada com a cabeleireira no dia do próprio casamento, talvez nem queira se casar.

Henri virou o pescoço. Sua irmã estava empoleirada na beira da cama como um garça velha. Tinha sido bela quando jovem, mesmo com aquele rosto alongado e os lábios finos. Mas, apesar de toda a riqueza que possuía, de alguma forma se tornara amarga, e aquilo a deixara feia, ele acreditava. Ela havia insistido em acompanhá-lo até o andar de cima quando ele disse que ia se vestir, desesperada por uma última chance de convencê-lo a desistir do casamento.

— Pode tentar se quiser, Gabrielle. Mas ela vai dizer para você ir embora e deixá-la em paz. E lembre-se de que Nancy não se contém em nome do amor fraterno. Eu não vou expulsar você do quarto, mas ela vai.

Gabrielle ignorou a insinuação, por mais explícita que fosse. Continuou com a voz aguda e lamuriosa como um mosquito:

— Tenho que dizer uma coisa, ela sabe xingar em francês como um marinheiro prestes a partir. Onde ela aprendeu esse linguajar, Henri? É repugnante.

Henri sorriu. Ouvir Nancy extravasar na língua que ela havia adotado era um dos grandes prazeres da vida dele.

— Ela é uma linguista nata, Gabrielle.

— Bobagem! Nada de dote! Ela se recusa a se converter ao catolicismo! Ao menos acredita em Deus?

— Duvido.

As queixas ficaram mais agudas:

— Como pôde, Henri? Como pôde manchar nossa família com essa vagabundinha australiana?

Aquilo foi longe demais. Até o amor fraterno tinha seus limites. Henri levantou a irmã da cama pelos ombros e a empurrou com firmeza em direção à porta.

— Gabrielle, se falar da minha esposa dessa maneira mais uma vez, nunca mais vai colocar os pés na minha casa. Se eu tivesse que trocar meu dinheiro, meus negócios, minha querida família por uma hora da companhia de Nancy no pior bar de Montmartre, não hesitaria nem por um segundo. Agora saia.

Gabrielle se deu conta de que havia exagerado, e seu tom de voz tornou-se suplicante.

— Só estou pensando em você, Henri — ela disse enquanto ele lhe fechava a porta na cara.

Ainda bem que ela não sabe nada sobre o trabalho de Nancy na Resistência, Henri pensou. A irmã daria um jeito de falar com a Gestapo em um instante – uma mistura de ódio de Nancy e ganância pela recompensa oferecida a deixaria ávida por sujar as garras de sangue.

Ele se olhou no espelho e ajeitou o cabelo. Os amigos lhe diziam que parecia mais jovem desde o início da guerra. Ele não queria responder que eram eles que estavam envelhecendo mais rápido. Não queria ofendê-los – fiéis como eram, a seu modo, às esposas – apontando que Nancy, fugitiva adolescente do outro lado do mundo, havia lhe dado propósito e esperança enquanto eles estavam assolados, em choque com a derrota da França, a fuga dos soldados britânicos de Dunquerque e, depois, o terrível bombardeio da esquadra francesa em Mers-el-Kébir, na costa da Argélia francesa, ordenado por ninguém menos que o próprio Churchill. Mais de mil franceses mortos por bombas britânicas. Aquilo abalara seus conterrâneos, e tantos deles haviam se refugiado em casa diante dos acontecimentos que os alemães agora achavam que eram donos do país inteiro. Não eram. A França se ergueria no final. Nancy o fazia acreditar naquilo. Como seria a vida sem ela? Ele estremeceu. Infernal, cinza.

E, é claro, Nancy também parecia ser a melhor amiga de todos os comerciantes clandestinos da Riviera. A mesa estava sempre farta de carne fresca, então eles a compartilhavam com os amigos que não tinham conexões nem dinheiro. No último ano, Henri não se lembrava de ter feito uma refeição em casa sozinho com Nancy.

Ouviu uma batida na porta.

— O que foi? — ele disse com rispidez, achando que a irmã tinha reunido coragem para um último ataque.

Nancy deslizou para dentro como um gato. Não fazia mais de dez minutos que chegara em casa, mas lá estava ela, com os cabelos cacheados e presos no alto da cabeça, emoldurando o rosto em forma de coração, os lábios volumosos vermelho-cereja contrastando com o pó branco na pele, o vestido azul deslizando sobre as curvas de seus seios e quadris.

— De agora em diante, é assim que vai me receber quando eu bater na porta do seu quarto de vestir?

Ele andou na direção dela com brilho nos olhos, mas ela levantou uma das mãos.

— Não me desarrume, seu monstro! Só queria avisar que já estou pronta para virar uma mulher honrada, caso a Gabrielle não tenha feito você mudar de ideia. — Ela deu uma piscadinha. — Mas eu acabei de vê-la lá embaixo choramingando com um lencinho na mão, então imagino que não tenha sido bem-sucedida.

Ele colocou as mãos na cintura dela, sentindo a seda azul do vestido deslizar sobre a pele, mas não tentou beijá-la.

— Como pôde sair hoje, Nancy? No meio desse inferno. No dia do nosso casamento.

Ela colocou a mão no rosto dele.

— Sinto muito, mas não resmungue comigo, Ursão. Era importante. Para mim, pelo menos. Estou em casa agora.

— Viu os novos pôsteres oferecendo cem mil pelo Rato Branco? Parece que sua façanha de soltar os prisioneiros de Puget não passou despercebida.

— Valeu a pena — ela disse, tirando com cuidado as mãos dele de sua cintura antes que ele estragasse a seda delicada e extremamente cara. — Aqueles homens podem fazer alguma coisa agora. Embora aquele britânico da força aérea fosse um idiota. Reclamou da comida e de como o esconderijo estava lotado, como se todos nós não tivéssemos corrido o risco de acabar fuzilados para salvar a pele dele.

Henri se afastou um pouco. Gabrielle estava sempre falando das outras mulheres que ele poderia ter escolhido como esposas: garotas francesas belas, elegantes e obedientes. Elas organizariam as contas com cuidado, ficariam quietas em casa. Mas qualquer outra mulher do mundo desaparecia quando ele pensava em Nancy. O fogo que havia nela, a língua afiada. A recusa a ser intimidada. Ela enfrentava o mundo como uma lutadora. O contraste de imagens – um enorme boxeador machucado e aquela linda mulher que usava seda azul e batom vermelho – o fez rir. Ela olhou para ele sem entender nada.

— Rato Branco não é um bom nome para você, Nancy. Você é uma leoa. Agora... podemos nos casar?

Ele vestiu o blazer e ela se aproximou para lhe ajeitar a gravata. Ele sentiu o perfume Chanel na pele morna dela.

— Sim, *monsieur* Fiocca. Podemos.

A festa no Hotel du Louvre et Paix foi um sucesso absoluto. Nem mesmo os olhares feios da família de Henri foram capazes de diminuir aquele triunfo exultante. Caso as pessoas estivessem se perguntando como a nova madame Fiocca havia conseguido colocar as mãos em tamanha profusão de itens de luxo, guardaram as dúvidas para si e mergulharam de cabeça nos prazeres.

Nancy estava extremamente feliz. Sabia que a festa seria assunto na cidade e que deixara Henri orgulhoso. Cada hora discutindo com *chefs*, floristas e costureiras havia valido a pena. Engula essa, Marselha. Ela pegou na mão dele sob a mesa no salão de baile dourado. Ele estava de costas para ela, trocando piadas com um de seus gerentes do estaleiro, mas apertou a ponta dos dedos dela e acariciou a palma de sua mão com o polegar de um modo que a deixou arrepiada.

— Madame Fiocca — disse uma voz ao lado. Era Bernard, *maître* do hotel e um dos amigos preferidos de Nancy.

Ele se afastou para permitir que um de seus garçons colocasse o balde de gelo ao lado dela e taças limpas diante dos noivos, depois tirou a garrafa gelada do balde, mostrou a ela e, com seu consentimento, abriu. A rolha suspirou em suas mãos experientes e ele serviu a bebida aos dois.

Henri parou de conversar com o amigo, viu o rótulo e a safra e soltou uma gargalhada.

— Como conseguiu isso, Nancy?

— Eu disse que saí em uma missão muito importante hoje, Ursão.

Ele balançou a cabeça, mas pegou a taça da mão de Bernard com um sorriso relutante nos lábios.

Ela se levantou e bateu com um garfo na taça cheia. De canto de olho, viu Gabrielle se retesar ao lado do pai, Claude, igualmente hostil. Uma noiva fazendo um brinde no casamento? Absurdo! Ah, sim, Nancy faria um brinde.

Ela balançou as mãos no alto.

— Silêncio, seus danadinhos!

O líder da banda interrompeu os músicos de imediato, e os amigos de Nancy pediram silêncio uns para os outros em meio a risadinhas. Nancy ergueu a taça.

— Obrigada! Bem, meu pai não pôde estar aqui hoje, mas ele mandou lembranças de Sydney. — Estava inventando essa parte. Não via o pai desde os cinco anos de idade. — E minha mãe não foi convidada. Se a conhecessem, saberiam que esse foi meu presente a todos vocês. — Aquela mulher horrível naquela casa horrível, uma Bíblia em uma das mãos e a bengala na outra. Que apodrecesse. — Então vou tentar fazer um brinde eu mesma. Gostaria de brindar ao meu marido esta noite — ela fez uma pausa para as aclamações e assobios — com uma Krug 1928, porque foi a safra que ele pediu no dia em que nos conhecemos, quando a França ainda era livre. Mas, com guerra ou sem guerra, com nazistas em nossas ruas ou não, digo a vocês que esta noite, enquanto tivermos a liberdade em nossos corações, a França ainda é livre. Henri, sei que sou uma esposa difícil, cara e importuna, mas você é meu porto seguro e, juntos, vamos construir uma vida digna desta safra. Eu juro.

Henri se levantou e encostou a taça na dela. Por um momento, quando seus olhares se encontraram, eles eram as únicas pessoas no mundo.

— Madame Fiocca — Henri disse, tomando um gole de champanhe.

Alguém na multidão suspirou profundamente e até Nancy sentiu lágrimas de emoção se formando no fundo dos olhos. Não. Aquela era uma noite de festa.

— Dane-se o decoro — ela disse, e entornou a bebida de um gole só, depois se virou para o público e abriu seu melhor, maior e mais irresistível sorriso.

Eles vibraram, um urro pleno de empolgação e rebeldia. O líder da banda entendeu a deixa e iniciou uma versão acelerada de "When the Saints Go Marching In". Os garçons começaram a limpar as mesas e tirá--las do caminho para que a dança tivesse início, auxiliados pelo entusiasmo cambaleante dos amigos mais infames da noiva.

Henri colocou a taça na mesa e beijou Nancy. De canto de olho, ela notou Gabrielle secando os olhos com um guardanapo de linho, e então correspondeu ao beijo com vontade, inclinando-se nos braços dele como uma estrela de Hollywood em êxtase. Os aplausos e gritos foram altos o bastante para serem ouvidos em toda a orla marítima.

3

Uma hora se passou até Nancy ter a chance de falar com Philippe e Antoine sobre o que havia visto durante a destruição do Bairro Velho.

Antoine, magro e de cabelos escuros, com ombros fortes embora estreitos, era um dos contrabandistas de pessoas mais bem-sucedidos do sul. Ele havia trabalhado com Nancy, com um escocês chamado Garrow que ela nunca havia conhecido e com um belga da Resistência chamado O'Leary, todos conduzindo fugitivos a esconderijos isolados e arrumando guias para levá-los aos Pireneus, para a relativa segurança da Espanha, dezenas de vezes. Philippe, de estatura mais baixa e de rosto quadrado e bronzeado, que sempre parecia ter acabado de sair do campo, mesmo vestindo blazer, era um excelente falsificador. Passagens, comprovantes de residência e vistos de viagem quase perfeitos saíam de seu porão todos os dias, levando aqueles que tinham a sorte de ter amigos na Resistência por ferrovias sinuosas e ônibus rurais rumo à obscuridade anônima, ou de esconderijo em esconderijo pela França, até conseguirem embarcar em um navio para a Inglaterra.

— Simplesmente atiraram nele — Nancy disse. — Bem no meio da rua, porra. Eles nem tentam mais fingir que estão seguindo as leis. — A imagem do tiro fatal, do esguicho de massa encefálica e sangue piscaram em sua mente, e ela virou o restante da taça.

Logo atrás deles, a rolha de uma champanhe estourou com um ruído alto, e Antoine ficou tenso, depois deu de ombros.

Eles estão esgotados demais até mesmo para sentir raiva, Nancy pensou, levantando a taça. *Preciso me agarrar à minha raiva.*

Um garçom a viu, e o som das borbulhas da champanhe subiu de sua taça. Parecia o zunido do próprio sangue em seus ouvidos quando pensou naquele garoto morto. Cinza. Vermelho. Amarelo. O azul do céu. Ela sentia cada segundo.

— Estou preocupado — Antoine disse. — No mês passado, meus guias tiveram que voltar três vezes devido ao aumento das patrulhas, justo quando tínhamos pessoas para transportar. Talvez seja melhor sumirmos. Suspendermos as operações, diminuirmos o ritmo por um tempo. Alguém está falando. Ou alguém está sendo descuidado.

Nancy sentiu o olhar dele.

— Não olhe para mim! Eu não conto para vocês nem de onde vêm aqueles bifes que comem na minha casa. Sou a discrição em pessoa. — Ela deu uma piscadinha para ele por sobre a borda da taça.

— Mas Antoine tem razão — Philippe disse com rispidez, segurando a taça de champanhe com as mãos enormes, como se achasse que ela pudesse explodir entre seus dedos a qualquer momento. — Nancy, a Gestapo tem um novo caçador de espiões em Marselha. Um homem chamado Böhm. Ele destruiu a melhor rede que tínhamos em Paris em questão de semanas. Quase ninguém conseguiu escapar. Ele passou um tempo no leste também, e agora está aqui. Está atrás do Rato Branco. De você. Precisamos ter cuidado.

Cuidado. Todos queriam que Nancy fosse cuidadosa, educada, se sentasse na beirada da cadeira com as pernas fechadas e as mãos sobre o colo e nunca olhasse nos olhos de ninguém. Foda-se.

— Ah, calma, rapazes. Ele não vai me encontrar. Todo mundo sabe que não passo de uma garota com gostos caros e um marido rico. Quem vai enxergar o Rato Branco quando vir a madame Fiocca indo às compras?

— Nancy, é sério — Antoine disse. — Não estamos brincando. E, mesmo que a Gestapo não suspeite de você, e quanto aos homens na sua vida? Acha que Henri pode continuar canalizando metade da fortuna dele para a nossa causa sem chamar atenção?

Aquilo doeu. Mas Henri era um homem adulto e podia tomar as próprias decisões, ela disse a si mesma. Sim, ele também não parava de pedir a ela que tomasse cuidado, e ela continuava insistindo, insistindo, mas...

— O único jeito de derrotar um valentão é dar um soco no nariz dele — ela disse. — Qualquer um que já esteve no pátio de um colégio sabe disso — acrescentou, com um brilho sombrio e perigoso no olhar.

Sentiu um toque no ombro e se virou. Seu marido. Como ele conseguia parecer tão controlado, tão calmo depois dos litros de champanhe que haviam bebido? Qualquer outro homem no salão parecia corado e esquisito perto dele. A raiva que ela sentia foi substituída por uma onda repentina de orgulho.

— Nancy! Você me prometeu! Nada de falar de trabalho hoje. — Ele olhou para Philippe e Antoine, que ficaram agitados como dois colegiais.

— Estávamos pedindo para Nancy ter cuidado, *monsieur* Fiocca — Antoine disse.

Henri sorriu para eles.

— Boa sorte. Espero que tenham mais sucesso do que eu. Querida, vamos dançar?

Nancy pegou a mão dele, depois olhou para trás e acenou para Antoine e Philippe. Dane-se o cuidado. Henri era um herói e era capaz de tomar conta de si mesmo, e ela nunca diminuiria o ritmo se tivesse a chance de sangrar o nariz dos nazistas, nem que fosse só mais uma vez.

Os convidados abriram espaço para os recém-casados dançarem uma valsa. Henri era um dançarino divino. Nancy podia simplesmente se abandonar, deixando-se conduzir por ele sobre o piso de madeira encerada. Ela se encostou no braço que a envolvia. Era como voar. Quando abriu os olhos, viu que ele a olhava fixamente, de um modo que a deixou na defensiva.

— Vai me repreender?

Ele aumentou um pouco a pressão da mão sobre a cintura dela.

— Acho que devo. Passar sua festa de casamento com membros da Resistência. Arriscar a vida por uma garrafa de Krug.

Ela arregalou os olhos. Ainda estavam no limite da brincadeira, de achar tudo aquilo terrivelmente divertido: a guerra, o perigo, ele como o marido prudente e sábio, balançando a cabeça diante dos excessos de sua jovem esposa.

— Eles são meus amigos, e eu trouxe a Krug para *você*, meu querido.

— Não preciso de champanhe, Nancy. — Ele não estava mais brincando. — Preciso de você.

Ele a puxou para mais perto. Ouviu-se um zunido do lado de fora, como o primeiro indício de um vento mistral de verão, e então uma explosão abafada. Os lustres tremeram, e uma camada fina de pó de gesso desprendeu-se do teto.

Henri soltou sua cintura, pegou em sua mão e a levantou.

— Bernard, *mes amies*, mais champanhe e *vive la France*!

A multidão voltou a reunir coragem e vibrou. A banda iniciou uma música dançante, rápida e frívola, e os dançarinos sacudiram a poeira e começaram a rodopiar na pista. Nancy gargalhou, jogou a cabeça para trás e se deixou levar pelas luzes, pela bebida, pelo toque das mãos de Henri.

Mesmo depois de quatro horas de dança, Henri não quis discutir. Carregaria sua esposa por pelo menos uma porta aquela noite. Levantou Nancy nos braços e a levou no colo para o quarto, depois a colocou com cuidado sobre o tapete grosso.

— Henri — ela disse, pondo a mão sobre o peito dele. — Tenho uma coisa muito importante para pedir. Preciso da sua ajuda.

Ele franziu a testa. Era como Nancy fazia. Encontrava o momento certo e pedia algo afrontoso e perigoso. Mais dinheiro. Usar a casa deles nos Alpes como refúgio para prisioneiros. Usar a empresa dele para contrabandear armas e homens. Uma garantia para que mais uma família de judeus chegasse em segurança à Inglaterra. Ela observou enquanto ele se preparava para o ataque e sorriu, virando-se.

— Não consigo alcançar o zíper...

Ele riu de leve e, muito lentamente, estendeu a mão para o delicado fecho e o abriu, acariciando a pele exposta com o dorso dos dedos. Chegou mais perto dela, beijou sua nuca.

— Henri, não vou me desculpar por ser quem eu sou. Você sabia com quem estava se casando — ela afirmou, encostando-se nele.

— Eu nunca pediria isso, Nancy. — Suas palavras estavam abafadas, a voz grave, cheia de desejo. Ele passou as mãos ao redor da cintura dela, pressionando as palmas sobre a barriga.

Nancy sentiu necessidade dele, uma avidez sob seu toque.

— Sinto muito. Sinto muito por não poder ser como as outras esposas. Pensar em magoar você é terrível, mas também é terrível pensar em deixar aqueles cretinos vencerem. Eles não podem vencer. Então não vou mentir para você e prometer que vou parar. Não posso.

Henri suspirou e a virou de frente para ele.

— Apenas me prometa que vai tentar ser cuidadosa. Pode fazer isso? — A voz dele havia voltado a ser doce e generosa.

Ela confirmou com a cabeça.

Ele a conduziu para o pequeno sofá junto à mesa no canto do quarto, perto das janelas, e fez com que ela se sentasse ao seu lado.

Nancy ficou inquieta no assento e ergueu a saia para poder se sentar sobre ele. Levantou as mãos para tirar a presilha de diamante dos cabelos e deixou a seda escorregar pelo corpo, acumulando-se na cintura.

— Henri Fiocca, eu te amo demais, porra.

Ele colocou as mãos nos cabelos dela, puxou-a em sua direção e a beijou. Com vontade.

4

O major Markus Fredrick Böhm recolocou o fone no gancho. A ligação havia sido para informar que os últimos relatórios da limpeza do Bairro Velho estavam esperando por ele em seu escritório na Rue Paradis pela manhã, mas ficara claro que a operação tinha sido um sucesso.

Antes da chegada de Böhm a Marselha, parecia que todo dia as forças de ocupação alemãs estavam perdendo homens naquele ninho de ratos. Bastava seguir um suspeito até lá que os agentes saíam, se conseguissem sair, de mãos vazias ou cobertos de merda jogada de uma janela no alto, para a alegria dos trabalhadores que vagavam pela rua. Böhm havia escutado os relatos e reclamações dos homens, e as desculpas das autoridades francesas, e depois dado suas ordens.

Metade dos habitantes do Bairro Velho reuniu suas cobertas e panelas e partiu quando as notas oficiais de despejo foram pregadas nas paredes. A maioria dos que restaram acabou presa e enfiada em trens para o processamento nos campos. O grande número de judeus estrangeiros ou franceses encontrados ainda vivendo no Bairro Velho foi a prova final, como se ainda fosse necessário provar alguma coisa, do modo negligente com que as leis estavam sendo seguidas nos meses anteriores. Os que resistiram, tentaram fugir ou se esconderam foram baleados. Böhm era um Hércules que havia limpado toda a merda da cidade em três dias.

Ele olhou para o espelho com moldura de madeira sobre a mesa do telefone e arrumou o cabelo. Pelo reflexo, viu que a porta do quarto da filha estava entreaberta. Foi até lá em silêncio e espiou.

O telefone não a havia acordado. Sonia estava encolhida sob as cobertas, com um coelho de pelúcia nos braços, ainda sonhando. Seus traços suaves e claros tinham uma expressão de leve concentração, a mesma que ela fazia ao se sentar à mesa de jantar nos momentos de silêncio que precediam a refeição, enquanto desenhava ou escrevia cartas aos amigos que haviam ficado em Berlim, em sua caligrafia grande e arredondada. A inocência frágil de uma criança. Ele assumiu o risco de acordá-la e entrou no quarto, ajeitou-lhe os cabelos macios atrás da orelha e lhe beijou a testa. Desejou que ela ficasse em segurança, que vivesse protegida e em paz.

Fechou a porta com o máximo de cuidado e voltou para a sala de estar. Ao chegar a Marselha, ele, a esposa e a filha foram alojados naquele belo apartamento perto da sede da Gestapo, na Rue Paradis, e era um luxo a ser apreciado depois das condições enfrentadas na Polônia. A pequena família ocupava cinco cômodos confortavelmente mobiliados, um tributo aos sucessos que obtivera desmantelando os círculos internacionais de espionagem em Paris e implementando a disciplina do *Einsatzgruppen* no leste e, ele não tinha vergonha de reconhecer, às excelentes relações da esposa com o partido.

Na penumbra, sentada perto da lareira trabalhando em um bordado elaborado, sua esposa parecia quase uma criança. Ela colocou a peça de lado quando ele entrou e foi até o guarda-louça para lhe servir uma bebida. Ele se sentou na poltrona que ficava do outro lado da lareira, admirando com satisfação a figura esbelta e as pernas formosas da mulher.

— O capitão Heller pediu desculpas por ter ligado tão tarde, Eva. Ele não pretendia incomodar.

Ela lhe entregou o uísque, inclinando-se para beijá-lo enquanto ele pegava a bebida.

— É muita gentileza da parte dele, mas não me importo nem um pouco. Você sabe disso.

A voz havia sido a primeira coisa nela que o deixara apaixonado; era baixa e melódica, confiante sem ser insolente. Ele pegou a mão dela e de leve acariciou com os lábios seus dedos finos.

— Por que está sorrindo? — ela perguntou, retornando ao seu lugar e pegando a cesta de bordado.

— Sou grato pela providência ter me enviado tão boa companhia.
— Ele tomou um gole de uísque. A bebida tinha sido um hábito adquirido enquanto estudava para o doutorado na Inglaterra. O sabor o levava de volta aos dormitórios da faculdade, às conversas noturnas com os colegas.

— Eu ou Heller? — Ela olhou para ele com os olhos semicerrados.
Böhm ergueu o copo na direção dela.

— Você, nesse caso, minha querida.

Eva assentiu, satisfeita com o elogio, e logo ficou pensativa.

— Mas Heller é um bom parceiro, eu acho.

Böhm refletiu sobre seu parceiro enquanto tomava um gole. Heller usava óculos pequenos e redondos, mas, fora isso, era um jovem de aparência saudável. Tinha pele clara e músculos bem definidos, sem demonstrar tendência a engordar. Böhm estava trabalhando em sua companhia desde sua chegada a Marselha, e até então ele se provara extremamente competente. Heller havia aprendido um excelente francês estudando Direito em Grenoble e era, naturalmente, adepto fiel da causa nazista. Os pequenos óculos redondos lhe davam uma aparência erudita, mas ele era um interrogador agressivo e criativo. Böhm admirava aquilo – um homem capaz de parecer moderado, mas que tinha uma fonte de violência dentro de si. A surpreendente descoberta de que aquele jovem letrado podia causar uma dor tão aterrorizante havia chocado alguns prisioneiros e os feito falar, talvez até mais do que a dor em si.

— É, sim. Muito bom.

Eva cortou um fio e sacudiu o bordado que estava fazendo. Era, ele viu, a imagem de uma pequena casa de fazenda com galinhas no pátio e um fundo de árvores e colinas sobrepostas. A paisagem lembrava os arredores de Würzburg. Depois da guerra, se ele não voltasse a Cambridge, talvez terminasse sua pesquisa lá e arrumasse um lar modesto como aquele para Eva e Sonia.

— Devíamos fazer algo por ele, não acha? — ela disse. — Vou escrever para o tio Gottfried, mencionar o nome dele. — Eva se deu conta de que o marido estava observando seu trabalho manual. — É a última obra-prima de Sonia, só estou alinhavando. Ela vai colocar em uma moldura e lhe dar de presente, então lembre-se de parecer surpreso.

— Vou lembrar.

Ela começou a guardar os materiais, e sua voz assumiu um tom levemente hesitante.

— Recebi uma carta de Gottfried hoje, por sinal. Ele disse que não há esperança para o Sexto Exército em Stalingrado. Você devia ver o que ele escreveu sobre o sacrifício deles. É muito comovente.

Böhm terminou a bebida. Que sacrifício terrível havia sido. Ele colocou o copo vazio sobre a mesa lateral. Mas Böhm não tinha dúvida de que a guerra seria vencida no final. Os britânicos acabariam entendendo que a única esperança para combater o comunismo seria se unirem à Alemanha contra a Rússia. Quaisquer obstáculos militares naquele país vasto e selvagem só podiam ser temporários. Os eslavos eram irreparáveis, não tinham nada a seu favor além de uma grande vocação para o sofrimento.

— Acha que estou errada — Eva disse, ainda sem olhar para ele — de me sentir grata por estarmos juntos na França, e não lá?

Ele sentiu uma nova afeição por ela.

— Não, meu amor. Podemos honrar o sacrifício deles sem desejarmos compartilhar dele.

— Gostaria de outra bebida?

Tentador.

— Não, obrigado. Preciso manter a cabeça lúcida, ainda há muito a fazer.

Ele disse aquilo com um sorriso na voz, mas era verdade. A limpeza do Bairro Velho era um excelente início, mas Böhm sabia que as raízes da Resistência eram profundas e amplas naquela cidade. Talvez os franceses não fossem irreparáveis, mas certamente tinham se tornado decadentes e corruptos. Os alemães haviam absorvido a sabedoria do Extremo Oriente, utilizado-a para compreender totalmente seu destino, porém os franceses sucumbiram às visões luxuriosas do Oriente – sonhos sensuais e ardentes que os apodreceram por dentro.

— Seu jantar está quase pronto. Acha que conseguiu pegar seu rato?

Aquele lendário rato que levara tantos fugitivos e refugiados para a Espanha, roera tantos furos na rede que os alemães haviam lançado pelo sul da França.

— Talvez. Só o tempo vai dizer.

5

A lua deixava o mar prateado. Nancy não teve muita escolha no que dizia respeito a "quando" aconteceria aquela operação, mas eles tiveram sorte. A noite estava clara, com luar suficiente para seguirem o caminho até a praia sem precisar acender as lanternas.

Antoine havia trazido a mensagem de um contato em Toulouse. Um submarino britânico passaria pela costa, pronto para levar um grupo de prisioneiros fugidos. O submarino poderia transportar até quinze homens, e um barco a remo iria até determinada praia para pegá-los em determinada data, determinada hora, quando dariam determinado sinal e esperariam determinada resposta.

Era uma questão de confiança. De que a mensagem fosse verdadeira e não tivesse sido distorcida, de que eles estivessem no lugar certo, na hora certa e com os códigos certos, de que ninguém com quem Nancy tivesse falado ao contatar os homens para serem resgatados e passar as instruções sobre onde e quando teriam que se encontrar tivesse aberto o bico.

Ah, e de que os britânicos tivessem deixado certa margem de segurança ao dizerem que poderiam levar quinze homens. Aguardando na beira da praia escura com Nancy estavam vinte homens que precisavam dar o fora da França. Quase todos eram britânicos, mas havia alguns soldados da força aérea norte-americana: rapazes da área rural de Iowa cujo senso de humor contagiante conquistara Nancy. Três dos britânicos estavam em um esconderijo próximo a Montpellier havia uma semana, sussurrando e tentando não se movimentar muito no apartamento para que o vizinho, claro apoiador do regime de Vichy, não os escutasse. A maior parte dos outros havia fugido de um campo de trânsito a noroeste. Nancy, Philippe e Antoine esperavam seis homens, mas a notícia se espalhou pelo campo e o restante insistiu em ter uma chance também. Tinham buscado o último homem em um esconderijo seguro ali mesmo em Marselha, embora nenhum dos esconderijos parecesse muito seguro após a chegada do tal Böhm à cidade. O prisioneiro se chamava Gregory. Era britânico, filho de uma francesa, e os ingleses o haviam mandado de paraquedas para trás das linhas inimigas para ajudar os leais franceses, ou algo do tipo, mas a Gestapo o havia prendido na rua na segunda semana. Ao que tudo indicava, seu contato na cidade fizera um acordo com as autoridades.

Ele foi hóspede da Gestapo por um mês, até arriscar uma loucura durante uma rodada de interrogatório, jogando-se de uma janela no primeiro andar diante dos guardas surpresos. De algum modo, conseguiu escapar em meio à multidão do mercado, que o salvou. Um homem lhe deu o próprio boné; outro, o sobretudo azul usado pela maioria dos agricultores; e outro lhe deu os sapatos que usava nos pés. Os oficiais da Gestapo que saíram de suas centrais atrás do homem encontraram as vias bloqueadas, acidentalmente, é claro, por feirantes confusos – uma briga envolvendo uma carroça muito pesada. A notícia chegou aos membros da Resistência ainda espalhados pela cidade, e o fugitivo foi recolhido e jogado no colo de Nancy.

Gregory havia contado toda a história a ela com os dentes quebrados. Normalmente, eles o teriam colocado na rota de saída pelos Pireneus, mas ele não conseguiria fazer a caminhada de jeito nenhum. Faltavam-lhe todas as unhas da mão direita, tinha as costelas e o pulso fraturados. Todos os centímetros de seu corpo estavam roxos de hematomas. Nancy não tinha ideia do que fazer com ele além de alimentá-lo e mantê-lo escondido, até que chegou a mensagem do resgate pela Marinha Real. Graças a Deus. Ela mesma o buscou, e eles caminharam pelas ruas de Marselha de braços dados, o rosto machucado dele escondido pelo cachecol de Henri, o corpo magro tornado mais volumoso por um dos casacos de Henri, espiando o mundo por sob a aba de um chapéu também de Henri. Pegaram o ônibus para se juntar aos outros na costa, e ele lhe agradeceu. Em voz baixa. Com sinceridade. Depois não falaram muito.

Nancy olhou para o relógio sob a luz da lua. A maldita Marinha Real estava atrasada. Nada desastroso ainda, do tipo que significaria que ninguém ia aparecer, mas era um atraso. Por quanto tempo poderiam esperar ali? Como ela levaria todos aqueles homens de volta aos esconderijos antes do amanhecer se os britânicos não chegassem? A costa ali no leste de Marselha era rochosa e íngreme, predominantemente de calcário, um tanto quanto fantasmagórica no escuro. Aquela pequena praia, margeada por arbustos de sálvia e pinheiros, era um dos poucos lugares a que um barco podia chegar. Ela esperava que nada tivesse dado errado. Se estivesse tudo correndo conforme o planejado, haveria um submarino ali naquele momento, a cerca de oitocentos metros da costa, escuro e silencioso, esperando para levar aqueles homens pelo estreito de Gibraltar e de volta à Grã-Bretanha para se rearmarem, reagruparem e retornarem à guerra.

— Eles estão atrasados — Antoine disse em voz baixa junto ao ombro dela.

— Ele virão — Nancy respondeu com firmeza.

Ouviu-se um farfalhar na escuridão e Philippe se juntou a eles.

— Algum sinal? Eles estão atrasados.

Jesus.

— Tem certeza sobre o sinal, Nancy? — Antoine perguntou. — Devemos fazer o sinal?

— Querem fazer o favor de se acalmar? — ela sussurrou. — Não vamos ficar na praia acendendo lanternas e alertando todas as patrulhas alemãs que passarem. *Eles* vão fazer o sinal primeiro.

— Talvez a mensagem fosse falsa — Antoine murmurou. — E se a mensagem tiver vindo dos alemães? Assim seria fácil capturar todos juntos, os prisioneiros, nós e o famoso Rato Branco. Todos sentadinhos aqui na praia, como se estivéssemos fazendo um piquenique ao luar. Só Deus sabe que essa mensagem chegou bem quando mais precisávamos! Não seria bom demais para ser verdade?

Claro que aquilo tinha passado pela cabeça dela. Todos haviam escutado os rumores: alemães roubando equipamentos de rádio e mandando mensagens falsas para Londres, para depois capturar combatentes da Resistência, prisioneiros e suprimentos, tão casualmente quanto crianças colhendo maçãs em um pomar.

— Se os alemães estivessem vindo — ela disse de maneira clara dessa vez, e com uma precisão colérica —, com certeza chegariam na porcaria da hora certa.

Philippe resmungou, mas ela quase conseguiu enxergar um sorriso rápido, relutante.

— Está bem, Nancy — ele disse. — Mas você não pode dizer que as coisas não estão ficando mais difíceis. Até onde eu sei, o major Böhm capturou mais de dez homens. Quanto vai demorar para ele pegar alguém que o traga até nós? Já temos muitas pessoas envolvidas. Aquele homem com quem o Henri me disse para conversar na fábrica, Michael, não gostei dele. Muito esquentado.

— Agora que os franceses estão finalmente se recuperando e reagindo você está reclamando? — ela perguntou. Ele já estava deixando Nancy irritada. — Se Henri disse para você falar com ele, ele é de confiança.

— Henri é um bom homem, mas é romântico — insistiu Philippe. — Ele acha que todo francês, no fundo, é um combatente da Resistência. Não quer acreditar que temos nossos próprios fascistas. Um dos gendarmes que estamos subornando com o dinheiro do seu marido vai acabar falando alguma coisa. Não devíamos ter pagado para manterem a estrada aqui de cima livre hoje à noite. Teria sido melhor arriscar as patrulhas policiais.

Antoine o censurou, mas Philippe estava certo. O que não ajudava em nada. Antoine havia tomado a decisão e pagado a propina sem consultá-los. Ele jurava que podia confiar no homem que subornara, um verdadeiro patriota francês. Mas, se fosse tão patriota assim, por que precisaria ser pago?

— Nancy!

Ela olhou para a escuridão e viu a luz de uma lanterna a quase cem metros da costa. Três piscadas rápidas e uma mais longa. Ela acendeu sua lanterna e apontou para o escuro. Duas piscadas mais longas. Apagou a lanterna. Esperou.

Pareceu demorar uma eternidade até ela ouvir o tremor da água, depois o ruído leve dos pedregulhos na praia quando um barco de madeira chegou à beira com as ondas mansas. Nancy se aproximou sozinha. A tripulação consistia em dois remadores e um homem que ela presumiu ser um oficial, todos usando calças de lã e os casacos de lona típicos dos pescadores locais.

— Pronto para o desfile? — ela perguntou.

— Mamãe mandou balões — ele respondeu. — Nossa, você é inglesa?

— Australiana. É uma longa história.

Ele acenou com a cabeça. Não era o melhor momento para conversar.

— Quantos pacotes?

— Vinte. Uma entrega especial da Gestapo, e a titia trouxe uns a mais do campo de trânsito. Consegue levar todos?

Ele hesitou. Depois respondeu com firmeza:

— Vamos dar um jeito. E desculpe pelo atraso. As patrulhas se intensificaram por toda a costa. Esta rota não vai funcionar no futuro. A Marinha já não pode arriscar um submarino aqui para resgatar fugitivos.

Ela se virou e fez sinal para os homens saírem de seus esconderijos nas margens da praia enquanto respondia:

— Os cretinos tornaram a rota para os Pireneus praticamente intransponível também. Apenas se apressem para ganhar essa maldita guerra, por favor.

— Vamos fazer o possível.

Ele fez um gesto de reconhecimento com a cabeça enquanto os homens saíam ordenadamente dos esconderijos entre os arbustos e recebiam ajuda para entrar no barco.

— Ótimo, meu caro.

Pareceu demorar uma eternidade, os homens chegando de dois em dois. O oficial olhava para o relógio a cada cinco segundos. Seus homens estavam organizando os rapazes no barco a remo para abrir espaço para os três fugitivos que restavam. Gregory subiu por último, pegando na mão de Nancy e a apertando ao passar. Os homens da tripulação o estavam puxando pela lateral do bote quando uma luz os atingiu, vinda da estrada. Um refletor. Bem forte. E logo vieram gritos exaltados em alemão.

— Hora de ir — disse o oficial rapidamente.

Um dos homens pulou na água e, juntamente com o oficial, iniciou a partida, forçando o barco superlotado de volta ao mar, rumo à escuridão, usando os ombros, enterrando os pés em grandes bancos de areia molhada e pedregulhos.

Balas começaram a assoviar e bater na água ao lado deles enquanto entravam no barco. O oficial ordenou que remassem com força.

Nancy fugiu para a mata conforme o feixe de luz se aproxima, rezando para não ser vista. Não foi, graças a Deus. Estavam atrás do barco a remo. Na sombra, ela avistou Antoine deitado de costas, disparando na direção do feixe de luz.

Merda, aquilo eram latidos? Por favor, cães não.

Ela se agachou no meio dos arbustos de sálvia e se contorceu para ver como os marinheiros se saíam. Ainda estavam iluminados pela luz e pelo menos um indivíduo no barco estava tombado na popa, em uma posição nada natural. Eram alvos fáceis.

— Vamos, Antoine — ela murmurou por entre dentes cerrados, observando-o, sem ousar se mexer. Será que conseguiria subir de volta para a estrada? Entrar atrás da patrulha e acertar o refletor com o revólver?

Antoine soltou o ar devagar e apertou o gatilho. O vidro se estilhaçou acima deles e a luz se apagou.

— Coisinha linda! — ela disse em voz alta. — Agora podemos sair daqui?

Bem na hora, pois já dava para ouvir os gritos dos soldados que desciam a ribanceira na direção deles. Eles teriam problemas se não conseguissem encontrar o caminho, que dava reviravoltas e ziguezagueava até a água, com descidas íngremes e espinhos pontiagudos. Ela esperava que os malditos quebrassem o pescoço.

Philippe agarrou-a pelo braço. Havia um caminho aberto para eles, indo pelo leste ao longo da costa, e os três se lançaram à frente, correndo de cabeça baixa. Nancy podia sentir o terrível pulso da empolgação no sangue. Aquilo era melhor do que usar seu charme para passar pelos postos de controle. Os pés pareciam encontrar o caminho ao longo da trilha estreita sem que tivesse que pensar. As balas que passavam por ela no escuro faziam um som parecido com um miado, como filhotes de gato. A ideia lhe fez rir. A patrulha – só podia ser uma ronda do exército passando por acaso, e não uma armadilha, senão já estariam todos mortos – ainda estava concentrando o fogo no barco a remo que se afastava, embora os idiotas não conseguissem mais vê-lo. Ela imaginava que apenas dois homens estivessem descendo pela vegetação selvagem de grama, zimbro e louro. Então a luz de uma lanterna passou por cima deles. Um grito e um tiro. Nancy ouviu a respiração ofegante de Antoine e se virou enquanto ele caía sobre a trilha estreitíssima, apenas um emaranhado de arbustos impedindo que ele rolasse abismo abaixo e caísse na água. Ele tinha levado a mão à lateral do corpo.

— Philippe, ajude! — ela sussurrou na escuridão, e viu a sombra dele retornando.

— Aqui! Por aqui! Eles estão escapando!

O homem que seguia no caminho acima deles foi atendido pelos colegas. Philippe mirou na voz e na luz, puxando o gatilho. A lanterna se apagou, desligada para que Philippe não encontrasse seu alvo, e o homem chamou pelos amigos novamente. Ele parecia eufórico.

Antoine empurrou Nancy para longe.

— Vá, Nancy!

— De jeito nenhum!

Ela se inclinou para passar o braço ao redor dos ombros dele, enquanto Philippe atirava cegamente na direção da voz.

— Me ajude a levantá-lo — Nancy disse.

Mas Antoine foi mais rápido. Tirou o revólver da jaqueta, um revólver pago por Henri, um revólver que a própria Nancy havia dado a Antoine, colocou o cano na boca e disparou.

Tudo aconteceu tão rápido que Nancy demorou para assimilar. Ela ficou imóvel, chocada demais para gritar. Philippe uivou e atirou mais uma vez na escuridão. Mais lanternas se aproximavam pelo caminho acima de onde estavam. Então Philippe agarrou Nancy pelo braço novamente, levantando-a, e a empurrou para a frente enquanto dava mais alguns tiros para trás, no escuro. Ela tropeçou. De repente, seus pés não sabiam mais o que fazer. O que Antoine havia feito? Aquela arma não devia ser usada contra ele. Ela havia lhe dado o revólver para matar nazistas, não a si próprio. Garoto burro. Ela queria repreendê-lo.

— Ande, Nancy!

Ela continuou em frente, com os pensamentos fragmentados e confusos. Como era estranho estar naquele lugar àquela hora da noite. Como havia chegado ali? Como aquele oficial fora agradável e terrivelmente britânico. Eles não deveriam esperar Antoine? Philippe a empurrava para a frente, até que por fim seus pensamentos voltaram a se conectar, a fazer sentido. Ela começou a correr e correr até que o som da perseguição desapareceu e os únicos sons que ouvia eram a própria respiração ofegante e o canto das cigarras.

Eles não pararam até a noite ficar densa e silenciosa à sua volta.

6

Nancy passou o dia seguinte na cama, levantando-se para tomar banho e se vestir apenas à noite, quando Henri estava para chegar em casa. Se Claudette, a empregada de Nancy, notara o sangue em suas roupas, não havia mencionado nada. Nancy abriu o armário do corredor a caminho da sala de estar para encontrar Henri e viu seu casaco de lã de camelo perfeitamente pendurado no cabide acolchoado. Estava impecável, mas uma parte da lateral, uma parte que ela tinha certeza de que estaria manchada com o sangue de Antoine, estava ligeiramente úmida e cheirava a vinagre.

Henri conversou com ela sobre os assuntos de sempre: seu dia, seus funcionários e, depois que se debruçaram sobre o rádio para ouvir as notícias da noite na BBC, o progresso da guerra. Hitler havia perdido um exército em Stalingrado, os Aliados estavam vencendo na África Setentrional. Só quando começaram a comer que Nancy contou a ele sobre a noite anterior.

— Podíamos ter tirado ele de lá — ela concluiu, olhando para o prato.

Henri encheu a taça para ela.

— Coma alguma coisa, meu amor.

Eles ainda comiam na sala de jantar sempre que estavam em casa e, independentemente do que era servido, usavam a melhor porcelana. Desde a chegada de Böhm e a destruição do Bairro Velho, vinham jantando sozinhos com mais frequência. Os amigos de fora da Resistência faziam muitas perguntas, e os amigos da rede se afastavam uns dos outros sempre que possível.

Claudette havia conseguido criar uma espécie de *parmentier* com um pouco de carne moída que Nancy havia arrumado no mercado clandestino. *Não posso desperdiçar isso*, Nancy pensou, encarando a comida, e então viu Antoine colocando a arma na boca, assim como ela colocava na sua a garfada de batata com carne. Se Henri não a estivesse observando, ela teria cuspido tudo de volta no prato. Conseguiu engolir.

— Se ele não tivesse visto Gregory, aquele homem que a Gestapo... Foi muito azar — ela disse.

Henri pegou a taça de vinho. Ele estava tentando, o querido Ursão, não olhar para a esposa como se estivesse verificando se ela não estava ficando louca, mas Nancy ainda se sentia sob uma lente de aumento.

— Vou garantir que a família dele receba a assistência necessária, você sabe disso — ele afirmou.

— Obrigada, Henri.

Ela largou o garfo e cobriu os olhos com a mão.

— Podíamos ter tirado ele de lá.

Henri segurou a outra mão dela.

— Minha querida Nancy, não é hora de escutar o Philippe? De ser mais cuidadosa?

Ela puxou a mão.

— Não, eu já disse! Foi azar! Ninguém nos traiu, não foi uma armadilha dos alemães! Conseguimos uma saída para aqueles homens, e então algum chucrute de olhar aguçado provavelmente avistou o barco sob o luar. — Ela ficou olhando para ele. — Eles estão *aqui*, Henri. Destruíram o Bairro Velho. Mandaram os homens para campos de trabalho, porra. Estão cercando os judeus! Qualquer ilusão de que a França é independente não existe mais. Já estamos sob a bota deles. Não pode me pedir para parar de lutar. Não pode parar de lutar. — Ela voltou a atacar a comida. — Isso tem que ser encarado. Isso tem que ser combatido. E eu não vou ficar sentada enquanto outras pessoas lutam por mim.

Ele colocou o cotovelo sobre a mesa e apoiou o rosto na palma da mão. Sempre se barbeava antes do jantar, e também pela manhã, mesmo agora que encontrar um sabonete decente era uma batalha. Como ela acabara se casando com um homem tão metódico? Sorte. Uma sorte que ela não merecia.

— E os alemães nem podem mais ganhar! Por que simplesmente não se mandam daqui?

Henri riu e ela abriu um sorriso relutante.

Então ele ficou reflexivo.

— Uma fera selvagem é ainda mais perigosa quando está ferida — ele respondeu.

Ela alinhou a faca e o garfo e pegou novamente a mão dele.

— Vamos ficar os dois em casa esta noite?

Ele fez que sim com a cabeça, levou a mão dela aos lábios e lhe beijou a palma. Como era estranho ainda morrer de amor por um homem com quem acordava todas as manhãs, ao lado de quem se deitava todas as noites.

— Invente um coquetel para mim — ela disse. — Pretendo ganhar toda a sua fortuna no jogo de cartas, regado a muita bebida.

— Pode tentar, minha esposa. Pode tentar.

Nancy terminou a noite numa felicidade alienada, devendo mais a ele do que nunca.

7

O escritório do major Böhm era repleto de livros. Quando as caixas chegaram à Rue Paradis, três dias antes do major, o cabo que as abriu pensou, a princípio, que se tratava de algum tipo de engano. Sim, os oficiais superiores da Gestapo tendiam a ser homens letrados – tinham formação universitária, muitos eram advogados –, mas não possuíam tantos livros. Ele estava prestes a reportar o erro na entrega quando encontrou, colada na terceira caixa, uma lista de instruções datilografadas explicando como organizar os livros no escritório do major. Era bem precisa. Mais do feitio de um homem da Gestapo. O cabo seguiu as instruções com muito cuidado.

Böhm tinha outros motivos para ficar satisfeito ao se sentar à escrivaninha naquela manhã, passando uma ou duas horas trabalhando sem parar em pilhas de papéis, mandados de prisão e pedidos de informação. Notícias melhores vinham da Rússia, progressos estavam sendo feitos em Carcóvia, na Ucrânia, e havia sido tomada a decisão de liquidar os guetos judeus em Cracóvia, na Polônia. Era um trabalho necessário, mas brutal e deselegante. Ele havia sentido até a mente ficar mais áspera durante o tempo que serviu na Polônia. Alguns dos militares de patente inferior mostraram-se desprovidos da fibra moral necessária, só conseguindo executar as obrigações diárias embriagados ou com o estímulo das "vitaminas" distribuídas como balas pelos superiores. Na época, Böhm escutou com interesse rumores sobre métodos mais eficientes de descartar os indesejáveis, confiante de que seu uso tornaria a difícil tarefa de limpar o Reich menos difícil para os homens.

Os eslavos eram, assim como os judeus, irremediáveis. O único plano de ação piedoso era exterminá-los da forma mais rápida e eficiente possível. Na Europa Oriental era preciso trabalhar como um martelo. Ali, na França, o trabalho era mais como um bisturi, e aquela era a natureza de Böhm. Uma lâmina fina, muito precisa e bem treinada.

Ele levantou os olhos quando o capitão Heller bateu e, em seguida, abriu a porta.

— Pois não?

— Senhor, queria lhe mostrar uma coisa.

Heller colocou uma folha de papel de carta barato sobre a mesa de Böhm, que olhou para ela. Totalmente escrita em letras de fôrma, numa tentativa desajeitada de esconder a identidade do autor, a mensagem dizia: "HENRI FIOCCA ESTÁ GASTANDO *SUAS LUCROS* COM ARMAS, NÃO COM *SEUS EMPREGADAS*. TODO MUNDO SABE DISSO".

Böhm não tocou no papel.

— Quem escreveu isto?

— Um homem chamado Pierre Gaston, senhor. Dispensado da fábrica de Fiocca no mês passado por embriaguez frequente.

Böhm suspirou. Era patético o número de cidadãos franceses que tentava usar a Gestapo para vinganças pessoais. Mas aquela última frase, "todo mundo sabe disso", era uma escolha de palavras significativa.

— Já interrogou o *monsieur* Gaston?

Heller confirmou. Um pequeno espasmo em seu rosto sugeria que o processo fora desagradável, não por achar a violência repugnante, mas por desdenhar do homem em quem a havia usado.

— É um bêbado tolo, mas manteve sua versão da história — Heller afirmou. — Disse que havia muitas conversas subversivas na fábrica. Ele se deparou várias vezes com seus colegas de trabalho vangloriando-se em voz baixa de terem um chefe trabalhando com a Resistência.

Böhm observou Heller. Era evidente que tinha algo mais a acrescentar, algo que lhe agradava.

— E? Diga logo.

— Senhor, como sugeriu que seria aconselhável nessas circunstâncias, cruzei os nomes que ele passou com nossos registros e encontrei um homem fichado por acusações de atividades no mercado clandestino entre aqueles que Gaston indicou como tipos suspeitos na fábrica. Nós o pegamos discretamente, e ele se dispôs a colaborar quando deixamos claras as alternativas. Fiocca certamente está financiando a Resistência na região, e Michael, minha fonte, forneceu alguns nomes de uma rede mais ampla. Esses homens estão sendo seguidos neste instante. Michael alega que eles fazem parte do grupo do Rato Branco. Também disse que Fiocca financiou especificamente a fuga por barco de vinte prisioneiros resgatados em uma praia do leste de Marselha na semana passada.

Böhm ficou impressionado. Com um pouco mais de treinamento, Heller poderia ir longe. Era um excelente exemplo do tipo de homem sobre cujos ombros o Reich de mil anos seria construído.

— E a transcrição do interrogatório de Michael?

Heller pousou com cuidado uma pasta sobre a carta anônima, como um gato posicionando um rato aos pés do dono. Dessa vez, Böhm a pegou e começou a ler, acenando de tempos em tempos com a cabeça.

— E ninguém sabe que estamos falando com esse Michael?

— Não, senhor — Heller disse. — A menos que ele tenha contado.

— Excelente trabalho, Heller.

O capitão ficou radiante.

— Quais são suas ordens?

Böhm largou a pasta e sorriu para Heller como um professor bondoso.

— Qual seria o *seu* próximo passo, capitão?

Heller piscou rapidamente atrás dos óculos pequenos.

— Bem, senhor. Eu não entregaria nosso jogo prendendo de imediato os homens que estamos seguindo, mas poderíamos trazer Fiocca para um interrogatório, sob o pretexto da carta do bêbado, e ver o que podemos tirar dele.

— Muito bem. Acho que preciso esticar as pernas, Heller. Traga o carro e vamos buscar o *monsieur* Fiocca juntos. Ah, e mande alguém deixar os relatórios daquela fuga no meu escritório para eu ler na volta. Quero dar mais uma olhada neles.

Böhm estendeu a mão e Heller entregou a ele um formulário autorizando a prisão de Fiocca e a apreensão de seus registros. Ele o assinou com um floreio.

8

Henri estava trabalhando calmamente no escritório desde as sete da manhã. Tinha o hábito, desde que assumira o controle dos negócios da família, cerca de dez anos antes, de passar as manhãs de sexta-feira organizando a papelada que se acumulava sobre a escrivaninha durante a semana. Boa parte dela seria convertida em notas para sua secretária, *mademoiselle* Boyer, em cópias para arquivar e em perguntas para os advogados e contadores, tudo isso antes mesmo de seus homens começarem a ocupar as estações de trabalho, que ficavam atrás dos gabinetes, quando o silêncio daquelas primeiras horas era substituído lentamente por telefones tocando, pelo ruído de passos e de carrinhos nos corredores. Aquilo o confortava, o som crescente do serviço sendo feito.

Grande parte de seu trabalho envolvia viagens pela costa, reuniões com outros executivos em hotéis, fábricas e escritórios de advogados, então ele se apegava àquelas manhãs de silêncio toda semana, nas quais qualquer pequeno problema podia ser analisado e resolvido, de modo que as rodas da indústria continuassem girando sem interrupções. Ele não via motivos para mudar a rotina durante a guerra, embora tivesse que reconhecer que sua esposa não estava livre para o almoço após sua manhã de trabalho com a mesma frequência de antes da queda da França.

Não era comum que sua secretária batesse na porta enquanto seu café ainda estava quente e a papelada não havia sido terminada. Ele pediu a ela que entrasse.

— *Monsieur* Fiocca — ela disse. Seu corpo magro, normalmente ereto como uma vareta, parecia trêmulo. Ela segurava com firmeza na maçaneta, como se precisasse de apoio.

Ele tirou os óculos de leitura e sorriu para tranquilizá-la.

— O que foi, *mademoiselle* Boyer?

— Tem uns... homens aqui.

Ele se levantou rapidamente e foi até a janela, respirando fundo. Três grandes carros pretos estavam estacionados na frente do prédio. Um dos motoristas estava parado na calçada, não descansando ou fumando um cigarro como um soldado comum, mas com as mãos atrás das costas, olhando para a frente. Gestapo.

Mademoiselle Boyer ainda estava com a mão na porta.

— O *monsieur* Callan acabou de vir me avisar. Eles já estão interrogando os homens na fábrica. Outros estão mexendo nos arquivos na sala de contratos. O que devo fazer?

Henri tirou os olhos dos carros e ficou mirando o porto de La Joliette, os barcos a vapor e as docas, o azul brumoso do Mediterrâneo.

— Pode voltar ao trabalho, *mademoiselle* — ele disse. — Tenho certeza de que logo chegarão até nós.

Ele voltou à mesa e a jovem se retirou, fechando a porta. Henri terminou de ler o contrato que estava analisando e assinou as duas cópias, depois examinou a assinatura. Ninguém suspeitaria que sua mão estava tremendo. Ele colocou as duas cópias sobre a pilha destinada a *mademoiselle* Boyer.

Em seguida, começou a ler uma solicitação de algumas pequenas mudanças no pedido de um dos fornecedores para acomodar "lastimáveis déficits no momento atual". Ele sentia a mudança no ritmo do prédio. Um telefone tocava sem ser atendido, passos apressados do lado de fora. Os ruídos distantes e sussurros que vinham da fábrica eram intermitentes. Ele esperou, tentando ler, mas sem ver nada. A porta se abriu novamente, e um alemão alto de uniforme verde-acinzentado e insígnias indicando o posto de major da SS entrou na sala. Um capitão entrou respeitosamente em seguida. Atrás deles, Henri via *mademoiselle* Boyer em pé, a boca entreaberta pelo choque.

Henri voltou a se levantar.

— Obrigado, *mademoiselle* Boyer — ele disse com clareza, como se os visitantes tivessem sido adequadamente apresentados.

O major olhou para trás como se visse a mulher pela primeira vez, depois se virou para Henri com um sorriso.

— Meu nome é Böhm, *monsieur* Fiocca — ele disse em excelente francês, mas não estendeu a mão. — Esse é o capitão Heller. Sentimos muito por virmos sem avisar.

— Não há problema algum — Henri respondeu com uma saudação. — Sentem-se, cavalheiros. Em que posso ser útil?

Böhm ignorou o convite para se sentar e foi até a janela, admirando a mesma vista que Henri tinha acabado de apreciar.

— Não é necessário, *monsieur* Fiocca. E nem precisa se dar ao trabalho de se sentar. Temos poucas perguntas para o senhor. Pegue seu casaco. Gostaríamos que fosse à Rue Paradis como nosso convidado por um breve período.

Henri endireitou as costas.

— Podem fazer as perguntas que quiserem. Falem com minha secretária, meu contador, mas receio estar ocupado demais para perder uma tarde com os senhores.

Böhm ainda observava a vista.

— Nós vamos, é claro, falar com os dois. Mas devo insistir que me acompanhe agora, *monsieur* Fiocca.

Tão rápido. Como é estranho quando algo que se espera há meses acontece e ainda assim parece repentino. Mas certamente sua reputação, a reputação de sua família, ainda contava para alguma coisa em Marselha, não? Henri se manteve firme.

— Por que vieram pessoalmente até aqui se queriam me interrogar em sua sede? Até onde sei, a Gestapo costuma mandar um grupo de brutamontes anônimos com distintivos quando quer falar com alguém. E normalmente à noite.

Uma pequena chama inútil de desobediência. Henri respirou fundo. Ele usaria a lei, usaria seu dinheiro e influência e, se necessário, usaria o próprio corpo como escudo para proteger sua gente e Nancy daqueles homens. O major Böhm não pareceu se ofender. Ele finalmente saiu da janela e se aproximou da mesa, olhando para os papéis antes de responder com um aceno de cabeça educado.

— Como o senhor, *monsieur* Fiocca, estou há algum tempo sentado atrás de uma mesa. Precisava esticar as pernas. — Ele estava lendo de cabeça para baixo uma das cartas que estava sobre a mesa, escrita por Henri naquela manhã. — Já estudou psicologia, *monsieur* Fiocca? Eu estudei. Em Cambridge, antes da guerra. Sempre achei que as habilidades que aprendi, como entender os homens, seu comportamento e motivações, poderiam ser muito úteis nos negócios. Suponho que deva ter aprendido essas habilidades também, para ter o sucesso que tem mesmo nesses períodos difíceis. Sim, acho que vamos ter muito o que conversar.

Seus olhares se cruzaram, e Henri sentiu o sangue gelar. Soube naquele momento que a lei, seu dinheiro e sua influência não seriam suficientes como escudo.

9

Nancy subiu as escadas do belo casarão da Rue Paradis, batendo com os saltos nos degraus curvos de mármore. Ela estava se preparando, deixando a fúria se formar e florescer. Uma coisa que havia aprendido desde que começara a trabalhar para a Resistência era que até os oficiais da Gestapo pensavam duas vezes quando eram confrontados por uma dona de casa francesa num acesso de fúria.

O que eles sabem? O que eles sabem? Talvez tenham apenas ouvido rumores sobre o dinheiro escoando das contas bancárias de Henri e, vendo a Resistência bem financiada, juntado dois mais dois. *Mademoiselle* Boyer, que telefonara para ela com a notícia da prisão, tinha ouvido falar que um bêbado, despedido algumas semanas antes, estava espalhando rumores e jurando vingança. A srta. Boyer também havia garantido a ela que os livros da empresa "estão corretos, madame", com um orgulho nervoso, porém um leve tremor na voz. Se Henri Fiocca, um dos mais respeitados e respeitáveis homens de negócios da cidade, estava sendo detido com base apenas na palavra de um bêbado vingativo, havia uma chance de que ela pudesse fazer um escândalo e obrigar aqueles cretinos malditos a soltarem seu marido. Mas e se soubessem mais? Na pior das hipóteses, alguém dissera que Nancy era o Rato Branco e eles estavam usando Henri como o queijo da armadilha. Tudo bem. Ela se entregaria com um maldito laço na cintura se aquilo servisse para que o soltassem. Mas, até ter certeza, bancaria a *socialite* indignada.

Ela escancarou as portas e atravessou o piso de mármore sem olhar para a direita nem para a esquerda. Teve uma vaga impressão dos homens e mulheres que esperavam nos bancos laterais da sala, todos morrendo de medo ou de preocupação, e viu alguns alemães uniformizados perto da porta. A esposa rica, arrogante e inocente de um homem poderoso teria ignorado todos eles, então foi o que Nancy fez. Quando chegou ao balcão, que parecia a recepção de um hotel, estava convencida de que era exatamente aquela pessoa.

Ela avançou sobre o recepcionista loiro e com cara de sonso. Ele olhava com desdém para um homem mais velho que aparentava nervosismo, um sujeito de corpo quadrado, de sessenta e poucos anos, vestindo o casaco típico dos trabalhadores braçais. Suas mãos enormes seguravam com cuidado a fotografia de um jovem. O cuidado que tinha com a foto quase fez Nancy parar bruscamente. Será que o garoto estava desaparecido? Teria sido enviado para trabalhar na Alemanha, preso, feito refém? O pobre rapaz provavelmente havia sido pego com um panfleto antifascista no bolso, e por isso desapareceram com ele.

Basta, Nancy. Esposas da alta sociedade não se importam com a sorte do filho de um trabalhador qualquer. Foco.

Ela bateu a caríssima bolsinha de mão sobre o balcão, e o trabalhador se retirou timidamente para a lateral.

— Como ousam prender meu marido? — ela disse com a voz mais impostada possível. — Estão completamente loucos? Meu Deus, ele é amigo pessoal do prefeito! Exijo que o soltem neste instante e quero uma desculpa por escrito agora mesmo.

O atendente da recepção olhou na direção dela, depois voltou ao formulário que estava preenchendo.

— Pegue uma senha com o funcionário que está perto da porta, madame — ele disse em um francês passável, mas com sotaque forte.

O homem da porta havia seguido Nancy discretamente pela sala de espera e tentado entregar-lhe um número com um sorriso obsequioso. Nancy olhou como se ele estivesse oferecendo-lhe um lenço usado.

— De jeito nenhum! Você sabe com quem está falando?

Ela se inclinou sobre o balcão com as mãos espalmadas sobre a madeira polida.

— Pegue uma senha e vou descobrir quando chegar a hora — o atendente respondeu, continuando a escrever.

Nancy esticou o braço, tirou a caneta da mão dele e a jogou para trás. A caneta quicou e girou sobre os ladrilhos.

— Olhe para mim quando falo com você, rapaz! — Ele olhou. — Sou a sra. Fiocca e exijo ver meu marido imediatamente. Não me faça, *não me faça*, pedir pela terceira vez.

Ele era nitidamente mais velho do que ela, verdade seja dita, mas parecia proceder.

— Impossível, seu marido está sendo interrogado...

— Interrogado? Como ousam interrogá-lo? — Nancy gritou.

— Madame!

— Henri! — ela gritou o nome alto o suficiente para fazer as janelas tremerem.

O atendente olhou atrás dela, e ela ouviu o som das botas engraxadas dos guardas se aproximando. Será que havia exagerado? Bem, já que tinha começado, iria até o fim. Se eles a arrastassem para fora e a jogassem escadaria abaixo, ela poderia percorrer a cidade exibindo suas meias rasgadas e sua indignação a todas as autoridades de Marselha. Seria um pesadelo para a Gestapo, e eles teriam que soltar Henri e mandá-lo para casa. Perfeito. Ela respirou fundo, pronta para fazer um verdadeiro escândalo.

Uma porta à direita do balcão se abriu e um oficial caminhou devagar até a sala de espera. Nancy nunca sabia identificar as patentes, mas ele era obviamente alguém importante. Os passos que se aproximavam por trás dela pararam de repente, e o sujeito sonso que estava ao balcão se levantou de imediato. O oficial dispensou os guardas, depois acenou com a cabeça para o atendente, que se sentou e pegou outra caneta em uma das gavetinhas à sua frente.

— Não há necessidade para histeria, madame Fiocca — disse o oficial, novamente em francês. — Major Böhm, ao seu dispor.

Nancy piscou ao observá-lo. Tinha pouco mais de quarenta anos, corpo esguio. Se não estivesse usando aquele uniforme repugnante, seria bonito. E o cretino tinha acabado de frustrar os planos dela.

— E meu marido? — Nancy perguntou, olhando para ele com o nariz empinado.

Ele cedeu.

— Vou levá-la até ele agora mesmo. Acompanhe-me.

Ele voltou para a porta de onde tinha vindo e a segurou aberta para ela. Nancy pegou a bolsa, endireitou os ombros e o seguiu. Já tinha perdido seu público. Droga. Böhm a conduziu pelo corredor, afastando-se da sala de espera com passadas longas e suaves. A saia de Nancy era justa, seguindo as tendências da moda, e, somada aos saltos altos, só lhe permitia dar passos curtos. Ela teve que trotar ao lado dele como um cachorrinho. Era hora de retomar a iniciativa.

— Major Böhm, isto é profundamente constrangedor, como ousa trazer Henri aqui como se ele fosse um criminoso? Não consigo nem imaginar o que o prefeito vai dizer.

Böhm não respondeu, apenas parou de repente em frente a uma porta aparentemente comum e a abriu, fazendo sinal para que ela entrasse.

Ela entrou. Era uma salinha limpa e organizada. Provavelmente o escritório de um supervisor antes de o imóvel ser tomado pelos nazistas. As venezianas estavam fechadas, mas a luz da tarde ainda entrava. As paredes, pintadas de verde-claro e repletas de gravuras com imagens litorâneas em simples molduras pretas. No entanto, a mobília antiga fora retirada, e no centro do pequeno espaço havia uma mesa de madeira rústica e um par de cadeiras dobráveis de metal. Em uma delas, sentado de costas para a janela, estava Henri.

Ele levantou a cabeça e sorriu para ela com delicadeza e tristeza. Parecia, pela primeira vez desde que Nancy o conhecera, velho. Ela sentiu que seu coração havia sido espremido de repente, até ficar seco. Estava ciente de que o major Böhm permanecia na porta atrás dela. *Fique na personagem, Nancy.*

— Henri, que absurdo é esse? *Mademoiselle* Boyer me ligou da fábrica com uma voz de quem estava prestes a desmaiar, dizendo que esses monstros tinham arrancado você de seu próprio escritório. É um escândalo absoluto.

Ele levantou a mão com a palma virada para a frente e balançou a cabeça.

— Minha querida, não se angustie. Meus advogados estão a caminho, e você sabe que são os melhores que o dinheiro pode comprar. Todos bons amigos do governo de Vichy.

— Do que está sendo acusado? — Assim era melhor. Ela estava voltando aos trilhos.

— Algum mal-entendido, certamente. Não se preocupe. — Ele a estava encarando, olhando intensamente para ela, mesmo enquanto dizia palavras leves e comuns. Aquilo a assustou.

Ela se virou para Böhm, que havia entrado na sala e fechado a porta.

— Quais são as acusações contra o meu marido, major?

Böhm a fez esperar, acenando com a cabeça por um instante como se ela ainda estivesse falando. Quando respondeu, sua voz estava calma e racional:

— Um dos funcionários do seu marido nos alertou sobre uma conspiração na Fiocca Transportes Marítimos. Parece que falta uma grande soma de dinheiro.

Nancy levantou a cabeça.

— Tenho certeza de que Henri não tem nada a ver com *isso*.

A expressão de Böhm se alterou, demonstrando um interesse educado.

— Então suponho que tenha conhecimento das finanças dele?

— Não gosto do seu tom — Nancy disse, incorporando a terrível e arrogante irmã de Henri, grata ao menos uma vez pela existência daquela mulher.

— Porque temos motivos para acreditar que o dinheiro dele foi direcionado à Resistência...

— Isso é um absurdo! — Nancy exclamou, jogando a cabeça para trás.

Böhm a observou, inclinando a cabeça de lado como se estivesse se divertindo com a interrupção.

— A única coisa que minha esposa sabe sobre meu dinheiro é como gastá-lo — Henri disse, suspirando.

Nancy virou as costas para Böhm e ficou novamente de frente para o marido, olhando em seus olhos.

— Vá para casa, minha querida — ele continuou. — Deixe o major e eu resolvermos isso entre nós, como cavalheiros.

Se ele havia decidido ir por aquele caminho, ela teria que concordar. Não queria que a esposa fosse a matrona furiosa, mas a *socialite* frívola, tola, bela e esbanjadora demais para saber qualquer coisa sobre os negócios do marido. Nancy conseguiu forjar um biquinho irritado.

— Você que sabe, Henri.

O major Böhm pigarreou.

— Só mais uma coisa, madame Fiocca. Por favor, não saia de Marselha. Posso ter perguntas para a senhora também.

Ele abriu a porta, pronto para lhe mostrar a saída. Não. Cedo demais. Ela não podia simplesmente deixar Henri ali.

— Acha que sou o tipo de mulher que sai de férias enquanto o marido está sendo injustamente acusado pela Gestapo? Henri, não vou a lugar nenhum sem você.

Aquilo lhe deu a chance de olhar para ele novamente. Seu porto seguro. Seu refúgio. Seu marido. Seu Henri. Ele abriu um sorriso caloroso e encorajador.

— É claro que não, minha querida.

Certo. Ele sabia o que estava fazendo. Ela estava se afligindo sem necessidade. Henri tinha mais de dez advogados e caminhões de dinheiro para comprar sua saída de qualquer lugar, até do quartel-general da Gestapo. Ela começou a se dirigir para a porta.

— Nancy?

Ela se virou. Henri era encantador. Ela prepararia sozinha um jantar para ele aquela noite, o marido gostando ou não. E ainda tinha algum vinho decente na adega.

— Diga para minha mãe não se preocupar.

Não. Aquilo não. Eles combinaram que aquele seria o código se... Nada bom. Muito, muito ruim. Ela foi tomada pelo pânico. Não conseguia se mexer. Pensou em gritar, em confessar, em cuspir na cara daqueles cretinos... Ah, mas sabia que Henri morreria se a visse sendo arrastada para fora por aqueles animais. Depois de tudo o que havia causado a ele, não seria capaz de fazer mais aquilo. A escolha tinha sido dele. Mas não, não, não. *Aquilo não podia acontecer; não ia acontecer*. A voz dela parecia áspera na garganta:

— Vou dizer que você a ama.

Durante o tempo de uma, duas, três batidas de coração, eles olharam um para o outro, tentaram dizer um ao outro tudo o que poderia ser dito, compartilhar e celebrar toda uma vida, fazer promessas e mantê-las.

Um, dois, três.

— Madame Fiocca? — Böhm estava esperando.

Nancy passou por ele e saiu para o corredor. Böhm a acompanhou, fechando a porta. Se ele disse algo enquanto a conduzia de volta à sala de espera, ela não ouviu.

10

A empregada de Nancy estava esperando quando ela destrancou a grande porta da frente. Estava parada no meio do corredor, com uma maleta de papelão ao lado, já vestida com seu melhor casaco.

— Madame Fiocca, eu...

Nancy tirou as luvas. Não conseguia olhar para a moça.

— É claro, é melhor você ir, Claudette. Vai para a casa de sua mãe em Saint-Julien?

Nancy tirou uma chave da bolsa e abriu a gaveta de uma pequena cômoda que ficava no corredor. Henri sempre deixava uma carteira de couro macio ali, recheada de dinheiro. Nancy tirou uns dois mil francos e entregou à moça.

Claudette ficou olhando para as notas, balançando a cabeça.

— Eu não posso aceitar, madame. Não quando estou deixando vocês.

— Pode sim, senhora — Nancy a repreendeu. — Pegue de uma vez.

Claudette puxou timidamente o dinheiro que estava entre os dedos de Nancy e murmurou um agradecimento, enfiando as notas no bolso interno do casaco.

— Saia pelo jardim dos fundos, Claudette. E fique de cabeça baixa.

— Boa sorte, madame. Gostei muito de trabalhar para a senhora.

Nancy, por fim, conseguiu olhar para ela. Não, quem quer que tivesse traído Henri, não havia sido aquela garota. Sentia que deveria lhe dar algum conselho, dizer algo brilhante e sagaz de que Claudette se lembraria pelo resto da vida, algo que a tornasse uma pessoa melhor, algo que ela contaria aos filhos e netos. Algo inspirador. Não conseguiu pensar em nada. Só precisava de uma bebida. Bem, ninguém havia lhe dito nada inspirador antes de ela fugir de casa. A culpa era deles.

— Fico feliz. Agora vá indo, querida.

Claudette pegou a maleta.

— Seu amigo Philippe está na cozinha, madame Fiocca.

— Obrigada.

Claudette foi para os fundos da casa, deixando Nancy parada no corredor, ainda vestindo o casaco de lã de camelo, com a bolsa de couro envernizado na dobra do braço. Havia flores frescas sobre a mesa, o corrimão de madeira estava bem lustrado, pinturas a óleo retratando Marselha e navios no mar formavam fileiras ordenadas na parede. Nunca os havia notado. Quadros eram uma coisa de Henri. Ela foi até a sala de estar e se aproximou da cristaleira. Pegou o *decanter* e serviu uma boa dose de conhaque em uma pesada taça de cristal. Virou toda a bebida, então pegou uma segunda taça e o *decanter* e foi para a cozinha.

Philippe se levantou quando ela entrou. Nancy colocou as taças e o *decanter* sobre a mesa de madeira, serviu as bebidas, sentou-se, tirou o casaco e cruzou as pernas. Tomou a bebida. Philippe ainda estava em pé.

— Sente-se de uma vez, porra — ela disse, alcançando o *decanter* novamente. Ele hesitou. — O que foi? Nunca viu uma mulher beber?

Ele se sentou com cuidado, mas o atrito da cadeira com os ladrilhos de ardósia pareceu um grito.

— Sinto muito, Nancy.

Ela começou a tremer. Seria raiva ou culpa? Não fazia ideia do que estava sentindo, mas, independentemente do que fosse, estava fazendo seus músculos estremecerem e os dentes baterem na taça.

— É culpa minha. Ele sempre me disse para tomar cuidado, mas eu continuei insistindo, pedindo mais e mais dinheiro. — Culpa, então.

Philippe segurou a taça entre as mãos e balançou a cabeça.

— Henri tomou suas próprias decisões. Não tire isso dele, Nancy.

— Mas…

— Agora é hora de tomar as suas — ele afirmou.

Ela sabia o que Philippe estava prestes a dizer, e não queria ouvir. Cale a boca. Cale. A. Boca. A mão tremia tanto que ela mal conseguia levar a taça aos lábios. Ele não se calou.

— Temos que tirar você daqui. Agora.

— Não posso simplesmente deixá-lo aqui, com eles! — Ela bateu a taça na mesa, agitando os talheres que estavam nas gavetas. — Vou botar fogo em mim mesma na frente da escadaria deles. Vou enfiar uma granada no rabo deles. Vou entrar e atirar no atendente. Henri não pode me obrigar a ir embora!

Philippe colocou a taça sobre a mesa, um clique como o de uma bala sendo carregada na câmara de um revólver.

— Sei que não tem medo de morrer, Nancy. Mas você precisa ir. Se não for por você, então que seja por ele. Eles vão obrigá-lo a vê-la sofrer, e você *vai* sofrer. Vão pegá-la viva e torturar vocês dois até toda a rede ser exposta. Sei que Henri vai ficar de boca fechada enquanto puder, mas também sei que ele diria qualquer coisa para salvá-la. Então, pelo bem de todos, vá embora.

Ela fechou os olhos como se pudesse se esconder daquela verdade.

— Henri tem advogados. Advogados caros. Talvez consigam tirá-lo dali...

Philippe baixou os olhos e respondeu em voz baixa:

— E, quando conseguirem, vamos tirá-lo da França. Mandá-lo para onde você estiver. Mas você tem que ir agora.

Ela piscou para conter as lágrimas.

— Você jura?

— Juro que vou fazer tudo o que eu puder, Nancy. Isso basta? — ele respondeu.

Ela finalmente assentiu. Sabia que era o máximo que Philippe podia prometer.

— Este foi meu primeiro lar de verdade.

Ele terminou a bebida.

— Esteja pronta assim que escurecer, Nancy. Eles já colocaram sentinelas na frente e nos fundos da casa, mas vamos causar uma distração. Saia pela frente. Pegue o último ônibus para Toulouse. Sabe o endereço do esconderijo de lá?

Ela apenas confirmou com a cabeça, temendo que, se dissesse qualquer outra coisa, não conseguiria conter as lágrimas.

11

Böhm teria gostado de Fiocca se eles tivessem se conhecido em tempos de paz. Dava para ver que era um homem sofisticado, de bom gosto, com quem poderia discutir ideias modernas, e aquilo era raro na experiência de Böhm. Henri havia suportado bem os estágios iniciais do interrogatório, respondendo a todas as perguntas básicas com calma e tranquilidade, sem oferecer dados adicionais nem se atrapalhar quando lhe foram solicitadas informações sobre datas específicas, simplesmente dizendo que não se lembrava, mas poderia explicar qualquer coisa se tivesse acesso aos registros pertinentes.

Era mesmo uma pena que aquela capacidade de manter a calma não fosse ajudá-lo nas horas seguintes.

Havia muito trabalho a ser feito. A liderança fraca e hesitante em Vichy tinha permitido que judeus, comunistas e terroristas franceses operassem no sul da França. O povo, inicialmente submisso após o choque da completa derrota militar, estava ficando irrequieto. Agora depositavam as esperanças nos norte-americanos, emergindo como pragas em um ambiente insalubre. E o pior deles era um rato em particular.

Böhm não aprovava dar apelidos aos agentes inimigos como se fossem medalhas de honra. Para ele, o Rato Branco era simplesmente Agente A e insistia que não se referissem a ele por qualquer outro nome dentro daquele prédio. Esperava que, destruindo os labirintos do Bairro Velho, forçaria o homem a se expor, mas os rumores sobre as atividades só tinham aumentado. Prisioneiros e soldados da força aérea abatidos desapareceram por rotas de esconderijos, recebendo documentos falsos no caminho, e voltaram a aparecer na Espanha, na Inglaterra ou na África Setentrional. Seus furgões com sistema de detecção haviam captado mensagens codificadas de mais de uma dezena de aparelhos de rádio se comunicando com Londres e Argel, e o tal homem parecia conseguir transportar tudo – documentos, mensagens, peças de rádio, prisioneiros – por todos os postos de controle que eles estabeleciam.

A princípio, ele havia suposto se tratar de um camponês ou pescador que conhecia o litoral e as estradas secundárias. Mas talvez estivesse errado.

Começou a ler os relatórios sobre a fuga pelo litoral que Heller havia deixado sobre sua mesa. O terrorista morto fora identificado como Antoine Colbert, advogado cujo pai tinha uma empresa que vinha cuidando das finanças dos abastados de Marselha havia anos. Por um instante, Böhm teve esperança de que, por um golpe de sorte, tivessem capturado o rato. Nos dias que se seguiram, no entanto, a família de Colbert desapareceu de maneira muito tranquila e eficiente para se tratar da obra de uma organização em pânico por ter perdido seu líder.

O Rato Branco ainda estava à solta.

Ele leu os relatórios novamente. O soldado de olhar aguçado que havia visto o movimento no litoral íngreme e rochoso e insistido que o líder de sua patrulha ligasse o refletor de busca; a vanglória, quase certamente exagerada, do número de fugitivos baleados enquanto escapavam em um barco a remo superlotado, até que a luz foi atingida e apagada; a dificuldade para encontrar o grupo em terra que havia ajudado os fugitivos. Então ele viu uma linha, no meio do relato, sobre um homem que tinha tentado ajudar Colbert, fazendo com que o próprio atirasse em si mesmo. Ele viu duas outras pessoas com o homem morto e achou que uma delas, a julgar por um vislumbre à luz vacilante de uma lanterna, poderia ser uma mulher.

Uma mulher? É claro que não. Mulheres não lutavam no meio de homens. Operadoras de rádio, uma ou outra estudante pintando frases de efeito nos muros, sim, mas será que a Resistência teria se rebaixado ao ponto de colocar uma arma na mão de uma mulher? Ao mesmo tempo, ele próprio tinha interrogado várias operadoras de rádio em Paris, e algumas haviam demonstrado um certo entusiasmo nada feminino pela luta. Ele começou a reconsiderar. E se o Rato Branco fosse uma mulher? Será que os franceses aceitariam instruções de uma mulher? Talvez fosse incomum, mas não impossível. A facilidade com que o Rato Branco – ou *Rata Branca* – passava pelos postos de controle e estações ferroviárias, desaparecia dos encontros, evaporava como neblina nas ruas parecia muito menos mágica se fosse levado em conta que seus homens estavam procurando por um homem em idade de combate, e não por uma mulher.

Ele recostou na cadeira, juntou as pontas dos dedos e permaneceu imóvel, olhando fixamente para o ar até que entendeu o que realmente queria, depois pegou o pesado fone que ficava sobre a mesa.

— Capitão, venha até aqui, por favor.

Ele logo chegou.

— *Heil Hitler!*

— Heller, os arquivos que temos sobre a população civil de Marselha. Quero que verifique novamente todas as mulheres sobre as quais tenhamos ouvido qualquer mínimo rumor. Principalmente as que frequentam o mercado clandestino. Exclua todas as que tenham filhos com menos de dez anos e aquelas com idade acima dos cinquenta. Quero relatórios sobre todas em minha mesa, organizados por ordem de riqueza da família.

Heller piscou atrás dos óculos.

— É claro, senhor. Posso perguntar o motivo?

Böhm ficou feliz em explicar sua teoria e satisfeito ao ver os olhos de Heller se iluminarem com um reconhecimento sagaz.

— E por que está se concentrando nas mulheres mais ricas? — Era uma pergunta sensata.

— Porque, seja quem for, ela opera com muita confiança e liberdade. Achávamos que era a confiança das classes mais baixas, livre de uma educação civilizada, e uma liberdade nascida da familiaridade com cada buraco de rato desta cidade. Mas o que mais dá confiança e liberdade a uma mulher, Heller?

Heller não hesitou.

— Dinheiro.

Böhm assentiu.

— Os arquivos, por favor, Heller.

— É claro.

Mas o homem não se moveu. Sua boca simplesmente abriu e fechou como a de um peixe.

— O que foi?

— Já vou buscar os arquivos. Só que eu acho... Senhor, eu acho que o arquivo da madame Fiocca vai ficar bem no topo da pilha.

Böhm franziu a testa. Ela aparentava ser a perfeita dona de casa francesa mimada. Escandalosa, espalhafatosa, confiante. A voz dele ficou aguda.

— Diga o que sabe sobre ela, por favor.

Heller respondeu rapidamente:

— Nasceu na Austrália. Fugiu de casa e trabalhou como jornalista em Paris, para jornais do Grupo Hearst. É conhecida por usar o mercado clandestino com frequência e fornecer produtos a seus amigos... — Ele hesitou. — Viaja regularmente e costumava visitar com frequência um prisioneiro em Mauzac, antes de ele fugir.

Böhm ficou muito sério.

Heller olhou para o espaço vazio sobre a cabeça do major e continuou:

— Ela pediu para o marido mandar cinquenta mil francos para a pousada em que estava hospedada perto da prisão. Naturalmente, isso foi investigado como possível suborno depois que o homem fugiu, mas ela disse à polícia local que o dinheiro foi usado para pagar a conta do bar e reclamou da repugnante quebra de confidencialidade dos correios. Eles até mandaram a ela uma carta formal de desculpas.

Böhm não estava acostumado a sentir raiva, mas naquele momento podia senti-la quente em todos os ossos do corpo.

— Onde ela está?

— Colocamos um carro para segui-la quando saiu daqui, senhor. Ela foi direto para casa.

Böhm rangeu os dentes.

— Vá buscá-la. Vá buscá-la agora.

Heller fez uma saudação e saiu. Quando a porta se fechou, Böhm levantou-se rapidamente, depois se inclinou sobre a mesa. Ele devia ter desconfiado. Ela havia agido de forma arrogante ao chegar, depois virou uma mulher irritadiça e dengosa na frente do marido. Mas ele estava prestando atenção em Henri, não nela.

Quando Philippe saiu, Nancy achou que ia desabar, mas isso não aconteceu. Ela pegou a taça e caminhou pela casa vazia, olhando para todos os cômodos, tentando fixá-los na memória.

A sala de estar tinha móveis esparsos e elegantes; sobre a mesa de centro vinda de Paris havia uma pilha de revistas de moda anteriores à guerra. Henri costumava provocá-la colocando os pés sobre a mesinha quando eles chegavam de uma noitada.

O escritório de Henri era muito mais antiquado. Ela chamava o cômodo de Caverna do Urso. Era repleto de livros e tinha uma escrivaninha de carvalho, onde ele suspirava ao ver os recibos dos gastos dela com roupas, enquanto ela sorria com doçura para o marido, sentada em uma das poltronas de couro vermelho junto à lareira. Havia uma fotografia da mãe dele sobre a mesa, perto de outra da própria Nancy. Madame Fiocca, a mais velha, tinha morrido um ano antes de o casal se conhecer. Henri sempre dizia que sua mãe teria gostado da esposa. Era gentil da parte dele dizer aquilo, mas Nancy achava ótimo o fato de que nunca teriam que colocar aquela teoria à prova. Ela abriu a parte de trás do porta-retratos e encontrou dois conjuntos de documentos falsos, um para ela e um para Henri. Colocou os seus no bolso e guardou os dele com cuidado, para que estivessem no mesmo lugar quando ele precisasse.

No andar de cima, parou no patamar da escada antes de, finalmente, entrar no quarto. A cama estava arrumada, sua maquiagem estava organizada sobre a penteadeira, com todas as loções e poções, cremes e cores, suas escovas de cabelo prateadas e as almofadas para pó de arroz com detalhes em marfim. Ela olhou para a porta de seu quarto de vestir. Não adiantaria entrar ali. Não poderia sair com uma mala como Claudette; não podia levar nada que não coubesse na maior, porém não grande demais a ponto de levantar suspeitas, bolsa que tinha. Pegou duas blusas de seda, mas não arriscou duas saias; um cachecol que poderia servir como xale, seu casaco de lã de camelo e sapatos que, embora estilosos, eram confortáveis para caminhar. Precisava de dinheiro, é claro, e pegou um canivete com cabo de madrepérola, joias, creme para o rosto, um pente e seus documentos verdadeiros. Guardou os documentos falsos dentro do forro da bolsa. O que mais? Uma fotografia do casamento? Não, aquilo levantaria suspeitas. Ou um dos bilhetes que Henri costumava deixar para ela quando saía de manhã para trabalhar, lembretes para pegar a roupa na lavanderia ou avisos de que um colega de trabalho viria para jantar? Um daqueles seria inocente o bastante, certamente, e dessa forma ela teria algo a que se agarrar, algo que ele havia tocado, até se reencontrarem. Encontrou um na gaveta da penteadeira, assinado como todos eles: "Com todo o meu amor, Henri".

Ela guardou o papel na bolsa, depois voltou ao corredor, encostada nas sombras da parede. Pelo vitral da porta gradeada, viu um dos enormes carros pretos da Gestapo estacionado do outro lado da rua. O que Philippe estava planejando? A luz estava desaparecendo do céu, e o último ônibus para Toulouse partia em quarenta minutos. Ela esperava que ele se apressasse. Contou as respirações. Uma. Duas. Era um truque que um passageiro do barco em que viajara da Austrália para Nova York havia lhe ensinado quando tinha dezesseis anos, sozinha e em pânico devido à liberdade repentina. Ela pensou naquelas primeiras semanas em Nova York, nos primeiros amigos que fez, no primeiro apartamento e emprego, na primeira vez que experimentou gim caseiro. Sua decisão, ao ver uma mulher elegantemente vestida em frente ao tribunal de justiça fazendo perguntas sobre um advogado de terno escuro sem se desculpar ou demonstrar qualquer deferência, de ser jornalista. *Vamos, Philippe*. Ela estava com a mão na maçaneta. Será que poderia apenas sair correndo? Arriscar? Não teria a menor chance.

Começou com apenas um pouco de fumaça – Nancy piscou para ter certeza de que não estava vendo coisas –, depois a janela no andar superior da peixaria do outro lado da rua se abriu e uma grande quantidade de fumaça preta se espalhou pela noite. Madame Bissot chegou correndo, batendo na lateral do carro da Gestapo, apontando para o estabelecimento. Dois homens saíram. Um a acompanhou, o outro ficou apoiado na porta aberta do passageiro, olhando para as chamas. Nancy saiu, fechou a porta e seguiu pelo caminho que levava ao portão o mais rápido que pôde, olhando fixamente para as costas do homem da Gestapo. Ela estava com o coração na garganta. Passou pelo portão. Estava aberto ou fechado quando se aproximou dele? Pense! Havia sido apenas um instante antes. Aberto. Henri sempre a repreendia por deixar o portão destrancado, e ela tinha sido a última a chegar da rua. Mas Claudette devia tê-lo fechado quando saiu. Não, ela tinha saído pelos fundos. Nancy o deixou meio aberto, virou-se na direção da peixaria, certa de que o homem da Gestapo já teria virado e estaria atravessando a rua atrás dela. Não. Ele ainda estava olhando para o fogo. Ela caminhou rapidamente pela rua. Em sua mente, cada passo parecia um tiro, e ela tinha a sensação de estar com um holofote apontado para suas costas. Até onde ia aquela maldita rua? Ela se permitiu acelerar um pouco o passo, depois não conseguiu se conter e saiu correndo, pegou a primeira rua à direita, depois a próxima à esquerda, então parou e espiou de canto de olho na esquina para ver se eles estavam vindo. O barulho de um motor fez seu coração parar. Mas não, era apenas um jipe passando na via principal, e logo a rua ficou vazia.

Quando Heller chegou à frente da residência dos Fiocca, logo soube que havia algo errado. O que restava de um incêndio estava sendo apagado na peixaria, e, embora um dos homens que ele enviara para ficar de olho na madame Fiocca ainda estivesse sentado no carro olhando fixamente para a porta da frente da casa, o outro estava ajudando a extinguir as últimas chamas.

Heller ignorou o homem que ajudava e bateu no vidro do carro. O homem que estava lá dentro ficou pálido e abriu a janela.

— E então, Kaufman? — Heller perguntou.

— Nenhum movimento dentro da casa — Kaufman respondeu com otimismo. Depois apontou para o outro lado da rua. — Bauer está vigiando o portão dos fundos dali e também não viu ninguém saindo. Algum problema, senhor?

— Quando começou o fogo?

— Há mais ou menos meia hora. Foi bem feio. Achamos que ia queimar o prédio todo.

— E, enquanto você assistia ao incêndio, quem estava vigiando a porta da frente?

Kaufman ficou em silêncio, de olhos arregalados.

— Eu estava... Só saí do carro para ver o fogo por um minuto. Menos de um minuto.

Heller fechou os olhos.

— E não achou estranho que, enquanto a casa da frente pegava fogo, nem a madame Fiocca nem sua empregada saíram para ver o que estava acontecendo?

O homem piscou.

Heller sentiu o estômago embrulhar. Em seguida, saiu andando na direção da casa, gritando para trás.

— Kaufman, acompanhe-me! Traga um pé de cabra para a porta!

Ela não estava lá. É claro que não estava lá.

12

As estações de trem eram arriscadas demais, mas a Gestapo era sempre lenta para chegar aos ônibus, e, como eram utilizados principalmente pelas classes mais pobres e pelos franco-italianos, era improvável que procurassem madame Fiocca por lá.

Nancy sentiu-se nua como um recém-nascido quando comprou a passagem e tomou seu lugar nos fundos do ônibus, na janela, ao lado de uma senhora bem idosa, agasalhada com dezenas de xales, e sua neta, uma menina bonita de cabelos cacheados e cerca de seis anos de idade.

O ônibus estava cheio. Já era hora de partir. Ela olhou para o relógio, a avó a notou e deu de ombros.

— É o velho Claude que dirige essa linha às terças-feiras, madame. Ele está sempre atrasado. Ainda deve estar tomando um último conhaque no bar da estação, aposto. E depois vai ter que passar no banheiro.

— Eu queria ir embora — Nancy murmurou.

A senhora a analisou lentamente.

— É mesmo? Está viajando sozinha? — Então ela olhou pela janela, atrás de Nancy. — Ah, esses merdas não!

Nancy se virou. Dois homens com uniformes da SS estavam interrogando a moça do guichê de passagens perto do portão que dava para o pátio dos ônibus e olhando para a fileira de veículos prestes a partir. Droga. Não dava nem para ela se levantar e sair correndo. Todos os centímetros do corredor do ônibus estavam lotados. A senhora sentada ao lado dela fungou bem alto.

— Julie! — A menina de cabelos cacheados tirou os olhos dos dedos que usava para brincar de contar. — Sente no colo dessa moça e cante uma música para ela até o ônibus sair.

Com um leve suspiro, como se aquele fosse um pedido habitual, e um tanto quanto irritante, Julie subiu no colo de Nancy e começou a cantar para ela uma versão calma, semi-improvisada, da cantiga infantil "Alouette". A princípio, Nancy pensou em protestar, mas logo se deu conta de que a senhora estava lhe oferecendo um disfarce. Se a Gestapo estava procurando uma mulher sozinha, não notaria uma mãe com sua filha.

De canto de olho, ela viu os homens da Gestapo se aproximarem junto com um homem gordo, de rosto vermelho, ofegante, com uniforme da companhia de ônibus. Uma discussão acalorada se seguiu, e os dois alemães começaram a andar de um lado para o outro perto do ônibus, espiando pelas janelas. Nancy abaixou a cabeça sobre a criança. Ouviu uma batida no vidro e levantou os olhos sobre os cachos de Julie, bem de frente para um homem da SS. Seria um daqueles que estavam na sala de espera pela manhã? Ele olhava para ela, confuso.

A senhora se inclinou sobre ela e bateu com o punho na janela.

— Cai fora! — ela gritou. — Minha filha ficou acordada a noite inteira com a criança, e agora que tem cinco minutos para tirar uma soneca você acorda ela? Cai fora, ouviu bem?

Não ficou claro quanto o alemão entendeu. Mas captou a ideia geral e, murmurando desculpas, foi embora. Instantes depois, o motor foi ligado, e, com um ruído metálico, o ônibus partiu.

— Pode voltar para o chão, Julie — pediu a senhora, e a criança saiu do colo de Nancy.

— Obrigada — Nancy disse. — A senhora foi maravilhosa.

Ela abriu a bolsa e tirou uma nota. A senhora olhou para o dinheiro e fungou novamente.

— Você prejudicou esses merdas, querida?
— Sim.
— E pretende prejudicar ainda mais?
— Com certeza — Nancy respondeu.

A senhora assentiu com sabedoria.

— Então estamos quites. Agora, fique de olho na pequena que vou dormir um pouco.

Marie Dissard, a dona do apartamento que eles usavam como esconderijo em Toulouse, recebeu-a bem. O lugar era minúsculo, quatro pequenos cômodos quadrados, três deles sem janelas, em uma das vielas estreitas do centro da cidade. Nancy conhecia bem o lugar e sua anfitriã. Marie tinha sessenta e poucos anos, vivia à base de café e cigarros, tinha um grande gato preto chamado Mifouf e nervos de aço. Elas até que se davam bem, inclinadas sobre o rádio ouvindo a BBC, depois conversando acerca do que haviam escutado. Marie não perguntava a Nancy sobre Henri, não ficava especulando o que poderia estar acontecendo com ele, e Nancy não a indagava a respeito de seu sobrinho, trancado em um campo de prisioneiros de guerra havia três anos. Elas conversavam sobre a guerra, sobre quando os britânicos resolveriam invadir a França. A qualquer momento. Tinha que ser.

Três vezes Nancy se despediu dela e pegou o trem para Perpignan. Lá, sentou-se em um pequeno café na fronteira da cidade, olhando para os picos distantes dos Pireneus e desejando expulsar as nuvens de tempestade que via se formando. Se houvesse uma chance de iniciar a viagem pelas montanhas, seu contato na cidade, Albert, colocaria um gerânio no peitoril da janela de seu apartamento. Nenhuma flor apareceu.

Depois da terceira viagem, ela recebeu um recado de Marselha por meio de uma mensageira, uma jovem com sardas e cílios claros que se identificou como Mathilde, dizendo que Albert havia sido pego pela Gestapo – e, o pior de tudo, o mesmo havia acontecido com Philippe.

— Quando? — Nancy perguntou, sentindo a pele ficar fria na cozinha quente do esconderijo. — Como?

A garota tomava o café de madame Dissard em pequenos goles, como se quisesse fazê-lo durar o máximo possível.

— No dia seguinte à sua partida, madame.

Mathilde tinha olhos enormes e um ar de profunda simplicidade. Não era de estranhar que a tivessem enviado. Os soldados alemães poderiam pará-la e olhar para ela, mas nunca acreditariam que era uma espiã. O melhor disfarce que temos são as suposições que as outras pessoas fazem sobre nós. Nancy sabia daquilo melhor do que ninguém.

Graças a Deus. Por um breve instante ela havia pensado que talvez Henri tivesse... mas não. A prisão de Henri tinha sido cedo demais para que ele fosse a fonte de informação da Gestapo.

— Quem o traiu? Sabe o que aconteceu?

— Eu estava lá, madame. — A garota notou que Nancy franzira a testa. — Na mesa ao lado. Tinha detalhes sobre a fuga de uma prisão para passar a Philippe, mas ele deve ter visto alguma coisa. Não fez o sinal para eu me aproximar. Então chegou um homem e se sentou com ele. Um francês que ele chamou de "Michael". Eles conversaram por um ou dois minutos, depois os homens que estavam na mesa de trás se levantaram, sacaram as armas e levaram Philippe embora.

— Mas não levaram Michael? — Nancy perguntou rapidamente.

— Não, o merdinha ficou lá sentado, sorrindo e terminando de tomar seu vinho. — Ela vomitou as palavras. — Conheço a moça do café, madame. É uma boa garota francesa. Ela vai cuspir na comida desse Michael sempre que ele for lá.

Nancy balançou a cabeça. Já era alguma coisa.

— Eu o conheço — ela disse. — Trabalhou para o meu marido.

Mathilde assentiu com tristeza.

Marie apagou o cigarro no cinzeiro e acendeu outro.

— Mais alguém foi pego desde então? — ela perguntou.

— Só o Albert, no mesmo dia.

Nancy olhou para Marie e viu o pequeno aceno de satisfação que a mulher mais velha fez com a cabeça. Elas sabiam o que aquilo significava. Nem Philippe nem Henri haviam sucumbido ainda. O estômago de Nancy revirou e ela teve um vislumbre das mãos quebradas de Gregory. Minha nossa. O que estariam fazendo com Henri? Ela desviou os olhos e tomou seu café.

Marie pigarreou.

— E quanto aos planos de fuga da prisão, Mathilde?

A garota sorriu para ela.

— Seguirão conforme o planejado. Hoje à noite. É por isso que estou aqui. Deve esperá-los a qualquer momento durante a noite, e depois eles podem ir com a senhora, madame Fiocca, para a Espanha.

— Albert era meu contato em Perpignan, Antoine está morto — Nancy respondeu. — Quem procuro para ser nosso guia?

Mathilde esfregou os olhos e bocejou antes de responder.

— Vou arrumar um ponto de encontro, um café na divisa da cidade.

— E o plano B?

A garota fez que não com a cabeça.

— Estamos sem plano B.

Mifouf pulou com força no colo de Mathilde e miou com empatia. Ela o acariciou e ele começou a ronronar.

— Trabalhei com um escocês chamado Garrow — Marie disse. — Ele teve que fugir mês passado, mas fomos juntos a Perpignan uma vez. Tenho um endereço. Não tenho senhas, não tenho nomes, mas tenho um endereço. Vai ter que servir como seu plano B, Nancy. — Ela tomou outro gole de café e bateu com os dedos na mesa. — Sem Philippe, vamos ter que usar outro falsificador para fazer documentos para os prisioneiros. Ele não é muito bom.

Nancy pensou nos homens que havia recolhido de fugas de prisões no passado.

— As roupas deles também vão precisar ser lavadas — ela disse. — Pelo menos é algo para fazer.

Os homens, sete deles, chegaram às duas e meia da madrugada. Nancy não fazia ideia de como haviam conseguido ir a Toulouse naquelas condições. As roupas estavam esfarrapadas, os rostos eram esqueléticos e eles cheiravam mal. Naquele momento, Nancy ficou grata por Marie ser fumante, mas ainda assim eles fediam muito.

Depois que contaram a história de sua fuga – vinho batizado, um guarda subornado, um caminhão de feno e uma caminhada de quase cinco quilômetros com um mapa desenhado atrás de um maço de cigarros –, Nancy mandou todos tirarem as roupas, deixarem-nas na banheira de Marie e se lavarem. Voltaram à cozinha um a um, enrolados em lençóis velhos e cobertores, rosados e limpos. As sirenes começaram a soar ao amanhecer. Os gendarmes, a Milícia Francesa e os alemães estavam estraçalhando a cidade em busca dos conspiradores reunidos em silêncio na cozinha de Marie.

— Cara senhora — um soldado alto da força aérea britânica disse a Nancy enquanto as patrulhas iam de um lado para o outro na rua. — Não posso encarar a Gestapo usando um lençol. Alguma chance de eu pegar minha calça de volta?

— Nenhuma. Sinto muito, Brutus. Só quando estiver limpa — Nancy respondeu. — E ainda vai demorar pelo menos um dia para secar. Não podemos pendurar as roupas perto da janela, não é?

— Brutus? — Ele olhou para o próprio corpo. — Ah. Sim. Parece mesmo.

Ele segurou o lençol com força e voltou de maneira desajeitada para a cozinha.

Eles se separaram no trem. Quatro dos fugitivos falavam francês muito bem, o restante não. Nancy os dividiu em grupos, definiu horários para aparecerem no ponto de encontro em Perpignan e treinou com eles uma série de acenos de cabeça, movimentos de ombro e palavras estranhas que poderiam ajudá-los a passar por um eventual posto de controle. Os documentos não resistiriam a nenhuma análise mais detalhada.

Agora ela estava em um vagão de segunda classe lotado, com a bolsa no colo, rezando para que o tempo estivesse bom nas montanhas. Dois dos ingleses estavam com ela, o homem que perguntara sobre a calça e um ruivo pelo qual Nancy havia criado antipatia. Ele tinha torcido o nariz para a comida oferecida por Marie e reclamado que Nancy não conseguira tirar todas as manchas de sua camisa. Ela quase o estrangulou com ela. Eles estavam em um trem noturno. Sim, isso significava que, quando chegassem a Perpignan, as ruas estariam quase vazias, mas ainda teriam algumas horas antes do toque de recolher para chegar aonde precisavam. Se tivessem sorte.

Não tiveram.

13

Meia hora antes do horário previsto para chegarem a Perpignan, quando anoitecia no campo, o condutor enfiou a cabeça no compartimento.

— Saiam — ele disse, olhando diretamente para Nancy. — Os alemães estão parando o trem. Revista completa.

Ela não teve tempo para agradecer ou entender como ele soube que precisaria daquele alerta. O homem desapareceu assim que terminou de falar.

— Merda, e agora? — o ruivo disse em inglês.

Uma das passageiras francesas fez o sinal da cruz como se tivesse acabado de ouvir o próprio diabo falar.

Nancy abriu a janela.

— Os documentos de vocês estão péssimos — ela disse. — Vamos ter que fugir, ou vão voltar para a prisão antes de amanhecer. Isso se eles simplesmente não atirarem em todos.

O outro inglês, Brutus, olhava pela janela ao lado dela.

— Tem uma colina a uns dois ou três quilômetros daqui, com um bosque no alto. Vamos nos encontrar lá.

Ele certamente tinha um pouco mais de autoridade agora que havia voltado a vestir sua calça.

Nancy alcançou a maçaneta da porta assim que o trem freou bruscamente e começou a desacelerar. A porta se abriu e ela caiu para a frente. O mundo se encheu com o estrondo agitado das rodas. Ficou no ar, por algum milagre, apenas tempo o suficiente para segurar do outro lado do batente da porta com a mão esquerda. Ela puxou o corpo de volta para dentro, ofegante. Um senhor francês espremido no canto do vagão segurou a ponta de seu casaco, salvando-lhe a vida. Nancy olhou nos olhos dele, agradeceu com um aceno de cabeça e tentou controlar a respiração. O trem havia desacelerado à velocidade de uma caminhada.

Não havia tempo para esperar que parasse completamente. Não havia tempo para pensar. Já era uma bênção, de qualquer modo, olhar para a queda que a esperava.

Graças a Deus ela não estava de salto alto.

— Vamos! — ela gritou para os outros e pulou.

Nancy aterrissou bem, depois escorregou no cascalho e caiu por um barranco íngreme na escuridão.

Duas figuras pularam atrás dela, caindo ainda mais longe, delineadas pelas luzes do vagão quando o trem finalmente parou. Mais adiante no trem, ela viu mais uma porta se abrir e outro grupo de figuras saltar nas sombras. Depois gritos, quando outra forma apareceu na porta aberta e levantou um fuzil. O tiro estourou no silêncio interiorano, uma intervenção repentina conforme o metal quente das rodas que estavam mais acima dela esfriava.

Soldados saíam do trem. Merda. Era hora de correr.

Ela passou sobre um muro de pedra baixo no fim do barranco. Era um vinhedo. Isso que era sorte. Trilhas para seguir e folhagens atrás das quais se esconder. Se estivessem em um pasto, os soldados poderiam simplesmente derrubá-los como trigo.

Rápido ou devagar? Se ela fosse devagar, movimentando-se entre as sombras, eles poderiam nunca a avistar, mas, se mandassem homens o suficiente para o campo, poderiam pegá-la enquanto ainda estivesse se arrastando. Se corresse, era mais provável que a vissem. Ainda estava hesitando, no meio das fileiras de vinhas, quando ouviu pela primeira vez o som mortal de uma metralhadora leve.

Rápido, então.

Ela correu sem parar entre as fileiras de vinhas, mantendo-se o mais próxima possível das sombras. Em sua cola, ouvia gritos em alemão e latidos de cães. Balas batiam no solo seco bem atrás dela, levantando pequenos volumes de terra e fazendo um barulho parecido com o da chuva conforme caíam no meio das folhas.

A leste, ouviu mais gritos, mais latidos agitados. Eles tinham capturado alguém. Filhos da puta. *Mais rápido, Nancy.* O solo começou a ficar íngreme. Lanternas a oeste. Ela virou a leste, abrindo caminho entre as vinhas, e depois continuou ao norte. Sabia que estava sangrando. Teria se arranhado em uma vinha ou sido atingida por uma bala? E importava? *Continue em frente.* Será que matariam os homens recapturados? Talvez. Certamente atirariam nela. A dor em suas pernas era excruciante, e ela não podia parar para recuperar o fôlego.

Continue. Acompanhe a subida.

Nancy saiu do vinhedo, atravessando com dificuldade uma cerca de arame e caindo de cara em um gramado quadrado e íngreme. Ela se virou e se apoiou nos cotovelos, olhando para trás, colina abaixo, pela primeira vez. Lanternas despontavam na parte mais baixa do vinhedo, próximo ao barranco, como vaga-lumes, mas não pareciam estar subindo a colina ainda. Atrás deles, nos trilhos, o trem ainda esperava.

Ela ficou ali deitada no chão frio por um segundo, olhando para a lua, ofegante. Depois conseguiu se levantar e acompanhou a cerca até o canto mais extremo do campo. O arame virava para o norte, e ela foi seguindo seu contorno, com o bosque à direita, subindo novamente.

Nunca gostara de caminhar no campo. Era uma garota da cidade em todos os aspectos, e, quando seus amigos se gabavam das alegrias de passear pelo belo interior francês com uma espécie de convicção religiosa, ela tinha certeza de que estavam loucos. O campo era de onde vinham os alimentos e o vinho, mas não havia lojas, cafés... E qual seria a empolgação de olhar para a mesma paisagem durante horas ou semanas? Não pretendia mudar de ideia agora.

Chegou ao alto da colina. Parecia ser a colina que o inglês havia indicado. Silêncio total. Ela se sentou no limite do pequeno bosque e olhou novamente para baixo. As luzes ainda estavam lá, passando de um lado para o outro no vinhedo. Mas, enquanto as observava, elas se retiraram na direção do trem e se apagaram, e então, finalmente, as janelas iluminadas dos vagões retomaram o movimento. Ela soltou um longo suspiro enquanto ele desaparecia na direção de Perpignan.

Foi quando se deu conta de que havia perdido a bolsa. A percepção chegou na forma de uma sensação fria nas entranhas que foi se espalhando para cima e fechou sua garganta. Seus documentos. Seu dinheiro. Suas joias. Sua aliança de noivado. *Sua maldita aliança de noivado.* Ela havia usado o anel durante toda a ocupação, mas era uma joia sofisticada demais para se usar no apartamento de Marie, então ela o guardara dentro do forro da bolsa. Ah, o bilhete! Tinha sido tão cuidadosa, levado tão pouco, mas até mesmo o recorte com a caligrafia de Henri estava perdido agora.

Pela primeira vez desde que os alemães apareceram na França, ela caiu no choro. O frio, a exaustão. Sua aliança. O bilhete. Como tinha deixado a bolsa cair sem perceber? Merda merda merda merda merda.

Um farfalhar nos arbustos a assustou. Ela se virou um pouco e viu Brutus e o ruivo se aproximando com cuidado. O ruivo ficou afastado, mas Brutus se ajoelhou ao lado dela e lhe ofereceu um lenço.

— Está machucada, madame?

Ela negou.

— Não. Estou bem. Desculpe, é uma bobagem. Perdi minha bolsa, e nela estava minha aliança de noivado. Todos os meus documentos.

— Quer que eu vá procurar? — ele perguntou em voz baixa.

— Não seja idiota — o ruivo sussurrou com firmeza. — Os alemães devem ter deixado um pelotão lá embaixo. Só porque desligaram as lanternas não quer dizer que foram embora. Se essa vadia tola quer a bolsa, ela que vá procurar sozinha.

Brutus o ignorou.

— Eu não me importo de ir.

Nancy dispensou a ideia com um aceno, depois balançou a cabeça.

— É perigoso demais. Precisamos continuar em movimento. — Ela secou os olhos com o dorso da mão. — Só estou mais cansada do que imaginava. Continuamos andando esta noite, encontramos um lugar para descansar durante o dia, depois vamos para Perpignan quando escurecer.

— Não temos comida! Não temos água! — o ruivo protestou.

— Se está sentindo falta da comida da prisão, basta se entregar à Gestapo — Nancy afirmou com irritação.

Brutus deu um tapinha desajeitado no ombro dela.

— É claro, devemos viajar apenas à noite. Vamos chegar lá.

14

Nancy bateu mais uma vez na porta.

— Vamos, vamos...

Ela se abriu, apenas uma fresta, e um feixe fino de luz recaiu sobre a rua calçada com pedras.

— Meu nome é Nancy Fiocca — ela disse. — Marie Dissard me mandou aqui. Ela trabalhou com Garrow. Eu trabalhei com Antoine. Estou com dois homens e precisamos atravessar as montanhas.

Ela não tinha nada além de esperança. Esperança de que o homem certo abrisse a porta, esperança de que ele reconhecesse os nomes e os ajudasse.

Haviam levado dois dias para chegar até lá. Só arriscavam se movimentar durante a noite, passando os dias em celeiros desertos ou agachados sob cercas vivas. Todos os dias, patrulhas passavam por eles, uma vez a poucos centímetros de distância, mas não os viram. Em uma ocasião, deram de cara com um agricultor local que saía para o campo antes de amanhecer; ficaram apenas olhando para ele, espantados demais para fugir, até que o senhor tirou a bolsa do ombro e entregou a eles seu almoço: pão com queijo e uma garrafa de vinho aguado. Foi o único alimento que ingeriram desde que haviam deixado o apartamento em Toulouse.

Quando chegaram perto de Perpignan, discutiram o que fariam em seguida. O ruivo, que por sinal era fluente em francês, foi na frente, como o corvo que saiu da arca de Noé, para sondar as possibilidades de encontrar um rosto amigável no ponto de encontro original. Ele voltou sério e sem esperanças.

O que se dizia no café era que o contato deles havia desaparecido. Três homens do trem tinham sido recapturados ou mortos. O contato agora saíra da cidade e fora ele próprio para as montanhas, junto com os dois fugitivos restantes. Eles tinham conseguido, malditos espertinhos, voltar ao trem durante a busca pelo vinhedo e retornar a seus lugares como se nada tivesse acontecido. Quiseram esperar Nancy e os outros, o ruivo relatou em um tom carregado de sarcasmo, mas o contato ficou com medo e insistiu que não ficaria por lá esperando a Gestapo. Ele os obrigou a escolher, e eles optaram por partir com ele.

Agora era a vez de Nancy sair para encontrar um lugar seguro, como a pomba de Noé, com base em um endereço parcialmente memorizado e esperando que quem quer que olhasse em seu rosto soubesse, de alguma forma, que ela não estava mentindo.

A porta se abriu um pouco mais. Ela não conhecia o homem que a recebeu, e ele parecia estar com medo, mas também parecia amigo.

— É melhor vocês entrarem.

Nancy estava contando novamente. Dessa vez, seus passos. A rota era íngreme, levava aos picos mais altos porque os cachorros que os alemães usavam nas colinas mais baixas não conseguiam farejá-los àquela altitude. A trilha era tão irregular que era impossível estabelecer ritmo, um, dois... um... dois. Ela sentia falta do caminhão de carvão que os havia levado de Perpignan para a zona especial que se estendia por vinte quilômetros pela França, desde a fronteira da Espanha. Era engraçado aquilo. Ela não tinha gostado na hora, mas até mesmo ficar chacoalhando por estradas secundárias debaixo de um saco de carvão, deitada sem muito jeito sobre outro, havia sido uma alegria em comparação àquilo.

Ela precisava de férias, pensou levianamente enquanto contava, depois riu. Era capaz de ver com muita nitidez: Henri esperando dentro do carro na próxima curva, pronto para levá-la para um *spa*. Podia se imaginar caindo nos braços dele, reclamando das coisas terríveis que tivera que aguentar. Lavar roupas de prisioneiros em uma banheira, ser alvo de tiros, passar fome, balançar na carroceria de um caminhão. Podia imaginar a empatia, a risada calorosa dele, as promessas de que faria algo para compensá-la.

Começou a contar a história a ele em sua cabeça, tornando-a grandiosa, cômica, ridícula, fazendo biquinho e praguejando durante toda a narrativa até ele pedir a ela que parasse porque suas costelas doíam de tanto rir.

— Por que diabos está tão feliz? — o ruivo perguntou.

Ela não se deu ao trabalho de responder. Sentia falta de Brutus. Ele tinha partido de Perpignan um dia antes deles. Suas roupas estavam mais apresentáveis e os sapatos, em condições razoáveis. O ruivo e Nancy tinham sido obrigados a esperar até que os últimos retalhos da rede da Resistência em Perpignan conseguissem reunir roupas quentes para eles.

O ruivo tomou seu silêncio como um convite para conversar. Mais reclamar do que conversar. Eles estavam indo rápido demais, era idiotice seguirem aquela rota, por que a Resistência não conseguiu mais meias para ele? Dois pares não eram suficientes.

Nancy ignorou, parou de prestar atenção nele e passou a ouvir apenas o som de sua voz interior contando. Ele nem pareceu notar.

— Vamos parar para descansar — Pilar disse.

Pilar e o pai eram os guias. Não falavam muito e também não descansavam muito. Dez minutos a cada duas horas e só. As trilhas serpeavam sobre os picos e, às vezes, naquelas pausas de dez minutos, Nancy olhava à sua volta com admiração. Estavam entre picos nevados, como viajantes de algum conto de fadas, como peregrinos, olhando para aquela façanha exuberante da natureza, o desfile infinito dos picos de montanhas que desapareciam no céu azul de primavera. E Pilar parecia decidida a fazê-los escalar cada um daqueles malditos picos.

Seguiram em frente, em trilhas que apenas Pilar conseguia ver. Aquilo era escalada, não caminhada. Nancy economizou fôlego e continuou andando. O ruivo não parou de falar. Agora queria saber por que eles não haviam comprado mais comida, como esperavam que continuassem a caminhar naquele frio, com a neve começando a ficar mais densa. A voz dele ficou estridente.

— Não consigo continuar. Não vou. — Ele parou de repente.

Pilar rompeu o silêncio de costume, virando-se para Nancy e murmurando:

— Diga para ele ficar quieto e continuar andando. Ele não sabe como o som se propaga rápido aqui em cima?

— O que ela está dizendo? — o ruivo perguntou, queixando-se. — Me fale.

Nancy contou a ele. O ruivo não se moveu.

— Não posso dar nem mais um passo hoje, e ninguém vai me obrigar.

E foi isso. Os sonhos agradáveis e calorosos com Henri desapareceram, Nancy havia perdido a conta de seus passos, e tanto Pilar quanto o pai olhavam para ela com expressões que claramente diziam "Resolva essa merda". E foi o que ela fez.

Ela empurrou o ruivo, com força, e ele cambaleou para trás, saindo da trilha e entrando num riacho de água congelante que o deixou ensopado até os joelhos.

— O que diabos? — ele gritou para ela, voltando para a neve. — Está louca, vadia?

No entanto, ele não tentou bater nela. Sabia que o outro homem provavelmente acabaria com a raça dele se isso acontecesse. Pilar riu.

— Agora você pode escolher — Nancy disse calmamente. — Se ficar parado, vai morrer congelado em meia hora. Então ande. E cale a boca.

— Vadia — ele murmurou novamente, mas continuou andando.

Nancy começou a contar de novo.

Eles chegaram à fronteira na manhã seguinte. Pilar indicou uma trilha aberta e inclinada na direção de Figueres, apertou a mão de Nancy e então ela e o pai simplesmente viraram as costas e voltaram para as montanhas. Uma patrulha espanhola os pegou uma hora depois, e Nancy achou que eram os seres humanos mais agradáveis que já havia conhecido na vida. Ela tinha escapado.

15

Chegar a Londres intimidou Nancy. A cidade estava tão diferente daquela que conhecera antes da guerra, marcada pelo bombardeio que havia sofrido. Ao virar uma esquina, via-se um grande vazio onde certamente existira uma casa, um prédio de apartamentos. Era uma cidade de ausências. E as pessoas! A maioria dos homens vestia uniforme, e as mulheres se moviam mais rápido do que antes, a menos que estivessem em filas, com cestas nos braços, segurando com esperança seus cartões de racionamento. Havia mulheres conduzindo os bondes e conferindo os bilhetes; cartazes pedindo que a população racionasse alimentos e mantivesse a calma estavam colados por cima de propagandas antigas. Quase todo mundo passava a impressão de estar atrasado para um compromisso. Todos, menos Nancy.

Na verdade, ela havia levado muito tempo para resolver a questão da documentação e, antes que pudesse fazer qualquer coisa útil, precisava de documentos. Quando a polícia espanhola os encontrou descendo a montanha, ela disse que era americana. Aquilo fez com que fosse separada do ruivo, o que foi uma maravilha. Depois, disse aos americanos que era britânica, e então disse a um britânico exasperado e cético da embaixada que era, tecnicamente, australiana, mas que tinha dinheiro em Londres e queria ir até lá para gastá-lo. Além disso, era Nancy Wake, mais conhecida como Rato Branco, e a Gestapo queria muito falar com ela.

Ele telefonou para o advogado de Henri em Londres, que confirmou, depois de uma longa e cara troca de telegramas, que, sim, provavelmente se tratava da madame Fiocca e, sim, ela tinha fundos suficientes no Reino Unido para se sustentar e devolver à Sua Majestade o valor da passagem e de um adiantamento em dinheiro a fim de que pudesse comprar algo decente para usar na viagem e comida para não morrer de fome antes de chegar lá.

O advogado de Henri, o sr. Campbell, recebeu-a no porto e a acompanhou na passagem pela alfândega. Nancy o havia encontrado uma vez, quando ela e Henri visitaram Londres juntos e tomaram um chá da tarde no escritório dele, os dois homens discutindo negócios. Ela havia ficado um pouco entediada na ocasião, impaciente para ir logo ao teatro, aos cafés, às casas noturnas de West End. No fim das contas, aquela conversa tinha sido sua salvação. Henri havia aberto uma conta em um banco londrino e feito um bom depósito.

— Ele conseguiu me mandar uma mensagem pouco antes de vocês se casarem — Campbell disse, enquanto saíam da alfândega e se dirigiam a um vagão de primeira classe do trem para Londres.

— Como? — Nancy perguntou. Ela estava tão desorientada depois da viagem que não conseguia absorver tudo. Os assentos confortáveis, o garçom atencioso. Campbell pediu um *scotch* para ela.

— Acredito que por meio de um contrabandista espanhol que ele conheceu na cidade e que na época estava a caminho do Brasil. Bem, a mensagem foi mandada de lá. Tivemos que pagar um bom dinheiro pela postagem. Parece que o homem não usou selos o suficiente. — Ele desviou os olhos. — Sinto dizer que não temos notícias do sr. Fiocca desde então.

O garçom serviu as bebidas e Nancy virou a dose toda. Campbell piscou, depois trocou seu copo intocado pelo copo vazio dela e chamou o garçom de volta para pedir outra rodada.

— Bem, sra. Fiocca, a carta foi bem clara. Henri é meticuloso com seus negócios. Foi devidamente assinada por testemunhas e datada, e instruía que, se a senhora algum dia precisasse, deveríamos disponibilizar todos os fundos da conta e fornecer nossa assistência. — Ele ergueu o novo copo de uísque na direção dela, ignorando delicadamente o olhar um pouco suspeito do garçom. — O que, naturalmente, ficamos felizes em fazer.

Certamente um bom sujeito. Nancy recostou no assento com um suspiro. Nada de Gestapo fungando em seu cangote, nada de balas voando. Agora só precisava de notícias de Henri, saber que ele havia chegado à Espanha, e ela estaria no paraíso.

Era típico de Henri ser precavido daquela forma, deixando algum dinheiro na Inglaterra mesmo antes de a guerra estourar. Ela só pensava em um dia de cada vez, em se jogar no trabalho da Resistência, e, se estivesse viva no dia seguinte, ou na semana seguinte, melhor ainda. Henri, no entanto, havia feito planos, inclusive planos considerando como ela poderia fugir sozinha, se precisasse.

Ela tentou beber devagar dessa vez. Campbell ainda estava falando. Ele parecia uma caricatura de um advogado eduardiano: colarinho alto, cabelo branco, colete creme com uma corrente de relógio dourada. Nancy olhou novamente. As roupas estavam ligeiramente grandes para ele, e ela pensou ter notado, nas costuras, sinais de que seu colete já havia sido ajustado pelo menos uma vez. Então até os ricos estavam começando a emagrecer na Inglaterra. Ninguém mencionava aquilo no rádio.

Ela tentou ouvir.

— ... suficiente pelo menos para a senhora viver com conforto por mais ou menos três anos, e, é claro, temos certeza de que a guerra não vai continuar por mais tempo que isso! Desde que recebemos notícias de sua chegada em Gibraltar, demos uma olhada e encontramos algumas casinhas charmosas em cidades menores do interior, onde estará em segurança contra os bombardeios e poderá esperar o fim da guerra em paz.

O quê? Não. Esperar o fim da guerra em paz? Até parece.

— Sr. Campbell, não vou ficar sentada tomando chá com um bando de mulheres provincianas até Henri conseguir vir me encontrar.

Ele franziu a testa.

— E sua segurança, sra. Fiocca? Já fez tanto. Seus nervos devem estar em frangalhos. Alguns meses de descanso!

Ah, para o inferno com os pequenos goles. Ela virou o restante do *scotch*.

— Acho que nem tenho mais nervos, sr. Campbell. E, pode acreditar, três meses no interior sem nada para fazer além de tomar chá e eu estouro meus miolos na frente do vigário, arruinando as toalhinhas de crochê.

Ele ficou olhando para ela, depois retorceu o canto da boca.

— Ah, bem. Isso seria terrível. Nesse caso, sra. Fiocca, tenho um amigo que está procurando um inquilino para seu apartamento em Piccadilly. Parece mais apropriado?

— Posso me mudar hoje mesmo?

16

Nancy olhou para o relógio. Eles a estavam fazendo esperar. Havia demorado vinte e quatro dias para seus documentos saírem, vinte e três a mais do que o necessário para ela ficar entediada com a nova liberdade e começar a pensar em como voltar para a França.

Henri ainda não tinha conseguido sair de lá e ir para Londres. Ela fizera de tudo para deixar o apartamento pronto para quando ele chegasse, inclusive abastecer o armário com o conhaque preferido dele e uma garrafa de champanhe. E um par de chinelos e uma boa camisa. Tudo conseguido no mercado clandestino, é claro, e terrivelmente caro, mas queria que ele ficasse confortável logo que chegasse. No entanto, ela não podia esperar pelo marido. Não podia ficar ali sentada sem fazer nada além de encarar as quatro paredes.

Depois de uma caminhada apressada do apartamento em Piccadilly, ela tinha chegado precisamente às nove da manhã à sede das Forças Francesas Livres, em Carlton Gardens, usando os melhores sapatos de salto alto que tinha e um terninho bem cortado, que destacava suas curvas sem parecer algo proposital. Jogar um pouco de charme para os guardas fez com que ela chegasse até a sala de espera, ou melhor, até uma cadeira em um corredor recoberto de mármore, sob o olhar de uma francesa que usava óculos. A bruxa fez cara feia para Nancy, mas tinha um sorriso solícito de prontidão para qualquer homem uniformizado que passasse pelo corredor com a mão cheia de papéis e uma expressão constrangida no rosto que dizia "estou aqui salvando a França".

Nancy olhou para o relógio. Depois para a mulher. Depois novamente para o relógio.

— Madame... — Nancy disse.

A mulher era muito lenta e enrugada até para uma bruxa. Ela levantou a mão e Nancy decidiu que parecia mais uma tartaruga organizando o trânsito.

— Eles sabem que está esperando, madame... — Ela ajeitou os óculos de leitura e olhou para o bloco de notas. — ... Fiocca.

— Mas...

— Tem algum outro compromisso urgente? — a tartaruga perguntou, arregalando os olhos.

Nancy cruzou os braços e relaxou na cadeira. Não, ela não tinha, e era exatamente aquele o maldito problema. Depois de meses com todos os instantes repletos de perigo e atividade, ela não tinha compromisso nenhum.

— Madame Fiocca?

Nancy levantou os olhos. Um homem magro e moreno, usando uniforme de tenente, estava parado à sua frente, hesitante. Seus sapatos brilhavam tanto quanto o piso de mármore. Ela confirmou.

— Poderia me acompanhar?

A sala para onde ele a conduziu devia ser o armário onde a faxineira guardava as vassouras em tempos de paz. Ainda assim, o oficial tinha conseguido espremer uma enorme escrivaninha antiga e uma boa cadeira para si. Nancy ficou com uma cadeira dobrável de metal que rangeu quando ela se sentou. As prateleiras onde a faxineira costumava deixar as pás de lixo e panos de limpeza estavam cheias de pastas de arquivo. Nancy ficou olhando para elas.

— Achei que papel estava em falta — ela disse.

Ele ignorou o comentário e continuou lendo o arquivo que estava aberto sobre a mesa. A ficha de Nancy.

— Estou bem aqui, sabia? — ela disse depois de cinco minutos. — Se quer saber o que eu fiz na França, pode me perguntar.

Ele levantou os olhos.

— Sim, temos relatos de que você ajudou muito. A Gestapo até lhe deu um apelido. Que adorável.

— Adorável? Acha que isso é adorável?

Ele sorriu para ela. Grande erro. A frustração que vinha se formando enquanto ela ficava esperando, esperando, esperando explodiu.

— Também acha encantador a Gestapo estar com o meu marido? Acha que é encantador eu ter arriscado meu pescoço e o dele milhares de vezes em Marselha ou o fato de eu ter três anos de experiência fugindo dos nazistas enquanto você ficou organizando a papelada? Quando foi a última vez que você viu alguma ação? *Eu* estava desviando de balas no mês passado e preciso voltar a agir. Agora. Então me recrute e deixo você com seus arquivos.

O sorriso ficou paralisado nos lábios dele.

— Senhora, as Forças Francesas Livres não aceitam mulheres. Por natureza, vocês são inadequadas para a guerra, é um fato científico.

Não é possível, ela pensou.

— Você também é cientista? Incrível. Acabei de dizer que *estive* na guerra desde que os nazistas chegaram à França, então acho que a ciência está errada.

— Mas sua condição de mulher...

— O que quer dizer com isso? Minha vagina? Minha vagina significa que não posso segurar uma arma? Coordenar um esconderijo? Contrabandear dinheiro, pessoas, munição? Atravessar uma cadeia de montanhas? Minha vagina apenas significa que aprendi a fazer tudo isso, e muito mais, de salto alto.

Ele recostou na cadeira, juntou a ponta dos dedos e olhou para o próprio nariz.

— Sinto muito, madame. As operações das Forças Francesas Livres não podem ser comprometidas por uma pessoa com um desequilíbrio emocional tão óbvio, a julgar pelo modo como fala de sua... — Ele ficou totalmente corado.

— Vagina, vagina, vagina. É um termo científico, porra! — Nancy gritou.

Ele olhou ao redor com nervosismo, como se esperasse que as paredes ruíssem em choque, e tentou se recompor.

— Dado seu conhecimento de anatomia, talvez devesse ser enfermeira, prestar socorro a nossos corajosos combatentes.

— Eu prestaria socorro se conseguisse *encontrar* algum combatente corajoso! — Ela se levantou de repente, derrubando a cadeira de metal para trás e abrindo a porta que dava para o corredor de mármore. O oficial se encolheu. — E ficaria feliz em escalpelar suas bolas também, mas suspeito que já tenham sido removidas!

A voz dela ecoou de maneira satisfatória pelo corredor, e ela saiu batendo a porta. A tartaruga a encarava, boquiaberta.

— Você guarda os testículos dele na gaveta com seu apontador de lápis? — Nancy perguntou, saindo para Carlton Gardens, virando a esquina na direção do St. James's Park sem olhar para trás.

Depois de uma hora caminhando pelo parque em pequenos círculos, passando pelos terrenos públicos de cultivo de alimentos e pelas armas de defesa antiaérea, ela começou a ver o lado engraçado daquilo, então caminhou até o Red Lion da Duke Street, a meio caminho de seu apartamento, pagou bebidas para todos os homens uniformizados e contou a história. Ela contou muito bem. Cada vez que uma nova pessoa chegava, tinha que ouvir tudo do início, e a atendente do bar não parava de rir dos novos detalhes que Nancy acrescentava conforme a narrativa florescia. Quando o movimento do bar chegou ao máximo, no horário do almoço, a mulher-tartaruga já tinha se transformado em uma terrível gárgula e o oficial tinha virado um homem nervoso e trêmulo, com mãos suadas e um tique nervoso no olho.

— Depois ele chamou aquilo de minha *condição de mulher!* — Nancy exclamou, levantando o copo.

— Estou começando a achar que é lá que você esconde toda a bebida — um sargento murmurou, tentando acender um cigarro com a chama oscilante que um de seus amigos segurava.

— Eu me prontifico a explorar o território — um americano de rosto jovem disse, acrescentando uma piscadinha corajosa.

— Quantos anos você tem? Dezenove? — Nancy perguntou, soprando a chama oscilante e oferecendo ao sargento o fogo de seu próprio isqueiro com a mão firme. — Você não saberia nem onde fincar a bandeira.

Os homens vibraram e deram tapas nas costas do americano até ele engasgar com a cerveja. Nancy olhou para o isqueiro em sua mão. Nunca havia fumado – tinha muito medo, quando vivia com o salário de jornalista em Paris, de queimar seu único vestido bom –, mas sempre carregava um isqueiro. Era uma oportunidade de falar com as pessoas. Havia algo em aceitar o fogo oferecido, debruçar-se sobre a mão de alguém, que significava que a pessoa estaria mais inclinada a conversar, fazer confissões. Henri tinha rido muito quando ela contara aquilo a ele, chamando-a de bruxa, e, na semana seguinte, a presenteara com um modelo Cartier dourado, gravado com seu nome. Ela havia perdido aquele isqueiro, juntamente com suas outras joias e documentos, no dia da fuga do trem.

Ela podia até ouvi-lo, ouvir sua risada, no meio da alegria daqueles estranhos, e ficou imaginando o que ele acharia de sua entrevista em Carlton Gardens. Ah, ele teria rido também, morrido de rir, e depois se vangloriado de sua esposa terrível aos amigos, sem dúvida. Mas também teria compreendido sua frustração, sua raiva diante da estupidez tacanha daqueles homens. De como se sentia inútil e zangada naquele momento.

— E depois, Nancy? Você precisa ouvir isso, George — o sargento disse. — George, ele falou que ela deveria ser enfermeira, consegue imaginar? Não foi isso que ele disse, Nancy?

Nancy olhou para os rostos ao seu redor, viu Henri, viu Antoine e Philippe. Eles esperaram, meio sem saber o que viria em seguida. Ela abriu um enorme sorriso.

— Pode apostar que sim. Mildred?

A atendente do bar largou os copos que estava secando.

— O que deseja, Nancy?

— Champanhe para todos! Estamos comemorando minha carreira na medicina!

A multidão vibrou novamente.

O bar deveria fechar entre as duas e as seis da tarde, mas ninguém queria ir embora, e, depois que convenceram um dos guardas locais a entrar para se aquecer com um conhaque, ninguém tentou obrigá-los. Quando Nancy saiu cambaleando na escuridão, tinha feito pelo menos uma dúzia de amigos de infância e estava se sentindo mais solitária do que nunca. Mas também não aceitou nenhuma oferta, cavalheiresca ou esperançosa, de que a acompanhassem até sua casa.

O ar da noite londrina era frio e úmido em seu rosto – não tinha o toque salgado de Marselha, mas uma umidade pantanosa, impregnada de carvão, capaz de se infiltrar nos ossos. Atrás dela, uma figura movimentava-se nas sombras, sem perdê-la de vista. Ela perdeu o equilíbrio no meio-fio, levantou-se e seguiu na direção da praça, olhando para as pedras do calçamento, balançando a bolsa, e então pegou um atalho por uma viela secundária, cantando uma música que o sargento escocês havia lhe ensinado.

O homem que a seguia apertou o passo, tentando ficar de olho nela mesmo na escuridão. Ele entrou na viela e parou. Sua presa havia desaparecido. Então ficou paralisado, sentindo o frio da lâmina logo abaixo do pomo de Adão.

— Você está me seguindo desde Carlton Gardens — Nancy sussurrou no ouvido dele. — Quem diabos é você?

— Você é mesmo forte para bebida, não é? — ele disse. Tinha sotaque escocês. — Aquela tropeçada foi só para disfarçar?

Nancy pressionou a lâmina na garganta dele, não o suficiente para cortar a pele, mas quase.

— Eu fiz uma pergunta — ela afirmou. — Por que passou o dia todo me seguindo?

— Madame Fiocca, estou na sua cola a semana toda — o homem disse calmamente, depois pisou com força no pé direito dela.

A dor subiu pela perna de Nancy e, no mesmo instante, ele agarrou o antebraço dela e o dobrou para a frente, jogando-a por sobre o ombro. Ela caiu no chão meio de lado e o canivete escapou de sua mão, indo parar do outro lado da viela.

— Seu imbecil! Rasgou minha meia! — Nancy gritou assim que recuperou o fôlego e conseguiu falar. Ela se apoiou nos cotovelos.

O homem riu e estendeu a mão.

— Sinto muito. Meu nome é Ian Garrow.

Ela ficou olhando fixamente para a sombra dele por um instante, depois aceitou a mão estendida e a ajuda para se levantar.

— Conheço você — ela disse, esfregando o quadril dolorido. — Trabalhou com Marie. Então conseguiu escapar?

— Consegui — ele respondeu. — E bem a tempo. Até onde eu sei, Marie ainda está em segurança, mas grande parte da rede foi desfeita. Muito poucos estão conseguindo atravessar atualmente. — Ele fez uma pausa. — Fiquei sabendo da graça que fez empurrando aquele rapaz no rio. Aparentemente, Pilar contou a várias pessoas. É notável, uma vez que ela raramente fala alguma coisa.

— Ele ficava choramingando.

Garrow pegou um cigarro e esperou um instante. Nancy não ofereceu seu isqueiro, então ele riscou um fósforo e, à luz da rápida labareda, ela viu seu rosto magro e o nariz comprido.

Nancy sentiu uma explosão de esperança bem no meio do peito.

— Alguma outra notícia de Marselha?

— Algumas, mas receio que nada sobre seu marido.

De repente, Nancy sentiu-se dolorida, exausta e desolada outra vez. Talvez fosse por ter bebido todo aquele gim de destilação caseira em Nova York assim que deixara a Austrália, mas por algum motivo ela nunca conseguia ficar embriagada por muito tempo. O efeito da champanhe do bar, o entusiasmo das risadas e da conversa, até mesmo a emoção da rápida e humilhante luta com Garrow haviam passado.

— Sra. Fiocca — Garrow disse em voz baixa —, quer mesmo combater?

— Minha nossa, acho que vou enlouquecer se não puder fazer isso, Garrow — ela respondeu.

Ele colocou a mão no bolso, tirou um cartão e entregou a ela. Parecia um cartão de visita, embora Nancy não conseguisse ler na escuridão.

— Vá a esse endereço amanhã, por volta das três da tarde. — Então ele levou a mão à aba do chapéu e se afastou dela, seguindo nas sombras.

17

O cartão levou Nancy a um obscuro prédio de escritórios acima de uma concessionária de carros fechada. Havia vários botões de interfones, como em um prédio de apartamentos. Só a última campainha estava identificada. Um pequeno pedido metafísico. "Por favor, toque".

Ela tocou e esperou e esperou. Puxa, seria novamente como nas Forças Francesas Livres. De repente, ouviu um zumbido e abriu a porta. Uma escadaria estreita com degraus pequenos levava a um saguão largo. Aquele devia ter sido um prédio em estilo *art déco* um tanto quanto elegante vinte anos antes, mas agora tudo parecia um pouco desgastado. E estava silencioso. Havia apenas paredes revestidas com carvalho claro e uma porta de elevador com uma placa que dizia "Fora de serviço". Nenhum oficial empertigado. Nancy não sabia ao certo se isso era bom ou ruim.

A mulher atrás da mesa era mais nova dessa vez e sorriu para Nancy de uma maneira insanamente alegre. Seu batom era de um tom encantador de vermelho.

— Quer comprar títulos de guerra, senhora?

Nancy entregou-lhe o cartão que havia recebido, e a moça imediatamente pressionou uma discreta campainha sobre a mesa.

— Adorei a cor de seu batom — Nancy disse. — Mas, quanto ao motivo de eu estar aqui, não tenho a mínima ideia.

— Assim é a condição humana — afirmou uma voz masculina atrás dela. Nancy se virou e viu Garrow abrindo uma porta escondida discretamente nos painéis de madeira. Ele estendeu a mão.

Ela ergueu o queixo.

— Desculpe por não apertar sua mão, Garrow. Um homem estranho me atacou ontem à noite, então estou um pouco tímida.

— Ótimo — Garrow respondeu, convidando-a de maneira cortês a entrar no escritório. — Então não vamos ter que ouvir sobre sua vagina hoje.

A garota da mesa gargalhou alto e tentou disfarçar, muito mal, com uma tossida.

— Obrigado, srta. Atkins — Garrow disse, acompanhando Nancy até a sala.

A sala para a qual ele a levou dava diretamente em outro corredor. Ele virou à direita e eles caminharam por mais um corredor, o que parecia impossível, dado o formato do prédio em que ela havia entrado, e subiram outro lance curto de escadas. Ele bateu em uma porta e, sem esperar resposta, a abriu, indicando que ela entrasse.

A sala não tinha janelas, e as paredes estavam repletas de mapas da França. Pelo menos era maior do que a lata de sardinha onde tinha sido entrevistada em Carlton Gardens, embora a mesa de frente para a porta não passasse de um tampo sobre cavaletes e todas as cadeiras fossem pesadelos dobráveis de metal e lona. Para onde haviam ido as cadeiras decentes quando a guerra estourou?

A única pessoa no cômodo era um homem alto e magro, com um bigode volumoso, sentado atrás da mesa com uma xícara de chá. Havia um carrinho com um bule, outra xícara com pires e um prato mirrado de biscoitos no espaço entre ele e a parede. Analisava um documento e levantou a cabeça rapidamente para olhar para ela. Não a convidou para sentar. O ar fedia a tabaco.

— Garrow, eu falei que precisava de recrutas, não de uma bêbada surrada.

Nancy piscou.

— A guerra matou todos os recrutas decentes, senhor — Garrow respondeu. Ele foi até o carrinho e se serviu de uma xícara de chá. Como os britânicos tomavam tanto aquilo?

— Também não é tão bonita como nas fotos — o homem disse de trás da mesa, virando uma página.

— Vocês são tão divertidos — Nancy disse, sorrindo com doçura.

— Talvez possamos aproveitá-la como secretária — o homem sentado à mesa disse, suspirando. — Será que ela ainda lembra taquigrafia?

Ele virou mais uma página. Aquilo a irritou. O arquivo a irritou.

Nancy pegou o isqueiro na bolsa e foi até a mesa, debruçou-se sobre ela com o mesmo sorriso doce ainda colado no rosto e colocou fogo nas malditas folhas. O homem que as segurava ficou olhando, em choque, por uns bons três segundos, o que permitiu que a pequena labareda pegasse bem, antes de jogar tudo no chão, na frente de Garrow. Este pisou nos papéis, depois pegou o bule que estava no carrinho e derramou seu conteúdo sobre as páginas em chamas. As folhas de chá bateram no chão fazendo um ruído agradável.

Fez-se um longo silêncio enquanto os dois homens olhavam para os resquícios carbonizados e encharcados. Nancy fechou o isqueiro com um clique e o guardou de volta na bolsa.

— Nunca vi ninguém fazer isso antes — disse o homem atrás da mesa. Ele se levantou e estendeu a mão. — Madame Fiocca, bem-vinda à Executiva de Operações Especiais. Sou o coronel Buckmaster, chefe da Divisão Francesa.

— Então a França está perdida — Nancy respondeu. — E acho que, como Henri é atualmente hóspede da Gestapo, devo atender por meu nome de solteira por enquanto. Wake.

— Acho que ferimos os sentimentos dela, senhor — Garrow disse, e Nancy pensou ter detectado um quê de ironia em sua voz.

— Nancy, sente-se.

Ela hesitou, mas depois se sentou. O que mais deveria fazer?

— Garrow me contou que você quer combater — Buckmaster disse, voltando a tomar seu lugar. — É verdade?

— Sim.

— Ótimo. — Buckmaster tirou um cachimbo do bolso e começou a enchê-lo. — Porque, diferentemente das Forças Francesas Livres, podemos lhe dar essa chance. Churchill quer que a EOE bote fogo na Europa e, dada aquela pequena demonstração, você deve servir bem para isso.

Nancy não disse nada.

— Então você morou na França desde os vinte...

— Fui repórter do Grupo Hearst.

Buckmaster desconsiderou com um aceno.

— É, prosa pobre, mas você certamente viajou muito. E depois usou a fortuna de seu marido, Henri Fiocca, para estabelecer uma rede em Marselha, dando a si mesma o codinome de Rato Branco.

O fato de sua ficha ter sido reduzida a cinzas molhadas no chão não pareceu causar nenhum tipo de dificuldade a Buckmaster. Nancy teve a sensação desconfortável de que ele havia decorado tudo aquilo antes de ela chegar.

— Eu não atribuí a mim mesma o nome de Rato Branco. Foram os nazistas.

— Já matou alguém, srta. Wake? — Buckmaster interrompeu.

— Não, mas...

— Vai ter que aprender, srta. Wake. Vai ter muito que aprender. Acha que combater na França consiste em quê? Passar um sermão nos nazistas? — Ele suspirou, com um sorriso irritantemente triste no rosto. — Se resistir ao treinamento...

— E não vai ser fácil — Garrow acrescentou.

— Realmente não vai. — Aqueles homens pareciam dois comediantes. — *Se* resistir ao treinamento, vamos mandar você para trabalhar com uma das células da Resistência na França. Pelo breve período que conseguir sobreviver, vai ter que sujar as mãos de sangue e ver outros morrerem de formas horríveis sem poder fazer nada para ajudar. Agora, tem certeza de que não gostaria de trabalhar como secretária?

Ele realmente esperava que Nancy recuasse? Que começasse a tremer e deixasse a luta para os homens? Os nazistas tinham acabado com a vida dela. Era uma vida que tinha lutado para construir e que amava, e também amava a França e Henri, com todo seu coração e alma. Eles queriam que ela simplesmente ficasse ali sentada, esperando que alguém recuperasse tudo por ela enquanto se ocupava com um pouco de datilografia? Pensou naquele rapaz no Bairro Velho, em Antoine com a arma na boca.

— Vou ser mais útil na França.

— Para quem, Nancy? — Buckmaster deixou de lado o tom amigável e se transformou em um demônio raivoso. Bateu com força o punho sobre a mesa, balançando a xícara de chá. Nancy não recuou. — Para mim? Para a Inglaterra? Ou para o seu marido? Não se trata de uma missão de resgate de contos de fada. É uma luta cruel até a morte.

Cruzes. Algumas pessoas eram realmente difíceis de agradar.

— Você não precisa me dizer isso, seu filho da puta arrogante — Nancy disse com calma e precisão. — Eu estava lá. Conheço a França, conheço os franceses e conheço os alemães. Sei como é ver um homem morrer e limpar o sangue dele das mãos, e então prosseguir com a missão, e também sei que precisa de agentes de campo mais do que precisa de uma secretária nova, então pare de enrolar e me deixe agir.

Ele a analisou por um longo instante e, pela primeira vez, Nancy pensou nos homens e mulheres que haviam se sentado naquela cadeira antes dela, dizendo o mesmo que ela. Será que ele tinha um registro em algum lugar dizendo quantos estavam mortos, quantos estavam vivos, quantos haviam simplesmente desaparecido na neblina da guerra? Mas então o canto da boca de Buckmaster se contorceu. De volta ao tio Bucky.

— Certo, Nancy. Você está dentro. — Ele pegou outro arquivo da pilha que estava ao lado e começou a ler.

Garrow endireitou a postura.

— Venha, Nancy. Vamos dar entrada na documentação.

E foi assim. Nancy acompanhou Garrow até a sala dele, perto da porta principal. Ele pegou mais uma daquelas pastas malditas que estavam sobre a mesa e tirou meia dúzia de páginas datilografadas. Ela pegou sua caneta e assinou onde estava indicado, sem ler nada, enquanto ele falava.

— Oficialmente, você vai ser registrada como enfermeira. Vai receber os documentos em seu endereço em Piccadilly e provavelmente sairá de Londres durante a semana, então não faça planos.

Ele juntou os papéis e praticamente a empurrou para o pequeno corredor insípido. Enquanto fechava a porta em sua cara, Nancy notou que ele acenava discretamente com a cabeça para a srta. Atkins na recepção. Independentemente do que pretendia dizer, de quais fossem os milhares de perguntas ou respostas sagazes que certamente estavam rodando em sua cabeça, ela nunca descobriu. A porta se fechou e, levemente confusa e sem a mínima ideia do que mais fazer, Nancy se dirigiu para as escadas.

— Ei, Nancy? — Ela se virou. A srta. Atkins jogou algo em sua direção, que Nancy pegou. Um batom. — A cor se chama V de Vitória de Elizabeth Arden. Bem-vinda a bordo.

PARTE 2
ARISAIG, INVERNESS-SHIRE, ESCÓCIA, SETEMBRO DE 1943

18

O primeiro dia de treinamento foi o pior, porque ela chegara ali empolgada demais. As semanas seguintes à entrevista com Buckmaster haviam sido uma tortura – mais espera, expectativa ao verificar a correspondência e medo de sair de casa, se o telefone tocasse.

Depois de um tempo, os documentos – mais documentos – chegaram. Ela fez uma mala seguindo instruções, preencheu o bilhete de viagem e, depois de mandar uma mensagem para Campbell com seu novo endereço para contato, conforme solicitado, e dizendo para ele manter o apartamento alugado, partiu para a Escócia.

A chegada havia sido tranquila, e o instrutor que a encontrou na estação e a levou de carro até o campo de treinamento, pelo longo anoitecer do verão tardio na Escócia, parecia uma boa pessoa. O campo era a cabana de caça de algum aristocrata na beira de um lago cercado por montanhas altas, azuis sobre a neblina. O pôr do sol – tons de rosa e roxo espalhados no céu – havia sido magnífico. Ela era a única mulher do grupo, o instrutor lhe disse, olhando para Nancy de soslaio. Ela deu de ombros; estava acostumada a ser a única mulher em um grupo de homens depois de ter trabalhado como correspondente em Paris. Entendia os homens. Tentou protestar quando lhe indicaram um quarto vazio com beliches, mas eles não mudaram de ideia. De modo algum permitiriam que ela dividisse o quarto com os rapazes.

Assim, quando se apresentou na manhã seguinte para a primeira sessão de treinamento, às seis da manhã, foi com satisfação. Então ela o viu. O ruivo. E ele a viu. Um ou dois dos homens apertaram a mão de Nancy ou acenaram com a cabeça de maneira amigável, mas, antes de o sargento que os orientaria na corrida chegar para buscá-los, o ruivo havia reunido um pequeno grupo à sua volta e eles estavam olhando para ela e rindo.

O ruivo esfregava os olhos como se estivesse chorando.

— Ai, perdi minha bolsa — ela o ouviu dizendo em tom de lamento. — Por favor, pode ir buscar para mim? — Depois ele fez mais ruídos imitando choro, e todos riram.

Ela devia ter se aproximado imediatamente e tirado aquele sorriso da cara dele na base do soco, contando como aquele merdinha havia choramingado durante toda a travessia, mas, quando estava se preparando para cerrar os punhos, o sargento chegou. Partiria para a briga assim mesmo? Não, eles a expulsariam antes mesmo de começar. Ela teria que voltar até Buckmaster e implorar por um trabalho de secretária, e aquilo a mataria. *Paciência, Nancy.*

— Sr. Marshall, está pronto? — o sargento disse, e o ruivo sorriu e parou na posição de descanso militar. Então esse era o seu maldito nome.

Nancy sabia que a corrida seria sofrida, mas não fazia ideia do quanto. Achou que todas as suas viagens, os trajetos de bicicleta com peças de rádio e mensagens haviam lhe dado resistência, mas metade daqueles caras já estava no serviço militar e participava de treinamentos físicos havia anos. Ela conseguiu acompanhar no terço final do grupo – nunca por último, mas perto o suficiente para ouvir o sargento provocando os retardatários logo atrás dela. Ele era um homenzinho esquisito, de corpo quadrado, uns sete centímetros mais baixo do que Nancy, mas aparentemente criado por Deus para subir colinas correndo como se estivesse fazendo um simples passeio na rua. Como aquele homem tinha tanto ar nos pulmões?

Cerca de vinte minutos após o início do treinamento, ou talvez tivessem sido três, ou uma hora e meia – Nancy perdia a noção do tempo bem rápido quando não conseguia respirar –, ela notou Marshall, que havia começado na frente do grupo, ficando para trás, deixando os outros o ultrapassarem. Logo estava correndo ao lado dela. O homem abriu um sorriso rápido e, por um momento de estupidez, Nancy pensou que ele fosse se desculpar.

— Então seu nome é Nancy? — ele perguntou. — Como está?

— Estou bem. — Falar era uma luta, mas ela conseguia se comunicar.

— É que deve ser difícil demais para você... — O cretino não estava nem ofegante. — Afinal, precisa carregar essas tetas enormes, que balançam.

Ele falou alto o suficiente para atrair olhares e risos dos outros homens que estavam ao redor. Estava com as mãos na frente do corpo, segurando seios imaginários com uma expressão de tristeza e dificuldade no rosto, a língua para fora, fazendo os peitos falsos pularem.

— Vai se foder — ela disse. Não era nada original, mas era curto.

Ele estirou o pé para o lado, acertando-a no ar e fazendo-a se estatelar na lama. Ela caiu de cara na terra e perdeu totalmente o fôlego. Levantou a cabeça e o viu voltando com facilidade para a frente do grupo. Os outros corredores passaram direto por ela.

— Levante, Wake!

O sargento estava parado diante dela. Correndo sem sair do lugar.

— Eu...

— Apenas levante!

Ela se apoiou nos joelhos e se levantou. A camiseta estava preta devido à lama e colada em seu corpo. O cabelo estava grudado no rosto, e ela sentia sangue escorrendo pela face.

O sargento a encarou com um olhar crítico.

— Você vai sobreviver. Agora corra.

E ela correu. Terminou por último, é claro. Não havia como compensar o tempo perdido. Depois, como teve que tomar banho, chegou atrasada para a primeira aula. Desculpou-se com o instrutor e foi procurar um lugar para se sentar. Marshall e seu grupinho recém-formado de bajuladores engraçadinhos esfregavam os olhos com lágrimas imaginárias.

Aquilo estabeleceu o padrão – os circuitos de treinamento, em que alguém acidentalmente a empurrava da barra de equilíbrio ou pisava em sua mão enquanto escalava a rede de corda. As risadinhas tornaram-se um zumbido constante em seus ouvidos, que a seguiam do refeitório às áreas de treinamento e às salas de aula. Ela rangia os dentes e aguentava.

Depois da terceira corrida, que ela terminou sem cair na lama, o sargento a chamou de lado e lhe entregou um rolo de ataduras que tinha no bolso e alguns alfinetes.

— Tive uma mocinha aqui no ano passado que era bem-dotada na região do tórax, Wake — ele disse. — Ela fazia uma atadura antes das corridas. Dizia que dava mais suporte do que apenas o sutiã.

Ele ficou totalmente corado ao dizer sutiã, mas tinha razão. Ajudou.

⋆★⋆

Toda a mobília anterior à guerra havia sido tirada da sala. Áreas mais claras na parede mostravam onde os quadros ficavam pendurados naquela época inimaginável. Henri teria gostado de como a sala era antes, provavelmente ocupada com poltronas de couro e livros antigos. Agora os únicos móveis eram a mesa de metal de sempre, cadeiras dobráveis e um par de gaveteiros de arquivo cinza. E aquele cara. Segurando uma mancha de tinta confusa e olhando para ela. Olhos azul-claros e cabelos finos. Dr. Timmons.

— O que vê aqui?

— Uma mancha de tinta e você olhando para mim — ela respondeu, colocando as mãos no bolso e esticando as pernas. Não era muito confortável, mas ela não ia se sentar direito, como uma boa menina na sala de aula, para aquele homem. Um psiquiatra. Aqui eles eram chamados de médicos da cabeça. Até os instrutores os chamavam assim.

Ele soltou um dos lados do papel com a mancha de tinta para anotar alguma coisa.

— Agora você só está desperdiçando mais tinta.

Ela se virou e olhou pela janela. Um grupo de homens usando uniforme de treinamento se apressava na entrada. Ela preferia ir com eles até o alto da montanha, debaixo de chuva, a ficar ali.

— É um teste, Nancy — ele disse. — A saúde mental é tão importante quanto a física. Em sua área de atuação, talvez até mais. O que vê?

— Um dragão.

Ele abriu um sorriso amarelo e abaixou o papel.

— É a terceira vez que um recruta dessa divisão diz isso. Não tem imaginação para pensar em outra coisa?

Ela deu de ombros e cruzou as pernas na altura dos tornozelos.

— Muito bem. Vamos fazer à moda antiga. Conte-me sobre a Austrália. Sobre sua infância.

Ela piscou os olhos. Os instrutores estavam sempre falando sobre conhecer bem a história que contaria para preservar seu disfarce em campo, e ela tinha se esquecido completamente de preparar uma história para contar àquele cara. Droga. Lá estava ela novamente, na casa da mãe. Os irmãos mais velhos tinham saído de casa, então eram só as duas. Sem falar nada. Ela não conseguia se lembrar de nenhuma conversa com a mãe. Apenas dos sermões. Sobre como Nancy era feia, burra, pecado em forma de ser humano.

— Eu era bem feliz.

— Tinha muitos amigos? — Timmons perguntou, ainda fazendo anotações.

— Um montão — Nancy respondeu.

Ela sentia o calor do sol enquanto caminhava para casa, andando cada vez mais devagar conforme ia se aproximando da construção de madeira caindo aos pedaços. A mãe estaria esperando quando ela chegasse lá. Não com amor, ou ternura, mas com mais um monólogo de reclamação e acusação, temperado com citações da Bíblia. Tudo era culpa de Nancy, e a garota era um castigo de Deus, embora a sra. Wake não conseguisse entender o que havia feito para merecer uma filha tão feia, anormal e desobediente.

— E quanto aos seus pais? — Timmons estava com a cabeça inclinada, como a arara da loja de animais que ficava no caminho para a escola.

Nancy sempre achou que a ave a julgava também.

— Extremamente felizes — Nancy disse com seu melhor sotaque inglês aristocrático.

Timmons suspirou.

— Então por que seu pai saiu de casa e deixou a esposa com seis filhos? Você tinha quantos anos? Cinco? Chegou a vê-lo depois disso?

— Ela o afastou — Nancy disse com severidade. — Os outros tinham saído de casa, e ela era agressiva e intolerante. Ele não conseguiu aguentar.

— Então foi culpa dela?

O que aquilo tinha a ver com qualquer coisa? Todo aquele treinamento para atirar instintivamente, sem parar para pensar, estava funcionando. Ela se segurava para não atirar naquele cretino; podia sentir a vontade na ponta dos dedos.

— É claro que foi culpa dela. Meu pai era um príncipe. Era engraçado, gentil, e me adorava.

Era verdade. Ela havia sentido aquele amor, e lembrar dele a mantivera sã até conhecer Henri.

Timmons estava escrevendo novamente.

— Mas não o bastante para levar você junto. — Aquilo a atingiu como um soco no estômago. — Ele ficou até todos os outros filhos saírem de casa, mas não pôde fazer o mesmo por você, não é?

Um. Dois. Toque duplo no gatilho. Aquele cretino quase careca. Ela não disse nada.

— Você deixou o ninho aos dezesseis anos, convenceu o médico da família de que tinha dezoito para conseguir tirar um passaporte e fugir. Então foi uma garotinha audaz, boa em manipular os homens.

Como raios eles haviam descoberto tudo aquilo? E daí se ela tinha feito aquilo? E ainda conseguiu se dar bem. Fez amigos, aprendeu uma profissão e se divertiu muito, depois se apaixonou por Henri, a cereja no topo do bolo.

— Só um idiota ficaria naquela casa para ser atacado.

Ele entrelaçou as mãos atrás da cabeça e empurrou os cotovelos para alongar as costas. Deixou o pescoço totalmente exposto, e os flancos também. Com o que havia aprendido nas últimas semanas, Nancy poderia matá-lo em um instante, e aquele suspiro triste e enfadado seria seu último.

— E, ainda assim, aqui está você, Nancy.

— O quê?

— Metade dos homens a odeia, e você é provocada constantemente. Mas mesmo assim persiste.

Ela jogou as pernas para trás e se debruçou sobre a mesa na direção dele.

— Porque quero ver esses malditos nazistas serem punidos. É simples assim. Eu já vi. Na Áustria. Na França. Eles são a escória. Precisam ser exterminados, eu preciso exterminá-los. — Ela bateu com o dedo no bloco de notas dele. — Agora, apague o "fodida", acrescente um pouco de pompa e patriotismo, escreva tudo, e terminamos por aqui. *Feliz agora?*

Ele olhou fixamente nos olhos dela e Nancy recuou.

— *Você* precisa exterminar os nazistas, Nancy? Bem, tenho certeza de que todos ficaremos extremamente gratos. Mas você faz parte de uma equipe, parte de um exército, parte de um país.

Ele suspirou novamente. Aquilo era irritante.

— Você pode ser uma boa agente, Nancy. A Divisão D precisa de pensadores independentes, mas você também precisa se dar conta de que faz parte de algo maior. Pode parecer chocante, mas a guerra não tem a ver com você.

Ah, já chega.

— Acha que estou fazendo isso só de raiva porque o papaizinho foi embora e porque a mamãezinha achava que eu era uma praga, um grande sapo preto, empatando a vida dela?

Ele olhou de canto de olho para a mancha de tinta.

— Isso até que parece um pouco um sapo, não parece? Interessante. — Ele anotou mais alguma coisa. — Nancy, ouça o que estou dizendo. Acho que você *sente* que precisa do sofrimento aqui e do sofrimento que muito provavelmente a espera na França. Talvez não conscientemente, mas é isso. Você sente que merece isso. Que é o monstro que sua mãe disse que era.

Nancy cerrou os punhos dentro dos bolsos. Sentia os músculos do maxilar se contraindo.

— Você é pago para isso?

Quando Nancy era pequena e as coisas ficavam muito ruins, ela se escondia no vão que havia debaixo da casa e lia *Anne de Green Gables* sob o sol forte que passava pelas tábuas de madeira da varanda, até expulsar toda a dor e a raiva. Aquele ainda era seu romance preferido. Na verdade, era o único romance de que realmente gostava. Ela fechava o livro e deixava tudo ali, a raiva, o medo, a autodepreciação, tudo embaixo da casa. Tinha certeza de que um dia aquilo faria a casa explodir; todos aqueles sentimentos ruins que deixava fermentando sob a varanda se inflamariam e BUM! Tudo pelos ares. Então ela completou dezesseis anos e, do nada, uma tia lhe mandou um cheque. Decidiu que não poderia mais ficar esperando pela explosão e preferiu deixar toda aquela porcaria para trás. Então agora pegava tudo que Timmons tinha acabado de dizer, amarrava com papel pardo e enfiava lá também.

Ela umedeceu os lábios e disse de maneira calma e racional, como se estivesse em uma festa, discutindo itinerários de ônibus com o dr. Timmons:

— Já pensou em sair de trás dessa mesa e ir para o combate, dr. Timmons?

Ele levantou uma das sobrancelhas.

— Então é assim que vai ser, Nancy? Muito bem. — Ele escreveu de novo, suspirou de novo. — Só me faça um favor, Nancy. Tente evitar que alguém acabe morrendo por causa desse seu comportamento egoísta. Está dispensada.

19

Nancy saiu de lá com a cabeça erguida, é claro, mas se sentiu vazia pelo resto da manhã. Foi execrada por um instrutor – que ela achava que gostava dela – quando errou a identificação da patente de um oficial alemão que guarnecia um tanque de guerra. Pior ainda, o instrutor aproveitou o erro como oportunidade de mostrar a todos que falhas como aquela poderiam custar suas vidas. Nancy quase não aguentou quando ele começou a falar que esperava mais dela, que todos esperavam, e sobre as mortes terríveis e dolorosas que poderiam estar à sua espera e de todos que trabalhassem com ela se algum dia cometesse de novo um erro como aquele.

Durante o jantar, Nancy se sentou sozinha. Marshall deixou cair uma folha de papel ao lado dela com um desenho grosseiro e infantil de um homem com quepe de oficial da Gestapo, com uma flecha apontada e as palavras "NAZISTA MAU!" em letras de fôrma. Idiota de uma figa. Ela amassou o papel e o jogou na direção dele, que, junto com seu grupinho, começou a rir. Os sussurros, as risadas, os olhares exagerados. Ela queria arrancar fora aqueles olhos verdes de cobra. Voltou a se concentrar na comida. O miolo de uma maçã atingiu a lateral de sua cabeça e caiu dentro do molho frio da gororoba que tinha sido servida. Espirrou tudo para fora. Ela se virou, mas Marshall e seus amigos risonhos já estavam saindo. Havia um homem alto, um pouco mais velho, sentado no banco ao seu lado. Ele deu de ombros quando ela se virou.

— Acho que eles jogam maçãs porque ainda estão irritados com Eva. — Ele estendeu a mão para ela. — Meu nome é Denis Rake, mas meus amigos me chamam de Denden.

Nenhuma observação depreciativa, nenhuma risada contida, nenhum olhar malicioso percorrendo-a dos pés à cabeça. Ótimo.

— Quer uma bebida, Denden?

Nancy tinha ficado surpresa com a facilidade de se levar álcool para aquele lugar e também de se conseguir mais. Só na terceira semana ela foi se dar conta de que os instrutores estavam tentando embebedá-los para ver quais deles falariam. Por ela, tudo bem.

Ela levou Denden até seu quarto e pegou uma garrafa de um bom conhaque francês que um atendente de bar do Café Royale havia lhe vendido antes de fazer aquela viagem. Denden olhou para o quarto vazio.

— Pelo menos seu isolamento proporciona um pouco de privacidade, minha cara. Acho que eles pensaram que os rapazes não conseguiriam se controlar se você dividisse o dormitório com eles.

— Mais ou menos isso — ela disse, pegando dois copos no banheiro. — O responsável pelo alojamento ficou totalmente ruborizado quando eu disse que queria ficar com os homens. Chegou a murmurar algo sobre os chuveiros.

— E ele espera que eu me controle! — Denden revirou os olhos.

Nancy franziu um pouco a testa. Ele era um homem bonito, de corpo magro, porém definido. Mas, depois de seis semanas de caminhadas e corridas forçadas nas Terras Altas e daqueles malditos circuitos de treinamento, todos estavam com aquele corpo. Ele ficou em silêncio e a observou com curiosidade por um instante.

— Sim, sou gay até a alma. É por isso que alguns dos rapazes não gostam de nós, porque ambos gostamos de pinto. A menos que você seja amante das partes femininas...

Nancy havia conhecido uma boa quantidade de homens gays em Paris e achava que em geral eram boa companhia. E homossexuais eram as únicas pessoas que a mãe de Nancy detestava mais do que a própria filha.

— Gosto só das minhas. Venha, vamos procurar um lugar melhor para beber. — Na porta, ela parou e se virou para ele. — Denden, como consegue ser tão...? Quero dizer, eu não posso esconder o fato de ser mulher, mas você poderia esconder.

— Sim, poderia, mas, se eu não puder ser quem eu sou, então os nazis já estão com a bota no meu pescoço. Além disso, bem, com toda essa idolatria besta à masculinidade, metade daqueles chucrutes cobertos de couro é tão gay quanto eu.

Ela riu e percebeu que era a primeira vez que ria em semanas. Uma risada genuína, não forçada ou fingida. A sensação era boa.

Eles saíram e, após certo debate e algumas rotas erradas, subiram na barra mais alta do circuito de treinamento, depois enrolaram as pernas na rede de cordas por segurança e começaram a beber para valer.

Denden era um imitador incrível. Tornava a voz agressiva quando repetia os mantras do combate corpo a corpo, emanava um desdém aborrecido no sotaque anasalado do treinador malicioso, dava um toque preocupado às vogais longas de Norfolk do guarda de caça do rei em Sandringham, que lhes ensinara a caçar coelhos e aves selvagens.

— Realmente não sei o que o rei George acharia disso — ele falou, imitando a voz do homem e o movimento que fazia com a cabeça tão perfeitamente que Nancy quase caiu da barra.

— Você deveria trabalhar no teatro, Denden!

— Ah, eu trabalhei — ele respondeu, tomando um gole direto da garrafa. Eles haviam desistido dos copos. — Bem, na verdade foi no circo. Fui equilibrista, fui palhaço.

— Só pode estar de sacanagem.

Ele desenrolou as pernas da rede e, em um único movimento, se levantou e ficou em pé sobre a madeira em que estavam sentados, ainda segurando a garrafa de conhaque pela metade na mão esquerda. Depois levantou os braços sobre a cabeça e fez uma pirueta no mesmo lugar, inclinando-se para a frente em seguida, com uma perna esticada no ar para trás, braços estendidos, mantendo a posição por um, dois, três segundos. Nancy mal conseguia respirar. Então ele jogou a garrafa para cima, fazendo-a girar. Nancy gritou, mas, antes que se desse conta, ele já estava novamente sentado ao seu lado e havia agarrado a garrafa giratória no ar sem derramar nenhuma gota.

Nancy vibrou e aplaudiu. Depois, enquanto ele dobrava o corpo para a frente em agradecimento, ela tirou a garrafa de sua mão.

— Como foi parar no circo? — ela perguntou, tomando um bom gole.

— Minha mãe não me queria por perto — ele disse, olhando para a escuridão prateada. — Ela soube que havia algo diferente em mim quando eu tinha quatro anos, então, quando o circo passou pela cidade, ela me entregou ao apresentador do espetáculo e disse: "Ele é uma aberração. Pode ficar com ele".

Nancy deu mais uma golada na garrafa.

— Graças a todos os santos ela fez aquilo — ele continuou. — Eles foram bons comigo no circo. Me ensinaram vários truques, mas também garantiram que eu aprendesse a ler e escrever. A quiromante me ensinou história, e os trapezistas me ensinaram francês e espanhol. Fizemos muitas apresentações na França. Passei metade dos meus invernos por lá, desde os oito anos.

Nancy sentiu uma pontada de inveja. Denden arrancou a garrafa de sua mão.

— Isso vai me fazer muito bem — ele disse depois de beber. — Não sei se vão me deixar voltar para a França.

— Por quê? — Nancy se virou para ele.

— Odeio armas. Eu me recuso a usá-las. Mas não é tão ruim, sou excelente no rádio, modéstia à parte, porém Timmons é o verdadeiro problema. Diz que não sirvo porque me recuso a esconder minha "doença homossexual". Com certeza ele vai me reprovar. "Obrigado, aberração, mas não queremos você. Pode voltar para a casa dos Maricas."

O fogo de sua própria entrevista lhe subiu pela garganta. Aquele médico da cabeça cretino.

— Denden, quer fazer algo imprudente?

Se eles quisessem mesmo manter os arquivos em segurança, não os deixariam protegidos apenas por duas fechaduras simples em um casa cheia de alunos que estavam sendo treinados para burlar uma segurança muito mais complexa do que aquela. Pelo menos foi esse o raciocínio de Nancy.

Assim que entraram na sala de Timmons, fecharam as pesadas cortinas, acenderam a luminária de mesa e ficaram à vontade. O gaveteiro com os arquivos também estava trancado, e Timmons havia até tomado o cuidado de colocar pedaços de papel nas gavetas, para que caíssem se fossem abertas. Denden os recolheu para colocá-los no mesmo lugar depois e então pegou as fichas.

— Tirei notas excelentes em combate, operações táticas, explosivos, *arrombamento de fechaduras...* — Nancy leu as notas com certo orgulho, sentada na cadeira de Timmons.

Denden estava encostado no gaveteiro.

— "Rake está entre os melhores operadores de rádio que já vimos, mas..." Nossa. Tirei um em tiro ao alvo.

— Bem, eu tirei dois no treino de salto — Nancy disse, já sem o tom orgulhoso na voz.

— Que droga — Denden disse, colocando a ficha sobre a mesa, ao lado da de Nancy. Depois ficou olhando para as canetas, alinhadas do lado direito. — Ah, você vai servir — ele disse, pegando uma das canetas.

— Denden?

— O quê? — ele perguntou. — Eles também me mandaram para um curso de falsificador. Só estou praticando um pouco.

Com um movimento casual, sua nota um em tiro ao alvo se transformou em sete, e o dois de Nancy no treino de salto magicamente aumentou para oito.

Nancy ofereceu um aplauso silencioso e Denden sorriu com timidez, virando a página.

— Que ótimo. O relatório do próprio bom doutor Timmons. "A perversão desavergonhada de Rake é um perigo à coesão da tropa." Nada disso. Eu reúno os homens.

Ela riu e olhou seu relatório, lendo-o com uma intensidade ofegante e piscando rapidamente os olhos. "Wake está extremamente motivada a voltar para a França…"

— Nossa, acho que esse é o jeito dele de dizer algo bom sobre alguém — Denden disse. — Ainda sobrou conhaque?

— Shhh, Denden. Não terminei. "… mas sua ousadia mascara uma profunda insegurança. A culpa em relação à… à captura de seu marido…" — E, de repente, aquilo deixou de ser engraçado. Onde estava Henri? O que estava sentindo naquele momento? — "… juntamente com o trauma de infância, compõem o perigo de severa instabilidade."

Denden colocou a mão sobre o ombro dela.

— Vamos, querida, já chega. — Denden estava certo, mas ela não conseguiu se conter e se desvencilhou dele.

— "Minha avaliação é que não é adequada para o comando, e todo esse comprometimento poderia colocar a si própria e a seus homens em risco em campo."

A sala parecia muito silenciosa, e do lado de fora uma coruja piou nas sombras iluminadas pelo luar.

— É só um blá-blá-blá psicológico qualquer — Denden disse com firmeza. — O que aconteceu com "o que não me mata me fortalece"? E que putaria é essa? *É esperado* que você coloque as pessoas em risco em campo! Você tem que ser capaz de enviar homens para sabotar iniciativas nazistas, emboscar comboios! Eles acham que explodir um trem sob fogo inimigo é algo livre de riscos?

Foi um bom discurso, e muito gentil da parte de Denden, mas não serviu. Eles pretendiam eliminá-la, e ela ficaria presa em uma sala com uma máquina de escrever, morrendo por dentro a cada dia e bebendo até perder a consciência toda noite, enquanto os nazistas fariam o que quisessem na França, a seus amigos, a Henri. E, o pior de tudo, eles talvez estivessem certos em tirá-la do caminho, deixá-la onde não pudesse causar tantos danos. Ela piscou.

— Denden, o que está fazendo?

Denden tinha tirado a máquina de escrever portátil de Timmons do alto do gaveteiro e a colocado sobre a mesa, depois encontrou os formulários em branco na primeira gaveta.

— Levante daí, minha linda, e fique de olho no corredor, por favor. Caso alguém esteja perambulando por aí. Acho que é hora de contarmos nossas próprias histórias.

Vinte minutos depois, Nancy estava se sentindo bem melhor. Um pensamento lhe ocorreu.

— Denden — ela disse, colocando os pedaços de papel de volta ao gaveteiro para que Timmons não notasse que alguém havia mexido em suas coisas. — Tem planos para amanhã à noite?

20

O trinco se abriu e Henri olhou devagar à sua volta. A dor era constante. Com açoites e surras hora após hora, dia após dia, seus ferimentos nunca conseguiam se curar, o que significava que suas únicas emoções em semanas tinham sido exaustão e um desejo de que aquilo acabasse. Não havia mais esperança e, diante da luz clara e ofuscante da dor, às vezes não havia mais amor, fé ou sua própria pessoa.

Às vezes, algo que Böhm dizia fazia com que ele se lembrasse de que um dia fora Henri Fiocca, um homem rico e feliz, com uma linda esposa, que vivia uma vida alegre e luxuosa. Não passava de um sonho. A porta se abriu. Henri estava esperando o torturador de óculos que tinha cara de rato – era impressionante como o homem sempre conseguia extrair novas ondas de dor dele, daquele trapo em que havia se transformado –, mas era Böhm.

— *Monsieur* Fiocca, você tem visita — Böhm disse em seu francês cuidadoso, com sotaque inglês.

Böhm tinha estudado Psicologia em Cambridge antes da guerra, Henri se lembrava, e, nas conversas que tinham de tempos em tempos, era efusivo em relação aos grandes prédios e grandes homens que encontrara por lá. Böhm nunca estava presente durante os açoites que deixavam a pele das costas de Henri pendurada. Ele entrava só depois.

Visita? Aquilo significava que o mundo além daquelas paredes ainda existia. Que estranho. Ele pensou em Nancy. Se a tivessem capturado, seriam cruéis o bastante para colocá-los juntos? Sim. Eles a torturariam na frente dele. Sem dúvida, Böhm aprendera em seus estudos que um encontro como aqueles poderia, finalmente, fazê-lo falar. Se Böhm estivesse com Nancy, e pudesse provar, Henri lhe daria o nome de todos os membros da Resistência, todos os fugitivos que tinham comido à sua mesa, todos os esconderijos comprados em dinheiro no início da guerra, para evitar um instante que fosse que a mulher sentisse aquela dor. Eles não a libertariam, é claro que não. Já tinham descoberto que ela era o

Rato Branco. Böhm havia deixado bem claro durante as conversas. Mas, se Böhm entrasse com Nancy e falasse "Conte tudo o que sabe e nós simplesmente a mataremos, sem tortura, sem estupro", Henri aceitaria a proposta.

Böhm trouxe duas cadeiras dobráveis de metal do corredor e as colocou perto do catre de Henri.

— Desculpe, *monsieur* Fiocca, eu devia ter avisado que são dois visitantes. — Ele olhou para trás. — *Monsieur*, madame...

Ouviu-se o barulho de passos e o pai e a irmã de Henri apareceram na sala. Gabrielle soltou um gritinho e colocou o lenço sobre a boca e o nariz, depois avançou na direção do irmão com a mão estendida. Seu pai ficou perto da porta, boquiaberto, com os ombros trêmulos.

— Vou deixar vocês colocarem a conversa em dia — Böhm disse com um sorriso caloroso e fechou a porta.

Henri não conseguia se mexer, não tinha vontade de falar.

Sua irmã foi até a cama e caiu de joelhos, em prantos.

— O que ela fez com você? Meu Deus, tenha piedade de nós!

O pai desabou pesadamente sobre uma das cadeiras. Henri ficou olhando para Gabrielle com o olho que ainda estava bom. Ela levantou a mão outra vez e conseguiu, rapidamente, tocar-lhe o ombro. Henri não tinha certeza se estava ou não vestido. Eles sempre o despiam antes das surras, e às vezes o vestiam novamente depois, outras vezes não. Havia muito tempo que ele tinha deixado de se importar.

— Diga a eles tudo o que sabe, Henri. — Era a voz de seu pai, ou pelo menos uma versão rouca dela. — Böhm disse que já capturou a maior parte da rede da Resistência em Marselha. Ele só quer que você fale sobre Nancy, onde ela pode estar, o que sabe sobre os planos dela.

— Então ele vai te libertar! — Gabrielle disse em um tom muito agudo. — Ele vai deixar a gente levar você para casa e cuidar de você. Minha nossa, Henri, já não sofreu o bastante por ela?

Henri umedeceu os lábios, finalmente compreendendo. Eles *culpavam* Nancy. Achavam que era culpa dela ele estar ali, quase inconsciente, dilacerado pelos açoites, com os dedos quebrados, as unhas arrancadas e o rosto praticamente irreconhecível. Achavam que era culpa dela. Como ele tinha algum parentesco com aquelas pessoas? A Gestapo tinha feito aquilo com ele. O desejo de poder de um grupo de fanáticos iludidos que, de alguma forma, tinha conseguido envenenar a própria nação e depois se espalhado para envenenar outros países. Os nazistas que haviam usado o medo e a bajulação para manter a França, sua adorada e gloriosa França, sob o jugo de suas botas.

Ele não tinha forças para explicar aquilo a eles. Deixaria aquela tarefa a outros homens e mulheres, ou a Deus.

— Me deixem em paz.

Gabrielle se virou e olhou para o pai. Ela parecia meio louca.

— Papai! Faça-o enxergar! Que importância tem tudo isso agora que aquela vadia fugiu?

— Henri, você precisa pensar na sua família — o pai disse.

Então Nancy tinha escapado. Henri não teve certeza quando Böhm dissera que ela havia escapado de sua rede. Pensou que podia ser um truque para obrigá-lo a falar, contar os segredos dela. E só Deus sabia quanto ele queria falar sobre ela. Mas Gabrielle não poderia ter lhe pregado uma peça daquelas, pois não era atriz. Nancy *estava* livre.

A dor ainda estava presente, mas Henri sentiu algo mais. Paz, talvez. Sim, era isso. Ele nunca fora muito religioso, e Nancy detestava qualquer menção a Deus, mas Henri sentia *algo* além da dor naquele momento, um lugar fresco e calmo que o acolheria quando chegasse a hora. E talvez a hora já estivesse chegando.

— Vocês não são dignos nem de tocar na barra da saia da minha esposa — ele respondeu. Esperava ter dito aquilo. Estava ficando cada vez mais difícil formar palavras inteligíveis. — Agora, saiam, vocês dois, e me deixem em paz.

Gabrielle chorou, o pai se enfureceu e implorou, mas aquilo não significava nada para ele. Henri os observava do alto, e suas palavras eram abafadas e sem sentido.

Ele fechou os olhos e, quando os abriu novamente, eles já tinham ido embora. Böhm estava sentado em uma das cadeiras de metal, olhando para Henri.

— Decepcionante! — ele disse. Estava inclinado para a frente, com os cotovelos apoiados nos joelhos. — Sua família. Eu esperava que conseguissem fazer você se abrir pelo menos um pouco. Pedi que falassem sobre a cama macia que o esperava em casa, sobre como Nancy gostaria que você falasse comigo. Que mal poderia fazer agora? Afinal, ela fugiu.

Henri tentava manter as pálpebras abertas, ávido por qualquer migalha de notícia.

Böhm franziu o nariz.

— Sim, ela conseguiu chegar a Londres. Ouvi dizer que foi recrutada por um bando de sabotadores amadores e criminosos. Sua função oficial é auxiliar de enfermagem, mas ela parece ser exatamente o tipo de mulher que o exército britânico mandaria para cá para fazer o trabalho por eles. Terroristas imundos. — Ele se recostou na cadeira e cruzou as pernas. — Está sorrindo, *monsieur* Fiocca? É difícil dizer. Eu não ficaria contente se fosse você. Sabe o que fazemos com as espiãs que capturamos? No fim, elas estão implorando para ser mortas. Eu mesmo já vi, muitas vezes.

Böhm ficou olhando para a parede branca sobre o catre de Henri enquanto falava.

— Elas duram algumas semanas, no máximo, atrás das linhas inimigas, causam algumas pequenas inconveniências, e logo as pegamos e espremmemos até vomitarem seus segredos. É o que vai acontecer com a sua Nancy.

As últimas palavras saíram com muita violência, muito veneno. Por um instante, a máscara rachou e, com um interesse distante, Henri observou o homem por trás dela. Böhm odiava Nancy, odiava o que ela fez, o que era, o que representava. Uma mulher que fazia o que queria e o que achava que era certo.

Nancy.

Böhm se inclinou para a frente com avidez demais, ânsia demais.

— O que foi, Henri?

— Eu disse — Henri conseguiu articular cada palavra com muito cuidado — que você vai ter que pegar ela primeiro.

Böhm se levantou com tanta rapidez que derrubou a cadeira de metal. Henri achou aquilo muito engraçado.

Böhm foi até a porta e gritou no corredor:

— Heller! *Monsieur* Fiocca está pronto para você!

Henri achou graça daquilo também, e ainda estava rindo por entre os dentes quebrados quando Böhm saiu e dois homens de Heller o levantaram do catre e o arrastaram pelo corredor que levava ao porão. Alguns dos outros prisioneiros devem tê-lo escutado, porque atrás dele, baixa e rouca, ouviu uma voz começando a cantar "A Marselhesa", depois outra, e mais uma.

O rosto de Heller ficou vermelho.

— Silêncio! Silêncio todos vocês!

As vozes continuaram, ásperas e desafinadas como bêbados quando os bares fecham, e igualmente incansáveis, e Henri riu novamente. Ainda podia ouvi-las quando o jogaram na sala amarela. Ele caiu sobre os ladrilhos manchados de sangue, ainda rindo, e continuou ouvindo as vozes de seus anjos esfarrapados.

21

Nancy estava de volta a Baker Street. Haviam mesmo se passado apenas seis meses desde que estivera naquele cômodo trocando farpas com Buckmaster? Dessa vez, não lhe ofereceram uma cadeira. Denden estava de uniforme, parado em "posição de descanso", com as mãos entrelaçadas atrás das costas. Nancy vestia o uniforme de enfermeira da FANY[1], mãos ao lado do corpo, olhos apontados para a frente.

— "Wake é popular entre os colegas. Uma líder nata." — Buckmaster estava lendo o documento tirado de uma pasta sobre a mesa dobrável. *Sinceramente*, Nancy pensou, *eles poderiam arrumar uma mesa melhor para o homem*. — É o que diz o relatório — Buckmaster continuou, olhando para Garrow parado no lugar de sempre, encostado na parede. — Mas isso é engraçado... nós contratamos o dr. Timmons para encontrar falhas, e não fazer elogios. Porém, é claro, houve aquele infeliz incidente na Escócia antes de Wake e Rake — *Nossa*, Nancy pensou, *você parece um comediante sem graça* — saírem para finalizar o treinamento em Beaulieu.

— Sim — Garrow respondeu com um suspiro. — Um recruta muito promissor chamado Marshall foi descoberto ao amanhecer, nu e amarrado ao mastro da bandeira, em frente aos aposentos principais. Ele ficou perturbado por um tempo.

— Os nomes desses dois foram mencionados no relatório, não foram? — Buckmaster perguntou com educação.

Garrow levantou as sobrancelhas.

— Sim, foram declarações bem inflamadas, pelo que me lembro, de tentativa de sedução e um golpe de porrete na cabeça.

— Pobre homem.

Nancy conseguiu conter o sorriso. A lembrança de Marshall amarrado ao mastro da bandeira estava viva em sua memória. Mas, na verdade,

---

1. First Aid Nursing Yeomanry, organização fundada em 1907 e composta de voluntárias para o auxílio a forças civis e militares em períodos de crise. (N.T.)

foi praticamente um acidente – ele estava tão bêbado que praticamente caiu só de encostarem nele. E a noite nem estava fria.

Garrow acendeu um cigarro.

— Talvez tenhamos sido ludibriados, senhor.

Ele soltou a fumaça, vendo Buckmaster se levantar e dar a volta na mesa.

— Pense, Garrow. Se um espião alemão fosse se infiltrar na EOE, ele, ou talvez *ela*, atacaria nosso melhor homem, sem mencionar que daria um jeito de acessar nossos registros.

Ah, merda. Eles tinham sido descobertos. Talvez alterar os arquivos só tivesse parecido boa ideia depois de uma garrafa de conhaque. E que diabos era aquilo? Buckmaster estava pegando sua arma. Ele não podia realmente achar...

— Só vou perguntar educadamente uma vez: de quem foi a ideia de arrombar a porta? — Buckmaster estava tão perto de Denden que seu hálito o obrigou a piscar os olhos. — Foi sua, Rake?

Por um longo instante, ambos os homens permaneceram totalmente imóveis, depois Buckmaster encostou o revólver na cabeça de Denden, rasgando a pele da lateral de seu olho até a maçã do rosto. Denden cambaleou para o lado e se agachou, depois voltou a se levantar.

— Respondam! Os alemães enviaram um espião veado para o meio dos nossos homens?

Denden nem olhou para ele, apenas voltou a entrelaçar as mãos atrás das costas e ficou encarando a parede. Nancy engoliu em seco. Seria um teste? Todos eram arrancados da cama em Beaulieu de vez em quando e obrigados a responder a perguntas sobre seu disfarce, ainda atordoados pelo sono. Mesmo quando reconheciam os instrutores, a confusão daqueles momentos bastava para alguns entrarem em pânico. Mas eles nunca tinham sido violentos – brutos, talvez, mas não daquele jeito. Será que ele realmente achava que eram espiões?

Buckmaster passou atrás dela, fazendo sua pele arrepiar, depois ficou bem na sua frente e colocou o cano do revólver em sua testa.

— Ou será que mandaram uma mulher? — Ele tinha enlouquecido.

Por que Garrow não intervinha? Aquilo era insano.

— Quem foi? *Quem?* — Ela observou enquanto ele inclinava a pistola e começava a puxar o gatilho. — ÚLTIMA CHANCE! QUEM? — Nancy ficou olhando fixamente para ele. Clique.

E o mundo não acabou. Eles ainda estavam na sala. A arma estava vazia. Buckmaster acenou com a cabeça e guardou a arma.

— Ótima performance — ele disse calmamente e voltou à cadeira. — Sentem-se, vocês dois.

Cretino filho da puta. Nancy não sabia se sentava ou desmaiava. Garrow se aproximou e entregou um lenço a Denden. Nancy não sabia ao certo, mas parecia que Denden não estava apenas limpando o sangue do rosto, mas fazendo de tudo para estragar o lenço no processo.

— O silêncio pode funcionar para os homens. A Gestapo vai presumir que um agente estrangeiro do sexo masculino tem conhecimento de muita informação estratégica, então podem mantê-lo vivo tempo suficiente para que ele consiga fugir. Mas, srta. Wake, os nazistas não são progressistas como nós quanto à função e à capacidade das mulheres. Nem os franceses, na verdade. Eles vão matar você ou mandá-la diretamente para os campos. Uma mulher deve se insinuar. Desempenhar um papel, submeter-se, chorar, dormir com eles se for preciso. Engula o orgulho, porque as balas serão reais, e você não tem utilidade para mim se estiver morta.

Nancy assentiu, porque ele estava esperando que ela concordasse. Não tinha nada contra usar seu charme para atravessar postos de controle e se insinuar para homens que ficaria feliz em matar, mas havia limites. E bancar a princesa disposta a dar para qualquer um ultrapassava os limites. Seus limites.

— Tem uma missão para nós, então, senhor? — Denden perguntou, devolvendo o lenço para Garrow, que olhou para ele com agonia.

— Tenho. E, como parecem ter decidido formar uma equipe durante o treinamento, vamos mandar os dois juntos. Vocês vão compartilhar a patente de capitão, mas, como seu operador de rádio, Rake responderá a você, Nancy. Garrow, o mapa, por favor.

Garrow o abriu sobre a mesa. Era o tipo de mapa que guias turísticos imprimiam para motoristas antes da guerra, mas estava repleto de "X", cada um acompanhado por um curto código numérico.

— Cada "X" representa uma operação ativa da EOE — Buckmaster afirmou com certo orgulho. — Fizemos contrabando em Paris, afundamos submarinos alemães em Cannes. Tivemos até uma equipe que explodiu uma fábrica de munição em Toulouse na semana passada.

— Para onde vamos, senhor? — Nancy perguntou.

— Vocês serão mandados para Auvergne — Buckmaster disse, analisando o rosto dela e parecendo satisfeito com o que estava vendo. — Não é longe de Vichy e está cheia de alemães. Clima hostil, chuvas constantes, terreno impossível, condizente com a Resistência que opera por lá: os maquis se chamam assim devido à vegetação densa de mesmo nome, por serem muito difíceis de matar ou controlar. Sua primeira missão é estabelecer comando sobre o maior bando de maquis da região. Eles são liderados pelo major Gaspard.

— Que é um idiota arrogante e caolho — Garrow acrescentou.

— E ele menospreza a EOE — Buckmaster continuou tranquilamente. — Teme que, depois de eliminarmos os chucrutes, pretendamos ficar com a França para nós. A última coisa que ele vai querer é trabalhar com você, mas também está com poucos suprimentos, então esse vai ser o incentivo que você vai oferecer.

— E se ele não aceitar? — ela perguntou.

— Obrigue-o. Você vai ter que obrigá-lo a aceitar ou morrer tentando. Ele é desleixado do ponto de vista tático. Corajoso, mas vai desperdiçar seus homens e nossos recursos sem uma mão firme para conduzi-lo. É aí que você entra. Auvergne é crucial para transportar recursos pela França. Temos que impedir rapidamente que os homens e máquinas dos alemães cheguem àquela área.

— Vamos sabotar as rotas de transporte? — Denden perguntou, voltando a agir com o atrevimento de costume.

— Exatamente — Buckmaster respondeu. — A chave para o sucesso da invasão é evitar que os nazistas reabasteçam seus homens no novo *front*. Estamos trabalhando duro para garantir que eles não saibam de qual direção estaremos chegando, mas, assim que chegarmos, vão fazer de tudo para contra-atacar. Isso significa que temos que desacelerar as iniciativas deles em todos os lugares, e Auvergne é crucial para isso. Destruam as pontes da estrada de ferro, derrubem as comunicações, deixem todos com medo da própria sombra e estarão fazendo o trabalho dos anjos.

A empolgação percorreu o corpo de Nancy. Ela estaria lá. Finalmente.

— Quando zarpamos? — ela perguntou.

— Em uma semana — Buckmaster disse. — Até lá, vão ficar em um dos esconderijos de Londres, estudando os mapas da área e os planos dos principais alvos até serem capazes de desenhá-los dormindo. E não vão zarpar, Wake. Por que acha que nos demos ao trabalho de treinar vocês para pular de aviões? Rake, você vai voar pelos arredores de Montluçon em um Lysander. Tem um operador exausto que precisamos pegar, e você vai usar o rádio dele. Nancy, você vai descer de paraquedas perto do grupo de Gaspard. Um dos nossos homens na área, Southgate, vai estar no comitê de recepção e levar você até Gaspard. Use seu charme com ele até Denden chegar com o rádio. — Ele olhou novamente para Nancy. — Algum problema, capitã Wake?

Nancy engoliu em seco.

— Não, senhor. Apenas não gostei muito de saltar nem de aviões em perfeito estado.

Buckmaster arregalou os olhos e piscou.

— Sério? Mas tirou notas *tão* boas nos treinos de salto.

22

Aquela última bebida no Astor tinha sido um erro. Ou talvez a anterior a ela. Ou quem sabe o erro tenha sido passar para o uísque. O Liberator balançava enquanto a defesa antiaérea irrompia no ar e a pressão empurrava o avião de lado. O que acontece se alguém vomitar em uma máscara de oxigênio a uma altura de quinze mil pés? Nada bom. Nancy engoliu em seco e gemeu, sabendo que pelo menos ninguém a escutaria com o barulho ensurdecedor do avião e das explosões no ar. Os sanduíches de fiambre com café antes da decolagem – aquele havia sido seu erro. Ela sentia a comida revirando no estômago. O que eles colocavam no fiambre, afinal, e por que os britânicos tinham tanto orgulho de comer aquilo? Ela se segurou na estrutura da fuselagem conforme o avião descia e chacoalhava. É. A culpa era dos sanduíches de fiambre. Outra explosão, dessa vez mais perto. E o avião começou a cair com rapidez, descontroladamente. Seus tímpanos zumbiam e o peito estava apertado. Os motores gritavam e roncavam, e, de repente, estavam subindo de novo. Ela escorregou para a frente e tentou firmar os pés junto aos painéis rebitados. Um giro veloz para a direita e outra batida, como se o próprio Deus tivesse enfiado o punho na lateral do avião. Não agora. Não antes de ela chegar à França. Por favor. Seu quadril bateu contra o metal e ela perdeu o fôlego devido à dor. Então o avião começou a se estabilizar, e o barulho do motor diminuiu. As explosões estavam mais distantes. Ela respirou fundo algumas vezes e lentamente foi soltando a mão da estrutura da fuselagem. Estava com cãibra na mão, que lhe parecia estranha sem a aliança de casamento. Eles haviam insistido que ela a tirasse para o salto, e era a primeira vez que fazia aquilo desde que Henri a colocara em seu dedo. O trecho de pele mais clara parecia uma cicatriz.

O expedidor se aproximou para ver como ela estava e apontou para o relógio, indicando que estavam a meia hora da zona de lançamento de paraquedistas. Ela verificou as correias do paraquedas e as ataduras enroladas nos calcanhares. No bolso do casaco de lã de camelo, passou os dedos sobre o metal liso do estojo de pó de arroz que Buckmaster havia lhe dado. Um belo presentinho de despedida, que fofo. Ao se pegar pensando com carinho em um homem que havia apontado uma pistola para sua cabeça apenas uma semana antes, censurou a si mesma, e o avião começou a descer no mesmo instante. Ela sentiu o gosto do fiambre no fundo da garganta e engoliu em seco novamente. Se algum dia existiu um momento em que estava disposta a pular de um maldito avião, foi aquele.

Nancy pediu um empurrãozinho para o expedidor, e ele levou ao pé da letra. Num minuto estava no interior chacoalhante do avião, olhando pela porta aberta para o movimento das fogueiras de sinalização e para as piscadas discretas de uma lanterna. No minuto seguinte estava do lado de fora, no frio, caindo.

O paraquedas se abriu e ela sentiu o puxão forte das correias nos ombros, nas coxas e na cintura. Primeiro, alívio, depois um momento de calma. A paisagem iluminada pelo luar estava logo abaixo dela, as curvas das montanhas, as silhuetas íngremes em contraste com o céu, a paz de tudo aquilo, as fogueiras e... ai, meu Deus, todas aquelas árvores.

A terra estava se aproximando rápido demais.

Ela puxou a corda, tentando direcionar a queda para uma clareira. Estava quase lá, e então uma rajada de vento a empurrou de volta para a área das árvores. Não havia mais tempo.

Ela levantou os joelhos na altura do peito e abaixou o queixo ao sentir os galhos mais altos a engolindo na escuridão. A gravidade deixou perfeitamente claro quem mandava ali, afinal. E não pôde fazer nada a respeito. As mãos frágeis das árvores a agarraram e golpearam até que o paraquedas ficou preso, as correias a puxaram novamente e ela parou de repente.

Nancy abriu os olhos, um de cada vez, e se viu pendurada no ar, como um peixe no fim da linha de um pescador de sorte. Dava para sentir o cheiro das fogueiras de sinalização, mas, mesmo se contorcendo na ponta das correias, não conseguia ver nada além da escuridão incômoda e cheia de galhos.

— Um paraquedas, bem ali! — disse uma voz em francês.

— *Merde* — ela sussurrou.

Era estranho como sua mente mudara o registro para francês tão logo havia respirado o ar de seu lar adotivo. Uma luz se aproximava.

Amigo ou inimigo? Ela enfiou a mão no bolso lateral do casaco e aproximou os dedos de seu revólver Webley. Se fosse uma patrulha alemã, ela estava morta, mas levaria pelo menos um daqueles cretinos junto. Porém, a voz parecia bem calma. Provavelmente uma patrulha alemã em um local de aterrissagem pareceria um pouco menos... casual. Quem quer que estivesse se aproximando também parecia caminhar bem tranquilamente.

A lanterna parou sob a árvore em que ela estava, e Nancy ouviu uma risada baixa. Uma risada francesa.

— As árvores na França estão dando umas frutas bonitas esta primavera — disse a voz. Muito engraçado.

— Ah, pare com essa enrolação e me tire daqui. Só podia ser coisa de francês... — Nancy disse, afastando a mão da arma.

A luz da lanterna desceu de seus pés para o chão da floresta. Cerca de três metros. Ela suspirou e puxou o mecanismo de liberação do paraquedas, conseguindo aterrissar sem quebrar os tornozelos ou cair em um arbusto cheio de espinhos.

O sujeito apontou a lanterna para o próprio rosto rapidamente, e Nancy viu um homem consideravelmente jovem, bonito à maneira francesa clássica: nariz grande, maçãs do rosto protuberantes. Ele estendeu a mão e a ajudou a se levantar.

— Meu nome é Tardivat.

— Nancy Wake. — O aperto de mão de Tardivat era firme e controlado. — Southgate está aqui? Disseram que ele me receberia.

— Um momento.

Assim que Nancy se levantou, Tardivat lhe passou a lanterna e subiu nos galhos mais baixos da árvore. Movimentava-se com facilidade, passando de um galho para o outro até chegar às cordas do paraquedas.

— Aponte a lanterna para cá — ele disse, começando a juntar a seda nos braços, tomando cuidado para não a rasgar ou deixar nos galhos pedaços de corda que chamariam a atenção.

A noite parecia muito calma, e Nancy sentia o cheiro da terra no ar, o frescor da primavera sobrepondo as folhas podres do ano anterior.

— Southgate foi levado pela Gestapo há uma semana — Tardivat disse.

— Foi traído?

— Apenas pela falta de sorte — ele continuou. — Foi pego com documentos falsos. Depois de apagarmos as fogueiras de sinalização, vou levar você até o Gaspard. Ele é o chefe dos maquis aqui.

— É, ouvi falar dele.

Ele juntou o tecido do paraquedas debaixo do braço e pulou, encostando os dedos das mãos levemente no chão ao cair.

— O que lhe disseram sobre ele?

Nancy analisou o rosto de Tardivat à luz indireta da lanterna. Talvez fosse melhor não contar exatamente o que Buckmaster havia dito.

— Que é um bom combatente, porém arrogante.

Tardivat assentiu devagar.

— É verdade. Também lhe disseram que ele odeia os ingleses?

— Bem, eu sou australiana.

Ele riu.

— Acho que ele não vai ver diferença, madame.

Ele abriu a mochila e começou a guardar o paraquedas lá dentro. Ela se aproximou um pouco mais.

— Ei, temos que enterrar isso! E não é *madame*, é *capitã*.

Tardivat continuou o que estava fazendo.

— Desculpe se isso é mais uma "coisa de francês", mas fui alfaiate antes da guerra, capitã. Não vou enterrar uma seda dessas. Vou costurar algo bonito para minha esposa, para relembrar os bons tempos, antes de os alemães começarem a pegar tudo o que é bom e bonito para si próprios.

Inferno. Ela aterrissara em solo francês fazia cinco minutos e já tinha começado a confusão. Todos os dias do treinamento eles haviam ouvido sem parar: "Enterrem o paraquedas, enterrem o paraquedas". Por outro lado, se Southgate estava nas celas da Gestapo e, segundo Buckmaster, Gaspard era um tremendo cretino, Nancy precisaria do maior número de amigos que conseguisse.

— Faz sentido. Como chegamos até Gaspard?

— Temos que caminhar. A trilha tem cerca de oito quilômetros e é árdua.

Nancy suspirou e começou a desenrolar as ataduras dos tornozelos. Debaixo delas, usava meias de seda e salto alto.

Tardivat começou a rir.

— Meu Deus, você pulou na França assim?

Nancy pegou um par de sapatos para caminhada na mochila, limpou com cuidado a terra e as folhas que haviam grudado no couro polido dos sapatos elegantes, guardou-os e colocou a mochila de volta nas costas.

— E debaixo deste capacete de metal idiota meu cabelo está muito bem penteado. Podemos ir?

Eles seguiram na escuridão. Tardivat apagou a lanterna assim que tiveram certeza de que não haviam deixado nenhum sinal de Nancy no local de aterrissagem. No início, Nancy estava apenas se acostumando a estar fora daquele maldito avião, mas depois começou a sentir a empolgação de ter solo francês sob os pés. Aquela trilha escarpada no meio da floresta não tinha nada a ver com Paris ou Marselha, é claro, mas ainda assim se sentia em casa. Uma imagem de Henri de blazer branco, perto da janela do quarto do casal, surgiu em sua mente com tanta força que foi como se ela tivesse visto um fantasma.

— Quais são as notícias por aqui? — ela perguntou, sussurrando.

Estava escuro demais para enxergar, mas conseguia ouvir a indiferença no tom de voz de Tardivat.

— As pessoas estão começando a se sentir mais animadas e corajosas. Nós, franceses, sempre soubemos o que acontece com exércitos que tentam invadir a Rússia. Os alemães estão finalmente começando a aprender essa lição.

Este é o momento, Nancy pensou. Ela se lembrou de quando ouviu a notícia, curvada sobre o rádio, com Henri apertando sua mão de tanto contentamento. Qualquer criança francesa sabia o que havia acontecido com Napoleão quando ele tentara tomar Moscou, mas aparentemente ninguém tinha contado isso a Hitler. O dia em que ele lançou o ataque surpresa à União Soviética, no verão de 1941, foi a primeira vez que todos na França se permitiram ter esperanças. Também significou que todos os comunistas franceses finalmente estavam livres para pegar suas armas e começar a reagir.

Então o Führer perdeu um exército em Stalingrado.

— Ganhamos muitos homens este ano — Tardivat disse. — Os jovens que se recusam a trabalhar na Alemanha vêm até nós. É bom, mas também causou problemas.

— Que problemas?

— Somos muitos. No início havia celeiros abandonados suficientes para todos. Agora está mais difícil encontrar um lugar, continuar em movimento para a polícia não nos encontrar.

— O que mais?

— Nós lutamos, mas brigamos entre nós também. — Tardivat suspirou. — Há rixas entre povoados e famílias aqui que vêm desde a Revolução. Alguns usam a Gestapo para atacar seus inimigos, outros usam os maquis. Nem todos os acertos de contas são com os invasores.

Ótimo. Política. Não era o ponto forte de Nancy.

— E Gaspard deixa isso acontecer?

— Ele deixa seus homens atacarem as fazendas de seus inimigos.

Tardivat fez uma pausa no escuro e, como se fosse guiado por uma mão invisível, continuou. A trilha ficou mais íngreme e mais estreita.

— Isso não vai acontecer enquanto eu estiver aqui — Nancy disse com firmeza. — Talvez todo aquele treinamento físico tivesse sido uma boa ideia, afinal. Era muito melhor poder dizer coisas como aquela sem estar ofegante.

Eles chegaram ao limite da floresta, e a primeira luz do amanhecer foi aparecendo em cinza e prateado conforme a noite se retirava.

— Vamos pagar pelas coisas que pegarmos — Nancy disse. — E essa é uma operação militar agora. Significa que há regras. Não somos os alemães. Somos os mocinhos da história e vamos agir adequadamente.

Tardivat suspirou.

— Como quiser, *capitã*.

Nancy se virou. Ele poderia ficar com seu paraquedas, mas até parece que o deixaria usar aquele tom com ela. Ela respirou fundo, pronta para explicar aquilo a ele em sentenças curtas e diretas. Já era tarde demais quando viu os olhos dele se levantarem ao captar um movimento atrás dela. Ela tentou se virar, mas algo a atingiu na cabeça, e tudo ficou escuro.

23

Não estava morta. Aquela foi sua primeira descoberta. Mortos não sentem dor, e Nancy estava agonizando. Ela abriu os olhos. Podia ver uma luz fraca e sentia cheiro de palha e cereais. Alguém tinha colocado um saco sobre sua cabeça. Tentou se mexer. Sem sucesso. Estava sentada em algum tipo de cadeira, e suas mãos estavam amarradas atrás das costas. A dor nos músculos dos braços a havia acordado. Os tornozelos também estavam atados, e alguém tirara seus sapatos; sob as meias de seda, sentia um chão de terra batida. Ela levantou a cabeça e respirou lenta e cuidadosamente. Ar frio. Vento nas árvores. Então ainda estava nas montanhas, ainda estava no interior, e aquilo era um celeiro, um anexo de alguma fazenda, não o quartel-general da Gestapo em Montluçon.

Havia vozes do lado de fora, fazendo eco ao entrarem. Homens, é claro, e mais de um, embora apenas um estivesse falando – o restante apenas ria e concordava.

— Parece que nossa convidada acordou — ele disse em francês. Sua voz era grave e rouca.

Certo, Nancy. Hora do show.

O saco foi arrancado de sua cabeça e ela se viu olhando para um homem bem barbeado, de rosto redondo. Ele usava um tapa-olho.

— Que vadia linda eles mandaram. Muito melhor do que aquele merda que está apanhando nas celas neste exato momento. — *Será que ele sabe sobre Henri? Não, recomponha-se, Nancy, ele está falando de Southgate.*

— Eles acham que essas tetas vão salvar o seu pescoço, não é? Veio tentar botar a gente, os franceses, para correr e fazer as vontades da Inglaterra, sua puta?

Ela olhou para ele de cima a baixo. Alguns dos homens ao seu lado pareciam desconfortáveis.

— Isso mesmo, Gaspard. — Ela manteve a voz calma. — Até me sugeriram dar para você se achasse que poderia ajudar. Mas quer saber? Não consigo decidir o que é pior: isso ou uma pílula de cianeto.

Alguns homens riram. O que quer que estivessem esperando de uma mulher enviada pelos ingleses, certamente não era aquele tipo de linguagem saindo de uma linda boca e em francês popular fluente. Gaspard – sim, aquele era mesmo Gaspard – se contorceu. Era hora de aproveitar a vantagem.

— Mas posso lhe oferecer apoio de Londres. Auxílio honesto. Armas, dinheiro. O que precisar para tomar seu país de volta.

— Porra nenhuma. Vocês querem nossas terras. Querem que a gente dance conforme a música.

— Pode confiar em mim.

— Um pacto com o diabo. Você é pior que os alemães, puta mentirosa.

Ele se inclinou sobre Nancy e ela sentiu o cheiro de suor, o cheiro ácido de roupas não lavadas. Deixou o escárnio tomar conta de sua voz.

— Nossa! Essa é sua palavra preferida, não é? Isso deixa você empolgadinho? Não tem provado da coisa faz tempo? — Alguns dos caras atrás dele estavam rindo. — Se conseguir tirar a cabeça da minha virilha por um segundo e escutar, estou dizendo que estou aqui como aliada. Armas. Dinheiro. Ajuda para suas famílias e inteligência estratégica de Londres. Quanto ao resto, você está olhando para o Rato Branco de Marselha e ardente defensora da França, tanto quanto qualquer um de vocês... cretinos.

Os rapazes atrás dele estavam prestes a irromper em aplausos, ela podia sentir. Seria capaz de conquistá-los. Observou a reação deles de canto de olho e sentiu o canto dos lábios se curvarem para cima. Grande erro.

No instante em que tirou os olhos de Gaspard, ele chutou a perna da cadeira e Nancy caiu, com tudo, sobre o ombro. Ela ficou sem ar e sentiu uma dor terrível na lateral do corpo.

— Vadia mentirosa! Conheço a história do Rato Branco de Marselha. Fez seus homens serem mortos enquanto fugia por aí gastando todo o dinheiro que tirou do marido rico e velho. Ninguém em Auvergne vai pagar para você arrumar o cabelo e brincar com os soldados.

Ela tentou respirar.

— Meu marido é um herói, seu saco de merda. — Ela não tinha fôlego para gritar alto o bastante.

Gaspard estava olhando para algo em sua mão. Ele se agachou e mostrou a ela. A aliança de casamento dela.

— Então por que isso está na sua bolsa, e não no seu dedo?

— Devolva! — Ela parecia uma criança sendo provocada no parquinho. — Eu tirei para não decepar meu dedo ao pular do maldito avião, seu idiota.

Ela chutou o ar, mas ele percebeu o movimento e deu um passo para o lado, ao mesmo tempo chutando para longe a cadeira virada. Nancy agora estava de barriga para cima, ainda com as mãos amarradas atrás das costas. Deu impulso com as pernas para cima, pronta para tentar ficar de joelhos, mas ele se sentou em cima dela, pesando sobre seus quadris. Ela piscou. Sentiu um calor no rosto. Do golpe que havia levado na cabeça anteriormente. O sangue escorreu para dentro dos olhos, causando ardor e tampando sua visão.

Ele chegou mais perto, segurando a aliança entre o polegar e o indicador.

— O que nos impede de simplesmente matar você agora? Podemos pegar aquele belo maço de francos costurado no forro da sua bolsa, enterrar você e dizer que nunca esteve aqui. Parece que trouxe uma boa bufunfa. Podemos até mandar este anel de volta para Marselha. Se seu pobre maridinho sobreviver, talvez possa dá-lo a uma mulher ainda mais bonita.

Ele mudou de posição, e Nancy sentiu a carne das coxas dele pressionando os quadris dela. Ela respirou fundo e falou alto o suficiente para os homens ouvirem:

— Se fizer isso, vai ser o último dinheiro que receberão de Londres. Eles sabem que aterrissei em segurança. Sinalizei do solo que havia conseguido chegar ao ponto de encontro. Se quiserem armas, se quiserem mais do que os trocados que carrego na bolsa, vão ter que me aturar. Agora, por que não dá o fora daqui e me deixa fazer o meu trabalho? Se seus homens não querem metralhadoras, coturnos e mais cigarros do que poderiam fumar, imagino que outros queiram.

Ele levantou a cabeça, olhando para alguém que ela não podia ver.

— É verdade? Ela sinalizou para o avião?

Droga. Tardivat estava lá. Ele sabia muito bem que ela não tinha sinalizado. Havia ficado com ela o tempo todo desde que descera daquela maldita árvore.

— Ela estava sinalizando quando a encontrei. — A voz de Tardivat parecia neutra, entediada.

— Vadia! — Gaspard exclamou.

Ela o viu preparando o punho. Não podia se defender. Outra explosão de dor, depois silêncio.

Tardivat estava lá quando ela acordou. Ainda estavam no celeiro, mas a luz do dia tinha ido embora. Nancy notou caixas velhas e mobília quebrada perto das paredes. Então ali era um cemitério de coisas estragadas e inúteis. Alguém, provavelmente Tardivat, havia desamarrado seus pulsos e tornozelos e colocado um cobertor sobre ela. Quando viu os olhos dela abertos, Tardivat lhe entregou seu cantil, do qual bebeu com avidez. Agradeceu e devolveu o cantil a ele, que respondeu com um aceno de cabeça e, então, tirou do bolso a aliança de casamento dela.

Nancy estendeu a mão e ele colocou o anel na palma aberta. Ela havia comprado uma briga com um tenente imberbe e uma secretária com cara de bruxa para levar consigo a aliança. Ainda bem que Henri não tinha gravado seu nome nela ou escolhido algo muito chamativo. Ela tinha perdido a aliança de noivado, repleta de esmeraldas, na fuga do trem. Mas aquele anel de ouro, mais simples, havia mantido no dedo. Nancy se lembrou do toque daqueles dedos longos e frios quando Henri colocou o anel na mão dela, na câmara municipal de Marselha, o olhar carinhoso de satisfação no rosto dele. Voltou a colocar a aliança. Talvez não devessem ter se casado. Antes, eles viviam juntos, e ela era madame Fiocca para os empregados e conhecidos. A princípio, disseram que esperariam até a guerra terminar, mas logo ficaram impacientes, marcaram a data e organizaram a festa. Por quê? Estavam ouvindo as reportagens da BBC sobre a ferocidade da luta na Rússia, e ela havia quase passado por um incidente grave transportando documentos de Toulouse. Eles não quiseram arriscar.

— Posso levar você a uma casa de fazenda onde pode conseguir uma cama para esta noite — Tardivat disse. — E conheço um operador de rádio em Clermont-Ferrand. Ele deve conseguir enviar uma mensagem sua para Londres. Organizar sua fuga.

Ela balançou a cabeça.

— Eu não vou a lugar nenhum, Tardi.

— Eles vão simplesmente matar você de alguma outra forma, capitã Wake. Inventar outra história. "Sim, ela chegou aqui, mas foi morta por uma patrulha" ou algo do tipo.

— Pode me chamar de Nancy. Onde está minha mochila?

Ele apontou com a cabeça. Ela se levantou e foi buscar. Havia sido saqueada e arrumada de qualquer jeito. Sua bolsa ainda estava lá, assim como o dinheiro. Estranho. Imaginou que Gaspard quisesse elaborar seu novo plano antes de fazer qualquer coisa. Nancy tirou todo o conteúdo e o reorganizou com cuidado: duas camisolas bordadas, uma almofada de cetim vermelho, algumas trocas de lingerie, uma roupa simples, adequada a uma dona de casa de Auvergne de recursos módicos, seus sapatos de salto alto, caso precisasse pegar um trem ou ir para alguma das cidades locais, sua escova de cabelo e maquiagem. Ela começou a recuperar uma aparência respeitável. Um pouco de água do cantil de Tardivat e seu lenço a livraram do sangue. O corte em sua testa era comprido, mas pouco profundo, e logo abaixo da linha do cabelo. Não precisaria de pontos.

Estava aplicando seu batom V de Vitória com o auxílio do estojo de pó de Buckmaster quando notou que Tardivat estava trabalhando com a seda do paraquedas.

— Fazendo algo para sua esposa?

Ele confirmou.

— Não se sente culpado por deixá-la sozinha enquanto você combate?

Ele não levantou os olhos da costura.

— Esta é a segunda guerra mundial em vinte anos. Somos todos culpados.

Ela levantou o queixo e exibiu os dentes para verificar se estavam manchados de batom. Tudo em ordem.

— Como acha que pretendem me matar?

— Eles sabem que é treinada. Provavelmente vão fingir serem amigáveis e matar você enquanto dorme — ele disse de maneira casual.

— Existem outros grupos de maquis perto daqui? Outro líder com quem eu possa falar?

— Um homem chamado Fournier, no platô perto de Chaudes-Aigues. Do outro lado do vale. Ele e Gaspard não se dão bem. Mas ele tinha só trinta homens, e eles vivem isolados lá em cima.

Nancy girou os ombros. Seus braços ainda doíam, e ela podia sentir os hematomas se formando na lateral do corpo. O cérebro estava cansado e confuso. Malditos.

— Pode me levar até ele?

— Agora? — ele perguntou, começando a guardar a costura.

— Daqui a pouco. Quero jantar com meus anfitriões primeiro.

Cerca de cem maquis estavam reunidos em torno de uma fogueira, debruçados sobre recipientes de metal com algum tipo de ensopado malcheiroso servido de um caldeirão improvisado. Gaspard estava sentado à luz da fogueira, encarapitado sobre uma caixa de madeira, enquanto seus homens ficavam à sua volta como discípulos. Ele logo viu Nancy, e aos poucos todos os outros olhares se viraram para ela também.

Um homem que estava agachado aos pés de Gaspard se levantou, pegou um prato de ensopado com o cozinheiro e o levou para ela. Ele era um homem bonito, de vinte e cinco anos, talvez, enormes olhos castanhos e corpo atlético. Entregou o prato a ela com um floreio, quase uma reverência.

— Madame, perdoe nossa grosseria. Estamos há tanto tempo no meio do mato que mal sabemos como tratar uma dama.

Nancy podia ver Gaspard assistindo à cena, rindo.

O belo jovem continuou:

— Esta gororoba não é adequada a seus lábios, a conversa desses homens não é adequada a seus ouvidos.

Nancy ainda não havia pegado o prato, mas sorriu, um sorriso caloroso e grato com o V de Vitória de Elizabeth Arden, olhando levemente para cima por sob os cílios.

— Obrigada...?

— Franc, madame.

— Franc! Que gentileza. — Ela tocou no braço dele.

— Consegui encontrar uma garrafa de vinho decente, talvez isso torne a comida um pouco mais fácil de engolir. Permita-me recebê-la na privacidade de minha barraca.

— Que gentil! — Nancy sussurrou, depois levantou a voz apenas um pouco. — O novo plano é me dopar até eu pegar no sono, me estrangular e roubar meu dinheiro?

Franc piscou.

— Madame, eu...

— Depois dizer a Londres, se perguntarem, que saí vagando pela floresta e fui comida pelos lobos, como a Chapeuzinho Vermelho? Nossa, como vocês são burros. — Ela pegou a tigela das mãos do homem e virou sobre a cabeça dele, depois jogou o prato de metal no chão.

Ele ficou ofegante e tentou limpar o ensopado dos olhos.

— Vadia.

— Está certo, mas, enquanto eu estiver aqui, você vai me chamar de capitã Wake, porque foi a patente que ganhei enquanto seu bando estava brincando na floresta.

Ela se virou para Gaspard.

— Onde ficam suas rotas de fuga? Onde estão suas sentinelas? Já vi garotas administrarem um acampamento melhor do que isso. Você tem homens demais expostos aqui e não tem a mínima ideia do que fazer com eles além de roubar ovelhas. Estão aqui para combater os alemães ou o quê?

Eles ficaram olhando para ela, em silêncio, resistentes.

Ela se aproximou de Gaspard em sua caixa de madeira. Ele a encarou, ainda mastigando o ensopado com o maxilar largo.

— Vou até o platô. Dentro de um mês, os homens de Fournier vão ser a força de combate mais bem armada e bem treinada em um raio de oitenta quilômetros. Vocês são, e sempre vão ser, um bando de amadores. — Ela levantou a voz novamente. — Quando se cansarem de passar fome e ficar de bobeira por aqui, podem me procurar. Até lá, vão se foder.

Ela cuspiu uma massa suficientemente sólida, com um pouco de sangue, dentro do ensopado de Gaspard e depois voltou para a porta do celeiro, pegou a mochila e partiu no meio da escuridão, sem olhar para trás, seguindo a elevação da terra. No limite da floresta, parou e descansou a cabeça sobre o tronco de uma bétula jovem. Sentiu um tremor. Passos. Um homem. Um fósforo se acendeu e ela viu que era Tardivat acendendo um cigarro.

— Esse não é o caminho certo para o platô, capitã — ele disse calmamente.

— Achei que perguntar o caminho estragaria minha saída — ela respondeu, tentando não deixar transparecer demais na voz o alívio que estava sentindo.

— Provavelmente. — Ela sentia o sorriso dele. — *Tant pis*, isso vai acrescentar só dois ou três quilômetros ao percurso. Está pronta?

— Estou pronta.

24

Eva Böhm tinha certeza de que havia sido enganada. A mulher que lhe vendera os dois baús, os quais agora enchia para o retorno a Berlim com Sonia, tinha aquela expressão francesa, ao mesmo tempo grosseira e superior, que Eva havia visto repetidas vezes quando os residentes de Marselha ouviam seu sotaque alemão e seu francês de estudante. Tinham lhe cobrado mais caro. Sem dúvida. Seria um alívio voltar para casa.

Ela sentiu uma pequena pontada de culpa. Era errado se sentir aliviada quando seu marido precisava permanecer na França, entre aqueles ignorantes e vigaristas. Uma semana antes, haviam chegado notícias de que ele seria transferido para Auvergne, onde autoridades corruptas tinham permitido que milhares de jovens franceses fugissem para as montanhas em vez de cumprir seu dever de ir trabalhar na Alemanha.

Agora o baú não fechava direito. Ela mexeu no fecho, prendeu a unha nele e foi invadida por uma vontade repentina de chorar.

Era tudo tão injusto.

— Mamãe?

Ela se virou e viu Sonia parada na porta com o coelho de pelúcia nos braços.

— O que foi, querida?

— Não vamos esquecer o Rabanete, não é?

Markus havia dado o nome de Rabanete ao coelho, e, sempre que a filha o repetia, Eva sentia o amor pelos dois aumentar dentro do peito. Ela abriu os braços e Sonia foi cambaleando em sua direção, afundando a cabeça em seu pescoço. Ela tinha cheiro de sabonete de limão e pinheiro.

— É claro que não, querida. Vamos cuidar bem dele. Você dorme com ele hoje à noite, e, quando o carro chegar de manhã, ele vai sentado ao nosso lado no banco de trás até chegar em casa.

A filha murmurou alguma coisa.

— O que foi, meu amor?

— Não quero deixar o papai. Por favor, podemos ir com ele?

Ela queria que fosse possível, mas as duas estariam mais seguras em Berlim. Ou pelo menos era o que Eva esperava. As cartas de sua família e amigos estavam ficando cada vez piores. Os bombardeios em Berlim, apenas notícias ruins da Rússia, o fracasso patético dos aliados do Führer. Sua fé em Hitler continuava inabalável, mas ela começava a achar que o peso talvez fosse grande demais para qualquer homem sustentar, até mesmo ele.

— Por favor. Não vou fazer barulho nem incomodar quando ele precisar trabalhar.

Eva a apertou mais uma vez. Markus havia gritado com a filha outro dia por interrompê-lo quando estava lendo relatórios em casa, e ela lembrou. É claro lembrou. Markus era louco por ela, e Eva não conseguia se lembrar de ele ter levantado a voz para nenhuma das duas antes.

— Minha querida, juro que o papai amaria estar junto da gente o tempo todo. Pode acreditar. Ele ficou muito sentido por ter se zangado. Ele mesmo disse, não disse?

Ela sentiu Sonia confirmar com a cabeça. A filha segurava sua mão, e Eva mudou de posição para poder se encostar no baú e esticar um pouco as pernas sobre o grosso tapete claro. Era tão típico dos franceses ter aqueles tapetes claros tão pouco práticos.

— Isso mesmo! Mas seu pai é um homem muito importante, e o Führer lhe pediu que fizesse um trabalho muito importante para ele, então temos que ser corajosas, voltar para casa e esperar até que termine.

— É verdade.

Eva levantou os olhos. Markus estava encostado na porta, observando-as. Sonia largou a mãe e correu na direção dele, deixando o coelho Rabanete cair e abraçando as pernas do pai. Ele a pegou no colo e estendeu a mão para ajudar Eva a se levantar. Ela sentiria muita falta dele.

— Pode jantar com a gente? — Eva perguntou.

Ele beijou a esposa, depois beijou a filha.

— É por isso que estou aqui! Não poderia deixar de jantar com minha esposa e minha filhinha antes de partir para aquele trabalho importante!

Sonia riu.

— Além disso, gostaria de apresentar vocês a um novo amigo. Ele vai para Berlim com vocês, para lhes fazer companhia enquanto eu estiver fora.

Ele saiu no corredor e Eva o seguiu. Havia uma gaiola perto da porta com um filhote de pastor-alemão. Ele balançou o rabo e latiu.

Sonia se desvencilhou dos braços do pai e saiu correndo, abrindo a porta da gaiola e recebendo do filhote libertado um agradecimento na forma de latidos, lambidas e mais abanadas de rabo.

Böhm colocou o braço ao redor da cintura de Eva enquanto os dois observavam a cena.

— Markus, sério? Um cachorro? Agora?

— Ele é treinado para viver dentro de casa, eu juro! — O rosto dele ficou mais sério. — É o filhote de um dos cães de guarda. Cuide dele. Ensine-o a não confiar em estranhos.

Ela encostou o rosto em sua camisa e soltou um suspiro longo e lento.

— Vou fazer isso, querido.

25

Tardivat ficou em silêncio enquanto caminhavam, e Nancy estava grata por isso. A subida era íngreme, e a adrenalina que a havia impulsionado nas últimas horas estava diminuindo. A dor na cabeça a deixava com náuseas, e os hematomas no ombro e na lateral do corpo pareciam mais doloridos a cada passo. Ela já havia fracassado. Buckmaster dissera para transformar os soldados de Gaspard em uma força de combate decente, e Nancy tinha saído de lá menos de vinte e quatro horas depois de chegar à França. Tinha apenas um aliado, conquistado às custas de um paraquedas, e sabe-se lá quanto tempo ele ficaria com ela. O que tinha para oferecer ao tal Fournier? Algum dinheiro, é verdade, mas era provável que a matassem por ele. Onde raios estava Denden?

Eles deviam estar andando há algumas horas quando Tardivat parou e se debruçou sobre uma parede baixa de pedra, repleta de líquen.

— Vamos descansar.

Parar era quase pior. Todos os músculos do corpo de Nancy tremiam.

— Preciso do meu operador de rádio — ela disse, por fim. — Ele aterrissou perto de Montluçon e deveria me encontrar no acampamento de Gaspard.

Tardivat não disse nada por um momento, depois respondeu:

— Posso mandar uma mensagem naquela direção. Dizer a ele para onde estamos indo.

Ela olhou para ele de soslaio. Podia distinguir o perfil dele no escuro, mas não conseguia captar sua expressão.

— O que quer dizer com mandar uma mensagem?

— Os alemães têm poucos amigos nestas montanhas, e, sim, os homens de Gaspard são medíocres e descuidados, mas, devido ao que eles fazem, os alemães se limitam às estradas principais. Mensagens são passadas da mesma forma que sempre foram por aqui, de uma fazenda a outra, entre as mulheres. Elas já vão saber que você está aqui e o porquê. Podemos pedir que fiquem de olho em um estranho e digam para onde ele deve ir. — Ele sorriu. — A maioria dos gendarmes desta região daria orientações a ele.

— Ótimo. — Ela se levantou e seu corpo cambaleou. Tardivat a segurou pelo cotovelo e a impediu de tomar um tombo.

— Chega de andar por hoje — ele disse com firmeza. — Tem um estábulo na próxima descida. Vamos acampar lá esta noite, e eu vou enviar minha mensagem.

— Quero chegar a Fournier.

— Capitã, seria melhor, eu acho, se o encontrasse quando não estivesse prestes a desmoronar. A primeira impressão é a que fica, não é?

Ela estendeu a mão na frente do corpo. Mesmo sob as sombras claras da lua, podia ver que estava tremendo. Ele tinha razão.

— Está bem.

O frio quando ela acordou de manhã era cortante. Cobriu os ombros com o cobertor para apenas mais um segundo de calor. Ele fedia a fumaça e animais. Ela abriu os olhos. A construção que Tardivat havia indicado para acamparem na noite anterior era um celeiro baixo de pedra. Nancy esfregou as mãos uma na outra sob o cobertor e sentiu um formigamento no braço. Pensou em sua cama em Marselha, nos lençóis de linho passados a ferro e nas fronhas de seda, no café e no *croissant* que esperavam por ela, Claudette abrindo as cortinas e as persianas para que o calor e a luz do Mediterrâneo inundassem o quarto. Enquanto Nancy tomava o café recostada na cama, Claudette preparava-lhe um banho de banheira, perguntava sobre seus planos e as instruções para o dia. Henri saía para trabalhar todos os dias antes de Nancy acordar, mas ela sempre colocava a mão no côncavo que seu corpo havia deixado no colchão, desejando-lhe bom-dia.

E agora estava imunda, dolorida, em um estábulo tão frio que preferia que as vacas estivessem lá dentro só para aquecer um pouco o lugar. Tardivat apareceu na porta com um feixe de lenha debaixo do braço. Nancy resolveu que era perfeitamente razoável fingir estar dormindo até ele acender o fogo e, quando pareceu estar tudo pronto, ela "acordou" com um bocejo teatral, pegou a almofada vermelha de cetim que estava sob sua cabeça e a balançou para tirar a poeira.

Tardivat riu.

— Bom dia, capitã.

— Bom dia. Tem alguma coisa para comer? Eu seria capaz de engolir aquele ensopado de carneiro que Gaspard estava comendo ontem à noite. Estou faminta.

Ele se sentou de pernas cruzadas diante das chamas e abriu a bolsa, revelando meia baguete e um pedaço dourado de queijo Cantal que tinha o aroma das pradarias no verão, além de, bendito seja, duas garrafas de cerveja.

— Você me deve quarenta francos — ele disse enquanto ela se arrastava de bunda na direção dele e da fogueira.

— Está brincando!

Ele deu de ombros, arrancou um pedaço do pão e cortou o queijo com sua faca.

— Se quiser que as pessoas certas saibam que uma agente britânica com dinheiro está por aqui e pretende pagar pelo que precisa, uma boa forma de espalhar a notícia é comprar um café da manhã superfaturado.

Era um argumento razoável. Nancy não respondeu até estar com sua parte do pão e do queijo nas mãos, e a garrafa de cerveja apoiada entre as coxas.

— Vocês, maquis, não têm noção de segurança, não é?

Ele deu de ombros.

— As pessoas daqui não vão contar nada aos alemães. Se fizessem isso, todos os animais delas poderiam adoecer e morrer da noite para o dia.

Nancy tentou mastigar mais devagar. A comida estava boa e era particularmente bem-vinda depois do desastroso dia anterior e da noite congelante. Ela se sentiu como se a pessoa que costumava ser estivesse começando a se espreguiçar e acordar dentro daquela carcaça surrada.

— Você não sabe como eles são — ela finalmente disse. — Deixaram vocês em paz aqui em cima até agora, mas acho que isso vai mudar. Quando se estabelecem de verdade num lugar, os alemães ficam loucos. Os fazendeiros podem ficar quietos se acharem que vão perder o gado, mas vão começar a falar se alguém colocar uma arma na cabeça dos filhos deles.

Tardivat parou de mastigar e ficou olhando para ela, parecendo pesar suas palavras.

— Só estou dizendo, Tardi, para ter muito, muito cuidado com o que diz às pessoas de agora em diante. Se não souberem onde estamos, ou o que estamos fazendo, não vão ter que mentir quando essas coisas acontecerem.

Ele deu de ombros, mas Nancy percebeu que ele havia entendido a mensagem.

— Você morou a vida toda aqui? — ela perguntou depois de saciar o pior da fome e da sede.

— Praticamente — ele respondeu. — Tirando o tempo que passei no exército. Meu pai era alfaiate em Aurillac. Aprendi a profissão com ele. Minha esposa vem de uma família de agricultores, e logo que nos casamos passávamos algumas semanas na terra deles todos os anos. É uma boa terra, pela qual vale a pena lutar.

Enquanto o observava comer, Nancy se deu conta de que nunca havia desfrutado de um jantar com lagosta e champanhe tanto quanto estava saboreando aquele pão com queijo. Mas também fazia muito tempo que ela não sentia fome de verdade. Talvez pudesse lutar por aquela França também, a França de Tardivat e da família dele, dos fazendeiros e camponeses, assim como por sua França sofisticada e reluzente. Talvez.

O ruído de uma motocicleta. Nancy apontou para os arbustos e Tardivat acenou com a cabeça. Pularam a mureta na beira da trilha e ficaram de cabeça baixa. Nancy mudou de posição até conseguir ver pelo vão de uma parte um pouco desmoronada. O ronco da moto tornou-se uma vibração. Só quando ela passou por eles que Nancy se levantou e assobiou. A moto parou e o homem que estava na garupa se virou. Então acenou e desceu.

— Denden! Minha nossa, estou feliz em ver você.

Ela correu na direção dele.

— Nancy! Você está medonha.

Ele a abraçou, e Nancy fechou os olhos e o apertou com força, aproveitando o momento. Ele riu e a afastou, segurando-a pelo ombro a uma certa distância.

— E quem é aquele homem interessante escondido atrás dos arbustos?

— O nome dele é Tardivat. Ele me encontrou em uma árvore.

— Certamente é um rapaz de sorte. Mas agora me conte tudo. Só sei que a segurança aqui é uma piada. Uma camponesa com cara de bunda de ovelha fez sinal para nós na estrada e disse, com a maior calma do mundo, que a outra agente britânica estava subindo a pé até o platô para se juntar a Fournier. Lá fiquei eu, com todas as minhas frases secretas e as histórias de cobertura na ponta da língua, boquiaberto na frente dela como uma truta recém-pescada de um riacho.

Ela riu.

— Eu sei. Buckmaster atiraria em todo mundo. Vou contar tudo. Como conseguiu pegar carona em uma motocicleta?

O homem tinha virado a moto para o outro lado. Passou por eles com um breve aceno de cabeça. Denden respondeu acenando com a mão e lhe soprou um beijo. O rapaz franziu a testa e acelerou para longe deles.

— Ah, que bonitinho, ele ficou tímido — Denden disse. — Obviamente estou fazendo amizades e me saindo bem melhor do que você, ao que tudo indica.

Tardivat observou a motocicleta se afastar colina abaixo, depois se aproximou deles. Nancy fez as apresentações.

— Encantado, com certeza. Agora, pode carregar isto? — Denden empurrou uma bolsa de lona quadrada no peito de Tardivat, que a segurou com um olhar de ceticismo e surpresa. — É o glorioso rádio, sr. Tardivat, e nossas vidas dependem dele, então seja gentil e não o derrube. Agora, mostre o caminho, e Nancy e eu vamos andando atrás de você enquanto colocamos a conversa em dia.

26

O acampamento miserável na extremidade do platô fazia o campo coberto de merda de Gaspard parecer um paraíso, mas Nancy já estava lá havia dez minutos e ninguém tinha acertado sua cabeça ainda, então, pelo menos nesse ponto, já era um avanço.

Tardivat os chamou para perto de um homem comprido, com cerca de quarenta anos, sobrancelhas grossas e um fuzil no ombro. Fournier. Nancy havia contado trinta homens no grupo e avistou duas casernas escondidas sob as árvores e bem camufladas com folhagens. Um avião inimigo poderia passar a trinta metros e não os avistar. Era mais um avanço.

— Quando é a próxima transmissão a Londres? — ela murmurou com o canto da boca.

— Em dez minutos, querida, mas não vai ter nada para nós! Vamos ter que dizer a eles que não fomos devorados por lobos antes que nos mandem qualquer coisa. Sem contar que vão precisar de coordenadas para uma zona de lançamento. Não vão receber meu sinal até amanhã às três horas.

— Consegue montar o rádio em dez minutos? Preciso provar um ponto.

Ele olhou para ela e suspirou.

— Vai estar montado e polido.

Nancy seguiu adiante e estendeu a mão para Fournier com um sorriso. Ele apertou a mão dela, mas não sorriu.

— Sou a capitã Nancy Wake — ela disse. — E Londres quer que eu entregue todas as armas que puder a Gaspard e seus homens. Mas Gaspard e eu não nos demos bem. Gostaria de ficar com elas?

Ele a mediu de cima a baixo com um olhar analítico.

— Talvez. O que tem a oferecer, *capitã* Wake? — Ele enfatizou a patente dela, fazendo-a parecer um insulto tão insolente quanto tudo o que havia escutado no acampamento de Gaspard.

Nancy teve uma visão repentina de si mesma caminhando por Auvergne durante toda a eternidade, procurando um grupo de combatentes capaz de ter alguma humildade e aceitar o que ela estava oferecendo com um agradecimento educado.

Não havia tempo para isso.

— Eu ficaria feliz em explicar — ela respondeu.

Os maquis observavam Denden montar o receptor de rádio, e Nancy se sentou na grama ao lado do aparelho, observando-os. Todos estavam subnutridos, e não parecia que estavam cuidando direito das armas – que já não eram muitas. Em sua maioria, eram muito, muito jovens. Vinte e poucos anos. Deveriam estar correndo atrás de garotas nos povoados e irritando os idosos, não apodrecendo naquela floresta, fugindo dos nazistas que queriam mandá-los para trabalhar em fábricas no Reich ou se preparando para sacrificar as próprias vidas na tentativa de expulsá-los da França. Nancy sentiu mais uma vez aquela onda de raiva subindo pela garganta que havia sentido em Viena e Berlim. O mundo já era um lugar arruinado e violento; por que os nazistas tinham que o tornar ainda pior com seu veneno? Recordou o comício que testemunhara em Berlim – a impulsividade selvagem no rosto das pessoas, a multidão expressando seu entusiasmo pelo ódio irracional que se derramava do palco.

— Está na hora, Nancy — Denden disse.

Ela desviou a mente do clamor daquele auditório repleto de suor e voltou à paz das florestas de Auvergne.

— Pode ligar — ela disse.

Um ruído de estática e depois uma voz.

— Londres falando — a voz disse em francês, e os homens levantaram a cabeça. Fournier se virou para eles. — Franceses falando com franceses. Mas primeiro algumas mensagens pessoais. Jean tem um bigode comprido. A agência de seguros está pegando fogo. — Os maquis trocaram olhares perplexos. — O sapo coaxa três vezes. — Alguns riram.

Nancy sorriu.

— Não é maluquice. É código. Londres confirmando com agentes como eu, em vários pontos da França, que hoje à noite estão chegando remessas por meio de paraquedas. Podem conter carne enlatada e suco. Chocolate e cigarros.

— Cigarros franceses? — um dos maquis perguntou.

— Filho, você parece novo demais para fumar, mas sim, cigarros franceses. — O rapaz ruborizou. — E barracas francesas para proteger vocês da chuva francesa e botas para pisar na lama francesa. — Estavam todos sorrindo para ela. Bem, todos exceto Fournier. — E o melhor de tudo é que podemos fornecer armas, estratégia e informações. Submetralhadoras Sten, explosivo plástico, detonadores programados, granadas, revólveres, uma lista de alvos para sabermos exatamente como atingir os alemães onde vai doer mais e planos para acabarmos com eles.

Fournier acendeu um cigarro e soprou uma fumaça fina pelo canto da boca.

— E vai simplesmente dar tudo isso pra gente? Fruto da bondade de seus corações ingleses?

Se ele demonstrasse um pouco mais de desprezo, seu rosto ficaria deformado. *Malditos franceses*, Nancy pensou. Sim, ela tinha se casado com um, mas enquanto povo eram os mais cabeças-duras, rabugentos...

— É de graça, Fournier — ela afirmou, olhando nos olhos dele. — Se é isso que quer saber. Não vai precisar vender seu melhor porco para colocar as mãos em uma caixa de metralhadoras.

— Não foi isso que eu quis dizer, e você sabe muito bem disso.

Ela assentiu.

— Todos os pedidos a Londres passam por mim. E eu vi como os ingleses estão suando e se endividando para conseguir essas coisas para vocês, então de modo algum vou tolerar desperdício. Vou treiná-los para usar essas armas, vou insistir em medidas de segurança adequadas e vou pegar no pé de quem não conseguir acompanhar. Vocês não vão iniciar nenhum ataque sem um sinal meu, e, lembrem-se, o propósito disso tudo é estarmos preparados para quando os Aliados invadirem e libertarem a França, então nada de acertos de contas ou vinganças. Vamos agir de forma coordenada.

— Não somos suas cadelas — Fournier resmungou.

— E eu não sou a de vocês. Trabalhamos juntos. Esse é o acordo. Agora, digam do que precisam e nos deixem entregar a vocês a... salvação.

Todos os homens olharam para Fournier. Ele não sorriu, mas concordou com a cabeça. Os homens relaxaram. Fournier tirou um caderno preto do bolso.

— Tenho uma lista das coisas de que precisamos, *capitã*.

Ele ainda dizia a patente dela como se o som lhe causasse dor, mas já era um começo e – olha só – ela ainda não tinha sido derrubada nem amarrada a uma cadeira.

— Vamos dar uma olhada, então — Nancy disse e depois se virou para Denden. — Acho que pode guardar sua caixa de mágicas por enquanto. Vá fazer amizades.

— Ah, ótimo, você pode ser a mamãe rigorosa e eu posso ser o papai que mima seus filhinhos franceses. — Ela se encolheu. — O que foi que eu disse, querida?

— Nada. Pode ir.

27

Buckmaster ergueu as sobrancelhas quando viu a mensagem de Nancy. Garrow reconheceu o gesto como equivalente, para certos homens, a uma parada cardíaca.

— Pelo menos ela está viva, senhor.

— Sim. Tem isso. Mas eu a enviei para estabelecer uma conexão com Gaspard, e ela foi se meter com os gatos pingados no platô. Além disso, Southgate foi levado. É uma pancada.

Ele continuou a olhar para o papel.

— Certamente, senhor, com essa lista ela está mirando alto. Não pode estar achando que vamos mandar tudo isso para a gentalha de Fournier. Vou revisar e reduzir a algo que esteja mais de acordo com as possibilidades.

Garrow estendeu a mão para pegar de volta a mensagem decodificada, mas Buckmaster balançou a cabeça de leve.

— Não duvidamos de nossos homens ou mulheres em campo, Garrow. A menos que tenhamos bons motivos. Talvez a capitã Wake esteja extrapolando, mas também é possível que pretenda impressionar seus novos amigos, e possivelmente Gaspard também. Ela sabe muito bem como fazer isso.

— Gaspard, senhor?

Buckmaster colocou a folha de papel sobre a mesa e começou a encher o cachimbo com cuidado.

— Você leu os relatórios que Southgate conseguiu enviar antes de ser levado. Todos sabem qual dos seus rivais foi cagar antes de bater a porta do banheiro. Se enviarmos essa remessa... — Ele parou um pouco de encher o cachimbo e apontou o cabo para o papel à sua frente. — Gaspard e todo seu grupo vão tomar conhecimento da nossa munificência antes do desjejum. Mande tudo isso a ela. E acrescente o pacote de necessidades pessoais.

Garrow pegou a mensagem sobre a mesa e assentiu. Então pigarreou.

— Pois não, Garrow?

— Devo enfatizar para ela o fator tempo, senhor?

Buckmaster levou um fósforo aceso ao cachimbo e aspirou com pequenas puxadas até o tabaco começar a queimar.

— Sim. Diga para ela colocá-los em forma rapidamente. Pelos meios que forem necessários. Ela tem seis semanas para transformar aqueles homens em uma força de combate útil.

Garrow saiu da sala com passos rápidos. Pela primeira vez desde que havia escapado da França, sentia uma onda de empolgação. A invasão da França estava chegando. Logo. Seis semanas não era um número que Buckmaster havia tirado do nada. Ele olhou pela janela. Lá embaixo, a Baker Street ganhava vida. Olhou para os sacos de areia, para a fita nas janelas, e ficou imaginando como a rua ficaria quando a guerra terminasse – luzes acesas, homens de terno, em vez de uniforme, mulheres como Nancy voltando a fazer compras para jantares com convidados, em vez de ficar na fila para mantimentos de primeira necessidade. E Hitler, junto com todo o ódio e sofrimento que ele representava, relegado apenas à memória. Desejava estar na ativa novamente, mas, embora seu francês fosse bom, ainda falava com sotaque escocês. Ele havia passado aqueles meses no sul gerenciando rotas de fuga, depois de padecer durante um ano em um campo de prisioneiros de guerra. Tinha sido um acidente, e ele só havia escapado impune graças à negligência de alguns oficiais e mera sorte. Quando os alemães chegaram ao sul, os oficiais amigáveis começaram a desaparecer, e sua sorte secou. Ainda assim, seu conhecimento do país e da língua eram úteis na Divisão D, e ele entendia o que Nancy e outros agentes como ela enfrentavam. E em breve, muito em breve, todos os planos que estavam fazendo, todas as pessoas que haviam infiltrado atrás das linhas inimigas, entrariam em ação.

— O plano está em andamento — ele disse a si mesmo com um sorriso torto. — Agora, o que raios eu coloco no pacote de necessidades de Nancy?

— Está falando sozinho, capitão? — perguntou Vera Atkins ao subir as escadas com a bolsa pendurada no braço. — É o primeiro sinal de loucura, sabia?

— Pensei que o primeiro sinal de loucura fosse trabalhar aqui, srta. Atkins. Agora, preciso da sua ajuda.

28

Nancy estava tendo uma noite péssima. Uma noite ilustre, vitoriosa, gloriosa, mas ainda assim péssima. A zona de aterrissagem na borda do platô era perfeita para uma remessa, e ela tinha conseguido gritar com Fournier e seus homens e perturbá-los até que preparassem e acendessem as fogueiras de sinalização. A troca de sinais em código com o avião tinha dado certo, e o céu iluminado pelo luar havia se enchido com um número satisfatório de paraquedas. Tardivat conseguiria costurar para a esposa um vestido de baile, ou sete, com o material daquele lote. Fournier ficou impressionado. Surpreso, impressionado e provavelmente um pouco abalado com o sucesso, que era exatamente o que Nancy queria. Então, é claro, ele teve que provar que era o líder, mesmo enquanto seus homens ainda olhavam fixamente para o céu como pastores vendo os anjos anunciarem o nascimento de Jesus.

Nancy estava coordenando os homens, que removiam os paraquedas e carregavam os pesados contêineres para duas carroças. Fournier foi até o meio da zona de aterrissagem das remessas quando o último paraquedas estava murchando e abriu o caixote bem ali, em local desprotegido. Pegou uma caixa de cigarros, balançando-a sobre a cabeça, depois separou um maço, tirou um cigarro e o acendeu, tudo no tempo que Nancy levou para atravessar o pasto atrás dele. De canto de olho, ela via os outros homens – não havia mais como contê-los – abrindo os contêineres e distribuindo seu conteúdo. Droga. Alguns haviam encontrado garrafas de conhaque e já estavam tirando as rolhas.

— Você é um homem morto, Fournier — Nancy disse.

Ele se virou e deu de cara com o cano do revólver dela.

Um dos maquis, ex-membro da brigada de libertação espanhola, que agora lutava ao lado de Fournier, aproximou-se para ver a diversão e entregou uma garrafa de conhaque a Fournier. Ele tomou um belo gole e deu outra tragada no cigarro. Aspirou e soltou a fumaça bem devagar.

— Pelo menos vou morrer feliz.

Nancy estava se contendo para não apertar o gatilho.

— Acha que os alemães não notam nossos aviões sobrevoando a região? Eles não são burros como vocês. Temos uma hora, talvez duas, para tirar todas essas coisas daqui e cobrir as marcas das fogueiras ou estamos ferrados. E você está fumando um cigarro no meio da porra do campo.

Ele tragou novamente e soltou a fumaça bem na cara dela, depois bocejou.

— Só estou desfrutando da nossa nova amizade, capitã. — Depois ele se virou novamente. — Está bem, rapazes. Vamos levar toda essa merda para casa.

E foi o que bastou. Todos obedeciam às ordens dele novamente. Nancy se lembrou do que um de seus instrutores havia dito em Beaulieu. Nunca saque uma arma, a menos que vá usá-la. Merda. Ela guardou a arma no coldre e colocou as mãos sob o contêiner de metal de quase dois metros, pesado para diabo. O espanhol parecia confuso: um rapaz educado não gostaria de ver uma mulher se matando para carregar algo pesado sozinha, mas não podia se meter no jogo de poder. Fournier acenou para ele com a cabeça, e ele pegou a outra ponta da caixa. Nancy ficou com raiva de si mesma. Aqueles homens. Pelo menos ela passaria uma impressão melhor carregando os mantimentos do que apenas observando enquanto Fournier distribuía ordens aos seus subordinados, mas ele havia vencido aquela batalha. E com muita facilidade, enquanto ela tinha que ser perfeita o tempo todo para não cair no conceito deles.

Denden levou para Nancy o pacote de necessidades pessoais enquanto ela estava emburrada diante de uma fogueira na borda do acampamento, pouco antes de amanhecer. Ele se aproximou fingindo um cuidado exagerado, o que normalmente a faria rir, mas não naquele dia. Os homens de Fournier estavam reunidos perto do limite da floresta, aproveitando o conhaque e os cigarros. Pelo menos as armas, os explosivos e a munição estavam armazenados em segurança, e Tardivat havia confiscado a seda dos paraquedas. Enquanto bebiam, alguns dos homens olhavam na direção de Nancy. Dava para saber, pela quantidade de gargalhadas, que estavam falando dela. Denden chamou sua atenção quando ela levantou os olhos, com o rosto quente devido à fogueira, e deixou de lado o fingimento.

— Presente de Baker Street para você — ele disse.

Ela pegou o pacote quadrado envolvido em juta grossa e amarrado com barbante, com seu codinome, Hélène, escrito em um cartão-postal retangular. Ele se sentou no chão ao lado dela e tirou uma garrafa de conhaque de dentro do casaco, tomou um bom gole e ofereceu a ela. Era um bom conhaque, mas queimava a garganta, e pareceu esfriar seu corpo em vez de aquecê-lo.

— Abra seu presente, depois vamos encher a cara — ele disse.

Nancy não se deu ao trabalho de sorrir, mas cortou o barbante e desfez o embrulho. Guardou o bilhete no bolso; estava escuro demais para ler, porém o presente a fez sorrir. Removedor de maquiagem, de uma marca parisiense muito cara, justamente o que usava depois de uma noite com Henri nas casas noturnas de Marselha. Ela desenroscou a tampa e aproximou o pote do nariz. Um toque sutil de rosas e lavanda. Transportou-se por um instante para seu banheiro, a camisola de seda arrastando pelo chão quando se levantava da penteadeira e andava na direção de Henri, que em sua cama quente e macia olhava para a esposa com amor, com desejo. Sua garganta se fechou, e por um instante ela teve medo de começar a chorar.

— Estou começando a achar — Denden disse, arrastando um pouco as palavras — que Buckmaster devia estar um pouco fora de si quando mandou uma mulher e um gay para deixar esses rapazes terríveis em forma. — Ele soluçou. — Não que eu não queira tentar.

— Eles podem rir juntos, encher a cara e lutar juntos, eles podem até chorar juntos, os malditos — ela disse —, mas eu não. Se eu escorregar por um segundo...

Ela pegou a garrafa novamente e afogou a espiral de frustração em sua barriga.

— Devolva isso, sua bruxa — Denden disse, tirando a garrafa da mão dela.

— Eles não conseguem decidir se querem me matar, dormir comigo, me proteger ou me idolatrar, Denden.

— Não é sempre assim entre meninos e meninas? Eles querem o seu corpo, mas ao mesmo tempo têm medo dele. — Ele passou a garrafa a ela. — Você vai ter que encontrar um jeito de virar irmã deles. Nenhum dos outros papéis disponíveis vai funcionar para você.

— Papéis?

— Querida, passei a vida no teatro. Tudo é um papel, uma máscara. Só lembre que ficamos tão ocupados nos escondendo atrás de nossas próprias máscaras que, em geral, somos incapazes de notar que as pessoas também não passam de péssimos atores encenando suas próprias histórias.

Nancy se levantou, com ódio de todos.

— Eu vou nadar.

— Boa ideia — Denden disse, ficando sonolento. — Acho que já estou bêbado o suficiente para apagar. — Ele ajeitou o casaco e se acomodou no chão. — Obrigado, Buckmaster, por pelo menos uma noite de descanso.

O acampamento de Fournier era frio, úmido e, pelo menos até a noite anterior, mal equipado, mas acampar ali tinha uma grande vantagem. Na base de uma encosta, dez minutos colina abaixo, havia um lago alimentado por uma das fontes de águas termais que davam o nome a Chaudes-Aigues. Estava para amanhecer quando Nancy tirou a calça cargo e desabotoou a camisa. Depois se livrou da calcinha e abriu o fecho do sutiã. Todas as costuras haviam sido feitas na França, e qualquer etiqueta com símbolos ingleses de indicação de lavagem tinha sido retirada pela equipe de Baker Street. Ela entrou na água com cuidado. A superfície estava fria, mas logo abaixo encontrou uma corrente morna.

O calor envolveu seus músculos, aqueles novos músculos fortes que havia desenvolvido nas semanas de treinamento físico. Por um instante, ela riu. Quando a guerra foi declarada, em setembro de 1939, Nancy estava hospedada no Hotel Savoy, em Londres, a caminho de um *spa* em Hampshire para perder alguns quilos que havia acumulado comendo lagosta na manteiga e bebendo champanhe com Henri.

Será que ele a reconheceria agora? *Poderia gostar da nova forma*, ela pensou. Ainda tinha belos seios, mas os quadris estavam mais estreitos, a barriga já não abrigava mais um travesseiro macio, estava lisa e dura, e os braços estavam bem definidos. Vestida como uma dona de casa francesa, ela parecia uma jovem mulher que vivia à base de porções racionadas de alimento havia quatro anos. Nua, parecia uma amazona.

Ela mergulhou na água, permitiu-se flutuar e sentiu a tensão desaparecer aos poucos de seus ossos. Pensou em sua conversa com Denden.

Quem ela precisaria ser, aos olhos daqueles homens, para liderá-los? Uma irmã a ser provocada e protegida, uma amante a ser defendida ou uma deusa a ser idolatrada? Deusa não funcionaria. Remoto demais. Precisava confiar e ser digna de confiança. Amante? E se levasse um dos rapazes para o meio do mato? Talvez conseguisse identificar alguém de destaque entre os homens de Fournier e seduzi-lo, transformando-o em seu campeão. Ela mergulhou novamente, desafiando-se para ver por quanto tempo conseguia prender a respiração. Não. Poderia ganhar um aliado dessa forma, mas perderia o restante. E a ideia de ser tocada por um homem que não fosse Henri... Não.

Ela voltou à superfície e encheu os pulmões com o ar matutino. O amanhecer era iminente, e ela olhou com admiração à sua volta, para as inclinações íngremes e arborizadas das montanhas, o céu aberto e o balançar das folhas. Nadou calmamente até a rocha onde havia deixado suas roupas, então viu algo se mexer nos arbustos, onde a brisa não alcançava. Um animal? Havia porcos selvagens na floresta, mas ela não tinha visto nenhuma pegada deles por perto, e nenhum outro animal que habitava aquela floresta era grande o bastante para fazer os arbustos balançarem tanto. Exceto homens. Será que uma patrulha alemã tinha avançado tanto assim pela mata? Um camponês? Mas não havia nenhuma fazenda ou vilarejo próximos.

Ainda na água, ela pegou o revólver embaixo da toalha e apontou na direção do movimento, segurando-se com a mão livre nas rochas altas ao redor do lago.

— Saiam daí! — Os arbustos permaneceram imóveis. Será que tinha imaginado aquilo? Algumas noites maldormidas e já tinha começado a ver coisas? Então se lembrou das gargalhadas em volta da fogueira e logo entendeu. — Agora, seus merdinhas, a menos que queiram arriscar tomar bala!

Ela disparou uma vez, apontando mais para cima. A bala acertou o tronco de um carvalho jovem com um ímpeto gratificante.

Três homens saíram de trás dos arbustos. Os espanhóis, três dos homens que realmente tinham experiência em combate. Ela esperava mais deles. Todos estavam com as mãos para o alto.

— Rodrigo, Mateo e Juan — ela disse, enunciando seus nomes com bastante clareza. — Seus idiotas cretinos. Deixem-me ver se entendi bem. Vocês sobreviveram a uma guerra civil na Espanha, vieram até aqui lutar contra os fascistas e poderiam ter sido mortos por mim. *Para quê?*

Ela saiu da água, ainda apontando a arma para eles e andando bem devagar. Não podia escorregar de jeito nenhum. Eles ruborizaram, ficaram olhando, passando os olhos por todo o corpo dela – os braços musculosos, o volume dos seios, os pelos castanho-escuros entre as pernas. Ela deixou que olhassem, sentiu que absorviam aquela visão. Depois, ao continuar ali, ainda em silêncio e apontando a arma diretamente para eles, sentiu que foram ficando cada vez mais confusos. Finalmente olharam nos olhos dela, e a vergonha fez seus rostos arderem.

— Sim, eu tenho uma boceta. Acham que isso me torna fraca? Que sou uma garotinha que vai sair correndo ao ver sangue? Juan! — Ela apontou a arma para o mais velho dos três. — É isso que você acha, Juan?

— Não, *señora*.

Ela manteve a mira com a mão firme como uma rocha.

— Mateo, pegue minha toalha.

Ele passou por Nancy, pegou a toalha e lhe entregou na mão livre, tentando com muito afinco não olhar para ela, depois voltou ao lugar entre os dois compatriotas e levantou as mãos novamente. Nancy se esforçou para conter um sorriso.

— Não, *señora* — ela repetiu. — Está certo. Porque sou uma mulher adulta, não sou, Rodrigo?

Rodrigo tinha o olhar fixo um centímetro e meio acima da cabeça dela.

— Sim, *señora*.

— E você sabe o que isso significa, Mateo?

Ele negou com a cabeça.

— Significa, seus idiotas, que passei metade da minha vida sangrando. — Ela os analisou, um após o outro, e todos olhavam para as nuvens.

Desarmou a pistola e abaixou a mão, depois começou a secar os cabelos, ainda sem fazer nenhuma tentativa de se cobrir. Eles permaneciam com as mãos para cima.

— A partir de agora, quando se dirigirem a mim, vão me chamar pela minha patente. Sou a capitã Wake para vocês, entenderam?

— Sim, capitã — responderam em coro.

Ela nem se deu ao trabalho de olhar para eles.

— Ótimo. Agora se mandem daqui.

Eles saíram correndo, subiram a encosta na direção do acampamento e, tremendo de frio, Nancy se vestiu.

Ela voltou lentamente pela mesma trilha. A maioria dos homens estava tirando uma soneca, outros terminavam o restante do conhaque, mesmo já tendo começado a ferver água para o mingau de aveia do café da manhã. Nancy viu os três espanhóis longe dos outros, parecendo chateados e culpados. Fournier ainda estava sorvendo o fim do conhaque de sua garrafa perto das brasas da fogueira. Ele se virou para ela com um olhar malicioso, percorrendo seu corpo dos pés à cabeça.

— Fez um belo show para os nossos garotos? — ele perguntou.

Ela não planejou. Não pensou. Foi direto até ele, cobrindo a distância que os separava com muita rapidez, e o acertou na lateral do rosto com o dorso da mão, derrubando o cigarro de sua boca e o fazendo deixar a garrafa cair na brasa. Fournier cambaleou para se levantar – era uns bons quinze centímetros mais alto que ela – e levantou o punho. Então hesitou. Nancy cuspiu na cara dele. Ele a golpeou, fazendo-a cair de lado no chão, e começou a virar as costas. Ela o acertou com a bota bem na canela, fazendo-o gritar. Fournier caiu sobre Nancy, socando seu corpo, enquanto ela mantinha os braços levantados para proteger a cabeça. Ela não proferiu nenhum som.

Com um rugido de raiva, Fournier ficou em pé e começou a se afastar. Nancy sentia o sangue nos lábios, mas ainda não sentia dor. Girou o corpo para se levantar, pegou o cigarro aceso do chão e se lançou para cima dele novamente, jogando todo o peso do corpo sobre suas costas para que ele caísse sobre a terra, perdendo o fôlego. Ela levou a ponta do cigarro aceso à lateral do rosto dele, depois colocou o braço em volta de seu pescoço, dando uma gravata. Ele lhe agarrou o pulso, mas não conseguiu ter firmeza, contorcendo-se para tentar se livrar do peso dela. Nancy sentiu que Fournier estava começando a enfraquecer.

— Capitã... — um dos combatentes franceses, mantendo uma distância cuidadosa, disse em voz baixa. Praticamente suplicando.

Ela o soltou e se levantou, então virou as costas e foi embora. Ao fundo, podia ouvir Fournier ofegante, praguejando, e os sussurros dos homens que o ajudavam a se levantar. Bem, agora os malditos não estavam rindo.

29

Eles a observavam. Não mais com sorrisos maliciosos, mas também não havia nada de amigável nos olhares que recebia. No dia seguinte à briga com Fournier, Nancy tirou todo mundo dos sacos de dormir assim que o dia começou a clarear e organizou os homens em fileiras. A notícia das remessas de mantimentos atraíra dois outros grupos de homens que haviam se escondido nas montanhas durante o inverno e agora se juntavam a eles. Já somavam quarenta. Não era suficiente, nem perto disso, mas bastava para começar. Todos os rapazes eram locais, à exceção dos garotos espanhóis.

Fournier estava na primeira fileira à direita, observando, mas sem dizer nada e nem dar nenhuma pista aos homens sobre o que fazer. Logo abaixo, a colcha de retalhos formada por árvores e pasto descia até o vale em um milhão de tons de verde, uma terra a ser amada, mas que não era mais deles. Não enquanto os alemães de uniforme estivessem em território francês. Eles sabiam daquilo. Suas famílias sabiam daquilo. Então ela percebeu que tinha nas mãos a chave para acessar aqueles corações teimosos.

Nancy escolheu as palavras com cuidado, mas manteve a simplicidade. Nada de conhaque e nada de cigarros até que aprendessem a manejar as armas que haviam sido enviadas, planejassem rotas de fuga do acampamento e iniciassem um programa completo de tiro e treinamento físico. Mas ela tinha algo mais a lhes oferecer.

— A libertação da França está chegando — ela disse a eles em voz alta e clara. — E precisamos estar prontos quando isso acontecer. Se não quiserem nossa presença, nossas armas e nosso ouro, tudo bem. Problema de vocês. Podem ficar aqui em cima e ser massacrados pela primeira companhia de soldados da SS que eles resolverem mandar para cá. Vou levar meu tesouro para outro lugar. Mas, se fizerem o treinamento, não serão apenas vocês que receberão ajuda britânica. Alguém tem família, esposa, filhos ou mãe lutando por conta própria enquanto vocês estão aqui em cima?

Alguns dos homens disseram que sim.

— Vou dar cinquenta francos por dia a suas famílias, todos os dias que vocês treinarem. A primeira aula sobre armas é daqui a uma hora. Se quiserem que seus familiares comam, estejam aqui.

Quem deixaria os seus passarem fome em nome do orgulho? Não aqueles homens. Nos dias seguintes, fizeram o que era pedido. Mais ou menos.

Quando Nancy foi passar instruções sobre tática, eles ficaram olhando para o nada e bocejando. Quando lhes mostrou como montar as metralhadoras Bren, ficaram cochichando. Quando os mandou para o treinamento de corrida, eles ficaram passeando. Na tarde de sábado, praticaram tiro, e, quando Nancy estava demonstrando como fazer o toque duplo no gatilho, uma bala foi parar no tronco de uma árvore a quinze centímetros de sua cabeça.

Ela atirou em seu alvo – e o acertou – antes de se virar. Fournier estava com o fuzil apoiado de qualquer jeito na dobra do braço. Ele sorriu para ela pela primeira vez desde a briga. Não foi um sorriso gentil.

Naquela noite, ela reuniu os endereços dos homens e disse que receberiam metade do dinheiro prometido. Eles a xingaram em voz baixa.

— Devo dizer à sua mãe que falou isso? — ela perguntou a um maqui de Chaudes-Aigues.

Ele pareceu surpreso.

— Não, capitã. — Ele coçou atrás da orelha e riu. — A não ser que queira que ela venha até aqui lavar minha boca com sabão.

Ela o ignorou e voltou ao lugar de costume, no limite da floresta, onde Tardivat trabalhava em seu suprimento de seda e Denden se preparava para escutar as transmissões da BBC. Ela se deitou na grama ao lado dele.

— O que acha, querida? — ele murmurou. — Devemos largar tudo isso e dar um pulo em Paris para um coquetel e um espetáculo? Eu levo você para dançar.

Ela se virou de bruços.

— Eu até iria, se não soubesse muito bem que você me trocaria pelo primeiro francês bonito que encontrássemos.

— Eu bem que gosto mesmo de um francês — ele disse em tom meditativo.

— Como faço para esses cretinos prestarem atenção em mim, Denden?

— Apenas faça seu trabalho, respeite a si mesma e não dê a mínima para o que eles pensam. Eles estão cavando a própria cova.

Nancy sentiu uma raiva corroendo suas entranhas.

— A questão é exatamente essa, Denden. Se eles não treinarem, se não ouvirem, vão morrer. Estamos em desvantagem de qualquer jeito. Se eles tentarem lutar contra os alemães da maneira como se encontram hoje, vão ser massacrados. E vão morrer sem causar nenhum estrago. Eu odeio os chucrutes, mas eles são bem treinados. Esses garotos... eles vão ser aniquilados.

— É, bem, seria uma pena — Denden disse ao girar o botão do rádio.

Um estouro repentino de fala, num francês muito claro, começou a sair do alto-falante:

— Os alemães são nossos amigos. Os verdadeiros inimigos dos franceses são os traidores que interferem em suas tentativas de instaurar a paz. — Denden levou a mão ao botão novamente, mas Nancy o impediu. — Sabemos que aqueles vagabundos e criminosos, que roubam a comida da nossa boca e atacam nossos aliados sob ordens dos comunistas e dos traiçoeiros ingleses, não são franceses de verdade. Lembrem-se de que basta uma palavra a um de nossos amigos e eles podem ser eliminados de nossa linda terra. Esposas e mães da França, filhas da França, esses homens as abandonaram lutando sozinhas enquanto eles se escondem nas sombras. Permitam que as defendamos. Permitam que as protejamos.

— Mentirosos de uma figa — Denden disse, abaixando o volume. — E pior que esses caras são quase tão ruins quanto diz a mensagem.

Tardivat tirou os olhos da costura.

— Com todo o respeito, vocês entregaram armas, sim, mas esses homens vieram para lutar. Vocês querem mandá-los para a escola.

— Eles não vão servir para nada sem treinamento — Nancy respondeu. — E precisamos deles para as ações *depois* da invasão. Não podemos arriscar perder vidas e armas levando esses homens em uma pequena excursão só para eles se divertirem.

Tardivat cortou uma linha e deu de ombros à moda francesa, parecendo comunicar mais do que parecia possível.

— *Você* tem treinamento. Mostre a eles o que é capaz de fazer, e talvez assim eles queiram aprender. Fournier é um bom homem, foi soldado antes da guerra, mas nunca recebeu treinamento para nada além de liderar cem homens em campo para atirarem em outros cem homens com outro uniforme.

— Está me dizendo para dar uma amostra do que podemos ter que fazer quando a invasão começar? — Nancy perguntou. — Dar um gostinho a eles?

Tardivat sorriu para ela.

— Um *amuse-bouche*, um canapé em forma de ataque.

— Não pode arriscar, Nancy! — Denden bufou.

— Mas se eu pegasse um grupo pequeno... — Ela voltou a se sentar. — Denden, de onde aquela merda está sendo transmitida?

— De perto, eu diria. Chaudes-Aigues é meu palpite.

— Acho que vou dar uma olhada amanhã, quando estiver na cidade entregando os pagamentos e escolhendo nossa próxima zona de lançamento. — Denden franziu os lábios, mas não argumentou. — Tardi, você não me passou seu endereço. Quero deixar o pagamento para sua esposa.

Ele balançou a cabeça.

— Não é necessário.

— Não vou chegar falando "Oi, sou uma agente britânica, sabia?". Consigo ser discreta.

Ele ainda assim não olhou para ela.

— Não é essa a questão, *capitã*. Minha esposa tem tudo de que precisa.

— Está bem.

Nancy deitou-se no chão. Estava se acostumando com o solo da França como cama, mesmo sem ter dormido muito desde que saltara daquele maldito avião. Mas, deitada ali, pensando naquela voz no rádio, no que Tardivat havia dito sobre um canapé para abrir o apetite, ela começou a sentir um plano se formando e achou que talvez conseguisse dormir muito bem naquela noite.

30

Quando chegou à metade de sua excursão, levando dinheiro aos dependentes dos homens do bando de Fournier, Nancy estava radiante. Para começar, pedalar pelas trilhas arborizadas tinha lhe dado tempo para pensar. Além disso – e, minha nossa, como era bom –, ela havia tido a oportunidade de passar algum tempo com mulheres.

Fora recebida como uma velha amiga em vilarejos e povoados até Chaudes-Aigues. Disse a todas elas que podiam se orgulhar de seu filho ou marido, um combatente corajoso, vital à luta pela liberdade, e foi recompensada com sorrisos e abraços; tocavam seu braço ou seguravam sua mão quando ela se dirigia à porta. Era a guerra – nenhuma camponesa francesa seria tão afetuosa com uma estranha em tempos de paz –, e Nancy sabia que estava representando os homens ausentes, que era uma conexão com os rapazes na floresta. Ainda assim, sentiu-se melhor com aqueles gestos.

Ela aprendeu algo útil sobre quase todos os homens que estavam no platô. Este tinha tendência a problemas respiratórios, aquele estava apaixonado por uma garota da cidade vizinha que não queria ser esposa de fazendeiro. Tinha um que amava gatinhas – com focinho e pelagem, não o outro tipo –, e outro que era um excelente pescador. Jean-Clair adorava escalar e, antes da guerra, gastava todo o salário da oficina em que trabalhava com viagens pelos Alpes. Ela entregou pequenas pilhas de notas nas mãos daquelas famílias famintas, brincou com as crianças e flertou com os velhos e garotos que ainda tentavam fazer o trabalho nas fazendas.

Quando chegou a Chaudes-Aigues, ela estava certa de que sabia algo sobre a maioria deles. Tinha duas famílias para encontrar na cidade, e a segunda era a mãe idosa do rapaz que havia xingado Nancy no dia anterior. Com um aperto de mão seco e fraco, a senhora se apresentou como madame Hubert e conduziu Nancy à cozinha com passos cambaleantes, mas Nancy notou enquanto conversavam que a mulher parecia ter rejuvenescido mais de dez anos.

— Tenha cuidado na cidade, madame Wake — ela disse, examinando Nancy por sobre a borda da xícara de chá com um olhar atento. — Acho que os alemães estão começando a prestar mais atenção em nós aqui.

— Por que está dizendo isso? — Nancy perguntou com cuidado.

— O prefeito anda descuidando da aparência, e os gendarmes locais estão bebendo demais. Sinal de que estão ficando preocupados. Mais carros têm passado pela cidade, com motor a gasolina, ocupados por homens que não sei quem são, com uniformes que não reconheço. Homens preocupados, gasolina e estranhos. Acho que isso significa Gestapo, não concorda?

— Ninguém mais disse nada, madame — Nancy afirmou.

Madame Hubert abanou a mão.

— *Pfff*, elas não ficam na janela o dia todo tricotando e olhando para a praça como eu.

Fazia sentido.

— Obrigada por me contar. — Nancy observou o rosto calmo e enrugado de madame Hubert. — A maioria das pessoas tem medo de falar da Gestapo.

Madame Hubert deu de ombros.

— Sou velha demais para ter medo. Meu filho é novo demais. São os homens desta cidade, um pouco velhos demais para lutar, um pouco ricos demais para perder tudo, que têm medo. Eles enchem o peito para falar mal dos chucrutes no café da praça, depois dão um pulo em Montluçon, talvez para cochichar no ouvido de um nazista amigável, fazer um servicinho para ele. Como Pierre Frangrod. A mãe dele, que Deus a tenha, ficaria envergonhada. Ele entregou de bandeja aos alemães um campo que ela havia lhe deixado para eles construírem uma daquelas torres de rádio e transmitir aquela... aquela merda para dentro das nossas casas. E é um belo de um terreno. Ele vendeu a alma para eles.

Nancy tinha visto a torre no caminho e ficado animada.

— Madame Hubert, foram os santos que nos uniram. Eu gostaria de fazer algo a respeito daquela torre. Conhece bem aquele terreno?

Quando madame Hubert levantou para pegar papel e lápis, já não tinha o andar cambaleante. Estava sorrindo enquanto esboçava o terreno e as trilhas e vias que levavam à estação.

— Eu passo por ali todos os dias. Fica bem no limite da cidade. Sempre há pelo menos seis homens de guarda. Cerca de metal, refletores aqui e ali. O sinal é forte; eles têm um gerador ali.

Nancy estudou o mapa sobre a mesa cuidadosamente polida.

— Madame Hubert, a senhora é um presente de Deus.

A velha senhora parecia satisfeita e esticou a toalhinha de crochê que estava entre elas.

— Gostaria de conhecer meu primo Georges? Ele ajudou a construir o prédio da torre de transmissão e odeia os alemães. Pode confiar nele.

Se a Gestapo estava circulando pela área, não era uma boa hora para fazer novos amigos, mas Nancy tinha gostado daquela mulher, tinha gostado muito dela.

— Sim, por favor.

— Venha amanhã à tarde, então, madame Wake. Ele vai estar aqui. Está chateado por ser velho demais para se juntar ao meu filho no platô. Vai ficar feliz em ajudar.

Nancy olhou para a casa modesta e arrumada.

— Tem certeza de que não teme pelo seu garoto?

Madame Hubert parou de sorrir.

— Prefiro temer por ele e sentir orgulho a saber que está em segurança e desprezá-lo. É por isso que fico feliz de minha amiga — ela apontou para o mapa — ter morrido em 1937, antes de ser obrigada a descobrir que o filho era um covarde.

Nancy explorou a terra, e Georges revelou-se um verdadeiro tesouro. No caminho de volta, no dia seguinte, Nancy fez seu plano. Eles iriam naquela noite. Quando chegou ao acampamento, ela guardou a bicicleta no celeiro caindo aos pedaços na extremidade do campo e foi procurar os homens de Fournier, debruçados sobre o jantar. Eles pareciam entediados.

— Preciso de cinco homens.

— Para quê? — um deles perguntou.

— Não estou dando a opção de escolherem o que fazer, Jean-Clair. Vou falar o que é quando tiver voluntários.

O silêncio foi pesando até Nancy senti-lo no ar.

— Eu vou. — Tardivat, bendita seja sua alma afanadora de paraquedas.

— Nós também. — Era um dos espanhóis, Mateo. — Nós lhe devemos desculpas. — Ele estava com os irmãos.

Nancy ficou surpresa. Os rapazes haviam mantido distância dela desde o ocorrido no lago, e ela não tinha ido até a Espanha levar dinheiro para seus familiares. Estendeu o braço, e Mateo apertou sua mão. Rodrigo e Juan fizeram o mesmo.

Ela levantou a sobrancelha.

— Mais algum *francês* quer combater os chucrutes?

Isso os pegou. Houve uma movimentação entre os homens, mas Fournier foi mais rápido.

— Eu vou. Vamos ver o que você é capaz de fazer, capitã.

Nancy o olhou de cima a baixo.

— Presumo que tenha errado o tiro de propósito aquele dia na floresta.

— É claro.

Ela estendeu o braço e ele apertou sua mão, mas como se estivesse com medo de pegar algo contagioso. Nancy colocou a mão sobre o ombro dele.

— Sua irmã mais nova me disse ontem que você consegue atirar em uma andorinha no céu. É nosso franco-atirador.

Ela os puxou para um canto e explicou o plano, depois mostrou o mapa de madame Hubert e a estratégia do primo Georges.

— Antes de partirmos, cada um de vocês precisa conseguir desenhar de cabeça o mapa do complexo. Quem não conseguir está fora. Vai ter que ficar em casa com os outros garotinhos. Vocês têm uma hora.

Nancy largou o mapa na grama, aos pés deles. Mateo se abaixou para pegá-lo enquanto ela saía para buscar o que faltava.

Denden se aproximou dela.

— Não quer que eu vá, Nancy?

Ela fez que não com a cabeça.

— Você é valioso demais.

— Ótimo, porque detesto toda aquela correria e tiros. — Ele fingiu um tremor exagerado.

— Se der merda — Nancy continuou —, mande uma mensagem para Londres e vá para o acampamento de Gaspard. É provável que você se dê melhor com ele do que eu.

— Acho um pouco difícil, mas posso tentar. — Ele chegou perto dela com as mãos nos bolsos. — Mas prefiro que você não morra.

— Estou emocionada.

Ela se levantou e olhou o relógio. Era hora de arrumar algo para comer e talvez dormir uns vinte minutos antes de avaliar os homens.

— Nancy, como sabia que os espanhóis iam se voluntariar? — Denden perguntou, olhando para ela com a cabeça inclinada. — Tardivat era garantido. Ele parece ter nos adotado, sujeitinho engraçado. Fournier nunca deixaria de ir, ele perderia muito prestígio. Mas e os espanhóis?

Ela deu de ombros.

— Eles me deviam uma. Mas o que está querendo dizer, Denden?

— Estou querendo dizer que você, minha cara, é um tanto quanto manipuladora. Está levando os únicos cinco homens deste grupo que têm alguma experiência militar, mas fez parecer que tudo aconteceu por acaso.

31

Chuva. Chuva. Chuva. Às vezes, Auvergne parecia mais com a Inglaterra do que com a França, devido ao clima, e era apenas o começo. Quando o dia começou a escurecer, deu para ver as nuvens de tempestade se formando sobre os vulcões extintos como uma lembrança das nuvens de cinzas, os raios piscando junto ao pôr do sol. A água gorgolejava pelo solo fino das florestas de pinheiros e urrava e escorria entre as seções mistas de carvalhos e faias.

Os homens haviam decorado o mapa e conheciam o plano. Além de Nancy, que passara pelo treinamento na Inglaterra, nenhum deles tinha muita experiência com explosivos. Ela distribuiu os blocos de TNT junto com os detonadores e explicou o básico. Daquela vez, estavam mesmo prestando atenção. Nem Fournier – que, como franco-atirador, não poderia brincar com os explosivos – conseguiu resistir e chegou mais perto para ouvir as explicações dela sobre como apertar a ponta do detonador para mantê-lo na posição certa e onde posicionar a carga.

Assim que se afastaram do acampamento, algo mudou – uma sensação no ar e no sangue de Nancy, que a princípio ela não conseguiu identificar, não conseguiu reconhecer. Ela pensou em sua última noite em Piccadilly, saindo maquiada e com seu melhor vestido, sabendo que passaria as próximas horas com amigos, bebendo champanhe e falando muita bobagem. Era isso – ela estava empolgada. E os homens à sua volta também.

Quase não havia mais luz no céu quando eles saíram da trilha principal e seguiram em silêncio por uma área de mata densa. O complexo ficava no limite urbano, e havia a possibilidade de darem de cara com alguém na floresta conforme fossem se aproximando da cidade, embora Nancy imaginasse que, com aquele clima, a maioria das pessoas ficaria em casa.

A chuva havia ensopado seus cabelos, e ela sentia o vento frio no pescoço, mas o solo da floresta estava escorregadio, não lamacento, e o barulho constante da chuva sobre as folhas encobria o som da chegada do grupo. O mundo tinha cheiro de frescor, estava repleto de vegetação. Nancy levantou a mão ao avistar as luzes do complexo por entre as árvores. Tinha passado duas vezes por ali de bicicleta desde sua conversa com madame Hubert, ambas as vezes disfarçada de dona de casa comum, com uma cesta de corda sobre o guidão, trocando sorrisos com os guardas.

Sua informante tinha mesmo olhos aguçados. Como dissera, havia seis guardas: dois no portão, dois patrulhando individualmente o perímetro, dois descansando do lado de dentro. A torre em si, um entrelaçado de barras de aço que perfurava o céu, estava ancorada em três pontos, com cabos de aço fixados em blocos de concreto reforçados. O prédio principal, uma construção térrea, era mais ou menos dividido em três partes: sala do gerador, sala do transmissor e alguns escritórios com uma garagem nos fundos.

O grupo ficou na chuva, observando com atenção.

— Estão prontos? — Nancy perguntou aos outros cinco.

— Sim — todos responderam sem sarcasmo, sem revirar os olhos. Como cães de caça na coleira.

O plano era simples. Fournier se posicionaria em um local que Nancy já havia sondado antes, a cerca de cem metros de distância, dividindo-se entre ficar de vigia durante o ataque e interromper a chegada de quaisquer reforços que viessem do quartel da cidade. Se tudo corresse bem, ele só teria que ficar ali sentado, molhado e desconfortável, nos galhos de um carvalho, vendo-os acabar com aquele lugar. Eles voltariam para a mata antes que os alemães soubessem o que estava acontecendo. Uma imagem ótima, mas improvável. Os instrutores de Nancy martelaram em sua cabeça diversas vezes: as coisas nunca corriam tão bem assim.

Mateo, Rodrigo e Juan estavam encarregados de eliminar os guardas que patrulhavam o perímetro e colocar as cargas de explosivos nos três blocos de concreto que sustentavam a torre de transmissão no lugar. Nancy e Tardivat derrubariam em silêncio os guardas dos portões, depois entrariam no prédio e plantariam as cargas, ou então quebrariam as janelas das salas do transmissor e do gerador e jogariam granadas para destruir o equipamento. O que poderia dar errado?

Tudo. Mas era exatamente para isso que ela havia treinado. Era o que ela queria. Pensou naquele judeu desconhecido que tinha visto sendo açoitado nas ruas de Viena, no garoto com os miolos espalhados nas pedras de calçamento do Bairro Velho em Marselha. Aquilo era por eles.

— Vá para o seu posto, Fournier — ela disse.

Ele apoiou o fuzil sobre o ombro e desapareceu na escuridão. Cinco lentos minutos se passaram, então ouviu-se um assobio baixo – o sinal de que ele estava posicionado. Nancy levantou o binóculo e viu os guardas passando pelos portões principais. Dava para imaginar o humor deles pelo modo de andar, com capas de chuva ensopadas sobre os ombros, golas levantadas, cabeças baixas, olhando com inveja para os dois colegas protegidos da tempestade em suas guaritas, uma de cada lado do portão. Eles caminhavam devagar, entediados, infelizes e ensurdecidos pela chuva. Ótimo. Eles passaram longe das luzes do portão principal.

— Mateo, agora!

Os três espanhóis se fundiram na escuridão.

Nancy esperou. Cinco minutos, ela havia dito a eles. Cinco minutos para derrubar os guardas e cortar a cerca de metal. Então ela e Tardivat cuidariam dos dois guardas da frente. Seu coração bateu forte quando um raio caiu na montanha atrás dela e lançou um clarão de luz sobre o complexo. Um trovão longo estrondou nas colinas.

— Chegou a hora, Tardi — ela disse.

Ele seguiu para um lado e ela para o outro. A tempestade estava ajudando. A escuridão parecia ainda mais densa depois de cada clarão dos raios. Quando veio o trovão, ela correu pela estrada, mantendo o corpo abaixado e os olhos nos soldados que estavam no portão. Um grito, curto e repentinamente interrompido, a oeste. Nenhum tiro. Mas os guardas do portão ouviram; levantaram os fuzis, saindo das guaritas. Nancy estava no limite da área escura. Dava para ver o rosto do guarda mais próximo a ela, a chuva correndo por suas bochechas pálidas, os cabelos loiros escurecidos pela água, pouco visíveis sob o capacete.

— O que está acontecendo? — ele gritou para o vazio.

Não houve resposta, apenas o som da tempestade. Ele ficou olhando para a escuridão, piscando os olhos, e Nancy movimentou-se com rapidez para ficar atrás dele, com a faca na mão.

Do outro lado do portão, Tardivat saiu das sombras, colocou o braço em volta do pescoço do outro guarda e cortou sua garganta. Nancy se aproximou ligeiramente, mas algum instinto fez o guarda se virar na direção dela.

Ela hesitou, olhando dentro de seus olhos azuis, e então foi para cima dele. O guarda usou o cano do fuzil para bloquear o golpe de faca, apertando o pulso dela. Ela usou a mão esquerda para dar um soco forte em seu queixo, mas ele a agarrou e a puxou para baixo dele. Estava com o peso do corpo sobre Nancy, a mão em volta da faca que ela segurava, forçando a lâmina na direção da garganta dela. Ele estava vencendo; ela sentia a lâmina começando a cortar. Outro clarão de luz e ela olhou diretamente nos olhos dele. Deu-se conta de que ele estava muito mais assustado do que ela e registrou o choque que sentiu ao ver que estava com uma faca no pescoço de uma mulher.

O trovão veio em seguida, e, antes que ela pudesse ouvir o disparo do fuzil de Fournier, sentiu os membros do alemão perderem a força, um jato de sangue atingindo-a direto no rosto.

Ela empurrou o corpo que estava por cima do seu e se levantou antes que Tardivat chegasse ao seu lado. Eles correram pelos portões e entraram no complexo abaixados, seguindo na direção do prédio principal. Depois de abrirem a porta, encolheram-se junto às paredes de concreto áspero.

Um oficial alemão olhava para a chuva, com a mão sobre o coldre. Outro raio provocou um clarão e Nancy percebeu a reação dele quando viu os corpos dos guardas. Ele se virou para o prédio.

— Estamos sendo atacados! Peça reforços!

Houve outro estouro vindo do posto de Fournier, sem esperar o disfarce do trovão dessa vez, e o alemão caiu de costas no corredor. Nancy se afastou da parede, passou sobre o corpo e pela porta, virando à esquerda para chegar à sala do gerador.

Que coisinha feia. Um bloco de ferro pintado de verde, cheio de tubos grossos que pareciam músculos, fazendo um ruído baixo parecido com o de um motor. Ela entrou e fechou a porta, sentindo uma pontinha de prazer. O cheiro era de óleo. Durante o treinamento, haviam lhe mostrado exatamente onde posicionar as cargas de explosivos em feras como aquela. Ela usou três blocos de TNT de meio quilo, enfiando-os sob a parte de baixo desprotegida, selecionou um detonador que deveria lhe dar quatro minutos para sair dali e apertou a parte de cima do tubo para iniciar o disparo.

Logo em seguida, ouviu um barulho do lado de fora que não soava nada como um trovão. A explosão percussiva, o som do concreto despedaçado sendo lançado no ar e contra os fundos do prédio, um profundo gemido metálico que balançou as estruturas quando a enorme torre de transmissão se deslocou.

Do outro lado da porta, ela ouvia ordens sendo berradas em telefones e gritos de dentro do prédio. Levantou a cabeça para olhar para a entrada, arrastou a cadeira da escrivaninha que ficava no outro canto e a usou para travar a maçaneta, depois quebrou a janela.

Ainda tinha três minutos.

Assim que quebrou o vidro, uma bala voou pela abertura e ricocheteou na carcaça metálica do gerador. Ela se abaixou, protegendo a cabeça, e ouviu a bala se enterrando na parede logo acima.

Apagou as luzes da sala e se arriscou, usando o tecido grosso das mangas de sua roupa para proteger as mãos do vidro ao pular pela janela, sob o assobio fino de outra bala.

Houve uma segunda explosão do lado de fora, e aquele gemido metálico novamente. Duas das três âncoras de concreto já tinham sido eliminadas. Mais um clarão enquanto ela se virava para ver a torre pender para a frente, presa apenas por um ponto aos fundos do prédio. Era hora de ir. Ela seguiu na direção sul, rumo ao buraco que Mateo deveria ter aberto na cerca.

Dois minutos.

Clarão de raios. Ela viu o espaço aberto na cerca à sua frente e correu para lá, mas foi atacada por trás e derrubada no chão. Chutou com as duas pernas, contorcendo-se. Outro guarda, mais velho, mais pesado e, pelo que ela podia sentir, cheio de músculos.

Nancy tentou pegar a faca, mas ele acertou seu pulso com força e velocidade suficientes para lançá-la longe.

Um minuto. Merda.

Ele esticou o corpo sobre ela, colocou as mãos em volta de seu pescoço e afastou o rosto quando ela tentou alcançar seus olhos. A pressão na garganta era cada vez maior. Manchas pretas começaram a aparecer diante de seus olhos. *Lute, Nancy.* Tentou acertar um soco no estômago dele, mas estava protegido por um casaco grosso.

O bloco de TNT que estava na sala do gerador explodiu com uma força que fez o chão tremer.

O guarda diminuiu a pressão sobre o pescoço de Nancy, e a força da explosão o fez arquear sobre ela. Agora podia alcançá-lo. E dessa vez não hesitou.

A lateral da mão dela o acertou no ponto exato, comprimindo sua traqueia. Ele nem teve tempo para gritar, apenas perdeu o ar e ficou com um olhar de choque e dor no rosto. Ela se desvencilhou dele. Outra carga explodiu – o TNT que Tardi tinha colocado na sala do equipamento de transmissão. Saía fumaça das janelas quebradas, e ela viu chamas aparecendo no que restava do teto.

Um motor roncou atrás dela. Nancy se virou e viu um antigo ônibus do exército vindo descontrolado pelo gramado em sua direção. Ela puxou o revólver.

— Capitã! Venha! — alguém disse com sotaque espanhol.

Braços se esticaram para pegá-la pelo lado dos passageiros. Ela viu de relance Tardivat no banco do motorista. Não foi preciso dizer duas vezes. Nancy agarrou o pulso de Mateo, pisou na roda e o deixou puxá-la para dentro.

Tardivat pisou fundo e se dirigiu para o portão principal, seguindo para o norte, enquanto balas acertavam as laterais do ônibus. Ele piscou os faróis, depois os desligou e acelerou.

Outro ruído forte dizia que a última carga estava explodindo atrás deles. Nancy correu até a janela dos fundos do ônibus e viu quando, com o rompimento do último cabo de metal, a torre de transmissão caiu, soltando-se das ruínas do prédio em chamas e estraçalhando-se sobre a estrada.

Tardi desacelerou o ônibus e acendeu os faróis a tempo de pegar Fournier, que descia a encosta correndo, segurando o fuzil no alto da cabeça, gritando de alegria. Eles o puxaram para dentro, Tardivat pisou no acelerador e o veículo desapareceu em meio às nuvens de tempestade.

32

O ônibus tinha sido danificado na fuga. Suspirou, gemeu e, perto do acampamento, na base das subidas mais íngremes, desistiu completamente. Eles o empurraram para fora da estrada e o cobriram com vegetação para camuflá-lo, depois seguiram o restante do caminho até o acampamento a pé. A tempestade tinha passado, e os homens estavam esperando sob os abrigos de lona como pais ansiosos.

— Voltamos, cambada! — Fournier disse. — Todos nós!

Eles vibraram. A empolgação dele expulsou o desânimo e o medo do lugar. Denden jogou os braços em volta de Nancy, quase a deixando sem fôlego. Foi um festival de apertos de mão, tapas nas costas, socos nos braços e mãos bagunçando os cabelos dos espanhóis. Eles pareciam felizes. Então Fournier apareceu com um caixote de vinho tirado de algum estoque secreto e, sob as lonas molhadas no limite da floresta, contou e recontou a história da incursão, e os outros ouviram de olhos arregalados, totalmente arrebatados.

Nancy bebia e observava Fournier, sua explosão de alegria. Ele era um excelente contador de histórias.

— Eu a via pela mira, rapazes. Mas tinha muitas árvores, muito movimento, e nada que eu pudesse fazer. — Ele imitou a si mesmo tentando enxergar no escuro, secando a chuva dos olhos. — Estou ali pensando *Merda, a mulher vai ser estrangulada; justo quando estava começando a gostar dela, aquele chucrute gordo vai matá-la sufocada.* — Pausa para risadas. — Então, BUM, logo atrás dela o gerador explode. O chucrute fica um pouco surpreso e BUM. Ela ataca como uma naja. Podem acreditar. Acerta o pescoço dele com a mão direita e ele JÁ ERA! — Os homens vibraram. — Ela matou o alemãozão cretino com um golpe só. Pensei que a cabeça dele ia pular e sair quicando pelo chão... bóing, bóing... bóing...

Mais risadas. Fournier estendeu os braços, segurando uma garrafa, e virou o rosto para a esquerda. Todos se inclinaram para a frente e ele abaixou a voz.

— Achei que isso tivesse sido bruto. — Ele apontou para a cicatriz de queimadura no rosto, depois levantou bem a voz como um comediante em um espetáculo. — Mas é só o jeito dela de dar um beijinho!

Os homens gargalharam e começaram a se virar para olhar para Nancy. Fournier levantou a garrafa na direção dela.

— Então façam o dever de casa, rapazes! Capitã Wake!

Todos levantaram as canecas e marmitas, e Nancy ergueu a garrafa pela metade em retribuição.

— Ei, Denden. Acha que vamos conseguir ouvir a Rádio Londres um pouco melhor hoje? — ela perguntou.

— Ah, eu acho que sim!

Ele sintonizou na estação. O som era nítido. E os benditos ainda por cima estavam tocando o novo hino dos maquis. Metade dos rapazes se levantou. Eles começaram a girar de braços dados. Nancy não sabia se estavam dançando ou lutando. Eles provavelmente também não.

Ela ficou assistindo por um minuto ou dois, depois saiu de baixo da lona e voltou à paz do lado de fora. A tempestade tinha deixado o ar frio e fresco, e a lua crescente aparecia no céu. Ela olhou para as próprias mãos.

— Foi a primeira vez que matou alguém, não foi? — Era Tardivat, também se afastando da multidão.

Não havia motivo para mentir. E ela devia aquilo a ele. Ele a levara até lá, mentido para Gaspard para salvar sua pele; ajudara na missão.

— Sim, foi. Sabe, quando eu estava em Marselha, meu marido me levava para fazer as unhas toda segunda-feira. Ele nem reconheceria estas mãos.

Tardi soprou uma nuvem de fumaça sob a luz fraca do luar.

— Ficou com medo?

Ela teve que parar para pensar.

— Não. Nem quando achei que fosse morrer. Fiquei satisfeita, de certo modo... por estar lutando de verdade. Tudo aconteceu tão rápido, e eu estava zangada comigo mesma. Zangada por ter deixado cair a faca, por ter hesitado diante do primeiro guarda. Mas não fiquei com medo. Fiquei empolgada. — Sim, aquela era a palavra certa. Por Deus. — Foi empolgante. Isso não é normal, é, Tardi?

Para variar, ele deu de ombros.

— Estamos em guerra. Nada é normal. O normal é o caminho para a morte. O normal transforma um homem em um colaboracionista. O normal não serve para ninguém. — Ele pareceu querer se conter e respirou fundo. — Seu plano era bom. Colocar as cargas de explosivos nos blocos daquele jeito, para que atraíssem os guardas para fora do prédio, depois a última explosão derrubando a torre no meio da estrada. Um bom plano. Devemos ser gratos por você gostar do seu trabalho.

Ela quis protestar. Sim, planejar e executar a missão foi... ótimo, sem dúvida, mas matar... ela queria dizer a ele que não *gostou* nem um pouco de matar. Estava feliz por ter sobrevivido, sim, e tinha sido empolgante, mas que tipo de pessoa sentia prazer em matar? Apenas o tipo de pessoa que ela queria eliminar da face da Terra. Sua cabeça começou a girar.

— NanCYYY! — Denden saiu cambaleando da escuridão, com uma garrafa na mão, e Tardivat desapareceu na mata antes que Nancy pudesse dizer qualquer coisa. — NanCYYY!!

Ela deu um passo à frente.

— Estou aqui, seu idiota. Não precisa chamar atenção de todo o maldito exército alemão.

Ele se aproximou dela, tropeçando um pouco e rindo.

— Uma vitória absoluta, querida. — Ele colocou o braço em volta do ombro dela. — Quer fazer uma coisa imprudente?

Ela tinha que confiar nele, mas, a oeste do acampamento, na parte mais alta, com um tanto de corda enrolada nos antebraços e a outra ponta amarrada a uma castanheira a seis metros da beirada, a ideia parecia não apenas imprudente mas também completamente insana.

— Você quer que a gente se pendure na beirada do abismo? — Nancy perguntou.

Denden segurava a própria corda.

— Querida, eu juro por tudo o que é mais sagrado, *você* quer se pendurar na beirada também, apenas não sabe ainda.

Satisfeito com seu nó, ele pegou na mão dela e a levou para a beirada. A corda às suas costas ainda parecia um tanto quanto frouxa. Mesmo na escuridão quase sem luar, ele deve ter visto a expressão dela.

— Nancy Wake, eu amarrei as cordas de milhares de espetáculos de trapézio e de corda bamba enquanto você estava bebendo champanhe barata em bares de segunda categoria. Pode confiar em mim. Ande até seus dedos estarem bem na pontinha, então se incline para trás o máximo que puder. É incrivelmente delicioso.

Ele demonstrou. Todo o corpo pairava sobre a escuridão profunda, apenas as mãos na corda e as botas na beirada do penhasco.

Ah, por que não? Nancy se virou, separou bem os pés e se inclinou para trás. Então sentiu o puxão da gravidade nas costas, na cabeça, a tração confortável nos braços conforme a corda se esticava. A sensação era mesmo boa. Ela soltou um pouco mais a corda, inclinando-se mais para trás e arqueando as costas – e aí riu, uma gargalhada gostosa que vinha das solas dos pés e soltava o corpo todo. Atrás deles, o vazio os puxava e a brisa agitava seus cabelos sobre o rosto. Mas o vazio podia ir para o inferno. A capitã Nancy Wake comandava a gravidade.

— Eu nunca bebi champanhe barata, seu ridículo — ela afirmou. — Mas você tinha razão, Denden. Eu precisava disto.

Ao lado dela, Denden soltou uma das mãos e tirou um dos pés da borda, balançando de um lado para o outro.

— Melhor truque que aprendi no circo. Toda vez que sentia raiva de mim mesmo, o que acontecia sempre que ficava louco por outro rapaz, o que acontecia todos os dias... bem, eu me pendurava no trapézio. Sem rede de segurança. Fazia eu me sentir vivo de novo.

— É como mandar um "foda-se" para o universo, não é? — Nancy disse, e soltou um gritinho, rindo enquanto ouvia a própria voz ecoar no vão escuro.

— É, sim! Não se sinta mal por destruir aqueles cretinos, Nancy. Mesmo que tenha que fazer isso com as próprias mãos. Use isso! Use a sensação de estar à beira do abismo para viver. É claro, eu gosto de transar com rapazes e as pessoas me dizem que eu não deveria fazer isso, e muitos dizem a *você* que deveria ficar em casa e deixar os homens extravasarem sua raiva. Bem, que se danem. Use sua raiva e nunca deixe ninguém rebaixá-la por isso.

— Obrigada, Denden.

Ele compreendia. Compreendia como era ser ela. Nancy soltou uma das mãos também, sentiu a guinada, reencontrou o equilíbrio e foi tomada por uma onda de prazer.

— Mas, sabe, você parece um pouco com o dr. Timmons quando fala assim, não acha?

Ele gritou.

— Sua bruxa monstruosa! Nunca fui tão ofendido em toda minha vida.

A gargalhada deles ecoou no silêncio.

33

Ela podia jurar que mal tinha fechado os olhos, depois de voltar cambaleando ao acampamento, exausta e triunfante, quando Denden a acordou.

— Nancy, temos um problema! Venha!

Ela se esforçou, de forma desajeitada, para vestir as roupas e calçar as botas. Não estava de ressaca – não, só falta de sono, senhor, só isso –, mas algo em seus olhos fazia a luz parecer um pouco clara demais. O acampamento estava silencioso. Silencioso demais. O que estaria acontecendo?

— Nancy!

— Calma, já estou indo!

Ela saiu da barraca e viu que Denden já estava entrando na mata, na direção da fonte de água termal, fazendo sinal para que se apressasse. Nancy verificou se estava com a arma e o seguiu. Talvez Fournier tivesse capturado um espião e eles quisessem a ajuda dela para interrogá-lo. Ou Denden estivesse achando que era hora de interromper o interrogatório... Os pensamentos ficaram girando em sua cabeça esgotada enquanto ela seguia pela trilha. Agora ouvia homens conversando. Embora não pudesse ouvir as palavras, podia distinguir a entonação. Relaxada, até um pouco feliz. Então o quê...?

Ela virou na clareira e viu o ônibus velho que eles haviam roubado na noite anterior.

— Nós deixamos isso lá embaixo! Como ele veio parar aqui em cima?

A maioria dos homens de Fournier estava ali, além do próprio, dos irmãos espanhóis e de Tardivat. Estavam todos imundos e pareciam extremamente satisfeitos consigo mesmos.

— Empurramos o ônibus colina acima ontem à noite! — Jean-Clair disse com entusiasmo.

Fournier tirou o cigarro da boca.

— Achamos que você poderia querer um pouco de privacidade, capitã. Demos uma arrumada nele para você.

Era a primeira vez que ele a chamava de capitã sem fazer sua patente soar como um insulto. E também a primeira vez que a chamava assim sóbrio.

— Obrigada — ela agradeceu com sinceridade.

Eles estavam esperando Nancy. Ao entrar, ela viu os homens espiarem pelas janelas enquanto examinava o trabalho deles. Várias fileiras de assentos tinham sido arrancadas, e os remanescentes haviam sido reorganizados para formar um espaço aconchegante. Na frente, perto da cabine, uma mesa feita com um caixote estava cercada de assentos organizados em forma de U, como uma sala de reunião. Em uma das laterais do ônibus, mais algumas caixas tinham sido empilhadas como uma estante, e um daqueles idiotinhas havia até colhido flores, enfiado-as em uma lata vazia e a colocado ali em cima. No fundo do ônibus, mais duas fileiras de assentos tinham sido organizadas para fazer uma espécie de cama. Sobre ela, havia uma camisola feita de cortes de seda, juntamente com um par de cobertores dobrados.

Ela pegou a camisola, sentiu a delicadeza do tecido e a pendurou no braço antes de sair do ônibus. Os homens a olhavam como cachorrinhos animados.

— Minha nossa, rapazes. Eu amei!

Eles vibraram e começaram a dar tapinhas nas costas uns dos outros.

— Certo, acho que é hora do café da manhã — Denden declarou, esfregando as mãos. — Vamos deixar a capitã se instalar.

Sorrindo e se empurrando como garotos na volta da escola, a maior parte dos homens começou a se encaminhar para a clareira principal.

— Tardi? — Nancy disse.

Tardivat se separou do grupo e voltou, com os olhos baixos. Ela levantou a camisola cor de marfim.

— Isso veio do meu paraquedas. Tardivat, é perfeita... Mas é para a sua esposa.

Ele levantou os olhos enquanto ela segurava a camisola na frente do corpo e passava as mãos pelas dobras fluidas do tecido. Depois sorriu, um artífice feliz por ver seu trabalho ser apreciado.

— Assim como tudo o que crio, capitã. Mas ela não pode usar isso. Morreu em 1941. Tenho certeza de que ela gostaria que você a usasse.

Nancy sentiu a garganta fechar.

— Obrigada — conseguiu dizer.

O sol que passava pela copa das árvores acariciou o rosto dele com luz e sombra.

— É um prazer, capitã.

Ele se virou e se afastou sem esperar que ela dissesse mais nada. Nancy apenas o observou. Ela os conquistara. Fournier e seus homens. Eles a seguiriam, ouviriam o que tinha a dizer, e, quando a invasão acontecesse, ela poderia entregar a Londres um grupo de combatentes e sabotadores treinados e disciplinados.

A vitória devia ter sabor doce, mas ela ainda sentia algo obscuro. Percebeu que estava apertando o tecido da camisola com força e se lembrou do momento em que o treinamento tomara conta de sua mente, fazendo-a acertar o golpe na garganta do alemão. Fechou os olhos. *Basta*. Tinha sido necessário. Se quisesse lutar ao lado daqueles homens, teria que viver com as consequências. Em Londres, havia sido muito fácil bradar sobre matar nazistas. Já fazer isso com as próprias mãos fora mais difícil do que imaginava. *Droga*. O que a fazia odiar os nazistas era o desprezo que demonstravam pela vida humana, sua brutalidade, e agora ela tinha que aprender a sentir desprezo pela vida *deles*, a não se importar com o fato de que o guarda que havia matado ou aquele cujo sangue Fournier espalhara em seu rosto com um tiro talvez não passassem de homens comuns, com mães e esposas, metidos em algo que não compreendiam muito bem. Mas qual era a alternativa? Oferecer a eles um chá e sua compreensão? Colocá-los de castigo por terem sido invasores assassinos malcriados? Não. Ela precisava assumir um pouco daquela brutalidade. Precisava sacrificar... o quê? Uma ponta de sua alma. Certo. Aceitaria aquele acordo.

34

O major Böhm estava lendo uma carta da esposa quando Heller bateu na porta e entrou em sua nova sala em Montluçon.

Eva estava bem, e a filha e o cachorrinho brincavam no jardim de sua confortável nova casa em um bairro residencial nos arredores de Berlim. Ela se sentia feliz por ter saído da França e estar com seu próprio povo, e disse todas as coisas esperadas sobre a admiração pelo trabalho dele e o desejo de tê-lo de volta em casa após sua conclusão. Ele sentiu uma pontada de inveja. Montluçon era um novo desafio, mas o caráter das pessoas era mais próximo ao dos eslavos do leste que dos terroristas vivazes e espertos de Marselha. Ele não conseguia decidir se as pessoas eram tão burras quanto fingiam ser. Quando questionadas a respeito dos bandos errantes de maquis, não ofereciam nada além de uma expressão vazia e bovina. Não, nunca tinham ouvido nada sobre aquele tipo de coisa, senhor. As autoridades piscavam os olhos e prometiam que fariam todo o possível para auxiliar o major, mas de algum modo os papéis e relatórios que ele solicitava chegavam com uma lentidão aflitiva.

Heller colocou uma faca sobre a mesa dele, e Böhm a analisou.

— Achei que gostaria de ver isso, senhor. Foi perdida durante o ataque à torre de transmissão em Chaudes-Aigues.

Böhm largou a carta que estava lendo.

— Alguma testemunha?

Heller fez que não com a cabeça.

— Dois sobreviventes, mas eles não chegaram a ver as pessoas que participaram do ataque.

— Eles usaram TNT?

— Sim, senhor.

Böhm pegou a faca, avaliando o peso.

— Esta, Heller, é uma faca Fairbairn-Sykes. Modelo padrão dos agentes britânicos enviados à França para encorajar e coordenar os agitadores das montanhas.

Böhm imitou um golpe no ar e acenou com a cabeça em aprovação. Era uma arma muito bem-feita.

— Acho que é hora de mostrar ao populacho francês que nossa paciência tem limite, Heller.

35

Às vezes havia momentos em que Nancy conseguia esquecer a guerra. Eram apenas momentos, mas eles existiam – estranhos brilhos de luz quando ela estava tão cansada que seu cérebro desligava, pedalando livremente em uma estradinha vazia, com o perfume do fim da primavera no ar e a luz do sol atravessando as árvores, deixando-a hipnotizada.

As remessas por paraquedas chegavam todas as noites com luar suficiente, e a cada dia mais jovens chegavam aos acampamentos espalhados pelo platô, em fazendas abandonadas e trechos de floresta. Ela os treinava e os ensinava a treinar uns aos outros, distribuía suprimentos e armas, estabelecia rotas de fuga e pontos de encontro para casos de emergência e acenava discretamente com a cabeça quando eles lhe apresentavam planos para emboscadas em pequena escala, roubos e esquemas de sabotagens mais modestas. Ela não arriscava grandes ações, mas conhecia os benefícios do treinamento prático e achava que Londres simplesmente teria que confiar que ela não estragaria tudo antes do Dia D. E havia também o trabalho pastoral. Dinheiro a ser distribuído, notícias a serem intercambiadas. Todo dia alguém lhe perguntava quando os Aliados chegariam, e todo dia ela respondia "logo", esperando que fosse verdade, embora soubesse que aquilo seria apenas o início, o momento em que o trabalho deles poderia começar de verdade. Até lá, era apenas preparação.

A trilha fez uma curva, e ela diminuiu a velocidade, voltando a si com relutância. Tardivat achava que aqueles campos ao sul do rio Maleval seriam uma boa zona de lançamento, e ela quisera ver com os próprios olhos. Escondeu a bicicleta atrás de um arbusto perto de uma possível zona e começou a avaliar. A área era promissora. Sim, podia servir, se o fazendeiro dono das terras estivesse disposto a fazer vista grossa. Ela mediu o trecho usando o comprimento dos próprios passos. Aproximadamente setecentos metros quadrados. Perfeito. E nenhuma rede de telefonia ou outros cabos por perto. Tinha uma cobertura decente, mas não esconderia as fogueiras de sinalização dos aviões que se aproximassem. Até então, tudo bem. Porém, a oeste, o relevo ficava bem elevado entre aquele ponto e Chaudes-Aigues. Não era íngreme ou alto o suficiente para causar problemas aos aviões, mas ela teria que caminhar até o alto da colina. Se houvesse trilhas fáceis da cidade até lá e os alemães avistassem os aviões chegando, poderiam subir e preparar um ataque a Nancy e seus homens enquanto recolhiam os contêineres lançados pelos paraquedas. Se, no entanto, a floresta entre a cidade e o alto da colina fosse densa, valeria a pena arriscar. Ela só precisaria garantir que sentinelas fossem posicionadas lá em cima para prestar atenção em luzes de lanternas ou sinais de atividade na cidade abaixo.

Nancy seguiu para a encosta. Sentia o suor descendo pelas costas enquanto subia. Será que precisava encontrar mais locais para esconder as provisões que eles já tinham? Alguns dos esconderijos estavam se transformando na caverna dos tesouros do Aladdin, repletos de armas e munição. Ela tinha que mandar os espanhóis procurarem novos lugares para esconder armas na floresta, talvez ao longo das rotas de fuga que haviam articulado. Ou, melhor ainda, alguns locais totalmente remotos, conhecidos por poucos, para que, se os alemães conseguissem lhes infligir um golpe severo, os sobreviventes pudessem encontrar pelo menos uma arma e uma bala.

Quando a inclinação ficou nivelada, ela deu mil passos na direção sul e, não encontrando nenhum acesso fácil para os alemães naquela direção, se virou, refez os passos e continuou para o norte até chegar a um ponto em que a encosta descia escarpada na direção da cidade. O caminho por ali também não era fácil, o que era perfeito, e daquele ponto podia olhar diretamente para baixo e avistar o centro da cidade. Uma sentinela no lugar exato em que ela se encontrava seria capaz de sinalizar ao comitê de recepção em campo se as coisas começassem a ficar agitadas.

Um movimento lá embaixo chamou sua atenção. Não eram as idas e vindas costumeiras dos moradores da cidadezinha. Era algo diferente.

Ela apontou o binóculo para um grupo de homens de uniformes cinza no alto do mercado. Quando eles se separaram, ela viu que havia um homem e uma mulher em trajes civis no meio deles. Nancy segurou o binóculo com firmeza. Alguns dos soldados arrastavam os dois civis.

A mulher se contorcia, tentando se desvencilhar, e ela viu o volume em sua barriga. O homem se esforçava para se soltar. Nancy não conseguia ouvir nada além do barulho das folhas da floresta à sua volta, mas dava para ver que o homem estava gritando, seu corpo estava curvado. Ela engoliu em seco. Conhecia os dois.

O homem era do bando de Gaspard. Estava no celeiro quando tiraram o saco da cabeça dela. Ela reconheceu a mulher também. Quando esteve na cidade, cerca de uma semana antes, a garota grávida a abordou. Disse que sabia que não tinha direito a receber nada, porque seu marido não era um dos homens de Fournier, mas talvez a madame pudesse ajudar com algo para o bebê. Ela abriu uma exceção pelo bebê. Nancy deu cinquenta francos e algumas barras de chocolate para a garota, sabendo que Gaspard ficaria irritado se descobrisse que ela estava dando esmola às famílias de seus homens. Elisabeth, esse era seu nome. O marido se chamava Luc.

Os soldados a levantaram até a base da cruz de concreto do mercado e amarravam suas mãos atrás dela. Homens da SS. Luc estava de joelhos, implorando aos pés de um oficial de botas lustrosas e quepe de major. Ele ergueu a mão. Um de seus soldados pegou o fuzil e fixou a baioneta. Nancy sentiu um gosto amargo e acre na garganta.

Ela disse em voz alta:

— Não. Não. Eles não podem...

O major abaixou a mão e o soldado empunhou a arma, mas, em vez de uma punhalada direta na barriga da mulher amarrada, ele virou a lâmina de lado, sob a curva do ventre. Nancy soltou o binóculo e se virou para o lado, vomitando as tripas na grama.

Não queria ver mais. Limpou a boca com o dorso da mão. Precisava olhar. Alguém tinha que ver aquilo. Levantou novamente o binóculo. A frente do corpo da mulher estava ensopada de sangue, e havia uma mancha arroxeada aos seus pés. O vestido tinha sido arrancado do ombro, e Nancy via a brancura de seu pescoço. Ela ainda estava viva, girando a cabeça de um lado para o outro e se contorcendo.

— Morra de uma vez — Nancy sussurrou. — Por favor, doce garota, morra de uma vez.

Luc estava aos pés do major, mãos unidas, suplicando. O major tinha uma pistola na mão e apontava para a cabeça de Elisabeth. Estava dizendo alguma coisa.

Luc soltou os braços do lado do corpo. O oficial parecia estar ouvindo.

O major movimentou a mão. Nancy ouviu o eco do tiro um segundo depois, baixo como um galho sendo pisado. Elisabeth tombou para a frente. Luc ainda estava de joelhos, olhando para ela. Ele não reagiu, permaneceu imóvel enquanto o oficial caminhava em sua direção e lhe dava um tiro atrás da cabeça.

Então o major se virou e olhou para as montanhas, e Nancy viu seu rosto pela primeira vez.

Major Böhm.

Ele estava olhando diretamente para ela, com aquele mesmo sorriso levemente arrogante que tinha no rosto ao acompanhá-la para fora da sede da Gestapo em Marselha no dia em que prendera Henri.

Ela abaixou o binóculo e começou a descer a encosta na direção de onde deixara a bicicleta, então suas pernas cederam e ela teve que se sentar aos pés de uma tramazeira, com a respiração curta e ofegante, o peito apertado, a cabeça girando.

Pare. Pare. Devagar. Não pense no que aconteceu, pense no que significa. O que Luc disse a Böhm? O que ofereceu para acabar com o sofrimento da esposa?

Ela se levantou num pulo. A raiva, raiva pura, fez com que conseguisse descer a encosta, atravessar o campo e subir na bicicleta. A raiva a levou pelo vale até as colinas. A raiva a empurrou por trinta quilômetros até a primeira das sentinelas de Gaspard que bloqueavam o caminho na trilha para Mont Mouchet.

— Madame Wake, que prazer — disse o maqui.

— Chega de gracejos, seu merdinha, e me leve até Gaspard. Agora!

Se tivesse tido tempo para pensar, talvez tivesse se dado conta de que aquilo não ia funcionar. Gaspard já devia saber que os homens de Fournier agora tinham metralhadoras Bren, TNT e explosivo plástico, e estavam se divertindo com o equipamento nos treinamentos, de Clermont-Ferrand a Aurillac. A vitória na explosão da torre de rádio também devia tê-lo deixado desconcertado, e nada faria com que se dispusesse a escutá-la. Mas ela não tinha tempo a perder.

Disse a ele o que havia visto.

— Você precisa sair daqui — ela concluiu depois do silêncio nauseante que se seguiu.

Gaspard estava sentado sobre um caixote perto da fogueira. Eles haviam amarrado uma lona sobre ela para que a fumaça não os entregasse a possíveis patrulhas aéreas, embora a lona e as sentinelas pela estrada parecessem ser as únicas medidas de segurança. Pelo menos setenta homens aproveitavam o sol no espaço aberto à volta deles. Devia haver mais duzentos ou trezentos nos arredores.

Gaspard olhava para Nancy como se ela tivesse sugerido uma ida à cidade para resolver tudo enquanto tomavam um drinque com o major Böhm.

— Não.

Cabeça-dura, cretino burro. Respire fundo. Explique em termos que até ele consiga entender.

— Luc estava aqui — ela disse. — Ele revelou à Gestapo onde vocês estão. O que mais eles iam querer saber? Você tem quatro, no máximo cinco horas, Gaspard — Nancy avisou firme e claramente. — Böhm vai ordenar um ataque aéreo à sua posição e complementar com soldados em campo. Eles estão vindo agora. Você não pode esperar. Se tivesse preparado rotas de fuga adequadas…

— Eu disse NÃO! — Gaspard bateu com as mãos pesadas nos joelhos. — Não trouxe esses homens até as montanhas para correr dos nazistas a cada alarme. Conheço Luc há dez anos. Ele nunca trairia o grupo. Nunca. Estamos tão seguros hoje quanto estávamos ontem.

Nancy cerrou os punhos.

— Você não viu! Você não viu o que fizeram com ela! Ele diria qualquer coisa para poupá-la de mais um segundo de sofrimento. E eu faria o mesmo. Eles abriram a barriga dela.

Gaspard se levantou. Agora estavam ambos em pé, cara a cara.

— Então ele mentiria! — Gaspard gritou na cara dela. — Os chucrutes vão desperdiçar suas bombas e homens em alguma ruína a quilômetros daqui.

— Você não tem como saber! Böhm já arrancou confissões de dezenas de homens.

Ele cortou o ar com a mão.

— Bobagem. Não vou abrir mão deste lugar, deste acampamento, porque você acha que Luc pode ter revelado a nossa localização, madame.

Ela agarrou o braço dele e tentou controlar a voz.

— O que custa? Você pode espalhar seus homens pelas montanhas. Sair daqui por dois, três dias. Se, por acaso, Luc tiver conseguido passar a eles uma falsa localização, ou nenhuma, vocês podem voltar.

Ele olhou para ela com total desprezo.

— Não entendo por que os homens de Fournier dão ouvidos a você, garotinha. Como vou liderar meus combatentes se ficar falando para eles fugirem e se esconderem sempre que houver rumores de que os alemães podem estar chegando? Somos homens ou ratos? Estamos aqui para lutar.

O ímpeto de gritar na cara dele era quase incontrolável.

— Quando chegar a hora! Quando os Aliados aterrissarem na França, vamos precisar de todos os homens para irmos para cima dos alemães. No momento, precisamos nos armar, nos preparar, treinar e sobreviver até sermos necessários.

Dizer aquilo foi um erro.

— Não sou peão de um bando de imperialistas britânicos em Londres! Sou eu que decido como vou lutar pelo meu país, não eles! — Os homens ao redor dele concordavam com acenos de cabeça. — Você não vai me transformar em um bom soldadinho inglês com um punhado de balas de revólver e um pedaço de chocolate. Agora dê o fora e volte para o seu bando de ratinhos nas colinas.

Ele se afastou.

— Luc contou a eles, Gaspard! — ela gritou atrás dele. — Os alemães estão vindo! Faça alguma coisa, pelo amor de Deus!

Ele continuou andando.

36

No instante em que Nancy voltou ao acampamento, arrastou Fournier, Tardivat, Mateo e Denden para o ônibus e contou a eles toda a história.

— Dane-se ele — Fournier disse, acendendo outro cigarro. — Se não quer ouvir, deixe os chucrutes acabarem com ele.

Denden balançou a cabeça.

— Se fosse só Gaspard, eu diria o mesmo. Deixe o tal major Böhm comê-lo no café da manhã. Mas ele tem centenas de homens espalhados por aquelas colinas. Não podemos deixar Böhm devorá-los no almoço.

Fournier fungou, depois se debruçou sobre o mapa aberto entre eles.

— Então quer que façamos alguma coisa? O quê?

Nancy apontou para as rotas que levavam a Mont Mouchet. Era estranho pensar que aqueles lugares eram apenas linhas em um mapa poucas semanas antes. Agora, ela era capaz de enxergar todas as estradas, os moradores de cada casa, citar o nome de todos os camponeses amigáveis, todos os suspeitos de colaboracionismo.

— Não podemos correr o risco de sermos destruídos. Os alemães vão ter suporte aéreo, então vamos ficar escondidos dos bombardeiros e dos Henschel, mas e as tropas terrestres? Podemos fazer algo a respeito disso. Não há estradas boas que levam ao cume pelo leste, então imagino que os alemães vão mandar seus homens por Pinols, Clavières e Paulhac e depois tentar completar o cerco a Mont Mouchet a partir dali. São os soldados que podemos atrasar. Dar aos homens de Gaspard uma chance de segurá-los até anoitecer e então desaparecer na mata ou sair das montanhas por Auvers, antes de os alemães fecharem totalmente o cerco.

Fournier apontou no mapa para a estrada ao norte de Mont Mouchet.

— Aquela estrada eu conheço bem. Acho que tem algumas armadilhas.

— Ótimo — Nancy disse. Táticas de atraso em vez de batalhas campais. Fournier estava finalmente pensando como guerrilheiro.

— Vou precisar pegar a *gazogène* para chegar a tempo — Fournier acrescentou.

Eles só dispunham de três daquelas caminhonetes movidas a carvão, mas ele tinha razão. Ela hesitou. Tomou uma decisão.

— Certo. Pegue. Mas esconda-a bem e volte a pé. As estradas vão estar lotadas de soldados até a semana que vem.

Ela o encarou até ele confirmar, depois se virou para Mateo.

— Vamos pegar a estrada para Clavières. Depois vamos precisar de guias em grupos de três ao longo das trilhas para Le Besset, para tirar os homens de Gaspard do meio da briga.

Ela olhou para os homens à sua volta. Eles acenaram com a cabeça, concordando.

— Espalhem a notícia entre os fazendeiros. Tardivat, você coordena os grupos de resgate. E pode organizar a recepção de quem conseguir escapar? Proteja-se na floresta, leve alguns suprimentos para as fazendas mais acima de Chavagnac. E está encarregado de improvisar mais algumas emboscadas de pequena escala nas estradas menores. Aproveite para deixar os rapazes novos terem um gostinho da ação, mas mantenha-os em segurança. Denden, aconteça o que acontecer, não se esqueça da transmissão. Diga a Londres que queremos mais suprimentos médicos e explosivo plástico.

Ela enrolou o mapa.

Denden terminou de tomar o chá que restava na caneca.

— Maravilha. Que comece a Operação Cretinos Ingratos.

Mateo e Nancy desceram até o vale com uma dúzia de homens, incluindo Juan e Rodrigo, e seguiram para a estrada que levava a Clavières. Ela tinha esperança de encontrar o que precisava a cerca de três quilômetros de Mont Mouchet, onde o pasto às margens da estrada era pontuado por árvores grandes. Ela não parava de olhar o relógio. Tinha certeza de que Böhm ordenaria o ataque militar ao acampamento de Gaspard a qualquer momento, antes que a notícia do acontecimento terrível no mercado e suas implicações tivesse tempo de se espalhar. Quanto tempo levaria para se prepararem para um ataque como aquele, orientando os oficiais, reunindo os veículos e o armamento? Ela passou metade do caminho até a estrada tentando fazer esse cálculo, e a outra metade jurando que não voltaria a pensar naquilo.

Eles chegaram à estrada com o sol a pino, e em vinte minutos encontraram um lugar para o primeiro estágio da operação. Quando Nancy viu um carvalho alto o bastante para bloquear a estrada, deu um beijo em seu tronco enrugado e disse a Mateo para derrubá-lo com um anel de explosivo plástico. Depois mandou algumas sentinelas rumo a Clavières para ficar de olho na estrada e avisar os moradores para se afastarem. Nancy escolheu dois dos rapazes mais jovens e, quando eles partiram, notou que Mateo ficou olhando até eles desaparecerem em uma curva da estrada.

— Está preocupado com eles, Mateo? — ela perguntou, entregando a ele o explosivo plástico que tinha na mochila e observando enquanto ele fazia um círculo perfeito com as cargas ao redor do tronco grosso.

— Não. É só que... eu tenho vinte e três anos e eles fazem eu me sentir um avô.

— Por quê?

Ele enfiou um detonador na carga e amassou a extremidade de cobre.

— Vai explodir!

Eles correram para uma distância segura e se abaixaram nas trincheiras à beira da estrada.

— Porque... — Mateo respondeu, como se a conversa nem tivesse sido interrompida. — Eu peguei um fuzil aos dezesseis anos e estou lutando desde então.

— Devia ter experimentado pegar uma garota — ela disse, fazendo-o resmungar. — Talvez Jean-Clair possa lhe dar umas aulas. A mãe dele me disse que ele deixou corações partidos em todos os vilarejos dos Alpes. Ela parecia orgulhosa.

A resposta dele, em espanhol e provavelmente obscena, perdeu-se no estrondo repentino da explosão, seguida do rompimento da madeira e da agitação das folhas conforme a grande árvore caía. O impacto fez a terra tremer. Nancy levantou a cabeça. Perfeito. O carvalho tinha caído bem no meio da estrada.

Ela saiu da trincheira, tirou a mochila dos ombros e pegou uma das preciosas granadas antitanque. Quantos homens os alemães mandariam? Ela teve uma visão, como se trazida pela brisa, dos homens de Gaspard agrupados junto a construções rurais antigas, pegos de surpresa por uma onda de fogo de artilharia, os jorros de terra, o assobio das balas, o sangue e a confusão.

Nancy sentiu o vento de primavera no rosto e se lembrou da sensação, com uma efervescência no sangue, do ataque à torre de transmissão. Não era medo, mas um estranho aguçamento dos sentidos. Havia algo perigosamente delicioso naquilo.

— Jean-Clair! Pare de ficar olhando para a estrada e veja o que a capitã Wake está fazendo! — Mateo disse com severidade. Jean-Clair deu um pulo, e Nancy quase derrubou a maldita mina. — As sentinelas vão assobiar se virem algo — Mateo continuou. — Observe e aprenda.

Era isso mesmo. Nancy queria encontrar o local ideal sob o tronco caído. Os alemães teriam que usar veículos pesados para tirar esse monstro do caminho, e, quando começassem a empurrar, a granada explodiria – se não a vissem antes. Ela deitou de bruços e se arrastou por baixo dos galhos, ficando com os cabelos cheios de folhas. Era uma mina antitanques Hawkins, impossível de lançar muito longe, mas um demônio feroz e adaptável, com quase meio quilo de explosivo. Utilizava um dispositivo de ignição química ativada por pressão, de modo que, apesar de ser uma granada, era perfeita para ser usada como mina em armadilhas como aquela. Ela a posicionou à sua frente, usando os cotovelos para se arrastar sob os galhos retorcidos do carvalho caído sobre a estrada de pedregulhos, procurando uma curva no tronco principal. Só mais um pouco. Nancy olhou para a direita e para a esquerda, avaliando a distância até a beira da estrada, a cobertura sobre ela. Ali estava bom, posicionada sob o volume principal da árvore e distante o bastante para que o tronco não absorvesse toda a força da explosão e deixasse o veículo intacto.

Ela retirou o pino de segurança, depois ouviu o barulho de um galho quebrando quando o tronco sacudiu em sua direção. Recuperou a granada com a ponta dos dedos, esforçando-se para soltá-la enquanto o tronco tombava para a frente, no exato lugar em que havia acabado de colocar o maldito explosivo.

Um aumento súbito do fluxo de sangue fez sua mão se contrair. Ela esperou para ver se estava morta.

— Tudo bem, capitã? — Mateo perguntou.

— Tudo lindo — ela respondeu por entre os dentes cerrados. Então respirou lenta e profundamente e, com muito cuidado, reposicionou a Hawkins. Depois recuou, deslizando por entre os galhos, com os nervos à flor da pele.

Mateo a ajudou a se levantar, e ela passou as mãos pelos cabelos, retirando os galhos. O campo parecia estranhamente silencioso, ou talvez ela só estivesse prestando atenção demais. Notou o som dos passos abafados de uma das sentinelas vindo na direção deles.

O rapaz corria pela estrada como se Hitler em pessoa estivesse em sua cola.

— Tem explosivo na árvore! — Nancy gritou para ele, que deslizou pelo cascalho até conseguir parar e deu a volta sem tirar os olhos no carvalho gigantesco, como se este pudesse se levantar e agredi-lo.

— E aí? — Mateo perguntou de maneira grosseira quando o rapaz chegou perto deles.

— A dois quilômetros daqui. Eu acho... acho... que uns mil homens. Acho que vem artilharia também — afirmou, ofegante.

Mateo acendeu um cigarro.

— Eles não viriam para a festa com balões e serpentina, garoto.

Nancy olhou para ele.

— Vamos nos posicionar, sim?

Deixaram Juan na floresta, perto do carvalho caído, caminharam cerca de um quilômetro e meio para o leste e dividiram o grupo. Rodrigo levou sua equipe para as encostas do norte, enquanto Mateo e Nancy prepararam armadilhas básicas com fios esticados, com a ajuda dos franceses Jean-Clair e Jules.

— Queria ter mais tempo — Mateo murmurou para Nancy, que pegava alguma coisa na mochila.

Jean-Clair e Jules observavam os dois. Ela não respondeu.

Mateo pegou com ela um par de granadas e um rolo de fita adesiva, então prendeu a primeira granada no tronco fino de uma árvore jovem à beira da estrada, na altura da cintura. Ele não falou mais nada. Nancy atou o cordão a uma planta do outro lado da estrada, depois voltou e viu Mateo amarrar sua ponta no pino de segurança da granada. Ele fez um trabalho impecável.

— Jean-Clair e Jules — Nancy disse —, peguem a outra granada e posicionem como esta, a uns vinte metros mais para a frente.

Jean-Clair pegou a granada, o barbante e a fita, e os dois rapazes correram pela estrada.

Nancy os viu amarrando o fio na altura exata da dianteira de um caminhão do exército. Mesmo sabendo onde ela estava, Nancy mal podia ver o fino barbante cinza esticado de um lado a outro da estrada. Quando Jean-Clair e Jules retornaram, a capitã notou a expressão concentrada e tensa em seus rostos e, no local onde seus dedos seguravam as metralhadoras Bren, viu reveladoras manchas de suor no metal.

Ela falou em voz baixa:

— Rapazes, vocês foram treinados para isso. Vai dar tudo certo. Fiquem em suas posições.

Eles assentiram. O pomo de adão em seus pescoços subia e descia conforme engoliam o medo e a empolgação, e então os dois subiram a pequena encosta rumo ao sul. Treinados uma ova. Duas ou três semanas em uma turma de cinquenta pessoas, com Nancy gritando com eles, não era exatamente uma academia militar.

— É melhor que esteja bem certa disso, capitã — Mateo disse ao escalar o muro baixo de pedras que separava a estrada do campo.

Não havia boa cobertura daquele lado da estrada, apenas um canal de drenagem na extremidade superior do campo, e depois dele a mata.

— Por quê? — ela perguntou enquanto o acompanhava.

— Porque, se estiver errada em relação a esse ataque, vou ter que desarmar a primeira armadilha que Jean-Clair fez na vida.

Era para ser uma piada, mas ela estava tensa demais para rir.

— Não estou errada — Nancy disse, subindo a encosta e se afastando dele. Então ela parou, sentindo a vibração no ar antes mesmo de ouvir. O estrondo de uma explosão na estrada avançava na direção deles.

37

As duas horas esperando o comboio retirar o carvalho para liberar a estrada e chegar até eles foram uma delicada tortura. Nancy queria acabar logo com aquilo, sentia necessidade de ação, de luta, mas cada momento que os alemães passavam procurando novas armadilhas significava mais tempo para Gaspard preparar sua defesa e começar a tirar seus homens do platô. Ela olhou o relógio. Restavam apenas quatro horas de claridade. Se eles conseguissem conter a invasão dos alemães a Mont Mouchet até que escurecesse, a maioria dos combatentes de Gaspard conseguiria sair das montanhas.

Ela jogou a cabeça para trás, encostando na parede da trincheira, contando as respirações. Mas logo se levantou ao ouvir uma saraivada de tiros de metralhadora a oeste. Minutos depois, vieram as explosões guturais de morteiros e os estalos dos tiros de fuzil. Era a segunda parte do plano. Assim que a estrada estivesse liberada, Juan havia recebido ordens para atirar no comboio e fugir. Com sorte, os alemães perderiam mais uma hora procurando por ele.

Vinte minutos depois, Juan se jogou ao lado deles na trincheira, ofegante. Mateo o abraçou. Um rápido suspiro trêmulo foi o único sinal de que a espera por ele havia sido difícil.

— E aí? — Nancy perguntou.

— O garoto estava certo — Juan respondeu. — Mil e poucos soldados de infantaria, com apoio de artilharia. Sua mina acabou com a esteira do tanque que eles mandaram para empurrar a árvore; tiveram que consertá-la antes de prosseguir. Tudo muito sistemático. Quando parecia que estavam quase acabando, parti para o ataque. — Ele imitou alguém dando tiros de metralhadora. — Em dois minutos já tinham apontado morteiros para onde eu estava. Então dei no pé. — Ele parecia impressionado a contragosto. — São da Waffen-SS. Nunca vi soldados tão bons nesta região. Só os melhores para capturar Gaspard.

Nancy praguejou em voz baixa. Era tudo de que eles precisavam. Soldados de ponta e em grande quantidade. Ela sentia cheiro de alho-selvagem, óleo lubrificante para armas, o aroma mineral do solo, suor. Eles logo chegariam. Ela se virou na trincheira e pegou no braço de Jean-Clair.

— Garoto, nosso trabalho não é deter esses caras, é só atrasá-los. Queremos que percam tempo nos perseguindo. Vamos fazer algum barulho e depois desaparecer como fumaça, certo? — ela falou baixo o suficiente para apenas Jean-Clair ouvi-la.

— Certo — ele respondeu.

Os minutos se arrastaram até que Nancy ouviu o ruído de motores ao longe. Ela levantou a voz.

— Se alguém atirar antes de eu dar a ordem, eu mesma mato essa pessoa. Ficou claro?

— Sim, minha capitã... — eles murmuraram.

O ronco dos caminhões a diesel parecia mais próximo. Nancy espiou por entre o mato alto que margeava a trincheira. Um tanque leve vinha na frente, seguido de duas meias-lagartas rebocando obuseiros. Droga. As granadas não fariam nem cócegas. Ela viu os veículos pesados passando, sacudindo o vale, e logo avistou a massa de soldados de infantaria que vinha atrás, em fileiras de quatro. Quando passaram na estrada abaixo, a menos de trinta metros de distância, ela pôde ver o rosto de cada um. Homens, não garotos. Em forma, bem alimentados, mestres do universo, em fileiras ordenadas, marchando em sintonia. Mais para oeste, adiante na estrada, eles se tornavam uma serpente verde rastejando pelo vale. O vale de Nancy.

Ela pegou sua Bren, sentindo nos dedos o metal quente devido ao sol de primavera, e rezou. Não para Deus, mas para os britânicos que haviam feito aquelas granadas, esperando que tivessem conseguido colocar alguma magia extra ali dentro; ou que a brisa, a umidade do ar, os milhões de pequenos movimentos do mundo fizessem com que uma delas rolasse para baixo de uma das meias-lagartas antes de explodir. Acabasse com um motor, forçasse os alemães a deixar um dos obuseiros inutilizados na estrada em vez de rebocá-lo montanha acima e apontá-lo para os rapazes do acampamento de Gaspard.

A primeira granada explodiu num estrondo curto e cruel, abalando o vale e assustando um bando de pássaros que fugiu em revoada. A segunda explodiu meio minuto depois. O som foi diferente – uma explosão dupla, abafada, que fez tremer o chão, não o ar. Nancy se espremeu junto à trincheira, procurando a fumaça. *Sim*. Uma coluna de fumaça, preta e gordurosa devido ao óleo do motor da primeira meia-lagarta.

Ela sentiu Jean-Clair se mexer ao seu lado.

— Espere sua vez, Jean-Clair.

Um alarido de balas de metralhadora, cujo eco foi triplicado pelas colinas, recaiu sobre os alemães; vinha da floresta do lado oposto ao de Nancy, indicando que Rodrigo e sua equipe tinham entrado em ação. O som das metralhadoras e o impacto das balas sobre o cascalho misturavam-se às ordens incisivas e imediatas gritadas em alemão e aos gritos dos homens já feridos. E então ouviu-se um estrondo quando o tanque de combustível da meia-lagarta que havia sido danificada explodiu, deixando um cheiro que tomou conta do lugar. Os homens da SS reagiram rapidamente, assumindo posições de ataque atrás dos veículos remanescentes. As juntas dos dedos de Nancy ficaram brancas devido à força com que ela segurava a Bren, enquanto observava quatro trios de soldados posicionarem morteiros na extremidade da estrada, onde as muretas de pedra baixa lhes davam cobertura, e começarem a calcular o alcance na direção de Rodrigo. Nancy sentia o gosto amargo da adrenalina no fundo da garganta.

— Capitã — Jean-Clair disse em um tom desesperado.

— Espere! — ela sussurrou.

Mais ordens dadas às pressas em alemão, e pequenos grupos de homens com fuzis diante do peito começaram a subir a encosta ao norte, a oeste de onde Rodrigo estava posicionado, prontos para cercar todo seu grupo por cima.

Era hora de tumultuar.

— Agora!

Mateo e Juan se levantaram na trincheira e atiraram granadas na estrada, no meio dos homens armados com fuzis que estavam atrás da meia-lagarta, enquanto Nancy, Jean-Clair e Jules concentravam seu fogo nos grupos com os morteiros. Os minutos corriam muito lentamente e ao mesmo tempo rápido demais. Ela sentia cada bala da Bren como se fosse no próprio corpo, perfurando o uniforme grosso do cabo que posicionava o morteiro, uma-duas-três pelas costas, em uma diagonal partindo da escápula para a coluna e os rins, atirando-o para a frente. O tubo caiu de lado, arremessando sua carga na encosta, e uma grande nuvem de terra e pedras foi lançada no ar.

Aquilo os abalou.

— Vai! Vai! Vai! — Nancy gritou, indo atrás de Mateo e Juan para o oeste.

Os três seguiam abaixados pela trincheira enquanto os alemães ainda tentavam entender de onde estavam vindo os novos ataques.

Ela pegou outra granada no cinto enquanto corria, tirou o pino com os dentes e a lançou no campo. Ela explodiu perto da mureta, causando um deslocamento de pedras sobre os soldados.

Os homens de Rodrigo tinham parado de atirar e se embrenhado na mata no instante em que o grupo de Nancy entrou em ação. Jules se virou e atirou novamente, depois cambaleou para trás, cobrindo os olhos com o braço, quando um morteiro explodiu aos seus pés. Jean-Clair pegou-o pela jaqueta e o arrastou, cego e trêmulo, pelo canal de drenagem. Aquela parte era mais profunda, com melhor cobertura, mas extremamente lamacenta, e as botas de Nancy começaram a grudar. As balas passavam assobiando sobre sua cabeça, e então eles encontraram cobertura novamente, um pequeno bosque entre eles e a floresta.

— Corram para as árvores! — ela gritou.

Jean-Clair tentava levantar Jules nos braços. Mateo o empurrou e ergueu o garoto sem visão sobre os ombros.

— Capitã! A oeste! — Mateo gritou quando se virou.

Nancy girou o corpo e viu um grupo de alemães escalando a mureta na extremidade do bosque, tentando cercá-la.

Ela lançou mão de disparos curtos e controlados enquanto Juan arremessava suas últimas granadas, que explodiram em um caos de terra e sangue sobre a primeira equipe.

— Continuem!

Ela empurrou as costas de Jean-Clair com força para que ele saísse do estado de estupor, e ele e Juan correram encosta acima até o limite da floresta. Ela correu atrás deles. Quando se abrigaram em meio à densa vegetação, Nancy ouviu o som dos primeiros bombardeiros alemães seguindo na direção do acampamento de Gaspard.

38

Denden havia feito a transmissão e estava ajudando a cuidar dos feridos quando Nancy e sua equipe voltaram ao acampamento.

Mateo havia carregado Jules, atordoado e sangrando, por mais de um quilômetro e meio pela floresta, mas Jules tinha conseguido seguir com os próprios pés o restante da trilha até o acampamento, com um curativo improvisado sobre os olhos e Jean-Clair conduzindo-o pelo cotovelo no terreno irregular. Nancy mandou o resto do grupo comer e descansar, então levou Jules para a barraca, uma estrutura feita de madeira e lona encerada que servia como hospital de campanha. Denden estava lá, preparando-se para receber os feridos, e Nancy notou um olhar de choque e medo em seu rosto logo que reconheceu Jules, o que ele rapidamente disfarçou.

Denden levou Jules a um catre, e Nancy o acompanhou.

— Ainda nenhuma notícia de Fournier — Denden disse, virando-se para trás, enquanto Jules se sentava.

Nancy acenou com a cabeça. Não era esperado que ele retornasse antes de anoitecer.

— Mas duas das patrulhas de Tardivat conseguiram aterrorizar um comboio com granadas e Brens. Eles ficaram parados por uma hora naquele afunilamento da estrada perto de Paulhac-en-Margeride.

— Soldados da SS? — Nancy perguntou, vendo-o desenrolar as bandagens de Jules. O rapaz se contraiu, e Denden colocou a mão sobre seu ombro.

— Não! Vocês encontraram a SS? — Denden perguntou.

— Milhares deles, Denis! — Jules disse com profunda satisfação. — A capitã Wake derrubou um tanque!

Denden riu e examinou com cuidado os olhos de Jules.

— Ah, sim, com uma lixa de unha e um sermão carrancudo, certamente. Agora, silêncio.

— Usei uma Hawkins e um tronco de carvalho, se estiver interessado em saber — Nancy afirmou. — Tem notícia de Mont Mouchet?

Denden começou a lavar a terra e os pedacinhos de cascalho dos olhos de Jules.

— Algumas. Independentemente do que ele disse na sua cara, Gaspard deve ter se preparado de algum jeito. Não paro de ouvir as palavras "resistência brutal". — Ele levantou o queixo de Jules. — Você vai ficar bem, meu rapaz. Logo vai conseguir ver meu rosto lindo de novo.

Os ombros de Jules relaxaram.

— Nancy — Denden disse. — Vá descansar. Não vamos saber mais nada até a noite. Eu cuido do Jules.

Pensando bem, ela estava extremamente cansada. Nancy apertou o ombro de Jules.

— Você se saiu muito bem, Jules — ela disse. — Você e Jean-Clair.

Então procurou um canto para dormir. Já estava quase escuro.

As vinte e quatro horas seguintes foram um borrão de relatos, ordens, ataques-relâmpago para atormentar os soldados alemães enquanto sua ofensiva continuava. Fournier a encontrou no ônibus às duas da madrugada, e eles conversaram durante quarenta minutos seguidos sobre os êxitos dele na abordagem pelo norte, depois tomaram meia garrafa de conhaque enquanto faziam os planos para o dia seguinte. Os alemães haviam recuado quando escureceu, mas voltaram a subir as encostas de Mont Mouchet logo que começou a amanhecer, atrasados por armadilhas e saraivadas de metralhadora pontuais dos homens de Nancy na floresta. Quando chegaram ao cume, apenas os mortos os recepcionaram nas ruínas ardentes do acampamento. Quando a luz da tarde começou a ficar mais suave, Jean-Clair informou Nancy de que Gaspard escapara e Tardivat o estava trazendo para o acampamento.

Segundo Tardivat, Gaspard havia solicitado – não exigido – vê-la, então ela deu ordens para que ele fosse levado até o ônibus dela e tratado com civilidade. Depois o fez esperar. Teria feito aquilo de qualquer modo, mas ainda tinha que ver seus homens feridos e falar com os informantes. Fez questão de que os homens de Gaspard a vissem circulando entre eles, e seus maquis garantiram que todos soubessem que Gaspard havia sido alertado, que eles deviam suas vidas à Operação Cretinos Ingratos de Nancy, e que o conhaque que estavam tomando e o alimento que estavam comendo eram cortesia dela.

Ficou claro, porém, que os homens de Gaspard tinham lutado como leões. Ela não tiraria aquele mérito dele ou deles. Ficou sabendo que, depois de sua visita, ele havia instalado armadilhas, dobrado as patrulhas e enviado sentinelas na direção da cidade para que pudessem ser alertados a tempo. Os aviões bombardearam o acampamento, todos os confortáveis alojamentos e armazéns, mas os homens já estavam posicionados na floresta. A evacuação tinha sido lenta e improvisada, mas eles haviam se retirado em ordem de combate e encontrado os guias e a segurança dos acampamentos de Fournier. Estavam ensanguentados, cansados e esfarrapados, mas tinham conseguido. A maioria deles. Setenta homens estavam mortos, e outros cinquenta tinham ferimentos graves demais para combater nas semanas seguintes. As sentinelas contaram a Nancy que mais de duzentos homens da SS tinham sido mortos, e eles estariam ocupados durante toda a noite e o dia seguinte transportando os mortos e feridos colina abaixo.

Tardivat esperava por Nancy perto do ônibus e entrou junto com ela. Gaspard estava sentado de maneira desajeitada entre as almofadas. Tardivat sentou-se ao lado dele e se recostou – era a imagem da tranquilidade masculina, com um leve sorriso no rosto. Nancy não se sentou nem disse nada. Em vez disso, pegou a escova de cabelo, equilibrou o espelho do estojo de pó de arroz na prateleira e começou a se pentear, depois tirou o batom do bolso do uniforme de campanha e pintou os lábios com cuidado. Nunca a deixariam entrar no Café de Paris com aqueles sapatos, mas o rosto passaria.

Apenas quando terminou de se aprontar, sentou-se de frente para Gaspard.

— Sabe qual é a verdadeira diferença entre homens e mulheres, Gaspard? — Ela sorriu. — E, por favor, não responda tetas.

— Vai se foder — ele resmungou.

Tardivat acertou um único golpe com o dorso da mão na lateral da cabeça dele. Gaspard o fuzilou com os olhos, mas não revidou. Aquilo mostrou a Nancy tudo que ela precisava saber.

— Está vendo? — Ela manteve a voz calma. — Os homens resolvem problemas com violência. Os alemães foram violentos com você, o que o trouxe aqui. E você foi violento comigo, o que faz meus homens quererem enforcá-lo na árvore mais alta.

Tardivat riu, concordando, e Nancy notou uma ponta de dúvida na expressão de Gaspard.

— Mas, para a sua sorte, Gaspard — ela continuou —, eu tenho pensado muito sobre como as mulheres resolvem problemas. Nós resolvemos na base da conversa, falando sobre nossos temíveis sentimentos. Neste exato momento, você está sentindo medo. Raiva, é claro. Orgulho de seus homens também, e com razão. Mas, por baixo disso tudo, *vergonha*. Nós dois conhecemos essa queimação ácida. Você fez eu me sentir exatamente como está se sentindo agora. E eu poderia ter ficado no seu acampamento, estufando o peito, até algum homem me matar. Podia ter morrido de vergonha. Mas seria uma forma bem idiota de morrer, não concorda?

Gaspard umedeceu os lábios e assentiu.

— Ótimo. Porque o Dia D está chegando, e eu preciso de todos os combatentes disponíveis. Tenho instruções de Londres sobre o que atacar e quando. Preciso que seus homens executem essas missões. Preciso de você. Juntos, vamos impedir que os alemães movimentem as tropas e vamos dar aos Aliados todas as chances possíveis para entrarem com tudo assim que chegarem à França. Essa é a nossa função. É o papel que nós, eu e você, vamos desempenhar na libertação da França. Nada de batalhas de campo nem de atos heroicos. Apenas sabotagem, inteligente e precisa. Porque nada disso diz respeito a nós. Trata-se da maldita guerra.

Ele não disse nada. Era um bom sinal. Então, para encerrar de uma vez por todas a história, Nancy disse:

— Você só precisa aceitar que agora sou sua superior. Já que é major, eu sou, digamos, coronel? Faça o que eu mandar e vai receber todas as armas e munição necessárias. Explosivo plástico suficiente para explodir todas as pontes e pontas de linha férrea em um raio de trinta quilômetros, além de dinheiro o bastante para vocês se alimentarem como reis. Estamos de acordo?

Ele a ficou encarando, e Nancy se perguntou o que ele via. No dia anterior, quando ela invadiu seu acampamento, ele havia enxergado a mesma coisa que enxergara no dia em que ela chegou à França – uma menina, uma inglesa amadora fazendo joguinhos com seu país. Agora, tinha que enxergar que ela não era aquela garota. Desde então, havia matado um homem com as próprias mãos, conquistado a fé e a lealdade de um bando de combatentes como ele e planejado e liderado a operação que tinha salvado seus homens.

— Sim, estamos de acordo.

Ele não olhou nos olhos de Nancy, e ela não gostou nada daquilo. Levantou-se, agarrou os cabelos de sua nuca e puxou com força, de modo que ele ficasse olhando para ela com seu único olho bom, lendo seus lábios rubros.

— Fale de novo, seu filho da puta. E fale direito.

O espírito de luta se esvaiu dele.

— Sim, *mon colonel*.

Ela o soltou, ajeitou-lhe os cabelos e lhe deu um tapinha no ombro antes de voltar a se sentar. Pensou nos relatos que tinha ouvido sobre como ele havia lutado, inspirado seus homens. Nancy precisava dele para fazer o que ela mandasse, mas não queria acabar com todo seu espírito de luta.

— Então devemos comemorar, você não acha?

39

A festa foi para marcar o fato de terem escapado da SS, honrar os camaradas abatidos e firmar a união entre os homens de Fournier e de Gaspard. O álcool e a comida foram financiados pelo tio Buckmaster e pelo Bank of England. Os homens da SS tinham voltado para o quartel em Clermont-Ferrand, então os grupos que foram para os povoados comprar, a preços superfaturados, bebida, pão e qualquer queijo em que conseguissem pôr as mãos estavam também enviando aos locais a mensagem de que seria preciso mais do que a SS para desalojá-los. Com aquela confiança e com os maços de francos dados por Nancy nas mãos, eles foram recebidos como heróis e voltaram cambaleando sob o peso das compras.

Nancy dormiu com sua almofada de cetim no ônibus por algumas horas; quando saiu, ao anoitecer, ouviu os risos e as conversas que vinham do acampamento principal. Ela penteou os cabelos, passou batom e subiu a colina. Eles a aclamaram. Saudações chamando-a de Anjo Australiano, Mãe Nancy, Voz de Deus e coronel, coronel, coronel vinham de todos os lados.

A batalha do dia já tinha crescido nas narrações, passado de uma quase derrota a uma vitória absoluta. Parecia até que Nancy e Gaspard estavam trabalhando juntos desde o início para atrair os nazistas para uma armadilha. Tudo bem. Acreditar naquilo não fazia mal nenhum, e, se os homens de Gaspard decidiram que ela era algum tipo de conhecedora tática, a bruxa e profeta ao lado de Gaspard, Nancy não se importava.

Ela assumiu seu lugar em uma das pontas do conjunto de caixas usadas como mesas, entre Denden e Tardi. Gaspard estava na ponta oposta. Assim que alguém colocou uma bebida em sua mão, Nancy se levantou e pediu silêncio.

— Desfrutem, rapazes, porque esta pode ser sua última ceia. — Eles riram. — Eu brindo aos homens que não conseguiram sair das montanhas! Filhos da França!

Nancy levantou o copo e todos brindaram, mas ela permaneceu em pé, e eles voltaram a se sentar rapidamente.

— Muito em breve, receberemos nossas ordens e vamos dar início à verdadeira luta para tomar de volta nosso lar. Então suponho que, de certo modo, isso nos transforma em uma grande família.

— Um brinde à família!

— Mas lembrem-se, rapazes, só porque sou uma megera, isso não me torna mãe de vocês. Então, se algum dia ouvir alguém me chamando de Mãe Nancy de novo, eu mato essa pessoa. À vitória!

— À vitória!

A bebida era forte. Brindes foram se propagando em volta das fogueiras, depois começou a cantoria e mais brindes. As fogueiras pareciam estar bem altas. Alguém colocou uma tigela de ensopado de carne com vegetais na frente de Nancy e, quando ela experimentou, ficou surpresa ao descobrir que estava muito bom. Tardivat viu sua expressão e riu.

— Tardi, quem fez isso?

— Olhe ali.

Na penumbra além da luz do fogo, ela via figuras se movimentando ao redor da cozinha de campanha. Um vestia os trajes brancos imaculados de um *chef*.

— Temos um cozinheiro de verdade?

— É primo de Gaspard. Ele se ofereceu para ser "sequestrado" por uma noite e nos preparar uma refeição digna.

Ela balançou a cabeça e comeu outra colherada de ensopado, saboreando-o.

— Tudo está mudando, Nancy. O povo está do nosso lado agora — Tardi falou.

Ela sorriu.

— Uma coisa que ajudou foi vocês terem parado de roubar os frangos deles.

Eles continuaram bebendo depois que a comida terminou. O *chef* desfez o próprio sequestro, e seus ajudantes e os combatentes voltaram a se reunir em volta das fogueiras. Nancy entrou no mato para urinar, e, quando voltou cantarolando "Le Chant des Partisans" em voz baixa, algo novo estava acontecendo. Os homens estavam batucando nas pedras e

Gaspard estava em pé ao lado da fogueira, com a camisa aberta até a cintura, e uma faca grande na mão.

— Por que eles não se comem de uma vez?

Nancy olhou para ver quem estava falando. Denden, é claro, olhando feio para todos na escuridão.

Quando ela se virou novamente, Gaspard estava fazendo um corte no peito desnudo; o sangue começou a despontar imediatamente, e ele rugiu. O ritmo das batidas aumentou enquanto, um após o outro, os homens se aproximaram dele, passaram os dedos em seu sangue e pintaram faixas no rosto, gritando no processo. Os que não batucavam nas pedras estavam dançando – uma dança agitada e desconcertante –, cada um com seus próprios gritos de guerra.

— Isso é repugnante — Denden acrescentou, e logo viu Nancy se aproximando da fogueira. — Nancy? O que está fazendo?

Ela o ignorou e foi diretamente até Gaspard, empurrando um dos acólitos que estava no caminho e derrubando-o na grama. Gaspard sorriu, e Nancy umedeceu os dedos com o sangue fresco que escorria do ferimento, depois pintou uma linha no rosto. Cara a cara, olho no olho, eles gritaram um para o outro. Os homens vibraram em coro, a orquestra de pedras acelerou em ritmo e aumentou em volume. Nancy pegou uma garrafa da mão do homem mais próximo e voltou para a escuridão.

Ela viu Denden a observando e tentou não reparar na expressão de repulsa e surpresa em seu rosto.

PARTE 3
JUNHO DE 1944

40

O que quer que tivesse acontecido antes foi esquecido. A volta da lua significava mais remessas em resposta ao fluxo de requisições de Denden, transmitidas dos pontos altos que cercavam a base do platô. A generosidade de Londres não tinha limites, mas Nancy precisava equilibrar a escala de seus pedidos com o tempo que levaria para recolher as cargas e desaparecer no meio da noite antes que as patrulhas alemãs os pegassem. Então as armas precisavam ser desengraxadas, e os homens de Gaspard, treinados para montá-las e desmontá-las. Denden ajudou a ensinar os homens a usar os explosivos, e Tardivat testou os novos detonadores e deu um parecer pessimista sobre a confiabilidade deles. A lista de alvos a serem atacados no Dia D era atualizada regularmente por Londres, e Nancy respondia por meio dos dedos rápidos de Denden, sugerindo mudanças e alvos adicionais.

Os homens, entretanto, não estavam dispostos a esperar. Os de Gaspard, em particular, queriam vingar seus amigos mortos na investida da SS, e Nancy percebia que precisava dar a eles uma válvula de escape; do contrário, gastaria toda sua energia tentando controlá-los.

Então ela continuou a autorizar grupos de ataque regulares, pequenos bandos de soldados que viajavam em uma das pequenas caminhonetes movidas a carvão, que agora eram guardadas em celeiros e estábulos espalhados pela região, e ficavam à espreita de patrulhas isoladas. Tardivat treinou os homens para passarem fios de ativação de armadilhas entre as árvores ao longo da estrada quando soubessem que uma patrulha se aproximava. A explosão cuidaria do primeiro veículo, e então o grupo abriria fogo contra o resto da patrulha com suas metralhadoras Bren novinhas em folha, para depois desaparecer no campo sem fim.

Eles voltavam de cada excursão bem-sucedida entusiasmados com a vitória, e os alemães mantinham distância das estradas secundárias.

Nancy dormia quando podia, sentindo a temperatura do ar mudar à sua volta.

⋆★⋆

No dia 1º de junho, Denden a acordou com uma sacudida depois de ela ter tido vinte minutos do sono mais profundo e mais perfeito, sonhando com sua cama em Marselha. Ela arremessou a almofada de cetim nele, mas o desgraçado a pegou e jogou de volta nela.

— Controle-se, sua bruxa! Recebemos a ligação!

— Não me importa. Diga aos alemães que voltem amanhã, eu preciso dormir.

Ela tornou a colocar a almofada sob a cabeça e fechou os olhos. Denden se agachou ao lado dela e sussurrou:

— *Les sanglots longs des violons d'automne.*

Os olhos de Nancy se abriram imediatamente. Ela se sentou.

— É sério?

Ele confirmou com a cabeça.

— Finalmente, Denden! Eles estão vindo. Em duas semanas?

Qualquer intenção de dormir já havia ido embora. Os versos do poema de Verlaine, sua sugestão de que o Dia D estava quase chegando, tiveram sobre ela o mesmo efeito de oito horas de sono e uma ducha gelada.

Denden riu.

— Ainda acho que deviam ter usado seu poema em código para nos avisar de que a invasão era iminente. Um pouquinho mais divertido que aquela chatice de Verlaine. Como era mesmo?

Nancy estava tirando a camisola e pegando a camisa.

— Não é para você saber. É exatamente por isso que é um maldito poema em código.

— Sério, querida, você não acha que enquanto qualquer outro agente escolhia Keats, ou qualquer baboseira colegial sobre nobreza e sacrifício, alguém não deixaria escapar que uma das agentes do sexo feminino tinha escolhido... deixe-me ver... "Ela estava lá, sob a luz do luar, de camisola transparente. Dava para ver o seu seio gostoso..."

— Ai, meu Deus todo-poderoso! — Nancy completou, passando uma escova nos cabelos. Depois vestiu a jaqueta de couro nova. Uma semana antes, Fournier havia liderado um ataque à fábrica que as produzia e a presenteara com uma peça do espólio. Nancy achou que lhe caía muito bem. Denden agora gargalhava.

— Esqueça, Denden. É só um versinho de sacanagem!

— Eu sei, mas imagine só o locutor do *Ici Londres*[2] lendo isso.

Ela imaginou, e era engraçado. De repente, achou tão engraçado que havia lágrimas correndo por seu rosto. Dentro de duas semanas! Duas semanas e haveria soldados dos exércitos britânico, francês e norte-americano em terra francesa novamente. Ela precisava reforçar o reconhecimento dos principais alvos, verificar se os esconderijos ainda estavam abastecidos com tudo de que precisariam, firmar acordos para atendimento médico, encontrar mais meia dúzia de celeiros abandonados e equipá-los como hospitais.

Ela enxugou os olhos e conferiu a maquiagem no espelho.

— Vamos lá, Denden, vamos fazer barulho.

Ninguém sabia onde os Aliados pousariam, é claro, mas a ideia era justamente esta: pegar os alemães com suas tropas no lugar errado. Então caberia aos maquis, e a indivíduos como eles por toda a França, garantir que os nazistas não conseguissem deslocar seus homens – pequenos grupos de combatentes, múltiplos alvos, ataques coordenados. Nancy ficava fora vinte e quatro horas por dia, informando aos sabotadores exatamente onde e quando deveriam cortar trilhos e fornecendo a eles as granadas e o explosivo plástico necessários para isso. Postes de telégrafo e cabos de alta tensão cairiam com uma nevasca, as fábricas de maquinários pesados suspenderiam a produção, e cada estação de transmissão em Cantal seria reduzida a uma chuva de faíscas.

Eles nem teriam que esperar uma semana. As linhas seguintes do poema de Verlaine foram transmitidas no final do dia 5 de junho, e Nancy, Gaspard, Fournier e Tardivat reuniram seus homens no dia seguinte ao amanhecer.

Eles tinham cerca de cem dos melhores combatentes no planalto e outros cinquenta jovens prontos para sair e dar o sinal para os outros acampamentos espalhados. Metade deles vestia as jaquetas de couro que Fournier havia roubado; o restante, uma combinação improvisada de roupas de camponês com botas e boinas do exército britânico. Nancy subiu em uma tora nos limites da floresta e olhou para eles. Uns coitados sujos e

---

2. "Aqui fala Londres", em francês. A saudação dava início às transmissões diárias da Rádio Londres, que chegavam à França ocupada através do sinal da BBC trazendo instruções em código para os membros da Resistência. (N.T.)

maltrapilhos, mas cada um tinha um revólver na cintura, uma Bren pendurada no ombro e explosivo plástico na mochila. E estavam ansiosos para partir.

— Homens da França! — Nancy disse a eles. — Hoje é o dia pelo qual esperávamos. A libertação da França começou. Vocês sabem o que fazer, então façam bem. Tomem de volta seu país, e vamos dar aos chucrutes o chute nas bolas que eles estão pedindo.

Eles aplaudiram feito maníacos, e os líderes dos esquadrões os conduziram para fora em grupos até o eco desaparecer. Denden ofereceu a mão a Nancy, que aceitou a ajuda para descer da tora com um pulo.

— Absolutamente churchilliano, querida!

— *Mon colonel?* — Era Mateo, já equipado e entregando a ela uma mochila. Ela a pegou e a pendurou nas costas.

— Tem certeza de que não quer vir, Denden?

— Não, obrigado! — Ele levantou as mãos. — Armas demais envolvidas. A mamãe vai ficar em casa e organizar uma recepção decente para quando vocês voltarem.

Ele fez um escarcéu ao conferir a mochila dela.

— Pegou as granadas? Revólver? Explosivo? Corda? Combatentes assassinos? — Ele olhou para Tardivat, para os três soldados espanhóis e para o resto dos homens que Nancy levava com ela. — É, vejo que sim. — Sorriu. — Brinque com cuidado, Nancy, e volte para casa.

Ela lhe lançou um beijo e então liderou seus homens morro abaixo, em direção à floresta.

41

Dos poucos guias sobre os encantos de Auvergne publicados nos anos anteriores à guerra, todos recomendavam os prazeres de uma viagem de trem. Para um bem acomodado passageiro de primeira classe, as paisagens dos cânions profundos, das montanhas cobertas de pinheiros e das cordilheiras inesperadas eram, eles insistiam, imperdíveis. E, em especial, todo viajante deveria conhecer aquele triunfo da engenharia criado pelo reconhecido gênio Gustave Eiffel, o viaduto de Garabit. Os guias de viagem listavam os números com um prazer eletrizante: um vão único com cento e sessenta e cinco metros de extensão, um arco suave que se ergue cento e vinte e dois metros acima do rio Truyère em uma elegante renda de ferro. Uma maravilha. Uma obra de arte, bem como um milagre da engenharia.

E Nancy o explodiria.

Ninguém mais usava as ferrovias para o lazer agora. Os trilhos eram as serpeantes artérias negras que levavam homens e armas alemãs para todos os lados pelo coração da França, trens militares lentos e gigantescos, lotados de soldados e fumaça de cigarro, e que agora iam em direção aos locais de desembarque dos Aliados. No entanto, já que os Aliados tinham conseguido manter os planos em segredo – Nancy havia tomado conhecimento de reforços sendo preparados nas zonas de aterrissagem no sul e no norte –, os alemães eram forçados a esperar e ver para que lado atacar.

Nancy descobriu onde seria enquanto arrumava sua mochila ouvindo a voz suave do *Ici Londres*. Normandia. Ela achava que seria em Calais, teria sido capaz até de apostar sua aliança de casamento. Mas não. Bem longe, nas margens frias do Atlântico, entre nevoeiro e ondas, milhares de soldados perseveravam pela areia e davam início à corrida. Se os nazistas conseguissem levar homens e armamento pesado até aquelas praias nos dias subsequentes, os Aliados podiam ser jogados de volta ao mar. Se a Resistência conseguisse detê-los, paralisar o funcionamento, bloquear e cortar aquelas artérias, então a grande máquina de guerra alemã seria neutralizada, enfraquecida, e os soldados nas praias da Normandia poderiam seguir em frente, forçando sua entrada na França.

Fournier liderou um grupo de homens para destruir uma ponta de linha férrea um pouco acima de Clermont-Ferrand. Gaspard destruiria o trem de combustível que seguia para a costa, depois a própria usina de combustíveis. Nancy, Tardivat e seu grupo acabariam com a ponte de Eiffel que ficava sobre o Truyère.

Era o alvo principal que ela recebera nos dias seguintes àquele em que Buckmaster apontara uma arma para sua cabeça. Ele próprio havia dito que seria muito complicado. Ferro entrelaçado e rebitado, uma trama de metal complexa, uma fera lindamente equilibrada, capaz de resistir a múltiplas falhas em múltiplos pontos e ainda assim não ruir. Mas o viaduto tinha que cair. Se os alemães não conseguissem utilizá-lo, suas redes ficariam emaranhadas. Se os outros grupos de Nancy também destruíssem seus alvos – cabines de sinalização ferroviária, pontos de junção, pedaços da ferrovia onde os trilhos se transformavam em curvas estranhas –, suas redes seriam obstruídas, e os reparos levariam meses.

Os engenheiros em Londres, com base em fotos aéreas borradas, desenhos antigos, cartões-postais e fotografias que um deles havia tirado em uma agradável viagem de carro pela região, disseram que o principal ponto a atacar era a parte mais alta do arco, onde a linha do trem passava, mas que, por garantia, seria melhor detonar as cargas quando um trem estivesse atravessando o desfiladeiro. O peso extra garantiria a ruína do arco. Eles tinham certeza. Nancy conseguia imaginá-los tirando os cachimbos da boca e dando de ombros ao redor de uma mesa em Baker Street. Quase certeza.

Quando lhe disseram aquilo em Londres, pareceu algo muito objetivo, mas ao ver a ponte pela primeira vez, uma semana depois de retornar à França, o coração de Nancy ficou apertado. Era um monstro. Os números nos guias não significavam nada em comparação a estar abaixo daquela construção, esticar o pescoço e vê-la se agigantando sobre você em contraste com o céu azul-claro.

Ambas as margens eram quase escarpas, então, para chegar à base do arco, era preciso se arrastar por uma encosta cheia de arbustos e contornar enormes blocos de pedra. Poderiam ir pelo norte, mas a inclinação menos acentuada naquela margem significava que era muito mais fácil serem avistados por alguém com um fuzil e uma mão firme antes de chegarem lá, ou serem derrubados do arco antes de chegarem à metade da subida. Nas fotografias, tiradas antes da guerra, escadas de metal saíam da lateral dos blocos de concreto em ambas as margens, mas os alemães as haviam retirado com um maçarico.

Se fosse possível subir nos blocos, no entanto, uma escadaria de ferro longa e estreita levava até a curva do arco. O único problema era que, devido ao trançado no ferro ser muito aberto, ficaria bem nítido quando um punhado de maquis começasse a subir com pacotes de explosivos pesados nas costas.

Os alemães sabiam que o viaduto era crucial e o vigiavam muito bem. Nancy havia observado por tempo o suficiente, sob a chuva da primavera, com um caderno e seu cantil de bebida, para reconhecer alguns dos homens que guardavam o viaduto. Havia três patrulhas em movimento o tempo todo, de um lado para o outro pelos passadiços estreitos no alto da ponte. Um sino tocava dez minutos antes da passagem do trem, dando-lhes tempo para sair do caminho, o que eles sempre faziam correndo. Sensato. Mais quatro patrulhas percorriam as margens do rio, e eles haviam construído guaritas de madeira, como torres de observação em um campo de prisioneiros, de ambos os lados da ponte, com metralhadoras pesadas. Nancy e Tardivat tinham quebrado a cabeça até tarde da noite para pensar em uma maneira de lidar com aquilo.

E também havia a questão de saber quando os trens iam atravessar. Nancy tinha certeza de que não manteriam os horários regulares quando soubessem da invasão.

Eles precisavam de uma distração para acobertar sua aproximação e de emboscadas na margem norte para derrubar as patrulhas. Então Nancy, Franc e Jean-Clair se arrastariam pela encosta, escalariam os blocos, correriam pelas escadas, posicionariam as cargas de modo que explodissem quando o trem atravessasse e escapariam pelo mesmo caminho. Bem simples.

Armar a distração era fácil. Mais ou menos. Uma pequena ponte na estrada, irmã feia e triste do belo arco de Eiffel, atravessava o rio cerca de trezentos e cinquenta metros acima. Ela teria que ser eliminada. Rodrigo liderou o grupo. As patrulhas nas margens seriam as próximas, então

Tardivat, Juan e Mateo ficariam posicionados para manter os homens bem distraídos. E tudo precisava acontecer rápido. É claro que eles podiam dar sorte e derrubar as patrulhas, plantar os explosivos e dar o fora sem os alemães perceberem, mas era um grande risco. Se fossem vistos cedo demais, os homens nas torres de guarda alertariam o trem e o fariam parar antes de passar pela ponte. Mesmo que as cargas explodissem, o viaduto poderia ser consertado e, em vez de um soco no estômago, a operação resultaria em apenas uma irritação. Nancy não estava a fim de ser apenas uma irritação.

42

Um homem de meia-idade, vestindo macacão, pedalava devagar por uma estrada secundária que saía de Saint-Georges. A roda dianteira da bicicleta rangia a cada curva, até ele ouvir um assobio baixo vindo da margem escarpada acima. Ele desceu da bicicleta, acendeu o cachimbo e esperou. Enquanto lançava uma nuvem de fumaça no ar, Nancy e Tardivat surgiram no limite da mata e o cumprimentaram.

Ele não se deu ao trabalho de falar, apenas entregou a eles uma folha de papel, virou a bicicleta para o outro lado e saiu pedalando pela estrada. Nancy o teria beijado se tivesse tido tempo. Era um condutor de trem que havia passado trinta anos amando cada locomotiva, cada dormente e trilho de sua linha, e agora estava fazendo o possível para ajudar a Resistência a destruir tudo aquilo. Contanto que não fosse preciso conversar muito. Nancy tinha quase certeza de que podia contar com ele, mas eles haviam marcado aquele encontro no dia em que as primeiras linhas do poema foram transmitidas, e ela não sabia ao certo se ele tinha ouvido as linhas seguintes no *Ici Londres* da noite anterior. Até que ouviu o rangido de sua bicicleta.

— Quanto tempo temos? — Tardi perguntou enquanto ela analisava o papel.

— Quarenta minutos.

Eles pegaram o restante do grupo que estava abrigado longe da estrada e atravessaram o Ruisseau de Mongon, pequeno córrego afluente do Truyère, sem serem vistos, esquivando-se entre faias e pinheiros. Naquele instante, Nancy sentiu-se grata por todos os momentos que passara naquelas trilhas e por todas as horas de treinamento físico que havia feito. A subida era árdua; eles tiveram que se arrastar para cima, usando os troncos finos como apoio até chegarem a uma elevação estreita de onde podiam ver tanto a estrada quanto a ponte ferroviária.

Nancy pegou o estojo de pó de arroz, e Tardivat ergueu as sobrancelhas.

— Eu garanto, *mon colonel*, que está linda.

— Vê se cresce, Tardi — ela disse, e logo arruinou o efeito mostrando a língua para ele.

Ela verificou a posição do sol, abriu o estojo e girou o espelho, posicionando-o em um ângulo específico para produzir três reflexos rápidos. Abaixo deles, no rio, um único reflexo chegou como resposta. Nancy usou o espelho de novo, dois reflexos dessa vez.

— Eles vão detonar em vinte minutos? — Tardi perguntou, olhando o relógio.

— Isso mesmo. É melhor a gente continuar. Tudo certo com o plano?

Jean-Clair revirou os olhos.

— *Mon colonel*, sou capaz de desenhar essa ponte dormindo e, toda vez que engulo, sinto gosto de aço. — Ele deu um tapinha na mochila. — Podemos explodir essa coisa agora?

Nancy sentiu os lábios se contraírem formando um sorriso. Os dedos formigaram. *Isso que é vida*, ela pensou. *Isso que é viver.*

— Entendido.

Tardi, Mateo e Juan saíram primeiro. Oito minutos depois, Nancy seguiu com Franc e Jean-Clair, permanecendo no alto da encosta, onde as árvores lhes davam alguma cobertura e eles podiam ver a trilha mais baixa, patrulhada pelos alemães, que corria sinuosa ao longo da linha do rio, no meio do caminho entre onde eles estavam e a água. Nancy havia se aproximado o máximo possível sem perder a cobertura das árvores; ainda restavam cem metros a céu aberto encosta abaixo para chegarem aos blocos de concreto.

— Prontos?

Os dois homens responderam que sim com a cabeça sem olharem para ela, concentrados apenas na base da ponte. Mateo cerrava e abria os punhos.

Nancy olhou o relógio.

— Agora!

Um estrondo abafado de explosão vindo da ponte da estrada, depois outra detonação mais aguda, e Nancy viu uma grande nuvem de pedras e fumaça no centro do rio. Franc e Jean-Clair desceram a encosta de imediato. Ela não conseguiu resistir e virou de lado para ver a patrulha da extremidade oeste da trilha correndo na direção do som, diretamente para uma saraivada de tiros de metralhadora provenientes do meio das árvores. Todos foram parar no chão.

Então ela correu.

Jean-Clair já tinha subido até o topo do bloco de concreto, seis metros acima da cabeça de todos, amarrado uma corda e jogado para eles. A mãe dele estava certa a respeito de suas habilidades de escalada e tinha razão de sentir orgulho. O mocinho era como um rato subindo por um cano. A irmã de Franc havia dito a Nancy que ele costumava fugir de casa para visitar as namoradas em Montluçon, saindo pela janela do quarto e subindo no telhado no escuro. E, desde que Nancy unira forças com Gaspard, Franc estava cada vez mais respeitoso, tentando compensar por ter planejado matá-la naquele primeiro dia. Ambos se sentiam mais confiantes com explosivos também, manejando os blocos fatais com muita atenção. Então formavam a equipe da ponte.

Ela subiu pela parede com a ajuda da corda, e Franc a seguiu. Jean-Clair enrolou a corda e a guardou na mochila, e ela olhou o relógio novamente.

— Quinze minutos.

Os disparos esporádicos de armas menores vinham da direção da ponte da estrada. Rodrigo e sua equipe tinham ordens para tentar manter os alemães o mais ocupados possível.

Nancy, Franc e Jean-Clair começaram a subir os degraus de ferro. *Não olhe para cima, não olhe para baixo.* O ferro entrelaçado recortava o mundo em formas impossíveis. Diamantes retorcidos de céu e rio, margens e terra. Seria ótimo se houvesse algum tipo de corrimão. Seria de esperar que o maior engenheiro da França tivesse considerado um parapeito. Mas eles não deram essa sorte.

As patrulhas no alto da ponte e nas guaritas logo parariam de olhar para as ruínas da ponte da estrada. Ela pensou no ritmo de seus passos. Lado sul superior, visão bloqueada daquele ângulo. Lado sul inferior, mortos, ela esperava. Lado norte superior, visão bloqueada em breve. Lado norte inferior, visão não bloqueada, sem mortos. Com sorte, ainda distraídos. Se eles conseguissem chegar ao topo do arco antes que os alemães pensassem em olhar para as tramas de ferro acima, talvez nem fossem vistos. A sensação era boa, a queimação nos músculos, a empolgação de fazer aquilo para que havia sido treinada. Até o peso do explosivo plástico na mochila parecia certo.

Quase lá. Ela olhou de novo o relógio e ao mesmo tempo ouviu o sino de alerta nos trilhos. O alerta de dez minutos. Merda. Eles aceleraram no final da subida, com as pernas gritando em protesto, e ela podia ouvir Jean-Clair ofegante logo atrás.

É isso. Ela olhou para cima, procurando as junções mais adequadas para posicionar as cargas, de modo a fazer uma corrente de três blocos na extensão dos trilhos, quase dois quilos de explosivo em cada bloco para abrir uma fenda que fosse até o topo do arco, como uma faca quente.

Certo. Bem ali.

Eles se espalharam. Nancy ficou no passadiço, e os dois homens, ágeis como macacos, escalaram as colunas. Movimentos suaves, treinados, sem necessidade de conversa. Os dois também tinham ouvido o sino e sabiam exatamente o que significava.

Nancy passou o estopim pelo explosivo. Jean-Clair parecia estar caminhando no ar, equilibrando-se em uma das barras centrais, já com os explosivos posicionados. Ele pegou a bobina quando ela a arremessou, passou o estopim por sua própria carga e jogou o rolo para Franc. Ele enterrou sua parte, virou-se para os outros dois e sorriu.

— Seis minutos — ela disse.

Agora o gatilho de pressão. Franc se pendurou no ferro entrelaçado, passou por Jean-Clair, depois de volta a Nancy e pegou o objeto com ela; então se impulsionou para cima, até o ponto que ficava imediatamente sob os trilhos.

— Jean-Clair — ela chamou. — Venha até aqui.

— Só quero ter certeza de que está tudo certo, *mon colonel*.

Franc chegou ao alto, posicionando o gatilho de pressão onde o peso do trem acionaria a explosão. Eles conseguiriam se afastar bem do estouro em seis minutos. Estava quase muito...

Os tiros acertaram o ferro, provocando faíscas que voaram no rosto de Nancy e quase a cegaram. Ela caiu de lado. Franc gritou, caiu com tudo sobre o passadiço e rolou. Nancy o segurou pelo cinto, puxando-o de volta. O gatilho de pressão bateu no ferro e saiu girando pelo ar. Franc esticou o braço, apenas roçando no objeto enquanto caía e desaparecia no rio. A distância era tanta que eles nem ouviram o *splash*.

— *Mon colonel...* — Jean-Clair disse. Havia algo errado em sua voz.

Ela se virou para ele enquanto mais balas faiscavam e retiniam por perto. Jean-Clair tinha um braço agarrado a um dos suportes centrais, pendurado no V de uma peça de ferro entrelaçado. Sua camisa já estava ensopada de sangue, e Nancy via a palpitação de outro ferimento em sua coxa.

Ela abandonou o passadiço e engatinhou até onde ele estava, sobre uma viga de pouco mais de trinta centímetros, sem tirar os olhos do rosto dele.

— Jean-Clair, nós conseguimos descer com você.

— E o gatilho de pressão? — ele perguntou, ofegante. Cada palavra era um grande esforço.

— Já era, esqueça. Os nazistas vão conseguir ficar com esta ponte. Me dê a mão.

Ele balançou a cabeça. Ficou olhando para ela.

— Me dê uma granada, *mon colonel*.

Ela entendeu. Uma granada não faria nada à estrutura da ponte, mas se explodisse ali, bem ali, seria suficiente para detonar as cargas de explosivos.

— Não.

— *Mon colonel* — ele disse —, por favor.

Ele não conseguia dizer mais nada. Ela tirou uma granada do cinto. Colocou-a na mão de Jean-Clair e fechou os dedos dele em volta dela.

— Tire o pino.

Nancy tirou o pino e acariciou a mão dele com a ponta dos dedos.

— Pela França — ela disse, fazendo-o sorrir com os olhos semiabertos.

— Pela liberdade — ele sussurrou.

— Nancy! — Franc estava gritando, tentando alcançá-la.

Ela retrocedeu pela viga e ele a agarrou, arrastando-a alguns metros para trás, depois a jogou sobre o passadiço à sua frente.

Já não era preciso olhar o relógio; eles sentiam a terra tremendo conforme o trem se aproximava. Sobre suas cabeças, ouviam os gritos desesperados de alerta dos guardas, mas eles se perdiam no estrondo metálico do trem que chegava. Ela correu. A ponte estremeceu ao receber o peso da locomotiva, e ela olhou para o alto quando a estrutura se transformou em um pesadelo impressionante de metal ruidoso.

Franc gritou seu nome novamente, e ela se deu conta de que estavam no local do rapel. Não havia tempo. Franc já tinha ancorado a corda e começado a descer. Nancy amarrou sua corda ao redor do corpo enquanto outra rajada de balas surgia da margem do rio, então saltou no ar e olhou para cima – o trem já se aproximava da margem.

A queda foi muito rápida, mas não rápida o suficiente. A corda estava quente, queimando seus dedos. Eles tinham estragado tudo, o trem conseguiria passar antes que as cargas...

Tudo aconteceu de uma vez. Ela caiu na água e se apressou para se soltar da corda enquanto a corrente a derrubava e, acima, as cargas explodiam. Um, dois. Um, dois. Granada, explosivos do centro, oeste, leste. O mundo era barulho e água. Estava surda e cega, emborcada no rio, e uma onda de calor e luz a atingiu enquanto pedras e raízes prendiam suas pernas. Os pulmões começaram a doer. Então ela sentiu uma mão puxando seu pulso, levantando-a, permitindo que voltasse a respirar.

Tardi a arrastava para a terra firme. Ela o empurrou e esforçou-se para levantar a tempo de ver Franc sendo puxado para fora da água por Mateo. Então ficaram ali, mudos, olhando.

A nuvem de fumaça começou a se dissipar, e Nancy viu o corte que fizeram no belo trabalho em ferro de Eiffel. O restante da ponte rangia e balançava, mas o trem ainda estava lá, sem se mover. Por que ele não tinha acelerado? Ela esfregou os olhos, tentando expulsar a água do rio de suas vistas. Não. O último vagão estava sobre o local da explosão, agora dependurado entre as barras retorcidas. Estava pesando para baixo, puxando o trem para trás.

Sua audição começou a voltar. O apito alto estava sumindo. Em meio aos rangidos do metal, ela ouvia outros sons: gritos. Os gritos dos soldados do último vagão. Espantada demais para se mover, Nancy viu aqueles que se encontravam na parte do trem ainda sobre a ponte tentando desesperadamente desengatar o carro e ouviu as súplicas dos homens suspensos no ar, dando-se conta do que os outros estavam fazendo.

Outros soldados quebravam os vidros dos vagões mais próximos à locomotiva e saíam correndo sobre a ponte na direção norte, uma massa em pânico. Um caiu ou foi empurrado para sair do caminho; seu sobretudo sacudiu no ar, e ele ainda balançava os braços ao bater na água. O trem foi puxado para trás novamente, a ponte oscilou e mais homens caíram em direção ao nada.

Então o vácuo venceu. Lentamente a princípio, e depois muito rápido, o último vagão ficou dependurado, e todo o trem foi puxado para trás de uma vez. O metal suspirou e empenou para o lado, como se tentasse se livrar daquilo, e o trem mergulhou por mais de cento e vinte metros na direção da água. A obra-prima de Eiffel não ruiu, mas ficou deformada e retorcida, com um corte no meio, o arco desmoronado. O viaduto gemia como um animal com dor.

Alguém gritava o nome dela.

— Nancy! Agora!

Tardi a sacudia pelos ombros.

— Recuar! — ela disse, e eles correram de volta para a mata, rumo ao ponto de encontro, no mesmo instante em que a metralhadora fixa na outra margem os avistou e começou a lançar balas sob seus pés.

43

Fournier havia organizado dois hospitais de campanha no platô, e mais meia dúzia de esconderijos onde uma enfermeira, uma professora com algum treinamento médico ou um padre pudessem fazer o possível para ajudar os feridos.

Um dos rapazes de Rodrigo tinha levado um tiro na canela, e Tardivat insistiu que Nancy o levasse de carro até o hospital do platô, aproveitando para ser examinada também. Ela não tinha notado o próprio ferimento, um tiro bem no meio do braço, até ver sangue misturado com água pingando de suas roupas ensopadas. Tardi reuniria relatos das outras equipes em atividade naquele dia e reportaria a ela. Ele prometeu enquanto fazia um curativo no braço dela.

O rapaz estava pálido devido à perda de sangue e ficou cochilando de forma intermitente enquanto Nancy dirigia. Os carros movidos a carvão eram extremamente lentos, mas aguentavam a subida. A pouco menos de cinco quilômetros do acampamento, um maqui, com a Bren diante do peito e um cigarro no canto da boca, sinalizou que parassem. Ele se aproximou da janela com a arma levantada, mas, assim que reconheceu Nancy, a abaixou e apagou o cigarro na estrada de cascalho.

— Coronel Nancy! Estamos com dois feridos. Pode levá-los?

— Subam.

Ele fez sinal e um grupo de homens saiu da mata, carregando dois garotos, um inconsciente e outro acordado, mas gemendo de dor. Ele gritou quando o colocaram na traseira.

— Vocês estavam cuidando dos trilhos a oeste daqui, não estavam? O que deu errado?

O homem que havia parado o veículo deu de ombros.

— Nada. Falta de sorte. Destruir os trilhos foi fácil, mas depois demos de cara com uma patrulha na volta.

Deviam estar satisfeitos demais consigo mesmos para prestar atenção. Ela não disse aquilo.

— Suba lá atrás. Tente manter os dois vivos até conseguirmos ajuda.

Ele parecia preferir continuar por lá e enfrentar a patrulha novamente, mas subiu, dobrou sua jaqueta e a colocou sob a cabeça do homem que estava gritando. Os outros foram deixados na estrada para voltarem sozinhos aos respectivos acampamentos.

O hospital de campanha estava transbordando de gente. Dois médicos, três enfermeiros e qualquer um que desse conta do recado estavam ajudando como podiam. Do lado de fora, os rapazes se agruparam ao redor de Nancy, empurrando uns aos outros na avidez de falar sobre seus êxitos – pontes queimadas, cabos telefônicos e telegráficos destruídos. Do lado de dentro, ninguém tinha tempo para falar.

Nancy ficou lá durante horas, primeiro para alguém limpar seu ferimento e fazer um curativo, depois para ajudar. Ela imobilizou um garoto que chorava enquanto o médico removia uma bala de seu ombro. A morfina estava reservada para tiros no abdome e casos de queimaduras graves. Um recruta mais velho, fazendeiro de quarenta e poucos anos, pensou que ela fosse sua esposa. Conversou com Nancy calmamente sobre a colheita, depois apertou sua mão e disse:

— Preciso ir. — E morreu.

Quando ela finalmente saiu de lá, o platô estava totalmente escuro. Bem abaixo, no vale, batia o sino de uma igreja. Gaspard, Denden e Tardi estavam parados, de cabeça baixa, diante de uma fileira recente de túmulos. O padre de Chaudes-Aigues dizia suas preces em um tom de voz exausto.

Nancy esperou afastada até ele terminar, depois se juntou a eles. A perna de Gaspard estava enfaixada, e ele se apoiava em uma bengala de pastor – furtada de uma das fazendas abandonadas, certamente. Com a bengala e o tapa-olho, ele parecia um pirata mais do que nunca. Não era engraçado.

— Os sinos estão batendo por nossas vitórias, *mon colonel* — ele disse quando ela se aproximou. — A França está prosperando.

— Vitórias? — Nancy perguntou, olhando fixamente para os túmulos.

O rapaz baleado no abdome que ela havia transportado na traseira da caminhonete não tinha sobrevivido. Seus gritos tinham cessado quando estavam a cerca de um quilômetro e meio do platô. Assim que finalmente pararam, seu amigo estava chorando. Ele saltou do carro, de cabeça baixa, e foi direto para o meio do mato, sem olhar para ela.

— Eles sabiam dos riscos que estavam correndo, Nancy — Denden disse.

— Palavras corajosas vindas de uma fadinha que nem saiu para lutar — Gaspard rebateu.

— O rádio é minha arma — Denden respondeu com arrogância.

Ah, de novo não. Quanto mais ela trabalhava com Gaspard, mais Denden parecia se esforçar para provocá-lo. Fournier parecia achar graça das rusgas, e Tardi não dava a mínima.

Nancy tirou o cabelo da frente do rosto com a mão trêmula.

— Hoje não, rapazes. Aqui não. — E então se afastou.

44

No dia seguinte ao desastre, Böhm foi até as ruínas da ponte de Eiffel, e os guardas que ele estava interrogando, sem saberem o que fazer, foram atrás dele.

Alguém devia ter mandado chamá-lo antes. Era deplorável, até mesmo desleal, que seus superiores tivessem demorado tanto para enviá-lo a Auvergne. O fato de metade dos prefeitos locais e uma parte da gendarmaria estarem trabalhando em conjunto com os maquis ficara claro havia meses. Se o tivessem mandado para lá durante o inverno, quando a neve tornava mais fácil rastrear as pegadas dos maquis, quando as árvores sem folhas permitiam que enxergassem seus acampamentos patéticos de cima, tudo aquilo podia ter sido evitado. O Führer poderia ter movimentado as peças de seu exército à vontade, e os Aliados já teriam sido chutados de volta para o Atlântico, derrotados, choramingando e implorando por uma chance de se unir à Alemanha contra a Rússia.

Ele se virou para o guarda mais próximo.

— Você a viu, não viu?

— Só por um instante, senhor! Quando ela estava descendo da ponte.

— Descreva-a para mim.

O rapaz parecia confuso.

— Eu não sei... tinha muita coisa acontecendo, foi justo quando o trem...

Ambos olharam para a água, onde a carcaça retorcida do trem ainda estava caída. Os corpos presos nas ferragens balançavam como algas na correnteza do rio, a mais de cento e vinte metros abaixo deles.

Böhm suspirou.

— É compreensível que sua mente bloqueie uma memória tão dolorosa. Tenho uma técnica que pode ajudar, se estiver disposto.

O guarda sorriu, confiante.

— É claro, senhor!

Böhm se aproximou bastante dele.

— Muito bem.

Então o pegou pelo colarinho e o empurrou em direção ao ferro partido, na beirada da ponte, desequilibrando-o, sem o soltar. As botas do guarda batiam no metal enquanto ele se esforçava para mantê-las apoiadas nas frágeis barras.

— Não vou deixar você cair. Sinta. Por favor, apenas *sinta*. — Parecia que o homem ia vomitar. — O judeu Freud teoriza que induzir as emoções de um trauma reprimido o traz à tona. Agora pense.

O guarda assentiu, e Böhm o puxou de volta. Ele cambaleou para o lado e para trás até pisar em chão firme; Böhm o acompanhou.

— Agora, feche os olhos e volte ao momento do ataque. O que vê?

O guarda se saiu bem melhor dessa vez. Era ela. Sem dúvida. Ele já desconfiava, depois de ouvir rumores sobre uma mulher liderando os maquis e ajudando a frustrar o ataque a Mont Mouchet, mas agora tinha certeza. Madame Fiocca, o Rato Branco, estava no centro de toda aquela confusão em Auvergne. A providência agia mesmo de formas misteriosas. Se tivesse sido qualquer outra agente, Böhm precisaria de tempo, muito tempo, para fazer o reconhecimento de sua presa – observar seus esconderijos, aprender seus hábitos e fraquezas. Mas ele conhecia Nancy. Nem tudo estava perdido.

Ele voltou para o carro, onde Heller o esperava polindo os óculos. O jovem ficou incomodado ao ver seu chefe sorrir.

45

A onda de sabotagem era um início, não um fim. Londres continuava mandando novos alvos, e a campanha para atrapalhar os alemães enquanto eles tentavam reforçar as tropas na Normandia tornou-se uma batalha para atormentá-los, restringi-los, exauri-los e desmoralizá-los. Isso significava mais remessas, mais emboscadas e um fluxo contínuo de entregas de suprimentos aos grupos menores de maquis espalhados pela região, todos em constante movimento para ficar fora do alcance dos alemães.

Os dias se fundiam uns aos outros enquanto Nancy cochilava rapidamente em campos à espera de remessas de suprimentos ou deixava um dos espanhóis dirigirem e se permitia abaixar a cabeça um pouco, ainda com a Bren no colo, enquanto iam sacudindo pelas estradas secundárias. Os Aliados haviam conquistado certo controle na Europa, e era função de seu grupo garantir que esse controle fosse mantido. Depois de concluir todas as listas determinadas por Londres, fizeram sua própria, trabalhando em conjunto com funcionários das estradas de ferro para explodir as locomotivas e os trilhos, fazendo crateras grandes o bastante nas estradas para engolir veículos blindados, obrigando os soldados a se locomover em carros menores e mais vulneráveis e então organizando emboscadas com ataques-relâmpago e desaparecendo na mata, deixando para trás os veículos incendiados e os gritos dos homens feridos na estrada em chamas. Quando as armas estavam em ação, ela estava viva, absolutamente desperta. No instante em que o perigo imediato passava, seu corpo desligava, e ela passava esses intervalos atordoada.

Falava-se de represálias contra a população civil, é claro. Muito antes de Nancy voltar a Londres, o hábito nazista de atirar em civis como vingança por acobertar ação inimiga era bem conhecido. A princípio, usavam como pretexto a execução de prisioneiros políticos, mensageiros e comunistas que tinham à mão em seus cárceres, mas agora já não havia qualquer fachada de ordem, controle ou justiça. Talvez os franceses achassem que a SS não se comportaria daquele modo na França. Mesmo quando, após o assassinato de Heydrich, líder da Gestapo, surgiram rumores sobre dois povoados tchecoslovacos exterminados – homens, mulheres e crianças –, eles continuaram achando que não. Eles só faziam aquilo no leste.

Agora tinham sua resposta. A raiva fútil que os homens da SS sentiram ao descobrir que o inimigo havia desaparecido nas montanhas e vales se voltou contra o povo, aqueles ligados à terra e a suas famílias e que não podiam fugir.

— Merda... — Nancy piscou e levantou a cabeça.

Eles estavam viajando por Védrines-Saint-Loup, e a estrada era conhecida. De tempos em tempos, compravam mantimentos de uma fazenda ali. Uma nuvem de fumaça subia da curva seguinte na estrada. Ela esfregou os olhos e espiou pelo vidro dianteiro.

— É melhor dar a volta? — Mateo perguntou.

Nancy analisou a fumaça novamente.

— Não. Se for a casa da fazenda Boyer, já deve estar queimando há um bom tempo, e vamos perder duas horas e um monte de combustível para fazer o desvio. Continue em frente.

Eles viram o primeiro corpo antes de fazer a curva. Um senhor, um trabalhador da fazenda que lhes vendera queijo. Os alemães o haviam pendurado em uma castanheira, cujos galhos grossos faziam sombra na estrada. Nancy sentiu a boca seca. Mateo fez a curva, diminuindo a velocidade.

Mais dois corpos, o fazendeiro e a esposa. Boyer tinha perdido um braço em 1918, então havia sido poupado da convocação e trabalhava por um batalhão para manter os animais alimentados e o armazém cheio. O casal tinha sido enforcado lado a lado, na entrada do sótão do celeiro. Seus filhos estavam tentando descer os corpos.

A menina, de uns doze anos, estava na parte de cima do sótão tentando cortar as cordas com um canivete, enquanto o filho do casal, um pouco mais novo, esperava embaixo com os braços esticados, pronto para pegar os corpos. Atrás do celeiro, a casa continuava a queimar.

— Pare — Nancy disse.

— Nancy, não podemos fazer nada — Mateo respondeu.

— Pare este maldito carro e leve Jules com você para ajudar aquelas crianças a descer os pais.

Ele sabia que não adiantava argumentar quando ela falava naquele tom de voz. Ele parou a caminhonete, desceu e, em meio a uma espécie de neblina, Nancy o escutou dando ordens aos rapazes que estavam na traseira.

Dois de seus homens estavam segurando as pernas do fazendeiro e da mulher, enquanto outros dois cortavam as cordas no alto. Os corpos caíram como frutas maduras. Ela se lembrou de quando Henri a levou para ver a colheita em Bordeaux, de como os cachos cheios e roxos caíam nas cestas, cheios de suco, com a casca recoberta de um pó púrpura.

O menino e a menina cercavam os homens, choramingando. A menina passava a mão sobre a saia da mãe morta, enquanto o homem que descera o corpo carregava-o pelo quintal. Eles não tinham tempo para ajudar a enterrá-los. Mateo disse para colocarem os dois sob o declive da pilha de lenha. Fechou os olhos deles e tirou a corda de seus pescoços enquanto a garota se sentava no chão, entre os corpos, ainda lamentando sem palavras, virando-se para a direita e para a esquerda, tocando-os, segurando suas mãos e as soltando, para depois pegar nelas novamente.

Nancy saiu do carro, tirou um envelope do bolso, contou algumas notas. Quanto valia uma mãe? Uma mãe e um pai, uma casa? Ela não tinha o suficiente para tudo aquilo. Era o bastante para comerem durante algumas semanas. Deveria entregar ao garoto? Onde estava o garoto?

Ele a atacou com rapidez, com um rugido de ódio, segurando um pequeno canivete, o que a irmã estava usando para tentar cortar as cordas. Quando pegara aquilo?

Ele estava gritando. Que era tudo culpa dela. Que ele a mataria. Ela apenas ficou observando enquanto ele se aproximava. Não se mexeu. Mateo se afastou dos corpos, levantando a arma, mas Jules foi mais rápido – pulou do pilar do portão, onde estava sentado, e acertou o menino com o cabo do fuzil. Ele caiu como um saco de aveia e o canivete saiu voando pela lama seca do quintal.

Jules se abaixou, examinou o garoto, depois se levantou.

— Ele vai sobreviver.

Nancy continuou sem se mexer. Jules pegou o dinheiro da mão dela, correu até a menina e o entregou a ela. A menina não entendeu. Dava para ver. Sua mente estava confusa com o horror de tudo aquilo. Talvez depois voltasse ao normal. Ela nem sequer pareceu notar o irmão caído no chão perto do portão. Jules enfiou o dinheiro no bolso do avental dela e a deixou.

Então os homens de Nancy voltaram para o carro, e ela retomou seu assento, e a casa da fazenda desapareceu nas curvas do vale.

De volta ao ônibus, depois de ela ter contado a todos a localização e o horário das remessas daquela noite em tom monótono, Mateo lhe entregou uma folha de papel.

— Estava preso ao casaco do *monsieur* — ele disse. Depois pegou seu fuzil e, juntamente com os outros veteranos, saiu do ônibus, deixando-a sozinha.

Ela desdobrou a folha. Era sua imagem. Estava bem parecida. Recompensa pela espiã inglesa assassina e cruel Nancy Wake, também conhecida como madame Fiocca ou Rato Branco. Um milhão de francos. O garoto poderia comprar uma fazenda nova com aquele valor. Ela sabia que não tinha sido aquele o motivo do ataque, mas por um instante sentiu muito por ele não ter conseguido acertar uma facada em suas entranhas e reivindicar o dinheiro. *Porra. Recomponha-se, Nancy.* Se eles estavam dispostos a fazer aquilo, enforcar um marido, uma esposa e um idoso para atingi-la, o que não estariam fazendo com Henri? Ela se lembrou da primeira vez que viu Gregory depois da passagem pela Gestapo e sentiu gosto de bile na garganta.

A porta do ônibus se abriu. Era Denden.

— Nancy! Selecionou o comitê de recepção para hoje à noite? Eles vão jogar todo tipo de gostosuras para nós.

Ela não respondeu; apenas lhe entregou o papel. Ele passou os olhos pela folha rapidamente e ergueu as sobrancelhas.

— Um milhão de francos! Minha nossa! Bem, não deixe isso lhe subir à cabeça.

Ela pegou um copo na mesa e se serviu de uma dose grande do que quer que houvesse na garrafa transparente sobre a prateleira. Algum tipo de conhaque. Queimava para diabo.

— Não tem graça, Denden. Esses cretinos estão com o meu marido e sabem exatamente quem eu sou. Vão descontar *nele*.

Ele levantou as mãos.

— Desculpe, desculpe! Foi só uma piadinha boba.

Ela serviu outra dose e tomou. Fechou os olhos e viu o corpo do senhor pendurado na castanheira. Quem o tiraria dali?

— Sim, tudo não passa de uma grande brincadeira para você, não é? — ela murmurou sinistramente para o copo. De canto de olhou, viu Denden corar.

— O que você disse?

— Sabe, Gaspard tem razão. — Ela pegou a garrafa e se jogou no assento em frente ao dele. Tomou outro gole. — Sou responsável por centenas de vidas, mas você fica circulando por aí como se estivesse de férias.

Ele levantou as mãos.

— Lá vamos nós!

— Enfiando o pau em qualquer buraco que encontra...

O canto do olho dele tremeu, sinal claro de que estava magoado. Ela sabia muito bem. Lembrava-se da época do treinamento. Não estava nem aí.

— Está bem, Nancy! Desconte sua culpa no homossexual!

— Nós saímos, sacrificamos tudo... — Ela podia sentir a corda nas mãos. Via suas próprias mãos enrolando-a no pescoço deles. Via a si mesma empurrando-os do sótão, rindo conforme a corda rangia e se esticava.

— Sim, vamos lá, então, coloque todo o ódio que sente por si mesma para fora de uma vez...

— E você nem pega em armas, porque é *um maldito covarde*.

Ela tomou outro gole, vendo como as palavras o atingiam bem entre as costelas.

— Peça desculpas, Nancy — ele disse, levantando-se com o rosto pálido.

Ela olhou para ele e percebeu que não queria se desculpar.

— É "coronel" para você.

Ele esperou um pouco e, quando voltou a falar, sua voz era fria.

— Mensagem de Londres, coronel. Você deve pegar um carregamento de bazucas e um homem para ensinar os maquis a usá-las. Amanhã à noite. Courçais. Ponto de encontro no Café des Amis. O contato é loiro, codinome René. Pergunte que horas são, e ele vai dizer que vendeu o relógio para comprar conhaque.

Ela ficou olhando para ele. Ele a odiava naquele momento, dava para ver. E parecia certo.

— Dispensado.

Ele a saudou e a deixou com a garrafa.

Nancy ainda não estava dormindo direito e, quando conseguia cochilar um pouco, sonhava com Böhm, o rosto dele na praça. Ele ficava surgindo em meio a lembranças de explosões, chamas. Então, quando o sorriso ficava mais gentil, mais caloroso, as chamas a engoliam, e ela acordava ouvindo a voz de sua mãe sussurrando em seus ouvidos. Ela voltou a si e se viu sentada na extremidade de um campo perto de Saint-Marc. Minha nossa, cochilava enquanto esperava uma remessa. As caixas já estavam descendo, o céu repleto delas.

Nancy se levantou, e Tardivat se virou para ela.

— *Mon colonel* — ele disse em voz baixa. — Descanse, se puder. Os homens podem reunir as caixas. Eles sabem o que fazer.

Ela fez que não com a cabeça.

— Esse é meu trabalho, Tardi.

— É trabalho de cada um de nós, e responsabilidade de cada um de nós.

Nancy não ouviu a última parte; já estava atravessando o campo.

Um dos contêineres tinha uma cruz preta desenhada na lateral. Era um pacote de necessidades pessoais para ela. Buckmaster devia ter passado a mensagem para Denden, e por isso ele estava tão animado sobre as remessas que chegariam à noite. Lembrou-se da primeira vez que chegou um daqueles, incluindo creme facial mandado por Vera. Foi como se tivesse chegado o Natal. Mas naquele momento não estava esperando nenhum presente do papai Buckmaster. Assim que o contêiner foi colocado na traseira da caminhonete, ela subiu, abriu o fecho, ignorando as queixas dos homens que murmuravam que aquele "não era o procedimento". A cruz marcava não apenas o fato de haver um pacote para Nancy no contêiner mas também sua posição aproximada, então ela levou apenas alguns minutos para tirá-lo do meio dos pacotes de explosivo plástico. Desceu da caminhonete e encostou na cabine para desembrulhar o pacote. Mais creme facial e um vidro de colônia. A colônia podia servir como um antisséptico razoável, então ela a guardou. O creme seria entregue à primeira mulher camponesa que encontrasse. Havia também uma carta.

Sinto muito em relatar que não há notícias de nosso amigo detido em Marselha, o papel dizia. Datilografado. Ela podia enxergar Vera atrás da mesa em Baker Street, datilografando enquanto os oficiais passavam de um lado para o outro com seus uniformes limpos, discutindo as perdas entre os agentes na França: quem estava morto, quem estava exaurido, quem tinha ido parar em um campo, em um porão. Embaixo, uma anotação com a caligrafia firme de Buckmaster. *Coragem, minha querida. O fim se aproxima.*

Foda-se ele. O mais perto que tinha chegado da ação naquela guerra fora ver seus agentes escalando em um circuito de treinamento. Será que haviam mesmo se dado ao trabalho de tentar conseguir alguma notícia sobre Henri? Claro que não. Estavam apenas fingindo para mantê-la quieta por mais tempo. Para mantê-la trabalhando duro até que algum nazista sádico quebrasse a cara dela em pedacinhos ou a enforcasse em um palheiro. Mas Böhm sabia. Böhm sabia onde Henri estava.

46

O garoto entrou no meio da estrada. Nancy teve que pisar firme no freio e virar o volante para não matar o idiota. Quando ele correu até a janela, Mateo posicionou o dedo no gatilho da pistola, mas o garoto já estava falando tão rápido que nem percebeu.

— Madame Nancy!

Ela então o reconheceu. Tinha visto o rapaz olhando para ela da porta de um quarto, em uma casa perto dali. Seu pai fora um dos homens mortos no ataque à ferrovia que Fournier liderara no Dia D. Ela se lembrava do discurso que havia feito à jovem viúva, um dos dez feitos aquela semana, contando às famílias como os homens que amavam tinham morrido pela França.

— Relaxe, Mateo — ela sussurrou. — O que foi, filho?

— A Milícia está em Courçais. Eles fecharam tudo — o garoto disse. Ele estava pálido sob a luz da noite. — É melhor ficarem longe de lá.

A Milícia. Nancy os odiava quase mais do que odiava os nazistas. Fascistas franceses que recebiam armas e uniformes de Vichy e de seus soberanos alemães para caçar combatentes da Resistência.

— Você e sua mãe estão bem? Precisam de alguma coisa?

O garoto fez que não com a cabeça.

— Meu pai gostaria que eu alertasse vocês — disse com firmeza.

Nancy conseguiu sorrir para ele. Ela sabia que era um sorriso falso, uma imitação do tipo de sorriso que teria dado para um garoto como ele um ano antes, quando não tinha sangue nos olhos. Mas estava perto o bastante de ser real.

— Ele ficaria orgulhoso de você — Nancy lhe disse. — Obrigada pelo alerta.

— Vai mesmo assim, madame? — Ele olhou para os dois lados da estrada.

— Vou, garoto. Tenho que encontrar umas pessoas.

Ela deu a partida no motor e deixou o garoto na beira da estrada.

Mateo pigarreou.

— Mas, Nancy... podemos marcar outro encontro.

Ela pisou fundo no acelerador, sentindo as batidas regulares e firmes do coração.

— Mas, Mateo, eu preciso de uma bebida.

A praça estava deserta e o principal café fechado, mas o lugar onde eles deveriam encontrar o tal René ficava em uma ruazinha estreita, e as luzes lá dentro estavam acesas. Quase não havia ninguém por perto, apenas um senhor passando na rua, com os ombros arqueados para se proteger do frio noturno, olhando de soslaio para eles quando o brilho da luz que atravessava as persianas fechadas do café recaiu sobre seus rostos. Nancy abriu a porta. A noite estava calma, obviamente. Apenas quatro homens. Todos da Milícia Francesa. Além do dono e de uma garota atrás do balcão. Parecia que o contato deles não tinha chegado ainda.

Nancy se sentou a uma mesa no centro. A menina, magra e nova demais para estar trabalhando naquele lugar, aproximou-se deles, olhando para todos os lados.

— Conhaque, querida — Nancy disse. — Traga a garrafa.

— Merda — Mateo praguejou quando a garota, sem dizer nada, saiu para pegar a bebida.

— O que foi?

— Olhe acima do bar.

Nancy olhou. Seu cartaz de "procurada" estava pregado a uma viga. Mateo chegou mais perto dela.

— Vamos, Nancy. Enquanto ainda podemos.

A menina voltou e serviu a primeira rodada.

— Desculpe, Mateo — Nancy disse. — Mas quero muito tomar esta bebida.

Ela virou a dose toda, e a menina lhe serviu outra.

— Qual é o seu nome, querida?

— Anne — ela respondeu com um sussurro. Seus cabelos estavam sujos, mas penteados com cuidado atrás das orelhas, e os punhos da camisa estavam limpos.

Nancy sorriu.

— Como *Anne de Green Gables*! É meu livro preferido. Você já leu?

Mateo olhou para a esquerda e para a direita. Os outros clientes os observavam.

A menina negou com a cabeça.

— Mas que grosseria a minha. — Nancy cutucou Mateo, mostrando que já estava segurando a arma sob a mesa. — Nem me apresentei. Eu me chamo Nancy Wake. Sou eu naquele cartaz acima do bar.

A garota se virou, piscou para o cartaz e voltou a olhar para Nancy.

— Estão oferecendo muito dinheiro pela sua captura, madame.

Nancy concordou como se estivesse refletindo sobre a questão pela primeira vez.

— Sim. Sabe por que a Gestapo oferece recompensas gordas por pessoas como eu, Anne? Não é para motivar os alemães. Não. Eles me matariam ou me entregariam de graça. É para os franceses. Para os franceses covardes. Para homens e mulheres que querem lamber a merda da sola da bota dos nazistas em vez de se impor e se defender. Para franceses que dizem que amam seu país e alegam que as pessoas que eles traem não passam de criminosos, judeus e comunistas. É esperto. Essas recompensas nos fazem desconfiar de amigos e vizinhos. Meu marido, por exemplo; um de seus funcionários sem caráter o dedurou. Mas tem uma coisa. Os colaboracionistas não vão poder gastar a recompensa. Não, nós vamos encontrá-los, todos os políticos de Vichy, todos os *brutamontes da Milícia*, e vamos pendurá-los por seus pescocinhos traidores.

Um dos clientes se levantou, levando a mão à arma. Nancy girou e atirou duas vezes da altura da cintura, exatamente como haviam lhe ensinado. O homem cambaleou para trás, mandando a mesa e os copos para o chão. Anne não gritou, apenas fugiu para trás do balcão.

Nancy atirou no segundo miliciano enquanto ele ainda tentava tirar a arma do coldre.

O terceiro foi para cima dela com uma faca. Covardes e valentões entravam para a Milícia, e covardes não eram bons em brigas de faca. Nancy aproveitou o impulso dele para empurrá-lo no chão de madeira, tirou a faca de sua mão e a afundou em seu pescoço em um único movimento fluido. Como uma dança. E ela tinha sido tão boa dançarina. Ah, aquelas noites dançando com Henri sob o céu estrelado! O homem caído a seus pés balbuciou, tossiu uma nuvem fina de sangue, que ela sentiu no rosto como uma chuva de verão, e ficou imóvel.

Um, dois, três. Mateo matou o último enquanto ele tentava fugir. O corpo ficou estendido diante da porta. De homem a presunto em três segundos. Aquela era a lição da guerra. Todos não passavam de pedaços de carne. Nancy pegou o copo e terminou sua bebida. Era das boas.

Ela estava contando as notas para pagar as bebidas, e um pouco mais pela bagunça, quando a porta se abriu com um rangido, e um homem loiro, alto e magro, de jaqueta preta, entrou. Ele viu os mortos no chão, os copos quebrados, Mateo com a pistola na mão e Nancy pagando a conta com as mãos vermelhas de sangue, e riu. Uma gargalhada alta e longa.

— Ei, isso é muito melhor do que aquela baboseira de senha! Sou René. Se já terminaram de se divertir, querem vir comigo pegar as coisas?

Nancy e Mateo o acompanharam pela rua escura.

Heller disse uma palavra de agradecimento ao telefone e percorreu o corredor, indo bater diretamente na porta da sala de Böhm e entrando antes de esperar a resposta. Böhm estava trabalhando à luz da luminária, lendo a pilha de relatórios sobre a mesa. O volume aumentava todos os dias – roubos, emboscadas, panfletagem antialemã, caricaturas grosseiras do Führer pintadas nos muros.

— Madame Fiocca foi vista em Courçais — Heller disse assim que Böhm levantou os olhos.

— Quando? — ele perguntou.

— Agora. Entrando em um café com um homem, não mais de dez minutos atrás.

Böhm se levantou e Heller ficou olhando, confuso, enquanto ele pegava o sobretudo.

— Traga o carro, Heller. Quero uma equipe nos acompanhando daqui, e envie mais três equipes do quartel. Quero postos de controle a cada quilômetro e meio, em todas as estradas daquele povoado, em uma hora, por favor.

— Nós estamos indo, senhor? Agora?

Viu o rosto de Böhm se contorcer, um vislumbre rápido e contido de frustração, mas, quando ele falou, sua voz estava contida.

— Courçais fica a apenas vinte minutos de carro. A sra. Fiocca certamente tem negócios a tratar lá. Vamos agora. Muito tempo já foi perdido nesta guerra por homens com medo de agir de maneira independente e decisiva, Heller. Não serei um deles.

47

Mateo estava furioso com ela. Nancy sentiu a irritação exalando dele em ondas quando se sentaram na cabine da caminhonete. Ele não aprovava o que havia acontecido no café e agora lançava olhares ressentidos na direção dela, como uma tia solteirona que vê que a sobrinha não está se comportando de maneira adequada durante uma reunião social. Qual era o problema dele? Ele odiava a Milícia, e agora havia quatro milicianos a menos no mundo, e eles tinham morrido rapidamente, não enforcados na frente da família ou torturados até ficarem loucos em celas da Gestapo.

Ela estava tão ocupada se zangando com ele que mal prestou atenção no caminho que René estava indicando, a oeste do povoado, passando por bosques de faias e castanheiras. A trilha levou a um celeiro de dois andares.

Eles desceram da caminhonete em silêncio e acompanharam René até o celeiro. O ar estava frio e seco e tinha cheiro de couro e palha fresca. René pendurou a lamparina em um prego martelado entre as baias e esfregou as mãos. Eles o viram chutar a palha de lado e puxar um alçapão, sem parar de falar. Não era a fala rápida e convincente de um homem nervoso, apenas um balbucio baixo e alegre. Mateo podia não ter gostado da cena no bar, mas René parecia ter achado divertido.

— Southgate organizou a entrega em fevereiro, mas me disse para manter tudo escondido até o Dia D. Quando soube dos desembarques, fiquei ansioso para contar a vocês. Mas sem Southgate, sem ordens. Pobre René! Todos esses brinquedos adoráveis aqui e ninguém para brincar com eles.

— A Gestapo pegou Southgate em Clermont em março.

René fez uma pausa.

— Que pena. Um homem tão bom. — Depois riu. — Mas ele não tinha sua fúria, coronel Wake.

Ele pegou a lamparina e a abaixou para que eles pudessem ver dentro do espaço escavado sob o celeiro. Uma dúzia de cilindros envolvidos em juta. Nancy não via uma bazuca desde o treinamento na enlameada Hampshire, mas reconheceu o peso mortal das armas, dormentes sob os cavalos.

— Quanto tem de munição?

— O suficiente para derrubar um batalhão. — Ele viu a expressão nos olhos dela e deu de ombros. — Cinquenta disparos cada uma.

— Então vamos — Mateo disse com rispidez, e eles começaram a retirar cada uma das peças do esconderijo e empilhá-las perto da porta.

Heller havia escolhido um motorista excelente, e eles atravessaram os quinze quilômetros até Courçais em pouco menos de vinte minutos. Heller se esforçou para manter a lanterna firme enquanto aceleravam pela estrada, lendo para Böhm o arquivo de inteligência sobre o povoado e seus habitantes. As últimas gotas da garrafa de conhaque caída ainda pingavam do tampo da mesa sobre o sangue de um dos milicianos assassinados quando Böhm entrou no café.

O dono do bar gaguejou seu relato sobre a mulher, os assassinatos e o homem que chegou para encontrá-la. Meia hora depois, Heller lhe deu a notícia de que os postos de controle haviam sido estabelecidos, e Böhm deixou para trás o palco da loucura de Nancy. Todos aqueles encontros estranhos e coincidências. Ele quase sentiu pena dela. Se ao menos pudesse fazê-la entender de algum modo, fazê-la enxergar. Agora havia luzes piscando atrás das persianas de dezenas de casas. Heller o seguiu até a praça e o encontrou olhando fixamente para o céu estrelado.

— Monte o alto-falante — Böhm disse.

— Vai levar um tempinho, senhor — Heller respondeu.

Böhm apenas acenou com a cabeça. Ele parecia reflexivo, ainda olhando para a noite.

As bazucas tinham um poder eletrizante, mesmo cobertas de juta e cheirando a palha e terra. Nancy sorriu. Um disparo era capaz de explodir um jipe blindado e lançá-lo a três metros no ar. Com sorte, poderiam danificar ou destruir um tanque. Eles precisavam de dois homens para operá-las da maneira correta, e esses homens precisavam ser devidamente treinados, do contrário, um explodiria o outro, mas era como poder carregar um canhão no ombro.

A porta se abriu, e Nancy olhou à sua volta.

Era a menina do bar. René apontou a pistola que levava na cintura; Nancy levantou a mão e ele não atirou. Ela deu um passo à frente. A menina estava tremendo.

— Anne? Você seguiu a gente? Poderia ter sido morta, criança estúpida — ela disse.

Anne levantou as mãos.

— Por favor, madame, me leve com vocês! Posso cozinhar, posso limpar. Não me mande de volta para *maman*.

Nancy suspirou.

— Não seja ridícula. Vá para casa, para sua família.

— Quero ajudar na luta! Minha família é da Milícia. Eu odeio eles. Queria que meu pai e meu irmão estivessem no bar quando você entrou.

Nancy olhou para René.

— Eu não a conheço — ele afirmou. — Nem este lugar. Só uso o celeiro como depósito. Não gosto deste povoado. É fascista demais. Ouvi dizer que ficaram chateados quando descobriram que não havia nenhum judeu aqui para eles entregarem, embora tenham olhado com cuidado dentro de cada armário para ter certeza.

— E eu conheço um jeito de sair da cidade — Anne disse rapidamente. — Uma trilha pela fazenda do meu tio, um pouco mais ao norte daqui. Os alemães já estão na praça, organizando bloqueios nas estradas.

— Graças à sua pequena aventura — Mateo resmungou, olhando para Nancy. Ele espiou pela porta do celeiro. — Temos que ir. Estou vendo luzes na cidade.

— Por favor, madame! — A menina uniu as mãos e ficou parecendo um daqueles anúncios vitorianos sentimentais, com uma criança pobre de coração puro rezando pelo cachorrinho doente. — Eu não quero voltar para casa.

Nancy conseguia se identificar com ela.

— Está bem. Vamos terminar de carregar o carro e dar o fora daqui.

Um barulho repentino de estática proveniente do povoado os paralisou.

— O que diabos é isso? — Mateo perguntou. — Vamos embora logo.

Nancy colocou a mão no braço dele.

— Espere.

A voz chegou da praça até eles. Ela reconheceu de imediato o francês correto, com leve sotaque, do oficial da Rue Paradis. O homem que ela vira liderando a execução na praça da cidade.

— Madame Fiocca? Nancy? Sei que está aí. Aqui é o major Böhm. — Ele fez uma curta pausa, como se esperasse que ela respondesse, depois continuou: — Foi bem feio o que fez na taverna, Nancy. Como se *quisesse* ser pega. Já vi isso antes, a culpa a deixou louca. Fico imaginando como seus homens estão se sentindo. Eles sabem que você os está conduzindo à ruína, assim como fez com Henri?

Ela o escutou. Sentiu a voz dele nos ossos. Olhou ao redor. A menina já tinha entrado na cabine da caminhonete. René havia parado para escutar, com a mão sobre a caixa de munição que acabara de colocar na traseira. Mateo estava com os ombros curvados, olhando para o chão. Ele não olhou para ela.

— Madame Fiocca, Henri ainda está vivo.

Nancy sentiu o corpo todo pender para a frente na escuridão, sentiu a mão de Mateo em seu cotovelo, segurando-a. Inclinou-se um pouco para ouvir.

— Juro que ele está vivo. Entregue-se, Nancy, e providencio a soltura dele. É simples assim. Você sabe que estou em Montluçon. Venha até mim.

Ela deu um passo quando a voz desapareceu, e Mateo a segurou com mais força.

— *Mon colonel!* — ele sussurrou enquanto ela se recompunha.

— Quem é Henri? — René perguntou casualmente.

— Meu marido — Nancy respondeu. — Meu marido.

— Temos que ir, Nancy — Mateo disse. — Agora.

Ele praticamente a empurrou para dentro do carro, como se fosse uma prisioneira. Assim que ouviram René subir na traseira, Mateo soltou o freio de mão, e eles seguiram no meio da escuridão.

48

Henri estava vivo. A ideia de que ela podia salvá-lo fez seu coração desabrochar e explodir. Nancy era capaz de vê-lo chegando a Marselha, sendo recebido pelos velhos amigos, até mesmo pelo pai e pela irmã, e a felicidade que ela sentiu fez com que perdesse o fôlego. Não sabia, nunca tinha ousado perceber, como estava desesperada para trocar sua vida pela dele. Tinha pensado apenas em ajudar a acelerar o fim da guerra, desejando que ele sobrevivesse até lá. Isso era muito melhor. A estrada passou sem ela registrar o percurso na mente; só se deu conta de que estavam de volta quando a caminhonete começou a subir com cuidado a trilha para o acampamento. Havia algo errado. Talvez fosse a falta de um comitê de recepção. Os homens sabiam que eles tinham saído em busca de bazucas, e normalmente os novos equipamentos os deixariam eufóricos como crianças esperando o Papai Noel. Também não havia ninguém cozinhando nas fogueiras. Avistou Juan atravessando o campo, correndo em sua direção. O modo como se movimentava confirmou seus temores.

Ela saiu.

— Espere aqui — ela disse para Anne, olhando para trás. — Fique no carro. Não converse com ninguém além de René e Mateo.

Mateo tinha ido ao encontro do irmão, e agora caminhavam juntos na direção de Nancy.

— O que foi?

— *Mon colonel*, Gaspard pegou o capitão Rake com um recruta. Fournier e Tardivat estão fora, no acampamento de baixo. Gaspard...

— Merda!

Ela subiu a colina. A maioria dos homens observava de longe, mas um grupo de cerca de vinte pessoas estava reunido ao redor de um dos fossos de dejetos, rindo e empurrando uns aos outros com os cotovelos. Alguns saíram da frente quando a viram se aproximar, sem nem se preocuparem em alertar os colegas. Um dos caras estava com o pau na mão, mijando no buraco.

Por fim, o mijão a ouviu chegando e se virou, com o rosto ensebado ainda corado pela brincadeira. Ela deu um soco nele, com força, na lateral do queixo, e ele caiu, urinando sobre as calças no processo.

— Onde está Gaspard?

Os homens começaram a recuar. Pela primeira vez, ela olhou dentro do buraco. Denden estava encolhido no canto do fosso, sobre uma pilha de merda e de ossos de animais. Ele cobria o rosto com as mãos, mas ela viu os hematomas no pescoço e na face. Eles o haviam espancado primeiro. O impulso de atirar em alguém era quase incontrolável.

— *Mon colonel*. — Era Gaspard, vindo tranquilamente do limite da floresta com um cigarro entre os dedos grossos, como se tivesse apenas saído para fazer uma caminhada tranquila.

— Tire-o dali — ela disse.

Gaspard deu de ombros.

— Esse pervertido foi descoberto corrompendo um recruta.

— Imagino que o recruta estivesse gostando.

A expressão de Gaspard era de irritação.

— Esses homens não se voluntariam para virar presa de um transviado repugnante.

Ela falou com calma e clareza:

— Aquele *oficial britânico* é o motivo de vocês terem armas, munição e informação. Sem aquele *oficial britânico* altamente treinado, vocês não passam de valentões que roubam ovelhas dos camponeses e brincam de esconde-esconde com os colaboracionistas locais. Agora, tire-o dali, porra.

Gaspard não tirou os olhos de Nancy – um, dois, três –, então ele levantou a mão e alguns dos homens se abaixaram na beirada do fosso e estenderam a mão para puxar Denden para cima.

— Não — Nancy disse, ainda calma, mas com a mão na Bren que levava diante do peito. — Você, major. Você vai entrar lá e ajudá-lo a sair.

A brisa agitava as árvores, e a sombra matizada batia no rosto deles. Nancy ouviu Mateo pigarreando discretamente ao lado dela.

Gaspard piscou. Ele se sentou na beirada do fosso de dejetos, depois saltou pela lateral. Suas botas afundaram na bosta e nos ossos, e ela achou que ele fosse cair de cara na sujeira, mas ele conseguiu permanecer em pé. Deu três passos irregulares naquele lamaçal fedorento e estendeu a mão.

Denden segurou na mão dele e se ergueu. Estava coberto de sujeira, com sangue escorrendo do nariz e de um corte sobre o olho. Ele não falou nada.

Os homens que estavam mais perto dele, do lado de fora do fosso, deitaram-se de bruços no chão, contorcendo o rosto ao tentar parar de respirar aquele cheiro, e estenderam os braços. Gaspard levantou Denden por baixo, e ele foi puxado para fora do fosso e rolou na grama. Ficou em pé e vacilou por um instante. Um dos combatentes o segurou pelo braço e o estabilizou. Quando Denden recobrou o equilíbrio, deu uma batidinha na mão do rapaz, que o soltou, e saiu andando devagar para a mata sem olhar para ninguém.

Nancy não ficou para vê-los resgatando Gaspard. Foi direto para a barraca de Denden, tirou uma camisa e uma bermuda da mochila dele, pegou uma toalha e o seguiu.

Ele estava esperando por ela perto da lagoa e, quando a viu se aproximar, começou a desabotoar a camisa.

— Gaspard vai pagar por isso — Nancy disse, deixando as roupas limpas de lado e o ajudando a tirar a camisa ensopada e fedorenta dos ombros.

— Não foi nada.

— É revoltante.

Ele se virou para deixá-la puxar o tecido de suas costas.

— Eu disse que não foi *nada*. — Seu tom de voz era raivoso, nítido.

Ela estava prestes a insistir e então viu. As costas dele estavam cobertas de cicatrizes. Vergões grossos provocados por um chicote.

— Denden...

Ele se abaixou para desamarrar os cadarços e tirar as botas.

— Você sabia que esta não era minha primeira vez na França, Nancy. Estive aqui em 1939. Excursionei com o circo e fui parar em Paris, passando informações pela rede de lá. Foram quase três anos. Fui treinado para operar o rádio em campo quando um dos outros operadores foi morto. Fui um dos agentes que eles pegaram quando decifraram nossos códigos radiofônicos.

— A Gestapo?

Ele tirou a calça e passou cuidadosamente da plataforma de pedra para a água. Era magro e tinha os músculos definidos como ela. Seus braços, do cotovelo ao pulso, estavam extremamente bronzeados. Ela se sentou de pernas cruzadas na margem enquanto ele mergulhava o corpo sob a água e emergia, tirando os cabelos do rosto.

— E quem mais poderia ser? Eles ficaram comigo por seis meses, depois me deportaram, mas eu saltei do trem com alguns outros. Consegui chegar à costa da Bretanha. Encontrei um pescador solidário.

— Por que não me contou? — ela perguntou, apoiando o queixo na mão.

Ele jogou a água morna sobre a pele com as mãos em forma de concha, lavando os cabelos.

— Porque não devia ser preciso mostrar minhas cicatrizes às pessoas para provar que não sou uma bicha covarde.

Nancy se encolheu. Ela tinha dito aquilo. A um homem que havia sobrevivido três anos na Paris pós-ocupação. A um homem que, por acaso, sabia exatamente o que aconteceria com ele se fosse pego. A um amigo.

— Denden, o que eu disse... Eu não tive a intenção...

— Sim, você teve. — Ele pegou mais água, esfregou o peito, depois limpou o sangue do nariz. — Todo mundo acha que os gays são covardes. Eu tinha medo de que as pessoas estivessem certas; acho que foi por isso que comecei a passar informações. — Jogou a cabeça para trás, sentindo o sol no rosto, com os braços abertos. Parecia Jesus sendo batizado. — Você se acha uma garota moderna, Nancy. Mas ainda é filha da sua mãe. Toda aquela merda terrível da Bíblia ainda está em algum lugar dentro de você, julgando a todos nós.

Ele saiu da água e ela lhe entregou a toalha. Denden a enrolou na cintura e se sentou ao lado de Nancy.

— Talvez você tenha razão. Eu também me julgo. Isso faz de mim uma megera desprezível às vezes.

Ele se deitou sobre a pedra fria e olhou para o céu.

— Foi com Jules que pegaram você?

— Minha boca é um túmulo.

Nancy tinha respirado fundo, pronta para contar a ele sobre a Milícia, sobre Böhm, sobre o que ela pretendia fazer, mas aquela recusa curta e grossa deixou sua confissão parada na garganta. Ela havia, literalmente, o tirado da merda e tinha tentado se desculpar. Não lhe devia nada mais. Sim, devia. Sabia que devia, mas não podia dar isso a ele.

49

Não se falou mais do incidente, e, se alguém tinha algo a dizer sobre a chegada de Anne ao acampamento, guardou para si. Nancy teve a maior parte do dia para preparar suas anotações – para Denden e qualquer que fosse o oficial que a EOE colocaria no lugar dela –, até que Tardi a encontrou.

Ele entrou no ônibus batendo os pés. Ela escondeu as anotações que estava fazendo sob a almofada de cetim e esperou calmamente pelo ataque de fúria.

— Mateo acha que você não vai fazer isso, mas vai. Não é? — Ela nunca o vira daquele jeito, com o rosto vermelho, a voz alterada. Ele parecia estar consumindo todo o oxigênio do espaço estreito do ônibus, inclinando-se na direção dela. Nancy colocou a mão sobre a arma. — Esse alemão está mentindo para você!

— Tardi — ela disse calmamente. — Eu tenho que fazer isso. Se existe alguma chance de Henri estar vivo, preciso trocar minha vida pela dele. Eu o amo. Ele faria o mesmo por mim.

Tardivat bateu com a palma da mão na lateral do ônibus, fazendo tudo sacudir.

— Porra nenhuma! Você não está na França por ele, está aqui por nós. Foi isso que disse, foi isso que jurou.

Nancy sentiu uma onda de raiva percorrer seus ossos.

— Já fiz muito por vocês! Meu Deus, Tardi, não entre em pânico! Ainda chegarão muitas remessas, muitos paraquedas. Encontre outra moça para quem fazer vestidos.

Ele cambaleou para trás por um segundo, como se ela o tivesse golpeado. Depois voltou para a frente.

— Nós precisamos de você! Nenhum homem vale o estrago que perder você vai causar.

Ela se levantou rapidamente, obrigando-o a se afastar.

— Henri vale dez de mim! — ela exclamou. — Cem de mim. Você não sabe, Tardi, você não o conhece. Não conhece nenhum de nós dois.

Minha nossa, se existir qualquer chance... Eu morreria por esses homens, mas morreria mil vezes mais por Henri. — A raiva se esvaiu do rosto dele enquanto ela falava, dando lugar ao pesar e à perplexidade. — Você faria o mesmo pela sua esposa, Tardi. Não adianta negar.

Ela tirou a mão de perto da arma e ele deu um passo para trás.

— Talvez, *mon colonel* — disse com amargura —, mas achei que você fosse melhor do que eu.

Ele então saiu. Nancy voltou a se sentar, apoiando a cabeça entre as mãos e, pela primeira vez desde seu retorno à França, percebeu que estava tremendo.

Quando Nancy acordou na manhã seguinte, o canto que ela havia arranjado no chão para Anne já estava organizado. Sentiu uma leve pontada de dor por deixar a criança, mas Tardi e Mateo cuidariam dela. Nancy se apoiou nos cotovelos e olhou pela janela. Tudo quieto. Não havia mais visto Tardi no dia anterior, e ninguém mais tinha ido falar com ela para dizer o que devia ou não fazer. O que significava que Mateo não tinha contado a Fournier nem a Denden sobre a oferta, e Tardi havia guardado a decisão dela apenas para si. Ótimo. Seria mais fácil assim.

Separaria os homens em grupos para praticar com as bazucas e pediria a René que informasse aos combatentes veteranos sobre seu uso tático. Depois, quando estivessem todos ocupados, diria a um dos rapazes que não soubesse sobre a oferta de Böhm, talvez Jules, que pretendia procurar um local para receber as remessas mais perto de Montluçon e então iria embora.

Ela se perguntava com que humor Mateo estaria. Será que a havia perdoado pelo massacre no café? Talvez perdão não fosse a melhor palavra. Para que ele a perdoasse, ela teria que admitir que estava errada – e ela não estava errada. Ele ia superar. E Gaspard também ficaria de olho nela, procurando uma forma de se vingar pelo incidente com Denden. Ele ficaria exultante quando a notícia de sua partida se espalhasse pelo acampamento. Não seria possível evitar. Fournier seria capaz de enfrentá-lo agora.

Pelo menos ela tinha algo para distrair aqueles otários. A perspectiva de uma grande ação manteria suas mentes ocupadas. Denden tinha recebido uma mensagem de Londres na noite anterior. Eles queriam que a equipe de Nancy derrubasse parte de um grupo do exército alemão, sessenta e cinco quilômetros ao sul dali. Eles deveriam eliminar alguns soldados e ajudar a abrir caminho para os britânicos aterrissarem em Marselha. Ainda bem que tinham as bazucas. Era hora de jogar alguns ossos aos leões: ela os consultaria a respeito da estratégia, pois Fournier conhecia bem aquela parte do país; Gaspard poderia escolher quais homens deveriam treinar com as bazucas. Aquilo serviria para acariciar seus egos feridos.

Ela se vestiu rapidamente e saiu para se aliviar na mata, depois subiu a trilha para o acampamento principal.

O quê...? Tardivat segurava Anne pelo braço. Ela estava encolhida na frente dele, e ele tinha o braço levantado.

Ele viu Nancy e soltou a menina, empurrando-a no chão.

— *Mon colonel*, essa criança estúpida acendeu uma fogueira fora da área de cobertura! Estava mandando sinais de fumaça havia horas.

— Pare de assustar a menina e apague o fogo, então — Nancy pediu.

— Fiz pão, madame — Anne disse, apontando para uma dúzia de pãezinhos sobre um guardanapo estendido na grama. — Vi o forno ontem à noite e pensei que poderia preparar um café da manhã especial para você, para lhe agradecer.

Garota estúpida. Não se desperdiçam recursos para fazer refeições especiais de agradecimento para os oficiais. O que vem depois? Bolos de aniversário? Pobre menina. Nancy se lembrou de seus primeiros dias depois que fugiu de casa, da gentileza de estranhos.

— Tudo bem, Anne. Apenas não faça mais isso.

Anne passou por ela às pressas, carregando os pãezinhos na saia do vestido, recolhendo-se na direção do ônibus velho. Tardivat apagou o fogo com o pé, xingando sem parar.

— Viu algum avião? — Nancy perguntou.

Tardivat respondeu que não.

— Mas o dia está claro. Eles poderiam avistar a fumaça de longe, bem do alto, sem que pudéssemos vê-los.

Nancy enfiou as mãos no bolso.

— Peça aos rapazes que fiquem duplamente atentos. E preciso falar com você, Fournier, Mateo e Gaspard no ônibus, o quanto antes. Tenho novas mensagens de Londres.

Ele hesitou.

— Vai mesmo embora?

— Sim. Está com medo de que eu dedure nossa localização? — Ela não conseguiu esconder o sarcasmo.

Ele parecia magoado.

— Não, não tenho medo disso. Tenho medo de Böhm ter mentido e você estar quebrando a promessa que nos fez por nada.

Ela se virou. Eram poucas as chances de Mateo superar o que havia acontecido no dia anterior se ficasse sabendo do erro cometido por Anne. E, é claro, a situação ficaria dez vezes pior quando ele descobrisse que ela havia partido. Basta. Nancy já estava cansada de ficar se explicando para aqueles homens. Mais uma hora e seu trabalho como pacificadora, mãe, confidente e babá estaria terminado. Eles que se virassem. Ela caminhou na direção do ônibus.

— Madame, eu sinto muito. — A menina a acompanhava com passos rápidos, como um cachorrinho.

Nancy olhou para ela; era uma coisinha tão frágil. Quantos anos tinha? Não mais de dezoito. Apenas um ano e pouco a mais do que Nancy tinha quando fugiu de casa. E só Deus sabe quantos erros Nancy cometera naquela época, apesar de ter tido a vantagem de não fugir durante uma guerra.

— A culpa é minha, Anne. Eu devia ter lhe explicado os protocolos de segurança ontem à noite. Mas os pãezinhos estão com uma cara ótima. — Anne sorriu. — Meus oficiais estão vindo para uma reunião, talvez eles a perdoem quando comerem alguns.

50

Eles gostaram do plano, deu para perceber. Gaspard era o rei das emboscadas em beira de estrada, e Fournier desenvolvera uma habilidade com explosivo plástico que havia destruído uma dúzia de pequenas pontes e duas fábricas importantes desde o Dia D, mas todos gostaram da ideia de uma batalha de verdade.

Ainda assim, estavam zangados com ela. Por causa de Anne, por causa de Denden, e então tentaram conter a satisfação que sentiam. Nossa, era como lidar com colegiais. Anne entrou com os pães. Ela tinha conseguido furtar um pouco de manteiga do armazém. O aroma estava divino. Eles avançaram na comida. Mateo não conseguiu nem esperar a manteiga e logo mordeu a casquinha, levantando os olhos para o céu. É, eles perdoariam qualquer coisa agora. Homens.

Nancy espalhou a manteiga devagar, preparando-se para saborear seu pão. Tardivat fez questão de ignorar o prato, apontando para o mapa.

— Se conseguirmos encontrar uma rota aqui, conheço um rastreador de confiança. Vamos poder usar o terreno mais alto para atirar de cima. Transformar aquela parte inteira da estrada em um campo de matança.

Era uma boa ideia. Ela largou o pão por um segundo.

— De quantos homens precisaríamos?

Mateo resmungou. Ela o olhou, imaginando se ele tinha algum problema com o plano. Ele estava com a mão na garganta, e sua pele estava vermelha e sem vida.

— Mateo, merda, você está engasgando? Seu guloso. Bata nas costas dele, Gaspard, dê um copo d'água a ele.

Gaspard riu e deu um tapa nas costas dele. A tosse aumentou, e uma poça de saliva começou a se formar no canto da boca de Mateo. Ele começou a arranhar a garganta, depois tossiu novamente, espirrando sangue pelo mapa.

— Merda! — Gaspard gritou e pegou o copo d'água, tentando forçar o líquido por entre os lábios de Mateo, mas o homem o empurrou, saiu do ônibus cambaleando e desmaiou.

— É veneno! — Fournier disse, seguindo-o, e se ajoelhou ao lado de Mateo.

Ouviu-se um estrondo de passos pela trilha, e um grupo, incluindo os outros espanhóis, apareceu, com as armas a postos, para ver o amigo e irmão se contorcendo sobre a grama. Mateo estava convulsionando.

— Vire-o de lado! — Nancy disse. Ela se agachou ao lado dele, colocando a mão sob sua cabeça.

Ele ficou olhando fixamente para ela, com os olhos em pânico. O sangue que saía de sua boca escorreu pelo pulso dela. Ela acariciou seus cabelos, tentou olhar em seus olhos, mas eles estavam revirando de um lado para o outro. Nancy não sabia dizer se ele a reconhecia. Repetiu o nome dele várias vezes, devagar, de forma clara.

Seu corpo convulsionou novamente, depois ficou duro, os músculos da lateral do pescoço estavam saltados como pedaços de corda, e ele soltou um suspiro úmido e agitado. Os olhos ficaram vazios. Era impossível. Era verdade.

Nancy se levantou. De trás dos espanhóis e dos outros, Anne os observava. Nancy começou a correr. A menina se virou e entrou na floresta, subiu a encosta na direção do precipício. Os movimentos de Nancy eram rápidos, irracionais. Anne estava chorando, gemendo enquanto corria, e Nancy foi conseguindo se aproximar, com o coração acelerado, mas sem duvidar do resultado. A garota não tinha para onde ir.

Anne entrou no meio das árvores e só parou na beira do precipício, girando os braços para não cair. Cambaleou para trás sobre a grama áspera, depois girou e viu que Nancy bloqueava sua passagem. Ela se arrastou novamente na direção da beira, de barriga para baixo.

— Não vou machucar você, Anne.

Nancy deu um passo à frente; Anne recuou. A expressão no rosto da menina era de puro terror. Como um animal selvagem acuado. Nancy respirou fundo.

— Você não queria nos machucar, queria? Alguém obrigou você a fazer isso?

Anne piscou os olhos, mas Nancy achou ter visto um leve aceno de cabeça.

— Eu compreendo... eu compreendo. Agora, afaste-se da beira. Vamos conversar, nós duas. Não vou machucar você.

Os olhos de Anne estavam enlouquecidos, virando de um lado para o outro.

— Anne, também não vou deixar ninguém machucar você. Dou minha palavra.

Nancy chegou mais perto, estendeu a mão. E, dessa vez, Anne aceitou.

O pão envenenado estava queimando em uma fogueira coberta. Os homens viram Nancy passar com Anne entre eles e ir para o ônibus. Ela viu o olhar de Tardivat quando passaram. Ele estava fazendo uma pergunta, e ela ainda não sabia a resposta.

O mapa ensanguentado ainda estava sobre a mesa. Nancy o deixou lá.

— Agora me conte tudo.

A menina estava tremendo muito, como se estivesse com febre.

— Vamos, Anne, meu lado compreensivo está me dizendo que podemos resolver nossos problemas por meio da conversa, então fale.

— O homem da Gestapo... ele disse que era meu dever. Que eu era especial.

Böhm. Claro que tinha sido ele.

— Quando? — Nancy perguntou.

Anne olhou em volta, como se esperasse que o oficial em questão surgisse de trás de um dos assentos.

— Quando ele falou isso? Ontem à noite?

— Ele chegou no café minutos depois que vocês saíram. Depois que seu amigo levou vocês para o celeiro. Todo mundo sabia que ele alugava o espaço do *monsieur* Boutelle. Eu lembro que ainda estava chorando. Ele ficou muito interessado quando eu disse meu nome, quando contei que eu e você tínhamos conversado. Ele foi gentil. Os alemães estão tentando construir um mundo melhor. Os judeus e estrangeiros estão tentando impedir. Ele disse que era por causa de mulheres como você... Vocês obrigaram os alemães a fazer coisas que eles não queriam. Como incendiar fazendas. Ele disse que, se você e seus homens desaparecessem, haveria paz. Ele disse muitas coisas. Ele me deu aquilo que coloquei na comida. Ele me mandou atrás de você.

Alguém devia ter avistado Nancy antes mesmo de entrar no bar. Ela tinha uma vaga lembrança de um homem passando por eles na rua.

— Ele disse que protegeria minha família! Que eu tinha que ser corajosa em nome deles! Disse que me protegeria!

Nancy sentia a raiva borbulhando nas veias. Tinha enxergado a si mesma naquela garota.

— Ele não pode fazer isso. Só eu posso, Anne. Você contou a ele o que eu falei sobre o livro? — Anne fez que não com a cabeça, confusa. Böhm já sabia qual era o livro preferido de Nancy. — E foi Böhm que pediu para você dizer que tinha fugido de sua mãe?

Ela assentiu.

— Sabe como ele conseguiu essa informação? — Nancy perguntou, por fim. — Ele conseguiu isso torturando meu marido, sua vadia nazista.

Ela pegou Anne pelo braço, arrastando-a para fora do ônibus. A menina tentou resistir, gritando e berrando, agarrando-se nos assentos antigos, na porta, mas ela era fraca, e Nancy tinha ficado forte.

— Você disse que não ia me machucar! — a garota gritou enquanto Nancy a jogava no chão, aos pés de Tardivat.

Ele a puxou para cima, segurou seu braço direito; Rodrigo segurou o esquerdo.

— Acho que somos duas vagabundas mentirosas, então — Nancy vociferou.

O que Böhm tinha feito com Henri para que ele entregasse todos aqueles pequenos segredos do passado? Sua família, seu livro preferido. Ela sentiu o calor seco de seu antigo esconderijo sob a varanda, em Sydney, lendo sob a luz que passava pelas tábuas do chão e formava listras claras. A ameaça dos passos da mãe logo acima.

Nancy tirou a pistola do coldre e a ofereceu a Juan.

— Ela matou seu irmão.

Ele fez que não com a cabeça.

— É só uma menina.

Anne se afundou entre os homens que a seguravam.

— Eu sinto muito, sinto muito, me deixem ir... vocês nunca mais vão me ver...

— Tardi?

— Não posso.

— Tudo bem.

Nancy levantou a arma. Anne levantou a cabeça e olhou nos olhos de Nancy.

— Ele está morto! Seu marido. O major Böhm disse ao capitão que era uma pena ele não ter durado mais, porque havia sido muito útil. — Nancy começou a pressionar o gatilho, e o rosto da garota se contorceu num sorriso malicioso. — *Heil Hit...*

Nancy atirou duas vezes. O corpo da menina sacudiu nos braços de Tardi, e eles a soltaram. Nancy guardou a arma no coldre e saiu andando para a mata, deixando a bagunça para os homens limparem.

Ela foi direto para o precipício e chegou até a beira antes de cair de joelhos. Suas mãos tremiam novamente. Ela precisava de um momento, só um momento. Mas a mente não colaborava. Henri estava morto. Tardi estava certo, Böhm tinha mentido. Ela ainda ouvia o barulho do sangue na garganta de Mateo, sentia o pulso fino de Anne, via o último olhar da garota, de raiva assassina.

Não haveria paz agora, não para ela. Buckmaster e seus semelhantes achavam que paz era apenas o fim da luta, o exército alemão anulado, a França livre e grata. *O fim está próximo, Nancy!* Ele era um tolo. Todos eles eram tolos. Aquele inferno não tinha fim, apenas diferentes cores e sabores.

A corda que Denden tinha usado para mostrar a ela como se pendurar sobre o abismo ainda estava lá. Era uma corda normal, como a que os alemães tinham usado nos laços para o fazendeiro de um braço só e a esposa dele. Nancy se levantou, pegou a corda. Uma ponta ainda estava firmemente presa à árvore. Eles agora estavam em paz. Aquilo era paz. Não no paraíso, não no inferno, apenas em um lugar de silêncio onde não era preciso pensar ou lembrar.

Nancy fez um laço.

Sem amor, sem ódio. Sem valentões e sem propaganda, sem crianças desesperadas com ódio de vingança. Sem raiva, sem culpa. Sem Henri.

Ela amarrou a corda em volta de si mesma.

Devia estar horrível. O instinto é algo poderoso. Ela abriu o estojo de pó de arroz que estava no bolso e se olhou no espelho, limpando o canto da boca ao ver a própria imagem.

A raiva e a repulsa a levantaram em uma onda, e ela o arremessou, o pequeno presente de despedida de Buckmaster, que dizia espero-que-não-seja-torturada-e-morra-de-fome, sobre a beira do precipício – então ela se soltou e se lançou no vazio.

E foi pega.

Os pés estavam apoiados na beirada quebradiça, os braços esticados como os de um paraquedista, a corda tensa em volta da cintura. O laço cedeu um pouco, e ela foi lançada um centímetro adiante. Aquilo a fez sorrir. Talvez a corda arrebentasse. *Vamos, Deus, se estiver aí, estou dando sopa*. Talvez ela e todo seu talento repentino para a morte desaparecessem no ar limpo de Cantal, e seu corpo alimentasse as árvores, decompondo seu pecado.

Mas a corda permaneceu firme, e Nancy ficou olhando para o vale. Pensou em Böhm. Aquele sorriso gentil e curioso que dizia que ele estava satisfeito com seu mundo. Ele agora estava em Montluçon, atrás de sua mesa, assinando seus formulários. Esse prisioneiro vai morrer, aquele povoado vai ser incendiado, esses homens vão ser espancados até suas próprias mães não os reconhecerem, os outros vão ser colocados em um vagão de gado fedorento e levados para a Alemanha. *Ele* não estava no inferno. Como era possível? Ela reequilibrou o peso e levantou mais os braços.

Era a senhora do vazio. Levaria o inferno até ele.

51

Tardivat detestou a ideia, é claro. Seu primeiro impulso havia sido confortá-la, oferecer sua solidariedade, pois compreendia o que ela havia sentido quando Anne jogara a morte de Henri em sua cara. Quando Nancy disse a ele que suas intenções haviam mudado, mas não seu destino, ele a deixou falando sozinha, mas não antes de dizer que era uma ideia suicida, idiota, um desperdício de recursos e de homens.

— Nós vamos, *mon colonel* — Rodrigo disse. — Eu e Juan. Não vou perder a oportunidade de me vingar.

— Exatamente! — Denden exclamou, batendo na mesa e sacudindo os copos sujos. O copo de Anne. — Isso não passa de vingança! Vingança por Mateo, vingança pelo seu marido.

— E qual é o problema? — Nancy perguntou, abrindo uma caixa e passando cintos de granadas para os dois espanhóis.

— Sua missão aqui devia ser lutar por todos nós — Denden respondeu. — Por todos aqueles que os nazistas mataram, e por todos que ainda pretendem matar. Foi para isso que fomos treinados.

René coçou a orelha.

— Não me importa por que ela quer matá-los, contanto que os nazistas acabem mortos. Estou dentro.

Denden tentou novamente.

— Você está entrando no jogo dele, Nancy.

— Basta! — Nancy olhou feio para ele. — Cavalheiros, agradeço a preocupação. Vocês não precisam ir. Mas eu não vou, *não posso*, deixar por isso mesmo. — Ela se virou para Juan. — Esteja pronto em uma hora. Você também, René.

— Posso levar meus brinquedos? — René piscou os olhos para ela.

— É claro.

— Oba! Vamos, rapazes. Vamos reunir mais alguns voluntários.

Denden ficou olhando pela janela enquanto René saltitava pelo acampamento.

— Ele é louco. Você percebe, Nancy?

Ela deu de ombros.

— Somos todos loucos agora. Você tem as últimas instruções de Londres, Denden. — Ela entregou a ele as anotações que tinha feito no dia anterior, naquelas horas sensíveis em que pensava que podia salvar Henri. — O dinheiro para as famílias dos combatentes está aqui. Coordenadas para possíveis remessas e localização dos esconderijos das armas. Os códigos habituais. Você sabe o que fazer se eu não voltar.

Ele guardou o papel no bolso de trás da calça e se levantou devagar. Os ferimentos do dia anterior o faziam se movimentar como um velho.

— Eu sei. Mas volte.

Quando ele saiu, Nancy pegou a almofada de cetim e usou a tesourinha de unha para abrir a costura da parte de trás, então colocou a mão no enchimento. Havia cerca de doze cápsulas; elas pareciam pérolas na penumbra do ônibus. Cianeto. O plano era costurar uma na barra de cada camisa sua, uma medida de segurança contra a Gestapo. Claro que ninguém da EOE havia dito para eles se matarem caso fossem capturados. As cápsulas eram simplesmente apresentadas, muito gentilmente, como uma opção. Não suporta a tortura? Quer que os estupros e os espancamentos acabem? Não consegue viver com a vergonha de ter traído seu povo? Não quer correr o risco de entregar seus companheiros? Tome uma das cápsulas milagrosas do dr. Buckmaster e não se preocupe mais.

O boato em Beaulieu era de que as pessoas não tomavam aquilo, mas, de alguma forma, ter a opção de colocar um fim em tudo tornava os horrores um pouco mais fáceis de suportar. Talvez, mas ela sabia que o suicídio nunca seria sua saída, nunca seria um consolo, independentemente do que acontecesse. Ela tirou da bolsa um vidro de colônia pela metade. Outro presente de Baker Street. Desenroscou o borrifador, colocou as cápsulas lá dentro e ficou olhando enquanto dissolviam, transformando aquela fragrância linda e cara em veneno.

A maré estava mesmo virando. A cafetina de Montluçon concordou em levar Nancy ao quartel-general por apenas mil francos mais a aliança de casamento. Elas conversaram na cozinha da pequena casa silenciosa na rua dos fundos. Nancy ficou surpresa com a facilidade com que entregou a aliança. Agora não passava de uma bugiganga. Ela queria Henri, não aquele anel de ouro.

— E um papel — a cafetina acrescentou.

— Que papel, madame Juliette?

Como parte do acordo, Nancy havia insistido em receber um vestido, que estava experimentando, admirando-se no espelho de corpo inteiro. Era bem-acabado, longo, de algodão azul-escuro, e marcava suas curvas. Era sugestivo na medida exata, sem chamar muita atenção na rua.

— Você precisa assinar isto. Com seu nome verdadeiro.

Nancy virou as costas para o espelho e viu que madame Juliette estivera ocupada escrevendo alguma coisa.

— O que é isso?

Madame Juliette estava sentada com o corpo ereto na cadeira.

— Vou sair da cidade para ficar com minha irmã em Clermont assim que terminarmos o que precisamos fazer. Os alemães estão perdendo. Quando perderem, as pessoas vão dizer que colaborei com eles. Esse papel diz que fui boa amiga da Resistência.

Nancy olhou para ela. Elegante e bem alimentada. Sem dúvida, os clientes haviam aumentado desde o dia em que os alemães chegaram a Montluçon. Interessante. Os homens de Fournier disseram que os combatentes que tinham chegado ao acampamento depois do Dia D cheiravam a naftalina, e fazendeiros que haviam recusado ajuda no ano anterior agora caminhavam durante horas para lhes oferecer iguarias de suas terras. Mesmo com as represálias, eles sabiam que, no fim, os alemães iriam embora. E eles teriam que prestar contas.

Nancy pegou a caneta e, enquanto assinava, indo contra todas as regras que tinha aprendido em Beaulieu – "Nancy Fiocca, nascida Wake" –, ouviu Juliette soltar um suspiro trêmulo.

— Vou levar você até a portaria — Juliette disse. — Nenhuma de minhas meninas está aqui hoje, mas não sou a única cafetina da cidade, madame. Outras meninas devem estar entretendo os oficiais.

— Azar delas — Nancy respondeu, devolvendo a caneta. Ela deixaria madame Juliette fugir, mas isso não significava que todos os colaboracionistas da cidade seriam tratados com gentileza.

— Aqui está seu papel. Leve-me até lá.

52

Juliette saiu com ela pela porta principal e a acompanhou até uma rua lateral. O quartel-general da Gestapo, um antigo hotel, ficava de frente para uma praça movimentada, perto da estação de trem, e todos os dias os moradores de Montluçon viam os oficiais com o uniforme da SS, seus casacos de couro preto, recebendo os membros do conselho municipal para reuniões e instruções. As pessoas os viam e passavam por eles o mais rápido possível. Antes da guerra, táxis e carros particulares deixavam homens de negócios e turistas na frente do elegante pórtico, mas a bagagem, além de todos os alimentos e roupas de cama que entravam e saíam do hotel, era levada pelo pátio dos fundos. Agora, era por esse pátio que acontecia o verdadeiro movimento da Gestapo – furgões circulando a qualquer hora do dia e da noite, guardas verificando listas enquanto homens, mulheres e crianças, atordoados de medo, eram transportados como animais e empurrados pelas antigas portas de serviço até as celas.

Era também por ali que entravam os prazeres de que os oficiais desfrutavam – as mercadorias de luxo tiradas de adegas, lojas e casas abandonadas, e as mulheres. Quatro sentinelas guardavam o portão que dava para o pátio: duas em plataformas elevadas, que lhes proporcionavam uma visão de todo o pátio e da estrada que levava a ele, e outras duas preparadas para levantar a cancela e verificar os nomes em suas listas. A sentinela ficou encarando Nancy, que abaixou os olhos, com medo de que o guarda notasse a fagulha de raiva que havia neles. Ela sentia a obscuridade no próprio sangue e nos ossos, tão venenosa que tinha certeza de que conseguiria matar aquele homem apenas tocando-o com a ponta do dedo.

— Não é a garota de sempre — a sentinela disse. — O capitão Hesse gosta de mulheres um pouco mais cheinhas. — Nancy sentiu os olhos dele percorrerem seu corpo.

— Sophie está doente — Juliette disse. Ela parecia entediada, irritada. Era uma atriz nata, Nancy pensou, mas talvez todas as prostitutas tivessem que ser. — O capitão Hesse disse que essa garota ia servir. Quer deixá-lo esperando?

O guarda deu de ombros e fez uma anotação no livro de registros. A nota dizia: "Galinha para a mesa do capitão".

Juliette foi embora, desaparecendo rapidamente na noite. A sentinela estendeu a mão, estalou os dedos, e Nancy lhe entregou a bolsa. Ele a abriu. Batom. Perfume. Alguns preservativos embalados em papel-alumínio. Então lhe devolveu a bolsa e a acompanhou do portão até a porta de serviço. Nancy não era a primeira oficial da EOE a chegar àquele ponto. Pensou no que ouvira falar sobre Maurice Southgate, o homem capturado pouco antes de sua chegada à França. Pensou nos dois operadores de telégrafo que tinham desaparecido juntos por aquelas portas, rumo às trevas, e ficou imaginando se ainda estariam vivos em algum dos campos. Pensou em Henri e cerrou os punhos, afundando as unhas na palma das mãos.

Havia um quadro de avisos na parede, logo depois da porta. Nancy olhou de soslaio, mas foi o suficiente para ver sua imagem e a de Fournier, e a quantia absurda de dinheiro oferecida a quem os entregasse naquele mesmo prédio. A sentinela nem olhou, apenas a conduziu, batendo as botas pesadas pelas escadas de serviço estreitas, até a parte do prédio designada para os hóspedes do hotel, agora para os oficiais. Pesados painéis de madeira cortados por espelhos enormes e luzes elétricas que brilhavam sob abajures de vitral. Nancy passou entre um número infinito de reflexos de si própria. A sentinela tornou-se um exército, e ela também, com os passos agora abafados por tapetes grossos.

O guarda abriu uma porta e fez sinal com a cabeça, com um olhar de escárnio, para que ela entrasse. Cinco homens sentados à mesa levantaram a cabeça. Nenhum deles era Böhm. Seu instinto se provou correto. Ele era SS puro e nunca corromperia a própria carne com uma puta francesa. Aqueles homens olharam para ela com ar de surpresa voraz.

Já havia outra garota ali, uma loira, sentada no colo de um oficial que não parecia ter mais de vinte anos, corado até as orelhas enquanto ela acariciava sua nuca e balançava um pouco o corpo sobre suas pernas, fazendo os homens mais velhos rirem.

O capitão que estava mais próximo de Nancy esticou o braço e a puxou pela cintura em sua direção, passando a outra mão sobre seus seios e a frente de seu corpo, depois enfiando a mão embaixo de sua saia, colocando o dedo entre o elástico da meia e a coxa. Ele nem olhou para a cara dela.

— Doce estranha. Madame Juliette foi muito gentil em nos mandar carne fresca.

Nancy tirou o quepe dele e o colocou na própria cabeça, depois se inclinou para a frente para beijar o alto da careca dele.

— Fresca e forte, senhor — ela disse em um sussurro, pressionando o corpo no dele. Os dedos dele se esticaram até o algodão da calcinha dela, e os outros homens riram. — Mais uma bebida?

Ele a deixou ir até uma mesa lateral, onde havia um *decanter* de vinho tinto, cercado por uma dúzia de taças. Um dos outros oficiais ficou impaciente com o jovem. Ele se levantou da cadeira e começou a beijar o pescoço da garota, acariciando seus seios com os dedos gordos enquanto ela ria e gemia e se contorcia no colo do rapaz. Todos estavam corados, suados devido ao desejo crescente, impacientes. Não conseguiam tirar os olhos da loira.

Nancy verteu o conteúdo do frasco de perfume dentro do vinho e balançou o *decanter* antes de encher as taças e colocá-las sobre a mesa, diante de cada oficial. Depois retomou seu lugar ao lado do amigo de dedos inquietos e levantou a própria taça.

— Ao Führer! — ela disse.

Mesmo no estado em que se encontravam, o condicionamento falou mais alto. Cada homem pegou uma taça e a ergueu antes de beber, repetindo o brinde mesmo sem conseguir tirar os olhos da garota que gemia no colo do rapaz.

Nancy sentiu o vinho tocar seus lábios, ciente do ímpeto de beber, virar a taça toda, mas resistindo. Böhm estava em algum lugar daquele prédio, esperando por ela.

Graças à EOE, as coisas aconteceram bem rápido. Seu amigo de dedos inquietos começou a ficar ofegante, levando a mão à garganta. Um dos outros se levantou, deu dois passos cambaleantes até a porta, caiu sobre o tapete vermelho e azul estendido sobre o assoalho encerado e começou a convulsionar.

O oficial que estava com Nancy olhou para o seu rosto pela primeira vez. A cara gorda do homem registrava choque, raiva e, finalmente,

Nancy notou com grande satisfação, ele a identificou. Ele tentou pegar a arma, e Nancy não o impediu, apenas puxou a faca de combate que ele levava no cinto e lhe cortou a garganta.

A garota se encolheu no canto da sala, assustada demais para gritar, cobrindo o rosto com as mãos. Nancy abriu o cinto do oficial, agora caído sobre a mesa, e o colocou na própria cintura. Ficou apoiado na altura dos quadris, como o cinto de um pistoleiro do velho oeste. O rapaz já estava morto. O último oficial conseguiu levantar a arma, mas já estava vomitando, e caiu de lado antes de apertar o gatilho.

Nancy passou sobre o corpo abatido e, com as luzes acesas, abriu a cortina e acenou para a escuridão. Não era um sinal muito sutil. Mas não precisava ser.

A escuridão e o vazio a dominavam agora. Era de Nietzsche que aqueles sádicos imbecis gostavam, não era? Aquela frase: "Se você olhar para o abismo, o abismo também olha para você"? Ela sempre achou que aquilo parecia um pouco fraco, era o tipo de coisa que um jornalista bêbado dizia ao outro em bares de Paris quando se gabavam dos homens perigosos que haviam encontrado. Mas agora ela compreendia. Ela era o abismo, ela o sugara para dentro de si naqueles instantes após ter matado a espiã de Böhm, e agora o abismo não estava apenas olhando de volta para aqueles homens loucos – estava chegando para engolir todos eles.

53

Ouviu-se o ronco do motor na estrada, e os guardas tentaram sacar as armas, mas foram lentos demais. O silêncio nas ruas era de expectativa, não de paz. O furgão roubado da delegacia entrou com tudo no pátio, Juan saltou da cabine e derrubou a sentinela que havia levado Nancy para dentro, enquanto Rodrigo ficou em pé sobre o estribo e derrubou o posto de metralhadora à esquerda com um estouro da Bren. Juan já estava subindo os degraus estreitos à direita, atirando. Nancy assistiu, sorrindo, quando René apareceu e disparou a bazuca diretamente na porta dos fundos.

O prédio tremeu, e os copos restantes chacoalharam sobre a mesa lateral atrás de Nancy. A garota loira gritou. Mais seis homens avançaram após o furgão, atravessando a barreira quebrada, e quatro deles se posicionaram nas guaritas altas. As saraivadas insistentes e regulares das metralhadoras capturadas acertaram os guardas semivestidos que saíam pela porta dos fundos estourada.

Nancy se afastou, passando por cima dos cadáveres dos oficiais, verificou sua pistola e munição, e saiu no corredor. Era exatamente como no treinamento, aquelas caminhadas em Inverness, onde os instrutores puxavam alavancas e os alvos apareciam na frente deles, no meio de arbustos, detrás das portas. Nancy atirou com a arma na altura do quadril, toques duplos, um, dois, eliminando duas sentinelas no corredor. Um capitão com cara de sono saiu cambaleando de um dos quartos, ainda ajeitando os óculos com armação de metal atrás das orelhas e piscando os olhos, confuso. Ele paralisou quando a viu, depois levantou as mãos e começou a falar. Nancy atirou duas vezes bem no meio de seu peito, e a força das balas o empurrou de volta para dentro do quarto. Ela atravessou o corredor e olhou para ele. Os lábios ainda se mexiam, mas não podia mais ouvir seus segredos, como não ouvira os segredos daquele rapaz francês que vira morrer na rua em Marselha. Ele piscava os olhos atrás dos óculos. Ela atirou em sua testa e saiu andando. Mais um nazista devorado pelo vazio. Nancy guardou a arma no coldre e pegou a faca.

Os alemães estavam todos concentrados no ataque dos fundos, de modo que metade das sentinelas que encontrou estava de costas para ela. Matá-los daquela forma era quase fácil demais. A faca estava ficando escorregadia, então ela limpou o cabo e a mão no vestido, cantarolando "Le Chant des Partisans". Desceu a grande escadaria como se fosse encontrar seu marido para tomar um drinque no bar do hotel. Viu homenzinhos de verde-acinzentado correndo de um lado para o outro. Ouviu um grito e uma rajada de balas vindo da direção da cozinha. Alguns dos homens já estavam do lado de dentro. Ela tinha que agir rápido. Andar térreo. Gabinetes.

Um sargento, ordenando que seus homens fossem para os fundos do prédio, virou-se e deu de cara com ela. Ele reagiu com rapidez, sabendo que não teria tempo de pegar a arma ou a faca, e deu um soco nela.

Ela amorteceu o golpe com o antebraço esquerdo, sentindo a carne e os ossos do corpo tremerem, depois enfiou a faca na barriga dele, talhando-a na vertical. Aquela faca era quase tão boa quanto sua Fairbairn-Sykes. Londres tinha mandado outra de imediato para substituir a que Nancy perdera. Obrigada, tio Bucky.

A sala do gerente. É claro que seria a dele, com um cofre de fechadura tripla e janelas altas que davam para o jardim do pátio, que ficava bem no centro do hotel. A porta abriu quando ela se aproximou, e outro oficial jovem, este com cabelos loiros quase brancos, saiu com uma caixa grande de papéis nos braços. Ele estava virado para trás, falando com alguém dentro da sala. Ela atirou na cara dele. Não sabia dizer se por pensar que a caixa de papéis poderia desviar a bala ou simplesmente porque quis.

Nancy passou por cima de seu corpo e entrou na sala. Lá estava ele, o major Böhm, exatamente com a mesma aparência de quando se encontraram pela última vez em Marselha, o mesmo sorriso de surpresa cortês. Ele estava em pé diante das estantes de livros perfeitamente organizadas, como se escolhesse a leitura daquela noite.

— Sra. Fiocca! Imagino que tenha vindo para saber de seu marido. Receio que não esteja aqui para fazer o acordo que propus em Courçais, dada a maneira de sua chegada. — Ele balançou um pouco a cabeça.

— Confesso que estou surpreso. Tinha certeza de que trocaria sua vida pela de Henri depois de tudo que o fez passar.

Ele estava falando em inglês, e ela respondeu na mesma língua. As palavras pareciam estranhas em sua boca.

— Anne me contou que você o havia assassinado.

Böhm parecia profundamente entristecido.

— Compreendo. Não, não, madame Fiocca. Por que eu mataria alguém tão útil?

Henri. Ela podia vê-lo como se estivesse na sua frente, com o blazer pendurado no ombro. Ela guardou o revólver.

— Ele me contou tanto sobre você.

A cabeça de Nancy estava girando. Sua raiva profunda e prolongada agora estava suspensa e misturada com amor, com esperança.

— Ele está aqui?

— Não. Mas está em um lugar seguro. Bem seguro.

Basta. Ela arrancaria a verdade do coração doente de Böhm. Nancy se lançou sobre ele, com a faca erguida para retalhar seu rosto. A linha de ataque era óbvia. Ele deu um passo para trás de modo que suas costas foram de encontro à mesa, e a agarrou pelo pulso quando ela foi atacá-lo, segurando-a com a mão direita. Prendeu a cintura dela com o braço esquerdo, impedindo que se soltasse. A lâmina balançava, as forças se equilibravam entre eles.

— Ele não a reconheceria agora, é claro — Böhm disse por entre dentes cerrados. — Você não é mais Nancy Wake, é? — Ela empurrou o braço mais para a frente, e a lâmina estremeceu perto da pele dele. — Ou talvez tenha finalmente descoberto seu verdadeiro *eu*. É exatamente o que sua mãe disse que era. Um castigo àqueles que a amam. Feia, suja, pecadora e sem valor.

A imagem era de Böhm e Henri sentados juntos em uma sala, como amigos confidentes, discutindo o que a mãe de Nancy havia dito a ela, o veneno que pingava na corrente sanguínea de Nancy todos os dias até ela resolver fugir. E continuar fugindo.

— *Mon colonel!* — Era René procurando por ela, gritando do saguão. — Os reforços da SS estão chegando. Vamos!

Ouviu-se outra explosão no saguão, e Böhm a empurrou para longe. Ela cambaleou, caiu de joelhos e, quando olhou para cima, ele estava com um revólver na mão, apontando para a cabeça dela.

— Melhor para ele não ter visto você como realmente é.

Ela lhe mostrou os dentes. Ele rosnou como se achasse graça e manteve a arma apontada para a cabeça dela.

Nancy ouviu René chamá-la novamente.

— Sabe o que esse símbolo significa? — Böhm perguntou.

Ela abaixou rapidamente os olhos. O tapete sobre o qual estava ajoelhada, manchado com o sangue do homem que havia matado na porta, era estampado com suásticas, mas não em preto e vermelho – elas formavam fileiras em verde e dourado.

— É de origem tibetana — Böhm continuou. — Representa o sol. O Supremo Masculino. O Führer nos lembra disso para que todos nos esforcemos para agradá-lo. Ele é nosso pai. E quantos anos você tinha quando seu pai foi embora? O que ele acharia de sua garotinha agora? — De novo aquele sorriso cortês. — Você matou seus homens, sabia? Deixou uma espiã revelar sua posição, depois trouxe vinte de seus melhores combatentes para um ataque suicida aqui. Ordenei um ataque ao seu acampamento em Chaudes-Aigues assim que recebi os relatos do sinal de Anne.

A porta se abriu. René, de revólver a postos. Böhm se virou para ele, mas, antes que René conseguisse atirar, Nancy se lançou pelo tapete, faca na mão, e retalhou o rosto de Böhm.

— Merda! — René gritou, conseguindo por pouco levantar o cano do revólver para que a bala, já saindo do tambor, estilhaçasse a janela em vez de ir parar nas costas de Nancy.

Nancy acertou-o na maçã do rosto, e a força do ataque o fez cambalear para o lado, batendo o pulso na beirada da mesa e deixando a arma cair. Ele gritou, levando a mão ao ferimento. O sangue escorreu imediatamente por entre seus dedos, para o colarinho. Ela foi para cima dele mais uma vez, mas René a ergueu pela cintura, carregando-a para fora da sala enquanto ela uivava de raiva.

— Agora, Nancy! — ele gritou para ela, colocando-a em pé no corredor e empurrando suas costas na direção do saguão. — Acabou o recreio!

Fumaça, corpos. René atirou granadas adiante para abrir caminho, puxando-a para o lado para protegê-la da explosão. Os espelhos estilhaçaram, os painéis de madeira se despedaçaram, o longo zunido resultante dos estrondos, escombros de alvenaria e gesso e uma nuvem densa de fumaça e poeira os cercavam. René a arrastava para a frente novamente, e ela tropeçou em um soldado que havia levado um tiro na barriga e ainda se contorcia aos seus pés. O saguão. René lançou outra granada na direção das portas duplas da entrada frontal e, quando ela explodiu, Nancy perdeu a audição. Só ouvia um apito agudo e insistente.

 René a empurrou pelas portas em chamas até a rua, depois a levantou mais uma vez, jogando-a na traseira de uma caminhonete. O metal frio já estava pegajoso devido ao sangue. Viu Franc caído ao seu lado, encostado na cabine, tentando segurar as entranhas com as próprias mãos. Ela pegou a Bren no colo dele e disparou séries curtas nos poucos alemães que os perseguiam. Eles caíram ou se espalharam, procurando cobertura. Só quando chegaram ao limite de Montluçon ela voltou a olhar para Franc. Ele estava imóvel, com os olhos cegos apontados para o inferno que haviam deixado para trás.

54

Os operários franceses tinham acabado de martelar lâminas de madeira compensada sobre a janela quebrada quando o capitão Rohrbach entrou na sala de Böhm, conferindo ao cômodo a escuridão de um fim de tarde, embora ainda não fossem nem nove horas da manhã.

O corpo do cabo tinha sido removido, mas o tapete manchado de sangue ainda estava ali. Rohrbach olhou para ele ao entrar, prestando atenção no lugar onde pisava.

— Trinta e oito mortos, senhor.

Rohrbach havia se oferecido para ser o novo assistente de Böhm oito horas antes e até então estava fazendo um ótimo trabalho, reunindo informações, entrevistando testemunhas e organizando grupos de trabalho para tornar o prédio seguro, enquanto Böhm tratava do ferimento e examinava seu novo rosto no espelho.

O próprio Böhm tinha encontrado o corpo de Heller no andar de cima. Seu pupilo havia tomado dois tiros no peito e um na testa. Executado pela sra. Fiocca em pessoa enquanto ela ia da sala de reunião dos oficiais até seu gabinete. A morte de Heller lhe doeu e surpreendeu, não apenas porque Böhm apreciava a inteligência e a capacidade do oficial para o trabalho duro, mas também porque muitos homens como ele, homens sobre os quais o Reich pretendia construir seu futuro glorioso, haviam sido perdidos. Perdidos para a teimosa e insensata Resistência de degenerados como a sra. Fiocca e seus aliados desumanos do leste.

Böhm resolveu pedir à esposa que visitasse a família de Heller quando tivesse oportunidade. Era adequado que lamentassem juntos tanto a morte do homem quanto o que ele representava.

Böhm dispensou os operários, que saíram sem dizer nada, e só depois falou com Rohrbach.

— E o acampamento dos maquis? — Böhm perguntou. Seu tom era casual, mas a resposta definiria se ele poderia pintar os eventos do dia anterior como um sucesso ou não.

— A base foi profundamente destruída pelos bombardeios no início da noite — Rohrbach respondeu. — Os pelotões de captura que chegaram antes dos soldados de infantaria conseguiram apreender um bom número de combatentes vivos, e a informação tirada deles levou à descoberta de vários esconderijos significativos de armas nas redondezas.

Os pelotões de captura eram uma inovação de Böhm, adotada com entusiasmo pelo comandante Schultz, da Waffen-SS, que liderou o ataque. Ele estava bastante ciente das frustrações de perseguir remessas de paraquedas. Era melhor deixar a Resistência guardar tudo e depois tomar seus suprimentos de uma só vez quando pensassem que estavam protegidos. Ótimo.

— E o ataque por terra?

O comandante Schultz também havia concordado que um ataque no escuro daria vantagem tática à SS. À luz do dia, o conhecimento do terreno dava à Resistência uma margem inegável. A escuridão reduzia essa margem. Outra sugestão de Böhm.

— Os números finais não estão confirmados, mas as estimativas atuais são de centenas de maquis mortos, muitos mais feridos e todos os combatentes dispersados — Rohrbach disse com um brilho de satisfação no rosto. — Mas o comandante Schultz foi terrivelmente ferido por um combatente machucado enquanto explorava o restante do acampamento. É improvável que sobreviva.

— É uma grande perda — Böhm respondeu em voz baixa.

O ferimento de Böhm havia sido limpo, ele levara pontos e estava com um curativo. Agora ardia. Era estranho que, por ter estudado no exterior, houvesse chegado à idade adulta sem as cicatrizes de duelo consideradas tão importantes para a virilidade nas universidades alemãs, mas agora tinha uma. A sra. Fiocca havia lhe dado um exemplar perfeito ao retalhar seu rosto.

— Sua opinião sobre a ação, Rohrbach?

Rohrbach ficou surpreso, mas tirou um momento para refletir e respondeu com clareza:

— Um sucesso absoluto, senhor. A Waffen-SS provou ser mais do que páreo para os maquis dessa vez. Tivemos, talvez, sorte de o Rato Branco ter optado por deflagrar seu ataque hoje, deixando o acampamento sem alguns de seus melhores combatentes. — Böhm pensou rapidamente em

Heller. Rohrbach estava seguindo seus passos agora. — É chocante que alguns dos oficiais daqui tenham passado por cima de protocolos de segurança básicos para satisfazer seus apetites repugnantes. — Ele tirou uma folha da pasta que levava debaixo do braço. — Sugiro as seguintes mudanças na segurança.

Böhm passou os olhos pela página que foi colocada sobre sua mesa. Perfeitamente sensato. Ele incluiria alguns dos pontos em seu próprio relatório. Sim, a noite anterior tinha sido uma vitória, embora por um instante, quando aquela mulher enlouquecida se lançara sobre ele com a faca em riste, ele tivesse duvidado.

55

O grupo que Nancy havia reunido para o ataque retornou a tempo de, pelo menos, oferecer uma distração e manter algumas das rotas de fuga abertas no vale, mas, conforme as horas se passaram, o tamanho da perda tornou-se claro. Vários dos esconderijos maiores de armas haviam sido devastados; o hospital de campanha com os suprimentos médicos, o ônibus de Nancy e o armazém estavam totalmente destruídos. E os homens, perdidos.

As roupas de Nancy estavam na caminhonete, e ela tirou o traje de prostituta e tornou a vestir calças e botas assim que voltaram e perceberam que o acampamento estava sendo atacado. Eles tentavam se afastar quando tiros de metralhadora acertaram o taque. Ela sentiu o calor no rosto, como um rubor de vergonha. A caminhonete transformou-se na pira crematória de Franc, e, quando ela e René retornaram ao local, pouco antes de amanhecer, enterraram seus restos mortais carbonizados perto da estrada, marcando o lugar com uma cruz de pedras.

Quando amanheceu, os sobreviventes do acampamento perambulavam em grupos dispersos pelas florestas em ambos os lados do rio, evitando as estradas e pegando rotas sinuosas para o ponto de encontro alternativo próximo a Aurillac. De vez em quando, um Henschel passava sobrevoando, disparando tiros aleatórios de metralhadora na mata, esperando acertar um dos grupos. Não acertou. Quando Nancy e René chegaram ao ponto de encontro, Tardivat e Fournier mal podiam olhar para ela. Foi diferente do resultado do ataque ao acampamento de Gaspard. Ninguém estava comemorando nem contando histórias floreadas de heroísmo e coragem. O ar fedia a derrota, e as conversas sussurradas entre os homens eram sobre as armas perdidas, as prováveis represálias contra os camponeses que viviam perto de onde eles foram encontrados, sobre como a população civil de Montluçon sofreria pelo ataque ao quartel-general da Gestapo.

Nancy se acomodou no canto de um celeiro semidestruído, e Fournier e Tardivat também dormiram ali, exaustos e conversando entre eles em voz baixa, enquanto Nancy ficou olhando para a parede e não disse nada a ninguém. Ela pensou em Henri – o que poderia fazer para tê-lo de volta, para descobrir se ele estava realmente vivo ou morto. Quando Denden chegasse ao ponto de encontro, eles poderiam solicitar novos suprimentos pelo rádio, e talvez em alguns dias ela voltasse a procurar Böhm para se entregar. Mas primeiro precisava consertar as coisas. Havia deixado todos ali para se virarem sozinhos horas depois de encontrar uma espiã no acampamento. A dor entorpecente de não saber o que estava acontecendo com Henri, que havia se tornado uma companheira familiar desde o dia de sua captura, tinha virado uma agonia onipresente desde aquela noite em Courçais. Ela ficara louca, e aquela loucura havia custado muito a seus homens. Eles sabiam disso.

Levou dois dias para ela ver Denden novamente. Ele estava no fim de um grupo esfarrapado liderado por Gaspard. Quando viu o rosto dele, ficou com medo de que estivesse ferido, de tão pálido que estava devido à fadiga e ao sofrimento.

— O rádio já era, Nancy — foi a primeira coisa que ele disse quando a encontrou no celeiro. — Eu o destruí quando achei que seríamos aniquilados.

— Então agora vocês não têm nada — Gaspard disse, sentando-se de frente para ela no chão de terra. — Sem seus homens ricos em Londres, vocês não têm nada. Nem comida, nem armas, *nem soldados*.

Ela levantou os olhos e observou o grupo, seus últimos oficiais veteranos. Eles pareciam quebrados, decepcionados.

— Você devia estar lá — Gaspard disse, garantindo que ela soubesse. — Deixou aquela vadiazinha entregar nossa localização e depois saiu em sua missão louca, tirando nossos melhores homens de seus postos quando mais precisávamos deles.

Ninguém – nem Tardivat, nem Fournier, nem Denden – tentou discordar.

— Está bem. Eu não valho nada. Sou uma merda — ela concordou sem irritação. — Mas ainda temos um trabalho a fazer. Aquele grupo do exército...

Denden começou a tirar as botas, fazendo cara de dor.

— Aquele trabalho foi cancelado, Nancy. Estamos de volta às missões de sempre, atrapalhar os alemães. Ou estaríamos, se nossos homens e armas não estivessem espalhados por aí.

— Cem mortos, duzentos feridos... — Gaspard continuou.

— Ah, pelo amor de Deus, Gaspard — Denden gritou com ele. — Ela já entendeu, porra.

Gaspard virou-se para ele, e Nancy imaginou se eles finalmente se matariam ali, naquele instante, poupando Böhm do trabalho. Gaspard atacando Denden, Nancy brigando com Gaspard, Fournier lutando com ela. Mas, embora Gaspard tivesse aberto a boca para falar, para cuspir algo terrível em Denden, ele parou. Até mesmo ele estava cansado demais para brigar com qualquer um. Ela tinha acabado com todos eles.

Nancy apoiou a cabeça entre as mãos e então sentiu alguém tocar seu ombro. Levantou os olhos. Era Tardivat oferecendo uma garrafa de água. Ela aceitou e agradeceu. Ele não respondeu. Ela tinha que consertar as coisas. Era mais importante que sua própria dor; mais importante, naquele dia, naquele momento, que Henri. Quis parar, se encolher e morrer quando se deu conta. Não havia saída fácil; não havia mais como escapar e chegar à sala de Böhm como uma mártir. Aquele era seu trabalho; era aquilo que precisava ser feito.

— Ainda está com o livro de códigos, Denden?

Ele confirmou sem olhar para ela.

— Então vou arrumar um rádio. Você não mencionou que havia um sobrando em Saint-Amand? Que era daquela garota capturada em março?

— Você nunca vai conseguir — Gaspard disse, levantando-se. — Vou ver como estão meus homens.

Denden esperou Gaspard sair do celeiro antes de responder.

— Sim. Parei para beber lá com meu amigo da motocicleta. Bruno, do café que fica na praça onde estávamos, disse que tinha um equipamento de reserva escondido. Mas não temos veículo, Nancy. As caminhonetes foram destruídas.

— Vou de bicicleta, então — ela falou com firmeza.

— Mas Saint-Amand fica a mais de cem quilômetros de distância.

— Um pouco menos pelas colinas. — Ela não precisava dos mapas perdidos para saber. Conhecia as estradas e trilhas dali quase tão bem quanto Gaspard. Denden, Fournier e Tardivat trocaram olhares preocupados.

— Eu arrumo uma bicicleta para você — Fournier disse, por fim.

— Mas por que você tem que ir, Nancy? — Denden perguntou. — Não pode mandar um dos rapazes? Você precisa descobrir quais dos nossos depósitos de armas ainda estão em segurança, para reabastecer os homens da melhor maneira possível.

— Ainda está com meu caderno de anotações, Denden?

Ele o tirou do bolso de trás e o mostrou a ela.

— Então pode resolver tudo isso. Você, Fournier e Tardivat. Mas eu posso passar pelos postos de controle. Ninguém mais daqui pode.

Ele enfiou o caderno no bolso dela e pegou suas mãos.

— Nancy, seu rosto está em todos os lugares.

— Eles não veem meu rosto quando passo pelos postos de controle! Veem uma dona de casa. Olha, eu sei que fui uma idiota. Estraguei tudo. Eu preciso consertar.

Ela remexeu na bolsa e tirou o vestido que havia usado no ataque à Gestapo. O tecido estava duro, coberto de sangue ressecado.

— Tardi, consegue transformar isso em algo respeitável? Pode me vestir como uma viúva de guerra? Nossa, o que eu não daria pelo tecido daquela camisola agora.

Tardivat acendeu um cigarro.

— Ainda tenho um paraquedas na mochila.

— Pode fazer, Tardi?

Ele se encolheu quando ela disse seu nome.

— Sim, posso fazer, *mon colonel*. Só vai estar pronto pela manhã. É melhor você dormir, se lavar. Está parecendo uma bruxa de conto de fadas, não uma dona de casa.

Ele pegou o vestido, que mais parecia um trapo ensanguentado, e saiu do celeiro. Nancy o observou, pensando naquela camisola. Tardivat a havia costurado para ela em um gesto de admiração, de companheirismo e amizade. E ela a havia perdido. Não só a havia perdido como causado a morte de muitos homens. Precisava retomar tudo aquilo.

Fournier também se levantou e tocou no ombro de Denden.

— É melhor começarmos de uma vez, Denis.

Denden assentiu.

— Um momento — ele pediu, e esperou Fournier se arrastar para fora do celeiro. — Você matou Böhm? — perguntou a Nancy. — Fiquei sabendo da oferta que ele fez em Courçais, do que Anne disse.

Aquilo tornava as coisas mais fáceis, de certa forma.

— Não. E ele disse que Henri ainda está vivo, mas sei que preciso consertar isso agora, Denden. Não posso sair procurando por ele até terminarmos.

Ele se levantou e tocou no ombro dela.

— Sinto muito, Nancy.

— Jules sobreviveu? Eu não o vi.

Ele desviou os olhos dela.

— Sobreviveu, mas não falou mais comigo depois que Gaspard... Apenas durma um pouco.

E então ele também saiu.

Nancy acordou na manhã seguinte com dores devido ao chão frio e aos hematomas resultantes do ataque. O vestido estava estendido ao seu lado. Ela foi se lavar em um dos afluentes gelados que desciam das montanhas e desaguavam no rio, no vale mais abaixo. Alguém lhe dissera uma vez que levava centenas de anos para a chuva ser absorvida pelo solo e reemergir, purificada e enriquecida, naquelas fontes. Ela tirou o sangue das unhas e esfregou a pele até ficar rosada, então colocou o vestido que Tardivat tinha lavado e consertado, transformando-o em algo mais recatado e simples com a seda dos paraquedas. Estava um pouco grande para ela, mas Tardi havia providenciado uma faixa para a cintura, similar às que ela vira as mulheres usando em Chaudes-Aigues – uma tentativa muito francesa de transformar a fome em um estilo aceitável. Ajeitou os cabelos atrás da orelha e calçou os sapatos. Não as botas militares nem os sapatos de salto alto, mas os de saltinho médio, sem graça, de material frágil, que usava quando precisava passar por postos de controle comuns.

Os homens, espalhados pela clareira ao redor de fogueiras, olharam para ela com surpresa. Estavam acostumados a vê-la de calças largas e camisa militar, e sua reaparição repentina como mulher francesa comum os chocou. Denden e Tardi esperavam perto do celeiro com uma bicicleta de ferro.

— Fournier deixou isso para você — Denden disse quando ela se aproximou, tentando parecer animado. *Mas Fournier não ficou para se despedir*, Nancy pensou. — E encontrei isto. — Ele entregou a ela um par de óculos de leitura. — Eu peguei para o caso de os meus quebrarem, e fiquei tentando lembrar o nome da praça com o café, e Bruno... mas não consigo de jeito nenhum.

Ele começou a descrever a praça, a forma como a luz refletia nas paredes dos prédios à tarde e a qualidade da hospitalidade, até que Nancy colocou a mão no braço dele e o interrompeu.

— Eu vou encontrar, Denden.

Ele temia por ela, Nancy se deu conta, por baixo de toda aquela falação. Tardi desencostou da parede e tirou algo do bolso. Um crucifixo em uma corrente. Mostrou a ela e, sem dizer nada, lhe colocou a corrente no pescoço. Por um segundo, ela achou que estava queimando sua pele, mas não, o metal estava apenas frio.

— Você é cristão, Tardi? — ela perguntou.

Ele não olhou nos olhos dela, mas sua voz não parecia zangada.

— Tentei ser, porém nem sempre consegui. Mas, se quiser parecer uma viúva de guerra... Elas pediriam a ajuda de Deus.

56

Foco, Nancy. Era dia de feira em Saint-Amand, e a multidão poderia dar a ela uma certa cobertura, mas isso também significava que havia uma profusão de olhos na rua para reconhecê-la. Aqueles malditos cartazes. Ela colocou os óculos que Denden havia lhe dado; eles deixavam o mundo com um aspecto levemente achatado, mas não a cegavam. Somando-se a isso o vestido um tanto simples e o chapéu não muito elegante, o olhar da maioria dos homens passava batido por ela.

A multidão estava esparsa, e em cada esquina da praça central havia soldados alemães encostados nas paredes cinzentas. Ela repassou na cabeça a descrição de Denden sobre o café amistoso. Uma pequena praça, ele dissera. Perto do rio, com uma castanheira no centro. Não era aquela, então, com a igreja de um lado e a prefeitura do outro, e bem no alto da colina.

Ela parou em uma banca para encher a sacola com algumas batatas do mercado paralelo e um repolho de aparência péssima. Agora era apenas uma mulher voltando da feira para casa. Passou pelos soldados ao sul da praça empurrando sua bicicleta. Sem olhar para eles, mas também sem *evitar* olhar. Ela era invisível aos olhos deles.

A rua se tornava uma descida bastante íngreme na direção do rio, as calçadas vazias, as casas fechadas e abandonadas. Nancy olhou para os dois lados, buscando algum sinal da tal praça. Teria Denden dito alguma coisa a respeito da vista que poderia ajudá-la a saber em qual direção virar quando chegasse ao rio? Ela teria que arriscar. Para a esquerda, então, e se não conseguisse encontrá-la faria uma cena estúpida, batendo nos bolsos e praguejando. Apenas uma compradora comum que havia esquecido algo em uma de suas paradas e teria que voltar.

O rio estava cheio com as chuvas de verão, agitado por baixo dos antigos arcos de pedra da ponte. Ela sorriu ao vê-la. Era estreita demais para um jipe cheio de soldados cruzar, por isso a Resistência não teria que a explodir. Talvez sobrevivesse por mais quinhentos anos. Ela parou, como se para admirar a vista. Do outro lado do rio havia um caminho de sirga e uma faixa de mata; à direita e desse lado o caminho era espremido entre a água e um pequeno trecho de muralha.

Esquerda, portanto. Nossa, como ela estava feliz por não ter tido que operar em uma cidade. Havia quase apodrecido até a morte na umidade do bosque antes de os rapazes encontrarem o ônibus, mas pelo menos não tivera que viver dia após dia sob os olhos semicerrados de todos aqueles edifícios, tendo que conjecturar sobre os cochichos, acordos e colaborações que aconteciam a portas fechadas.

Nancy passou por dois armazéns que pareciam ter desabado e deu uma espiadela para cima na direção da igreja. Uma tênue luz verde entre as fachadas de madeira das casas em uma praça antiga chamou sua atenção; ela subiu pelo caminho e encontrou a praça de Denden.

Era exatamente como ele havia descrito, uma caricatura da França provinciana, edifícios altos encostados uns nos outros, e um dos lados ocupado pelo flanco de um velho seminário. A árvore no centro da praça também parecia antiga, retorcida e grossa, mas ainda projetando uma fresca folhagem no ar de verão. As folhas balançavam e sussurravam na brisa, e ela pensou nos milhares de soldados chegando ao norte da França, nos indivíduos que constituíam a força de desembarque, na nova onda de esperança.

Encostou a bicicleta na parede em um dos becos estreitos que saíam da praça e pendurou a bolsa no ombro. O café estava aberto, mas ela não tinha senhas nem códigos, e o charmoso rapaz de quem Denden havia falado, Bruno, provavelmente tinha sido mandado à Alemanha para trabalhar ou desaparecera nas montanhas. Ela entrou.

Era um lugarzinho bem decadente: meia dúzia de mesas e um balcão de zinco; três clientes, todos homens velhos, e o atendente. Um sujeito enorme, robusto e corado. Será que parecia corpulento demais para ser honesto? Ela se lembrou dos homens do mercado clandestino que havia conhecido em Marselha. Qualquer um deles seria capaz de rasgar sua garganta por cem francos, mas eram petulantes demais, independentes demais para negociar com os nazistas. Era com os homens de terno, com pastas e sapatos engraxados, que era preciso tomar cuidado.

Ela pediu um conhaque e, assim que pagou por ele, bebeu tudo de um gole só, depois pôs o copo no balcão.

— O Bruno ainda trabalha aqui? Um velho amigo dele me pediu para entregar uma mensagem.

O atendente enxugava um copo com um pano sujo.

— Dê a mensagem para mim, passo para ele da próxima vez que o vir. Se o vir.

Ela olhou nos olhos dele.

— Talvez eu espere. Para ver se ele aparece.

Ele deu de ombros e então disse calmo até demais:

— Se for a respeito da bicicleta que ele pôs à venda, está ali nos fundos. Pode ir vê-la, se quiser.

A última coisa que Nancy queria ver era outra maldita bicicleta. Ela mal conseguia se mexer e tinha certeza de que seu tornozelo estava sangrando.

— É isso! — ela disse, animada.

No quintal nos fundos do bar havia mesmo uma bicicleta, sobre a qual se debruçaram enquanto conversavam, caso alguém observasse dos edifícios acima. Nancy mexeu no selim e fez uma careta.

— Bruno foi pego pela Gestapo duas semanas atrás — o atendente disse — e não dá para afirmar que um daqueles sujeitos no meu estabelecimento não esteja na folha de pagamento deles. Conheço os dois há vinte anos, mas, hoje em dia, quem pode ter certeza?

Nancy cruzou os braços, ainda olhando para a bicicleta.

— Ouvi dizer que Bruno tinha um aparelho de rádio sobressalente. Perdemos o nosso.

O atendente deu um passo para trás, levantou as mãos e balançou a cabeça com tanta força que suas bochechas chacoalharam, como se rejeitasse uma oferta injusta.

— Sem chance, madame. Não aqui. Mas sei que eles têm um sobressalente em Châteauroux ou, pelo menos, tinham até uma semana atrás.

— Isso fica a oitenta quilômetros daqui!

— É o mais próximo de que tenho notícia. — Um gato preto saiu da pilha de lenha e roçou nas pernas dele. Ele se abaixou e acariciou as orelhas do animal. — Um dos operadores tentou fugir de um posto de controle e levou um tiro pelas costas. Procure por Emmanuel, ou, pelo menos, é como o chamam. Um sujeito britânico.

Ninguém havia dito nada a Nancy sobre um agente chamado Emmanuel que operava nas redondezas de Châteauroux. Fazia sentido. Londres não fofocaria com eles a respeito de agentes das redes adjacentes a não ser que precisassem.

— Pode me dar o endereço?

Ele deu e, espantando o gato para longe da porta, a acompanhou pelo bar até a saída. Nancy prometeu alegremente em voz alta que conversaria com seu amigo sobre a bicicleta de Bruno e foi para o suspeito e estreito beco onde havia deixado a sua.

Oitenta quilômetros de distância, e ela mal conseguia andar em linha reta. Ela olhou para o tornozelo: sim, definitivamente sangrava. Oitenta malditos quilômetros, com um endereço e um nome, mas sem documentos e cercada por enxames de homens da Gestapo com os dedos ávidos no gatilho. E depois, de alguma forma, a volta para as montanhas.

— Tem que ser feito, e é você quem tem que fazer.

Nossa, ela estava perdendo a cabeça. Havia dito aquilo em voz alta. Pelo menos, não tinha sido em inglês. Ela montou na bicicleta, sofrendo com a dor, e partiu.

57

Nancy sentia falta das montanhas, de todas as estradinhas sinuosas cercadas por boa cobertura que os alemães não estavam mais dispostos a explorar graças ao trabalho de seus homens. Entre Saint-Amand e Châteauroux, os chucrutes operavam em grande número e não pareciam nem um pouco nervosos. Ela conseguiu desviar de dois postos de controle, avistando-os a tempo para mudar de rota sem chamar atenção, mas o terceiro estava em uma curva fechada da estrada secundária entre Maron e Diors. Ela deu de cara com eles, que, por estarem fora da estrada principal, estavam nitidamente entediados. Equilibrando-se na bicicleta depois de doze horas pedalando, Nancy era uma distração bem-vinda.

— Seus documentos, madame! Para onde está indo?

Ela olhou para ele, sem dizer nada, com os olhos arregalados. Provavelmente conseguiria matá-lo com um golpe no pescoço, como o que usou com o guarda da estação de transmissão, mas ele estava com mais dois amigos, um deles já com a mão no revólver. Nancy estava desarmada. Tentaria derrubar o soldado com a arma do primeiro guarda, esperar que o terceiro entrasse em pânico e ela tivesse tempo de atirar nele também, ou atacá-lo e avançar direto nos olhos? Talvez vinte por cento de chance.

Então ela começou a chorar.

— Senhor, por favor, senhor. Precisa me deixar passar. Eu não tenho documentos. Minha mãe está cuidando do meu menino em Châteauroux enquanto eu trabalho, e fiquei sabendo que ele está doente!

O guarda balançou a cabeça. Parecia velho para seu posto. Velho o suficiente para ter filhos e uma esposa que se preocupasse com eles.

— Por favor, senhor! Ele só tem cinco anos, se chama Jacques e é um menino tão bonzinho. Minha mãe mandou um recado dizendo que ele está muito mal, pedindo pela mamãe dele.

Talvez fosse a exaustão, mas Nancy teve uma visão clara da criança doente, da avó assustada, do apartamento minúsculo e frio onde viviam.

Estava aos prantos, e o sentimento era real. Apontou para os legumes murchos na sacola de compras.

— A gentil madame Carrell, esposa do meu patrão, me deu isso para fazer uma sopa para ele. E o *monsieur* me disse "Cara Paulette, você deve ir ver o pequeno Jacques, podemos nos virar sem você por um dia, se for preciso, mas seu menino pode morrer sem o amor da mãe!".

A voz dela tornou-se um uivo, e o soldado olhou para os outros dois homens. Eles pareciam desconcertados. Nancy chamou o nome do filho fictício entre prantos algumas vezes, atenta à oportunidade de esmagar o pomo de adão do homem se não desse certo.

Ele pigarreou e deu um tapinha no ombro dela.

— Calma, minha cara. Sei que o pequeno Jacques vai ficar bem. Pode passar.

Nancy colocou o pé nos pedais enquanto ainda terminava de proferir seus efusivos agradecimentos. Ela ficou até com soluço.

— Vou rezar por você, *monsieur*! — ela exclamou e depois foi embora.

A cidade era baixa e esparsa, o centro era um emaranhado de vielas contorcidas ao redor de uma praça central aberta. Ela teve que parar duas vezes para pedir informações, e em ambas enxergou suspeita e medo no rosto das pessoas com quem falou. Nenhuma das patrulhas que viu a parou, mas a tarde estava avançando; em algumas horas, o número de pessoas nas ruas diminuiria, e ela ficaria mais visível.

Em Beaulieu, eles sempre diziam aos alunos que, se avistassem uma patrulha, francesa ou alemã, aparentemente os observando, a melhor coisa a fazer era se aproximar. Pedir um fósforo, perguntar as horas. Aquilo tornava a pessoa imediatamente menos suspeita. Mas Nancy não ousou chegar tão perto. De longe, ainda poderia passar por mais uma mulher francesa, mas de perto eles sentiriam o cheiro de sangue ou suor, notariam a exaustão em seu rosto. O sol morno da tarde lançava longas sombras entre os prédios, então ela se manteve sob elas o máximo que pôde, tornando-se insignificante.

Finalmente, encontrou a rua, em uma das esquinas mais pobres da cidade. Levou a bicicleta para os fundos, deixando-a no fim da via, e aproximou-se pelo quintal, como uma amiga. Ela bateu, depois se distanciou um pouco da porta para que a pessoa que afastasse as cortinas de renda ou espiasse pelas fendas da persiana pudesse vê-la. O lugar era pequeno. Um cômodo sobre o outro, basicamente.

Ela sentiu que alguém a observava, estava certa disso, e só esperava que fosse o tal Emmanuel, não um brutamontes da Gestapo com um revólver na mão. Os segundos foram passando. Talvez não houvesse ninguém em casa. Qualquer agente decente em uma cidade daquele tamanho teria dois ou três esconderijos. Talvez ela apenas se encolhesse atrás da pilha de lixo para dormir um pouco, esperasse para ver quem a encontraria primeiro, amigo ou inimigo. Parecia uma boa ideia.

— Você só pode estar de sacanagem. — A voz era familiar.

A porta se abriu alguns centímetros, e Nancy se viu de frente para o rosto sardento do ruivo Marshall, de Inverness. A última vez que o vira, ele estava amarrado ao mastro da bandeira em frente aos aposentos principais dos alunos do treinamento, com as calças abaixadas até os tornozelos, amordaçado com as bandagens que Nancy usava para amarrar o peito durante os treinos de corrida.

Ela quase virou as costas e foi embora. Aquele homem nunca a ajudaria, não depois de ter sido humilhado por ela duas vezes. Talvez Deus realmente existisse, afinal, e aquela fosse Sua última piada, jogar no caminho dela aquele homem, e o histórico que tinham, no momento em que sua esperança e sua força estavam no menor nível possível.

Mas ela não teve nem força para se mexer.

Um. Dois. Três. Ela não tinha nada a dizer, não tinha para onde ir.

Depois de uma eternidade, ele abriu totalmente a porta e deu um passo para trás. Ela o seguiu automaticamente, entrando na cozinha encardida, e fechou a porta.

— Marshall — disse calmamente. — Preciso de um rádio para os meus maquis em Cantal. Acabamos de sofrer um ataque grande e precisamos nos reabastecer. Fiquei sabendo que você tem um aparelho sobrando.

Ele se sentou em uma cadeira de madeira, perto da mesa da cozinha, e a encarou. Nancy sentia a raiva dele, o ódio, como uma carga estática no ar antes de uma tempestade.

— Sua vadia maldita. Acha que pode simplesmente aparecer aqui cheia de exigências depois do que fez? Eu mesmo vou entregar você para a Gestapo.

Ela se sentou de frente para ele. Não podia confiar que suas pernas a segurariam em pé por muito tempo, de qualquer modo.

— Faça o que quiser. Mas mande uma mensagem para Londres em nome de meus homens. A zona de lançamento codinome Magenta ainda deve estar operacional. Se puderem lançar os suprimentos lá, há uma chance de meus homens chegarem antes dos alemães.

Ela apoiou a cabeça entre as mãos e esperou. Ele não se mexeu, não saiu, não falou. Ela pensou em Tardivat, em Fournier, em Jean-Clair e em Franc. Eles valiam um último esforço. Com certeza. *Vamos, Nancy.*

— Isso não tem nada a ver comigo ou com você, Marshall. Estamos em guerra. Seu problema comigo pode esperar até os nazistas serem eliminados.

Se havia uma prova de que Deus não existia, lá estava ela. Depois de tudo o que ela fizera, depois do que sua vingança pessoal contra Böhm custara a seus homens, qualquer divindade em atividade a teria esmagado ali mesmo, pela hipocrisia daquele pequeno discurso. Era só esperar... e... nada. Nenhum trovão. Nenhum raio destruidor ou demônios arrastando-a para o inferno. Apenas Marshall a encarando.

— Você me atrasou um mês com aquela brincadeirinha. Só consegui chegar à França uma semana antes do Dia D.

Como era possível um ser humano estar tão cansado quanto ela estava naquele momento e ainda falar, se mexer?

— Ah, deixe de drama! Depois de tudo o que você me fez passar, até que saiu barato. Eu devia ter enfiado aquela rosa no seu rabo, e não colocado atrás da sua orelha. — A diplomacia já era. *Conte suas respirações, Nancy.* — Quer que eu peça desculpas, Marshall? Tudo bem. Me desculpe. Mesmo que nós dois saibamos muito bem que você mereceu. Agora me ajude.

Ela se mexeu na cadeira, tentando encontrar uma posição mais confortável, mas não conseguiu. Uma onda de dor rasgava suas pernas. Sentia a pele esfolada se abrindo na parte interna das coxas, além de um espasmo nas costas. Fechou os olhos até passar e, quando voltou a abri-los, Marshall a observava.

— De onde veio?

— Nós nos reagrupamos perto de Aurillac. Eu fui pela montanha até Saint-Amand. Meu contato lá não pôde me ajudar e me mandou até aqui.

— Conseguiu passar de carro por essas estradas sem ser morta? — Ele ergueu as sobrancelhas.

— Perdemos todos os veículos motorizados no ataque. Eu vim de bicicleta.

Ele se levantou de repente, e Nancy pensou que ele pudesse estar prestes a atacá-la, mas não foi o que aconteceu. Em vez disso, abriu a porta de um armário caindo aos pedaços e tirou uma garrafa e dois copos empoeirados. Vinho tinto. A cura de todos os males conhecidos pelo homem, ou pela mulher. Ele encheu os copos e os dois beberam. O álcool bruto bateu no estômago como uma leve explosão de calor.

— O rádio está aqui, pode levar — ele disse finalmente. — E vou fazer uma transmissão hoje à noite, posso mandar sua mensagem a Baker Street. Que frase secreta quer que eles usem?

Ela pensou. Denden encontraria um rádio comum em algum lugar para poder ouvir o *Ici Londres*, mesmo sem um transmissor para responder.

— Peça que digam "Hélène tomou chá com amigos".

Denden reconheceria seu codinome e, se eles ouvissem aquilo, ficariam de olho em uma possível remessa.

Ele resmungou, encheu os copos novamente e olhou o relógio.

— É mais seguro viajar à noite por aqui, mesmo com o toque de recolher. Tem uma cama lá em cima. Você pode descansar por algumas horas.

Uma trégua. Ótimo.

— Obrigada — ela disse.

Ele acenou com a cabeça e apontou para o andar de cima. Nancy terminou de beber e, sentindo muita dor, começou a subir devagar o curto lance de escadas até o segundo andar. Não se sentia tão quebrada desde o primeiro dia de treinamento de paraquedismo. Marshall a havia empurrado do alto da plataforma para o lago aquele dia, fazendo-a passar por idiota.

Ela abriu a porta e se sentou na beirada da cama, sentindo o alívio e a exaustão tomarem conta do corpo, como ondas leves sobre as pedras de uma praia do Mediterrâneo. Olhou para os pés. *Tire os sapatos, Nancy*, disse com firmeza uma voz em sua cabeça. Ela parou para pensar. *Não, não tire os sapatos.* Pelo som chapinhado que ouvia ao movimentar os dedos, sentia que os calcanhares estavam estraçalhados, e não queria passar todo seu precioso tempo de descanso fazendo curativos. Os sapatos permaneceram nos pés. Ela ainda tinha um lenço grande de seda, o que restara do paraquedas, no bolso. Nancy pegou o tecido e rasgou em duas partes, depois levantou a saia até a cintura e olhou para o ferimento ensanguentado em suas coxas. Amarrou uma metade do lenço em cada perna, movimentando-se de um lado para o outro na cama. O tecido era frio e, embora não fosse bem um curativo, pelo menos impediria o atrito enquanto dormia.

Ela começou a recostar, já de olhos fechados, quando ouviu a porta dos fundos se abrir e vozes, baixas e insistentes, seguidas de passos apressados subindo a escada. *Não, não. Vá embora.*

Marshall invadiu o quarto.

— Mudança de planos, Wake.

— Me mate de uma vez — ela disse.

— Não pense que não estou tentado — ele respondeu. Estava empurrando um armário antigo para fora da alcova, do outro lado do quarto. — Levante e me ajude com isto se quiser o rádio.

Encantador. Ela se levantou, cambaleou até onde ele estava, segurou na outra parte do armário e empurrou.

— O que está acontecendo, Marshall?

— Um dos gendarmes amistosos acabou de passar aqui. Parece que um maníaco atacou o quartel-general da Gestapo em Montluçon. Os rapazes locais ficaram nervosos e estão apertando todo mundo antes que façamos o mesmo por aqui. Alguém vai acabar revelando este endereço.

Ele se espremeu no vão atrás do armário e tateou a superfície. Tirou um canivete do cinto e cortou uma parte do papel de parede. Nancy o viu enfiar a mão no buraco entre as vigas e pegar o rádio – um estojo firme de couro marrom, como se fosse uma maleta enorme.

— Você precisa ir agora.

— Tem correias? — ela perguntou.

Ele abriu a parte de baixo do armário e jogou alguns rolos de tecido com fivela sobre a cama. Nancy prendeu as faixas ao redor do estojo enquanto ele colocava o armário de volta no lugar. Do lado de fora, uma buzina tocou duas vezes.

— Eles estão chegando — Marshall disse. — Está armada?

— Não.

De repente, ouviram-se tiros de armas leves na rua, seguidos de gritos em alemão.

Nancy foi até a janela da frente.

— Quatro agentes da Gestapo, três milicianos com eles. Mais dois atrás do seu vigia.

— Vá, Wake. — Ele havia cortado o colchão e estava tirando um cinto de granadas, como um mágico puxando lenços do punho fechado.

— Não, me dê um revólver. Sabe que atiro bem. Podemos derrubar esses homens e fugir. — Ela estendeu a mão.

Marshall colocou o cinto na cintura.

— Não teríamos chance. Vá agora, antes que cerquem a casa. — Quando viu que ela hesitou, ele se inclinou para a frente, apoiando a testa na beirada do colchão. — Nancy, eu fiquei com medo. Em Inverness. Quando vi você lá, pensei que ia contar que fui um covarde quando saímos da França. Mas não estou com medo agora. — Ele voltou a se levantar. — Pronto. Agora vá embora de uma vez.

Punhos começaram a esmurrar a porta da frente.

Nancy pegou o rádio e o pendurou nos ombros como uma mochila. Quase se desequilibrou com o peso. Marshall abriu a janela da frente, tirou o pino da granada e a jogou na rua.

— Cuidado!

Logo veio o estrondo da explosão. A casa sacudiu, e alguém gritava na rua como um coelho preso em uma armadilha. Balas começaram a atingir a esquadria da janela, transformando a madeira em farpas.

Marshall cambaleou para trás, mas não caiu.

— Marshall?

— Não foi nada — ele disse. — Continue.

O som de botas no térreo. Mais gritos. Marshall puxando o pino de outra granada.

Nancy tateou a esquadria da janela dos fundos. Abriu-a e atravessou, depois se virou, pendurou-se e deixou o corpo cair no quintal. A porta dos fundos se abriu enquanto ela corria na direção do portão.

— Pare! Pare ou eu atiro!

Ela não parou. A bala passou assobiando perto de seu ouvido, e ela chegou à rua de trás. Ainda não havia ninguém por lá. Mais ao fundo, ouviu uma terceira granada, outra saraivada de tiros. Não adiantava mais voltar. Não adiantava esperar. Marshall era um rato em uma armadilha, e ela tinha que sair dali antes que a Gestapo ou a Milícia Francesa chamassem reforços. A bicicleta estava onde a havia deixado. Ela subiu, e a dor a fez perder o fôlego. Então começou a pedalar.

58

Estava quase anoitecendo, e Nancy tinha avançado cerca de três ridículos quilômetros quando achou que a haviam encontrado. Luzes brilhavam na estrada, talvez uns quinhentos metros adiante. Pelo jeito haviam organizado bloqueios até mesmo naquelas vias secundárias. Seu primeiro pensamento foi esconder a bicicleta, encontrar cobertura bem longe da estrada e esperar. Então ouviu latidos atrás dela. Parou de pedalar e se virou para olhar. Lanternas agitavam-se pelos campos, como fogos-fátuos em ambos os lados da estrada, até onde a vista alcançava – e eles tinham cães.

Nancy precisava de ajuda, e não lhe restava nenhum amigo. Foi quando viu uma casa de fazenda, a uns cem metros da estrada. Na penumbra, só conseguia enxergar uma janela iluminada. Era hora de fazer novos amigos.

A mulher deu uma única olhada para ela e tentou fechar a porta, mas Nancy apoiou todo o peso sobre ela, enfiou um pé na fresta e gemeu de dor quando ele foi esmagado entre a porta e o batente.

— Ah, sinto muito! — a mulher disse.

Nancy piscou e olhou direito para ela. Era uma garota, na verdade, de vinte e poucos anos. Seus cabelos estavam limpos e bem presos em um coque, e o vestido de algodão, embora desbotado, estava passado. Era a típica bela esposa francesa de fazendeiro.

— Por favor, me deixe entrar — Nancy pediu. — Pela França, me deixe entrar.

Então ela viu o crucifixo no pescoço da mulher e tocou a corrente em seu pescoço, a que Tardi lhe havia dado.

— De uma cristã para outra.

Que pele clara ela tinha. Não usava nenhuma maquiagem. Nancy via medo e dúvida em seu rosto, e depois uma breve firmeza no maxilar delicado quando ela se decidiu.

— Pode se esconder no porão. — A porta estava aberta.

Nancy foi entrando aos tropeços, passou por uma cozinha e uma escadaria. A mulher estava abrindo um alçapão sob as escadas, e Nancy foi apressada a descer uma escada curta que levava à total escuridão. Ela sentiu a terra batida sob os pés. Cheirava a maçãs e palha. Um pouco de luz entrava pelas tábuas do alçapão sobre sua cabeça. *Bem perto* de sua cabeça. Era um porão baixo, sem espaço para ficar de pé. Engatinhou até um canto sob a escada, soltou as faixas da cintura e sentiu alívio e queimação quando os ombros liberaram o peso do rádio. Ele fez um barulho abafado ao bater no chão de terra, e então, como um eco, ela ouviu uma batida na porta da frente da casinha de fazenda. Ela puxou os joelhos e os abraçou. A luz piscou no alto quando a jovem foi abrir a porta novamente. Nancy esperou, tentando não respirar.

— Boa noite.

— Boa noite, madame. Estamos procurando uma mulher. Uma mulher muito perigosa. — Era a voz de um alemão. Um dos oficiais da Gestapo. — Um dos meus homens viu uma mulher se aproximando da sua casa agora há pouco.

A mulher respondeu com muita calma:

— Era eu, imagino. Saí para ver se as galinhas estavam dentro do galinheiro. Tem raposas por aqui, sabe como é.

Ela estava enfatizando um pouco seu sotaque, Nancy notou.

— Ainda assim, madame... espero que não se importe se conduzirmos uma busca rápida.

— Não tenho nada a esconder. — O tom de voz dela continha uma nota perfeita de irritação contida.

As botas entraram na cozinha, seguidas pela batida dos tamancos da mulher.

— O que fica aqui embaixo?

— Comida. Quando temos alguma.

Ele estava bem em cima de Nancy.

— Poderia abrir, madame?

Nancy parou de respirar. O alçapão levantou, e a luz traiçoeira iluminou o quadrado de terra embaixo da escada.

— Só vou dar uma olhada. Pode ficar aqui em cima, por favor.

Um feixe de luz começou a explorar os cantos mais distantes de Nancy, algumas caixas, alguns sacos de juta pela metade.

As escadas para o andar de cima rangeram, e a lanterna foi desviada do porão.

— Quem é? — o alemão perguntou em voz alta e preocupada. Nancy ouviu o estalo do couro quando ele tirou a pistola do coldre.

— *Maman*? — Era uma voz de criança, de menina. — O que está acontecendo? Quem é esse homem?

A mãe respondeu em tom suave:

— Está tudo bem, querida, volte para a cama. — Então ela continuou, com uma ponta de indignação: — Acho que é melhor você ir embora, está assustando minha filha.

O homem não disse nada.

— A menos que ache que minha filha de quatro anos de idade é uma mulher perigosa.

Ele tossiu, e Nancy ouviu o som da arma sendo guardada.

— Não, madame. Por favor, entre em contato se vir ou ouvir algo suspeito.

— É claro.

Os passos se retiraram e, quando a porta da frente se abriu e voltou a se fechar, Nancy respirou fundo. Uma frase lhe passou pela cabeça. *Espíritos afins não são tão raros quanto eu costumava pensar.* Ela sorriu. Lembrou-se da sensação de esperança que havia sentido ao ler aquelas palavras sob a varanda da casa de sua mãe, entre aqueles outros feixes de luz estreitos.

A mulher falou lá em cima, de modo claro e casual:

— Espero que não tenha morrido de susto aí embaixo. Acho que é melhor esperar um pouco antes de sair, caso eles voltem. Vou preparar algo para comer. Meu nome é Celeste, aliás.

Um nome bonito, Nancy pensou, e embalou em um cochilo.

Nancy nem sequer notou que havia dormido até ser acordada pelo rangido do alçapão sendo aberto. Ela pegou o rádio – o maldito ainda pesava uma tonelada – e subiu, com as pernas doloridas e trêmulas, até a cozinha.

A mesa estava posta para duas pessoas. Nancy se sentou com muito cuidado e observou Celeste servir ensopado em tigelas de louça branca. Em seguida, ela também se sentou e começou a cortar um pedaço de pão fresco. Nancy ficou com água na boca.

— Pode comer, madame.

Não foi preciso falar duas vezes. A comida estava deliciosa, frango e molho, cenouras e minicebolas. O pão macio e aerado. Um êxtase. Êxtase profundo.

— Então você é uma mulher muito perigosa? — Celeste perguntou, começando a comer em um ritmo mais tranquilo. — Não responda, é melhor eu nem saber. Só espero que esteja batendo tanto quanto está, nitidamente, apanhando.

Nancy assentiu, ainda mastigando, e engoliu com alegria.

— Onde está seu marido?

— Sou viúva — Celeste respondeu. — Meu marido, Guy, foi morto durante a invasão.

— Sinto muito.

Celeste não respondeu de imediato, e as batidas das colheres na porcelana tornaram-se o único som no cômodo.

— Estou conseguindo dar conta. Mas é muito difícil manter a fazenda. Temos que fazer o que é preciso. Pelas crianças.

A tábua da escadaria rangeu, e Nancy se virou, imaginando por um instante se tudo aquilo, a recepção gentil, a comida, não passava de uma piada cruel e a Gestapo ainda estava na casa. Era a garotinha que havia interrompido a busca dos alemães. Era bem magrinha, cabelos pretos e longos quase na altura da cintura. Vestia uma camisola azul-clara e carregava um ursinho de pelúcia, balançando-o pela pata.

— *Maman?*

— Vá para a cama agora mesmo, Maria!

A garotinha fez bico.

— Mas estou com fome e não estou com sono.

Celeste levantou a mão.

— Você já comeu. Cama. Agora.

Maria jogou no chão o urso de pelúcia, que foi parar embaixo da escada. Depois subiu batendo os pés. No andar de cima, bateu a porta.

Celeste pegou o brinquedo, tirou a poeira e o colocou sobre a cadeira de balanço perto da lareira. Nancy podia imaginar a menina cheia de culpa, descendo as escadas ao amanhecer, e sentindo um alívio enorme ao descobrir que ele não tinha ficado tão desconfortável durante a noite.

— Uma mulher muito perigosa — Nancy disse com um sorriso.

Celeste voltou para a cadeira e pegou a colher novamente.

— Espero que sim. Espero que ela continue geniosa. É tão difícil criar uma criança sozinha. Ela acha que sou uma tirana, mas só estou tentando sobreviver.

Nancy teve uma lembrança, uma visão familiar, da mãe perto da despensa na cozinha quando Nancy chegava da escola, batendo a porta e jogando o casaco no chão, já começando a gritar. Pela primeira vez, no entanto, notou como aquela despensa parecia vazia, como as roupas da mãe estavam surradas e desbotadas.

Ela sentiu a garganta apertada.

— Você é uma boa mãe.

Celeste acenou com a cabeça, aceitando o elogio.

—Já terminou? Me dê seu vestido para lavar enquanto você se limpa e cuida dos ferimentos. Enquanto ele seca, pode dormir um pouco e depois seguir seu caminho.

59

Os curativos na parte interna das coxas duraram vinte e quatro quilômetros, mas, quando a estrada começou a ficar inclinada, já estavam retorcidos e enrolados, deixando a pele exposta novamente. Os que estavam em volta dos tornozelos duraram mais oito. Um. Dois. Um. Dois. Empurrando com um pé depois do outro, avançando aos poucos pela trilha árdua, sombreada por carvalhos. O ar estava frio, mas a floresta parecia estranhamente silenciosa, sem pássaros cantando e sem brisa para fazer as folhas se movimentarem e sussurrarem. Nancy só conseguia ouvir a própria respiração. Era íngreme demais. Se a estrada fosse plana, ela poderia ter pegado um ritmo, e então talvez a dor fosse entorpecida pela repetição regular, mas o terreno elevado tornava aquilo impossível. Cada volta da roda era um novo tormento. As correias do rádio afundavam nos ombros, e a pele das costas, onde a beirada do estojo encostava, estava ficando esfolada. E só Deus sabia quantos quilômetros ainda faltavam para chegar, quase todos de ladeira.

Os pensamentos vinham em ondas curtas e rápidas. Henri lendo o jornal durante o café da manhã, antes do estouro da guerra, colocando a xícara sobre a mesa. O momento, sob a penumbra do luar, em que Antoine estourou os miolos. A secretária na sede das Forças Francesas Livres. Böhm levando a mão ao rosto ensanguentado. Um. Dois. Um... Dois... Ela sabia que logo apareceria um cruzamento, o momento em que aquela trilha se juntava a uma das estradas pavimentadas. Haveria patrulhas. Ela poderia desviar novamente depois de um quilômetro e meio, mais ou menos, mas até lá ficaria vulnerável.

O ar estava ficando quente, mesmo sob a sombra das árvores. Ela virou na estrada principal, e a inclinação aumentou um pouco. O sangue escorria das coxas como riachos de suor. Nancy olhou para cima. O sol já não estava mais a pino, e ela havia saído da fazenda antes do amanhecer, então aquilo significava... sete horas pedalando? Era como se fossem cinco minutos e uma eternidade.

Atrás, ouviu o ruído de um motor a gasolina. Merda. Só podiam ser os alemães.

Ela secou o suor dos olhos e olhou para os dois lados. As laterais da estrada eram íngremes, e a valeta no acostamento era rasa e cheia de mato. Ela só tinha que continuar e esperar que quem estivesse vindo atrás não procurasse por uma mulher com uma maleta pendurada nas costas. Mas precisava parecer comum como uma mulher que havia percorrido poucos quilômetros, que estava apenas a caminho do povoado vizinho. *Levante a cabeça, Nancy. Endireite os ombros, Nancy. Sorria. Aja como se estivesse se divertindo.* A dor tomou conta de seu corpo. O barulho do motor aumentou e eles a alcançaram, e passaram por ela, um vislumbre verde-escuro, lona, rodas enormes, uma nuvem baixa de poeira levantada pelos pneus. Ela continuou olhando para a frente, de cabeça erguida.

Um. Dois. Três carros. Eles nem desaceleraram, apenas desviaram um pouco para não a jogarem para fora da estrada. O último estava cheio de soldados alemães, com seus capacetes cinza e uniformes esverdeados, apertados nos bancos, um de frente para o outro. O soldado que estava atrás, do lado direito, um garoto no fim da adolescência, sorriu para ela e levantou a mão, dando um pequeno aceno. Nancy respondeu com um sorriso e continuou sorrindo até eles desaparecerem de seu campo de visão na curva seguinte.

A trilha que ela pegou após sair da estrada principal era árdua, com alguns trechos só de terra, outros de cascalho, e poças de lama inesperadas. Ela subia, depois descia, subia e descia. A bicicleta balançava e saltava sobre buracos abertos pelas chuvas de verão e sulcos causados por carroças. A luz do dia começou a desaparecer, e então era apenas uma questão de tempo. Uma curva na trilha entre campos, uma descida mais inclinada do que o normal na direção de um riacho largo e raso, e um galho grosso derrubado em uma das tempestades de verão que ainda não havia sido recolhido.

A roda da frente bateu, e ela foi lançada adiante, sobre o guidão. Por um instante, estava voando para a frente e para a lateral, devagar demais para fazer qualquer coisa. Caiu com tudo sobre o lado esquerdo do corpo e perdeu o fôlego.

Por um segundo ou dois, talvez, ficou inconsciente; era difícil dizer, porque sua mente era uma espécie de nada, branco e morto, havia horas.

Estava tão tranquilo ali, ficar deitada sobre a terra. Ela conseguia ouvir o riacho bem de leve, uns cem metros colina abaixo, e, quando a terra esfriou, o ar finalmente agitou as folhas com leveza, como uma mão dentro da água.

— Nancy.

Lá estava ele. Ele tinha saído? Ela estava tão feliz por ele estar em casa.

— Nancy.

É claro, ele tinha voltado no fim da tarde no dia anterior, mais cedo do que ela esperava, e gargalhado para ela, da forma como ela se atirou em seus braços, envolveu sua cintura com as pernas. Eles nem conseguiram chegar ao andar de cima, fizeram amor no sofá requintado da sala de estar, praticamente vestidos, tamanha a urgência imediata e absoluta.

— Nancy, minha querida.

Então para onde eles tinham ido? Para o Hotel du Louvre et Paix, é claro, perto do porto, onde eles podiam jantar na varanda e ver os barcos indo e vindo até a última luz desaparecer, os pescadores carregando cestas de lagostas diretamente para a cozinha, onde o *chef* aguardava para preparar a refeição de Henri e Nancy. Eles estavam dançando? Ah, sim, o Metrópole! O atendente do bar realmente entendia que preparar um coquetel era uma arte. Nancy não conseguia conter o riso ao vê-lo tão sério, mas, minha nossa, ele fazia cada drinque. E eles sempre tinham as melhores bandas. Nancy vira Rita Hayworth lá uma vez. E Maurice Chevalier duas.

— Me escute, Nancy.

De volta para casa, subindo a ladeira no carro esportivo preferido de Henri, a mão dele sempre ficava firme no volante, independentemente do quanto tivesse bebido. Ela adorava ver um homem dirigindo. Depois fizeram amor de novo. Dessa vez na cama, pegando no sono nos braços dele sob os lençóis brancos e frescos.

— Nancy, você precisa se levantar.

Ela abriu um pouco os olhos. Ele estava parado entre ela e as portas de vidro que levavam à varanda; as cortinas de renda balançando atrás dele como ondas. Estranho, Nancy não conseguia sentir a brisa. Como ele era bonito, seu Henri. Como era bom para ela.

— Não quero levantar, Henri, querido. Não me obrigue — ela disse.

Ele só ficava olhando para ela. Por que ele estava triste? Como podia estar triste em um dia tão bonito?

— Abra os olhos, Nancy.

— Eu...

Seus olhos ainda eram gentis, mas a voz ficou firme.

— Estou falando sério, Nancy. Abra os olhos.

Ela abriu. Marselha não estava lá. Henri não estava lá. Ela estava deitada no escuro, em uma trilha de Auvergne, com um rádio preso às costas, sangue ressecado entre as pernas, os músculos doloridos, as costelas muito machucadas, louca de sede. E agora alguém estava chorando, um pranto desesperador, um som terrível, de cortar o coração. Nancy ouviu, espantada, durante um minuto inteiro até se dar conta de que era ela mesma.

Henri, eu estraguei tudo. Ferrei com tudo. Sinto muito. Fui tão idiota. Eu só... eu não sabia. As árvores e a terra e o ar escuro não disseram nada. As coisas que eu vi, Henri! As coisas que eu fiz. Matei homens, fiz homens serem mortos. Aquela garota, meu Deus, o que eu sou? Porra, os alemães mataram crianças por causa do que eu fiz.

Depois de um tempo, o pranto cessou. Nada havia mudado. Ela ainda estava ali, na França ocupada. Os mortos ainda estavam mortos e os vivos estavam esperando por ela.

Ela ficou de joelhos e, cambaleando devido ao peso do rádio, se levantou e pegou a bicicleta.

Fournier disparou uma série de obscenidades quando a viu. Os vigias, a cerca de cem metros da trilha, tinham sido xingados por Nancy ao tentarem ajudar, então se contentaram em caminhar ao seu lado até ela chegar à cozinha de campanha e aos alojamentos que haviam armado em uma fazenda deserta, a oitocentos metros do celeiro onde ela os havia deixado, mostrando o caminho e garantindo que Nancy não caísse nas armadilhas plantadas pela trilha.

Por um instante, pareceu que ela continuaria seguindo pelo acampamento, como se tivesse esquecido como parar, mas Tardivat agarrou o guidão da bicicleta e a segurou. Ela olhou para ele, com os olhos embotados e confusos.

— Pelo amor de Deus, alguém ajude! — ele gritou.

Fournier chegou correndo e tentou levantá-la do selim, mas ela o empurrou. Foi um empurrão fraco, porém ele deu um passo para trás, com os braços abertos, e ela desceu lentamente da bicicleta. O vestido estava rasgado e sujo, manchado de sangue.

Denden ergueu com cuidado o rádio dos ombros dela, libertando seus braços. Então Nancy desmaiou. Fournier a pegou e carregou até a casa de fazenda, com o cuidado de um noivo carregando a amada, olhando para trás e gritando por um médico.

60

— Nancy, acorde!

Não era a voz de Henri. Foi como ela soube que não estava morta. Aquilo e a dor.

— Denden?

— Sim, amor da minha vida, sou eu. Como está? Consegue se mexer?

Ela abriu os olhos e se apoiou com cuidado sobre os cotovelos. A dor era diferente. Indistinta, pulsante, e não as pontadas de agonia. Percebeu que estava usando uma camisa fina de algodão bem limpa. Havia curativos em suas coxas e tornozelos, e ela estava deitada sobre uma camada grossa de cobertores em um catre de madeira, em um pequeno quarto quadrado. Piso de madeira, sem vidro nas janelas. O sol brilhava, e Denden estava sentado em um banquinho de três pernas ao lado da cama.

— Que bom, você está viva — Denden disse com um profundo suspiro de alívio. — Achei que você fosse simplesmente entrar em um coma pitoresco, e acabaríamos tendo que enterrá-la aqui. Já comecei a escrever um discurso fúnebre bem emotivo.

Ela sorriu.

— Por quanto tempo eu apaguei?

— Um pouco mais de dois dias, se não contarmos um ou outro momento de semilucidez em que estava desperta o bastante para beber água e perguntar se Henri já tinha chegado.

Nancy notou um livro no chão ao lado dele e um jarro de água.

— Andou bancando a babá, Denden?

Ele cruzou as pernas na altura dos tornozelos.

— Nos intervalos em que não estava transmitindo feito um louco no meu esplêndido rádio novo. Londres enviou duas remessas aos locais novos desde que você voltou, esses queridos. Veio muita coisa boa. Incluindo os cremes antissépticos especiais que eu e o doutor estamos passando no que restou da sua linda pele. O que achou deles?

Ela pensou.

— São como água fria em um dia quente. Desde quando temos um médico?

— O nome dele é Tanant. Ele veio ficar conosco em tempo integral.

Nancy assentiu. Tanant era um dos médicos simpáticos à causa que Gaspard havia "sequestrado" no Dia D para ajudar com os feridos. Um homem grisalho, de meia-idade, que agira com calma e velocidade em meio àquele horror. Ele era mais do que bem-vindo.

Nancy estendeu a mão, e Denden a segurou pelo pulso enquanto ela balançava as pernas sobre a beirada da cama para se sentar. Pequenas fagulhas corriam por seus músculos, e, quando colocou a mão no pescoço, encontrou mais um curativo no ombro.

— E a guerra?

— Ah, isso? — Denden disse, entregando um copo a ela e servindo uma mistura de água e vinho. — Quer as notícias boas ou as ruins?

— Apenas me conte tudo. — Ela tomou um grande gole.

— Muito bem. Os alemães estão partindo em retirada e os Aliados aterrissaram no sul. — Ele estendeu o braço e colocou a mão no joelho dela. — Marselha foi libertada, mas, antes que pergunte, não, não temos notícias de ninguém que a Gestapo ainda pudesse estar mantendo lá. — Ela tomou mais um gole. — Então, Das Reich está tentando desesperadamente voltar para a Alemanha antes que os russos invadam sua pátria e se vinguem de toda a merda que os nazistas fizeram. Não vai ser bonito.

Ele parou e passou a mão na nuca, olhando para ela de soslaio.

— Denden...

— Bem, já que quer saber, Londres gostaria que nós... na verdade, estão insistindo muito para impedirmos um batalhão da SS de voltar para a Alemanha. Eles sugerem que os forcemos a fazer uma "parada permanente" em Cosne-d'Allier. Acham que temos três dias.

Um batalhão? Minha nossa.

— Ah, sim, eles têm um Panzer ou dois.

— Suponho que não tenham explicado o que quiseram dizer com "parada permanente", não é?

Denden encheu o copo dela outra vez.

— Lendo nas entrelinhas, o que é difícil de fazer em código e com um sinal cheio de interferências, eles sabem perfeitamente bem que não podemos levar prisioneiros, então ficou implícito que, se tivermos que matar todos, mesmo depois de se renderem, eles vão fazer vista grossa para a cova coletiva. Ou podemos apreendê-los, se quisermos, até os americanos chegarem para conduzir a limpeza oficial.

Nancy devolveu o copo a ele e tentou se levantar. Uma nova dor torturante invadiu seu sistema nervoso, mas ela não caiu. Pela primeira vez, notou suas roupas de trabalho, calças e camisa, penduradas atrás da porta. Será que eles tinham arrumado uma lavadeira além do médico?

Ela foi mancando até lá e, olhando para Denden com uma cara que dizia "posso me trocar sozinha, muito obrigada", perguntou:

— E o que os homens acham dessa empolgante sugestão de Londres?

Denden fungou.

— O único que ficou realmente feliz foi René, porque ele está louco para disparar as bazucas no Panzer. Os outros estão... um tanto quanto rabugentos. Está quase acabando. Eles querem voltar para casa. Para que correr o risco de morrer e nunca mais voltar a ver a família quando os alemães já estão derrotados? Na verdade, acho que Tardivat não se importa mais. Para Fournier, tanto faz. Sabia que o pai dele tem uma oficina em Clermont? Ele quer voltar para lá. E Gaspard aparentemente está cansado de receber ordens de Londres agora que os suprimentos foram reabastecidos. Ah, e ele se promoveu novamente. Agora é general.

Nancy vestiu a camisa e encontrou um par de meias limpas no bolso.

— Coronel Wake! Por que está calçando as botas?

— É hora de reunir os soldados. E, se Gaspard se autopromoveu, acho que devo fazer o mesmo, então me chame de marechal Wake.

Gaspard não aprovou o novo título de Nancy, mas ela não lhe deu muito tempo para pensar no assunto. No instante em que ela saiu da casa de fazenda vestindo seu uniforme limpo, como Cristo renascendo dos mortos, conquistou a atenção dos homens.

Fournier deu uma olhada para ela e logo atravessou o pátio para se posicionar ao seu lado. Tardivat fez o mesmo e, ao passar, deu uma piscadinha. Gaspard, no entanto, não se juntaria a ela com tanta facilidade.

— Acabou! A França está livre! — ele gritou quando ela anunciou sua nova patente e as ordens. — Os alemães estão indo embora! Por que vamos ficar no caminho? Não era isso que queríamos, porra?

Os homens atrás dele se agitavam com nervosismo. O ímpeto de ir para casa e o ímpeto de atacá-los de volta, principalmente agora que tinham armas nas mãos de novo, guerreavam dentro deles. Ela imaginava que o ímpeto de lutar ainda era mais forte.

— Nas condições que eles quiserem? — ela disse diretamente para Gaspard, mas alto o bastante para que todos ouvissem. — É isso que você quer? Eles vêm aqui, tomam sua terra, matam seu povo, e você vai ficar sentado de braços cruzados enquanto os americanos e os britânicos se livram deles para você? Vai deixar que eles voltem com seus tanques e tropas como se estivessem em um desfile? Vai fazer sinal para eles passarem tranquilamente, para que possam lutar contra os russos depois de tudo o que *eles* passaram? Que tipo de homens são vocês?

Ela parou de fingir que estava falando só com ele e levantou os braços.

— Gaspard tem razão, não posso obrigar vocês a ficarem. Mas saibam de uma coisa: se desistirem, a França pode ficar em paz por um tempo, mas vocês nunca vão ficar em paz consigo mesmos. Podem ir para casa em segurança, porém será que vão conseguir encarar suas esposas, suas filhas, sabendo que deixaram os alemães irem embora de sua terra sem contra-atacar? Com os americanos e britânicos lutando para libertar seu país, vocês vão choramingar na saia de suas mães pedindo para ir para casa? Ou vão preferir que elas sintam orgulho de seus homens? Vão dar esse presente às mulheres da França que sofreram e lutaram junto com vocês? Devolvam essa convicção a elas. Entreguem a elas sua libertação!

Eles vibraram.

61

Durante as vinte e quatro horas seguintes, Tardivat a levou de carro a todos os acampamentos espalhados, e ela fez o mesmo discurso, ou versões dele, uma dúzia de vezes. Quando os homens começaram a se agrupar em um castelo na colina, nos arredores de Cosne-d'Allier, estavam novamente com força total.

Denden os deixou a par das informações mais recentes de Londres enquanto comiam comida enlatada em volta da lareira no salão principal. Haviam deixado a fazenda no dia anterior e designado aquele castelo, um belo edifício do século XVII, ainda com tapeçarias penduradas, como seu quartel-general e local para reuniões.

Os alemães que haviam saqueado o lugar fizeram um serviço um tanto descuidado, removendo alguns quadros e quebrando algumas cadeiras, mas a colossal mesa de jantar de carvalho era pesada demais para ser movida.

Denden fez uma pausa ao entrar, olhando para as sombras que tremulavam no teto alto com vigas aparentes, para os elaborados entalhes ao redor da lareira.

— Devo dizer, isso é muito melhor do que aquela sua cabaninha infestada de insetos no platô, Fournier — ele disse.

Fournier sorriu e balançou a cabeça.

— O que você tem, Denden? — Nancy perguntou, e ele foi até ela e lhe entregou os papéis.

Ela passou os olhos por eles rapidamente e depois colocou-os sobre a mesa para que todos os demais – Juan, Gaspard, Fournier e Tardivat – pudessem ver.

Gaspard fungou.

— Amanhã, então.

Nancy confirmou com a cabeça.

— Instruam seus rapazes, cavalheiros. E tentem fazer com que descansem um pouco.

★★★

Denden a encontrou nos aposentos dela às três da manhã, olhando pelas janelas com esquadrias de chumbo na direção de Cosne-d'Allier, colina abaixo.

— Madame!

— Nada mal para um quartel, não é? — ela respondeu, afastando-se da vista iluminada pelo luar. — Mas não consigo dormir. A cama é macia demais.

Denden sentou-se nela e quicou um pouco, fazendo as molas rangerem.

— Quer beber alguma coisa? Ouvi dizer que os alemães não conseguiram entrar na adega, e nós dois somos muito bons com fechaduras. Tenho certeza de que o dono não se importaria.

— Hoje não, Denden. Mas, se quiser encontrar algum rapaz charmoso para se divertir com você, não se prenda por mim.

Ele bufou e se jogou de costas na cama.

— Saber que teremos que agir pela manhã acaba com a minha libido. Não dá para aproveitar direito os rapazes curiosos se não paro de pensar que eles podem levar um tiro no dia seguinte. — Ele colocou as mãos debaixo da cabeça. — Esse seu plano vai funcionar?

Ela encostou na janela e cruzou os braços.

— Não sei, Denden. É um tiro no escuro. Você não se esqueceu do seu papel, espero.

— Não, querida. Estou prontíssimo para ser absolutamente heroico. Então, se algum de nós sobreviver, vou arrombar a adega e encontrar um novo amigo bonitão empolgado com a vitória.

Ela não sabia ao certo se acreditava nele. Havia percebido como ele ainda olhava para Jules quando achava que ninguém estava vendo. Ela se deitou na cama ao lado dele, e ele a abraçou, trazendo-a para seu peito.

— Nancy?

Ele acariciava o cabelo dela.

— O que foi?

— Havia algo mais no relatório da inteligência, algo que mantive em segredo — disse, e depois hesitou.

Ela mordeu os lábios.

— Major Böhm — ela sussurrou.

— Sim, querida. Parece que esse batalhão é o que sobrou de várias unidades, e a informação que vem de Londres é de que todos os oficiais locais da Gestapo estão voltando para a Alemanha com eles. — Ele puxou o ar para dizer mais alguma coisa, mas ela colocou a mão em seu peito, impedindo-o.

— Tudo bem, Denden. Não vou fugir de novo. Não até isso ter terminado. E depois vou encontrá-lo.

Ele deu um beijo no alto da cabeça dela.

— Que bom. Precisamos de você.

Eles não falaram mais nada, e depois de um tempo ela notou pela respiração que Denden havia caído no sono. Nancy não conseguiu fazer o mesmo e observou as leves sombras projetadas pelo luar perseguindo umas às outras pelo quarto até que chegou a hora de se levantar. De começar.

62

Era o povo alemão que tinha falhado. Eles não haviam tido a determinação necessária, não mereciam o líder que lhes fora enviado. Böhm estava apertado no banco de trás de um Kübelwagen, sacudindo na volta a seu país ingrato, cercado justamente pelos generais sem fibra e outros oficiais superiores que haviam traído o Führer. Era cruel que militares decentes como o comandante Schultz tivessem sido mortos enquanto homens de corpo mole e mente fraca como aqueles sobreviviam. As medalhas tilintavam conforme o carro sacudia ao longo da estrada.

Era ridículo viajar daquele jeito. Ele poderia auxiliar com alguma coisa em Berlim, mas estava preso com os sobreviventes de dois batalhões esfarrapados, e eles eram obrigados a se movimentar no ritmo rastejante dos homens e de meia dúzia de tanques Panzer. Como os Aliados haviam vencido? Como os britânicos e os norte-americanos não enxergaram que seus interesses estavam alinhados aos da Alemanha? Era óbvio que eles tinham que se unir para derrotar os conspiradores judeus-marxistas que haviam dominado a Rússia. Mas, em vez disso, aquelas nações, que apresentavam um estoque racial decente, tinham se juntado a um bando de eslavos semi-humanos. Era repugnante, decepcionante, ultrajante. Como eles haviam conseguido sobreviver, lutar, quando eram forçados a procurar armas no meio de seus próprios mortos? Nada do que ele aprendera estudando Psicologia em Cambridge com as mentes mais brilhantes de sua geração o preparara para tamanha capacidade de sofrimento. Tudo o que ele pensava que sabia lhe dizia que eles deviam ter ruído meses antes, que os franceses, a quem trataram com indulgência pelo maior tempo possível, deviam tê-los aceitado e celebrado; que os ingleses, com seu respeito pela boa linhagem e pensamentos avançados sobre eugenia e pureza racial, deviam ter unido forças com eles desde o princípio. Mas nada daquilo havia acontecido.

Ele imaginou o que faria se encontrasse um dos generais alemães que operavam no leste: cuspiria em sua cara, arrancaria suas dragonas, estouraria seu cérebro patético e inútil no meio da estrada.

Ele estava olhando para um coronel no banco da frente, idealizando aquela imagem com um prazer estarrecedor – sua raiva pelo menos o distraía do ferimento no rosto que Wake havia provocado e que se recusava a cicatrizar – quando o homem tossiu de repente e o sangue começou a escorrer do canto de sua boca. Ele pareceu surpreso, depois magoado, como se fosse vítima de alguma pequena desfeita social, e então tombou para a frente, e Böhm viu o buraco de bala na lona.

O carro parou de repente, e Böhm ouviu o assobio de balas no ar. Do lado de fora, alguém gritava ordens. Ele ignorou os companheiros, foi para a traseira do carro e pulou na estrada.

— Homens, procurem cobertura! — ele gritou para a infantaria confusa, ante o atordoamento da exaustão, percebendo que estavam sob ataque. Eles começaram a se espalhar, saindo da estrada principal, mas as encostas eram íngremes e o acostamento era raso.

— Usem os veículos como cobertura! Vejam de onde estão atirando antes de devolverem fogo.

A menos de um metro, um sargento que conduzia seu pelotão para fora da linha de fogo levou um tiro no pescoço e passou cambaleando na frente de Böhm, tentando estancar o sangramento com a mão. Böhm saiu de perto para evitar o jato de sangue arterial.

Pouco menos de cem metros atrás dele, ouviu um estouro de submetralhadora e viu três homens se contorcendo na vala do acostamento. Correu até a frente da coluna onde o comandante de tanque e o coronel supostamente encarregado daquela operação de merda estavam brigando, gritando um com o outro na frente dos homens.

— O que diabos vocês estão fazendo? — Böhm perguntou com rispidez. — Por que paramos?

O comandante de tanque prestou continência.

— O coronel insiste que devemos contra-atacar, senhor, e assistir os feridos.

Böhm se virou para o coronel. Queixo fino, cabelos escuros. Ascendência pobre. Ele nunca seria aceito na SS.

— É uma emboscada, coronel. Não deixe o inimigo escolher o campo de batalha. Prossiga para a cidade de uma vez. As forças aliadas estão a um dia de viagem atrás de nós. Se tivermos qualquer esperança de participar da defesa de nossa pátria, precisamos cruzar essa ponte antes que os maquis a explodam.

O coronel ficou vermelho.

— Não vou fugir de um bando de camponeses que puseram as mãos em algumas armas leves!

Logo atrás, ouviram um estrondo repentino e a explosão reverberante de um projétil sendo lançado. Eles se viraram, protegendo os olhos, no momento em que o veículo que estava no centro da coluna explodiu em chamas.

— Parece que os camponeses têm bazucas também, coronel — Böhm rebateu.

O coronel virou as costas para ele.

— Adiante! Adiante, vamos! Para a cidade!

O comandante de tanque voltou para o Panzer, e Böhm o ouviu berrar a mesma ordem no rádio. A coluna começou a se movimentar com urgência. Um dos tanques do meio da formação que vinha atrás deles passou a empurrar o carro em chamas para fora do caminho, enquanto homens, com roupas e cabelos em chamas, ainda se esforçavam para sair de dentro dele. Conforme os outros veículos começaram a se movimentar, os soldados de infantaria seguiram correndo pelas laterais.

Böhm acompanhou o coronel até seu carro. O coronel olhou feio para ele, mas esperou Böhm bater a porta antes de dar ordens para o motorista sair com o veículo.

Denden estava acordado na torre do sino desde antes do amanhecer, olhando para a praça silenciosa abaixo. Era um lugar bem bonito: a estrada que vinha de Montluçon atravessava vales arborizados ao sul e chegava a um mercado cercado de prédios de três andares, construídos com uma mistura de pedra e enxaimel. Os andares térreos abrigavam o comércio da cidadezinha, a mercearia, o açougue, a loja de ferragens e os bares. Estavam todos fechados naquele dia. A fachada modesta e clássica da prefeitura ficava ao norte da praça. Os degraus estavam gastos por gerações de pessoas que ali entraram para registrar nascimentos, casamentos, óbitos, para pegar documentos e cartões de racionamento. Naquele dia, a porta estava trancada.

Atrás da praça, ficavam as oficinas e os lares dos artesãos e tecelões, e então o número de casas começava a diminuir, dando lugar a pequenas fazendas. A cidade era cercada por pomares. A igreja, reconstruída em pedras claras cento e poucos anos antes por um criador de porcos local que virou empreendedor ferroviário, ocupava o canto nordeste da praça. A autoridade religiosa da cidade zelava por seu povo em uma parceria respeitosa com a prefeitura secular, lado a lado, com a estrada principal passando entre elas e atravessando a ponte.

Quando Denden apontou o binóculo para o norte, viu Gaspard e Rodrigo verificando as cargas de explosivos ao longo da bela ponte de pedras que cruzava o rio. Era mais larga do que a maioria das pontes da região. O criador de porcos havia construído aquilo também, como um presente para substituir o antigo trecho estreito que servira à cidade durante trezentos anos. Era a única ponte restante em um raio de trinta quilômetros que permitiria a passagem de um tanque. O criador de porcos havia, na generosidade de seus pensamentos avançados, transformado aquele lugar em um alvo.

Nancy enviara homens à cidade para evacuar os civis assim que recebera as últimas informações de Londres. Mas nem todos saíram. O prefeito, que estava fazendo vista grossa para as atividades dos maquis na região havia dois anos, insistiu que lhe dessem um fuzil e um lugar para se posicionar, levando meia dúzia de gendarmes junto. Ele estava sob o comando de Tardivat, atrás de uma fileira de sacos de areia, na esquina da prefeitura. Alguns outros habitantes ficaram para guardar sua propriedade, e várias mulheres jovens se ofereceram para cuidar dos feridos no castelo ou na prefeitura. O restante da população, no entanto, havia juntado os filhos, reunido o máximo de alimentos e água que foi possível carregar e subido para as colinas, sem saber o que restaria de suas vidas quando o dia terminasse.

Denden viu a coluna primeiro como um brilho de luz sobre o para-brisa de um carro, bem ao longe, no vale. Aos poucos, a serpente grande e gorda foi ficando mais aparente. Ele contou os tanques e engoliu em seco. Eram cinco, os malditos. Merda. Os soldados de infantaria pareciam estar marchando em ordem. Ele esperava que estivessem um pouco mais abatidos. Nossa, eles eram muitos.

Ele pegou o cantil de bebida e tomou um gole grande.

— Jules, passe esses detalhes para a marechal Wake, por favor. — Ele recitou suas estimativas quanto ao número de soldados e a contagem de veículos e de tanques. — Depois é melhor se posicionar.

Era típico de Nancy ter escolhido Jules para servir de mensageiro entre os dois. Eles não haviam conversado muito enquanto esperavam o comboio aparecer no vale, apenas algumas bobagens sem sentido. Mas Denden sentia que Jules estava começando a amolecer, ouvia um certo arrependimento em sua voz. Ajudava, mesmo sendo doloroso, e Denden estava grato a ele e a Nancy por aquilo.

Jules se levantou.

— Boa sorte, Denis — ele disse. Até aquele momento, ele o estava tratando por capitão Rake.

— Para você também, Jules — Denden respondeu. — Fique bem.

Jules desceu correndo as escadas em caracol do campanário sem dizer mais nada, e Denden teve que piscar algumas vezes para clarear a visão.

Ele olhou no momento exato em que a coluna estremeceu e parou a oitocentos metros da cidade.

— Não, não... — ele disse em voz baixa. — Corram para a mamãe e o papai, queridos.

De repente, uma mancha de chamas. René tinha conseguido chegar ao primeiro posto com seus brinquedos. Ótimo.

— Vamos, venham para a cidade — Denden disse novamente. — Não está muito bom aí fora, está, meus caros? Venham.

Um minuto se passou, e a coluna voltou a se movimentar, mais rápido dessa vez. Denden abaixou o binóculo e pegou uma bandeira – bem, os restos esfarrapados da almofada de cetim vermelho de Nancy, recuperados do ônibus e agora amarrados a um graveto – e a balançou pela janela.

Nancy estava olhando para a maldita torre do sino havia uma hora, mesmo antes de ouvirem a explosão e o barulho distante dos tiros. Então viu a bandeira vermelha.

— Hora do show, rapazes — ela gritou.

A saída da praça entre a igreja e a prefeitura estava bloqueada por uma barricada de sacos de areia – a oeste, protegida por um grupo comandado por Tardivat; a leste, pelos homens de Nancy. Ela apoiou o Lee-Enfield em cima da barricada e umedeceu os lábios, sentindo o sabor ácido do V de Vitória de Elizabeth Arden.

Eles não eram idiotas. Um tanque entrou na praça primeiro. O estrondo de seu motor era ensurdecedor; seu tamanho em relação à praça do mercado era impraticável. À sua sombra, uma onda de soldados de infantaria. Um dos pupilos de René se levantou, a oeste da ponte, e disparou a bazuca na esteira do tanque enquanto os outros disparavam fogo de cobertura, alvejando os soldados e forçando-os a recuar em busca de abrigo.

A carga explodiu, lançando dois soldados no ar, mas o tanque prosseguiu.

— Merda! — Juan atirava e recarregava a arma sem parar ao lado de Nancy. — Como ele ainda está se movendo?

Um segundo tanque entrou na praça e parou ao lado do primeiro. Por um instante, os dois monstros pararam no centro da praça, a cerca de trinta metros deles. Atrás, surgiu um novo enxame de soldados. Eles continuaram adiante. Nancy estava apostando que eles não atacariam seus homens, arriscando assim tornar a estrada e a ponte intransitáveis. Mas talvez simplesmente passassem por cima deles.

O pupilo de René se levantou de novo.

— Boa sorte — Nancy sussurrou.

Recarregar, escolher o alvo, disparar. Recarregar, escolher o alvo, disparar. Ela derrubou um suboficial que fazia sinal para seus homens avançarem diante do tanque. Ele caiu, e o tanque o atropelou.

Uma onda de ar e a explosão da bazuca. Ela viu a carga saltar sob o tanque e explodir, ofuscando sua visão. Quando voltou a enxergar, o tanque tinha parado, fumaça preta saía da torreta, o compartimento estava aberto e dois homens lutavam para sair, sem conseguir respirar. Ela acertou um deles. O primeiro tanque ainda estava indo diretamente na direção de seus homens, e a praça ainda estava se enchendo de soldados que disparavam de trás dos tanques e da cruz do mercado. Não importava quantos fossem derrubados, mais surgiam atrás e no meio, liderados pelo primeiro tanque, imóvel e inflexível em sua posição. Começaram a aparecer buracos nas fileiras.

— Para trás! — Nancy gritou, trocando o fuzil pela Bren e atirando em rajadas curtas e controladas.

Os alemães iniciavam uma manobra de flanco pelas ruas secundárias e pela retaguarda, e ela só tinha algumas poucas armas espalhadas em casas próximas à praça para contê-los.

Juan cambaleou e caiu com um tiro no ombro.

Nancy olhou para oeste. Tardivat também estava recuando. Os alemães estavam pulando sobre as barricadas de sacos de areias, e os maquis, lutando corpo a corpo, aqueles cretinos teimosos. Nancy pegou Juan pelo colarinho, puxando-o para trás, ainda atirando e derrubando os homens que apareciam pela frente. Agora era tudo uma questão de treinamento. Som e luz, o instinto a guiava, sua mente consciente tinha sido esvaziada pelo barulho. O tanque estava quase sobre eles, e o terceiro começava a entrar na praça.

Juan estava gritando para ela:

— VAI!

Ela soltou seu colarinho e correu para a esquina da igreja sem olhar para trás. Droga, eles *estavam mesmo* vindo pelas ruas laterais. Ela puxou a porta da torre do sino. Um sargento com o rosto repleto de cicatrizes apareceu de repente em seu ponto cego, e a metralhadora emperrou. Ele foi para cima dela. Ela soltou a Bren, ainda pendurada pela alça, pegou a faca e deu um passo para o lado, deixando-o correr para cima da lâmina afiada, que ela girou, retalhando seu pescoço.

Então passou pela porta e subiu as escadas estreitas em espiral. Ela escorregou, o sangue de Juan em suas botas, o do alemão em suas mãos, depois continuou adiante. O barulho era ensurdecedor; o tanque disparou, e o projétil explodiu entre os sacos de areia, lançando nuvens de terra no céu e abalando as fundações da torre.

Ela se arrastou pelo alçapão do campanário, com os pulmões gritando e os músculos pegando fogo. Denden a esperava com o binóculo na mão. Ele se virou.

— Abaixe!

Nancy nem pensou, apenas se deitou sobre as tábuas empoeiradas e soltas. Denden puxou a arma e atirou, um, dois. Ela ouviu um suspiro e girou o corpo a tempo de ver um soldado parado sobre ela, com uma mancha escura se formando na frente da camisa. Seu coração saltou, e ela o chutou, acertando-o na canela e empurrando-o escadaria abaixo. Depois fechou o alçapão. Como não o havia escutado?

— Bloqueie a passagem! — Denden gritou para ela.

Rápido, Nancy. Ela pegou um saco de areia que Jules e Denden haviam arrastado para o alto da torre ao amanhecer e o colocou sobre o alçapão.

— Enfim sós — Denden disse com um sorriso torto.

Ela pegou o binóculo da mão dele.

— Obrigada.

Ele não respondeu. Apenas acenou com a cabeça e voltou a olhar para a praça. Ela levou o binóculo aos olhos, tentando ter uma visão ampla. Logo abaixo, viu os corpos dos maquis caídos sobre os sacos de areia.

— Vamos, Gaspard, seu filho da puta — ela murmurou, apertando o binóculo até as articulações de seus dedos ficarem brancas. Os homens dele estavam espalhados nas duas laterais da ponte, do lado da cidade. A última linha de defesa. — Vamos. Detone os explosivos.

Böhm e o coronel tinham abandonado o carro e se posicionado em uma encosta alta a oeste. Alguns oficiais de mais baixa patente tentavam subir pelas margens na direção deles, ou mais afastados, de acordo com as ordens do coronel.

O coronel estava de muito bom humor.

— Uma tentativa um tanto desorganizada de controlar a ponte — ele disse. — Um tiro de sorte com a bazuca, e homens corajosos, é claro, mas pouco equipados e em pouco número. Acho que temos que agradecer a você por isso, não é, Böhm?

Böhm não respondeu, continuando a observar a ação com o binóculo.

— Entendo — o coronel continuou como se Böhm não tivesse compreendido — que você preparou o terreno para um ataque muito bem-sucedido perto de Chaudes-Aigues. Maravilhoso. Espalhou aqueles homens aos quatro ventos. Ouvi dizer que ficaram tão desesperados para se reabastecer que uma mulher foi até Châteauroux atrás de um rádio novo!

Böhm abaixou o binóculo e olhou para ele.

— Ela conseguiu?

O coronel deu de ombros.

— Acredito que sim, mas os locais acham que ela não conseguiu sair da cidade. Não ficou sabendo?

— As comunicações ficaram um pouco tumultuadas desde que os Aliados invadiram o sul — ele respondeu. Poderia ser ela? Ela estava meio louca quando ele a viu em Montluçon. Doida demais para usar seu charme e atravessar o interior com um rádio nas costas. Não podia ser ela.

— Eles vão explodir a ponte — Böhm disse.

O coronel riu com educação.

— Não, não. Se tivessem explosivos suficientes, teriam explodido antes de chegarmos! Essa pequena defesa é prova de que eles não conseguem derrubá-la. — Ele inclinou a cabeça de lado. — Porém, mesmo que conseguissem, seríamos capazes de construir uma passagem adequada em meio dia. Temos homens suficientes e madeira disponível! O rio é relativamente raso aqui.

Os pensamentos começaram a girar na cabeça de Böhm. Se tivesse sido ela quem buscou o rádio...

— Quando a mulher conseguiu o rádio?

— O relatório chegou uma semana atrás. Rá!

— O quê? — Böhm olhou para o outro lado.

— Aquela fumacinha na ponte, já se dissipando. Os coitados só tinham explosivos suficientes para abrir um envelope. A ponte está intacta, e eles estão fugindo.

Böhm viu um pequeno grupo de homens atravessar a ponte, com as forças alemãs em seu rastro. Um francês caiu na estrada.

O coronel levantou a voz:

— Todo mundo em movimento, por favor. Quero a coluna toda do outro lado da ponte em meia hora. Prossigam. Vejam se o tanque danificado pode ser reparado e me avisem.

Böhm sentia no sangue. Aquele desconforto. Ele passou os olhos pela praça toda, pelos locais superficialmente protegidos pelos sacos de areia, a carga de explosivos ridícula sobre a ponte. Eles nem tinham conseguido posicioná-la no lugar em que teria mais chance de provocar danos reais. Era como se nem estivessem tentando. O ataque ao acampamento de Wake fora um sucesso, um grande sucesso, mas ele tinha certeza de que havia milhares de homens naquelas montanhas, e menos de cem corpos foram encontrados.

Eles não estavam nem tentando...

Algo chamou sua atenção, uma bandeira fincada na janela da torre do sino.

— É uma armadilha!

O rosto do coronel se contorceu, formando uma expressão de ceticismo cortês. Os alemães estavam no meio da cidade, sem atirar, com as armas na lateral do corpo. Dois tanques estavam na ponte, os três outros esperando sua vez na praça. Um grupo de engenheiros já examinava a unidade danificada. Na praça. Böhm sentiu um aperto no estômago. Os tanques podiam atirar em rotação de cento e oitenta graus, mas, se houvesse homens nos andares superiores daqueles prédios com mais bazucas, ficariam vulneráveis.

— Mande seus homens saírem! Bater em retirada! — ele gritou na cara do coronel.

Já era tarde demais.

Nancy viu Gaspard detonar a carga falsa e sair correndo; o homem que estava ao seu lado caiu. Droga. Droga. Droga.

— Nancy! Está funcionando!

Denden puxou o braço dela, e ela apontou o binóculo novamente para a praça. Estava lotada de soldados. Dois tanques estavam se dirigindo à ponte, cercados por soldados de infantaria.

— Espere! — ela disse.

— Mas, Nancy...

— Espere, Denden.

O segundo tanque começou a se movimentar e já estava sobre a água quando o quinto e último Panzer entrou na praça. Os Kübelwagens estavam bem atrás, bloqueando a estrada.

— Agora!

Denden se pendurou na corda do sino, e o clangor grave soou por toda a cidade.

Foram abertas as portas do inferno.

As janelas do terceiro andar de todos os prédios da praça se abriram, e os maquis que esperavam do lado de dentro começaram a atirar na multidão de soldados alemães abaixo. No mesmo instante, a ponte explodiu. Uma cadeia de detonações que abalou a torre, cobrindo-os de poeira. Denden gritou de alegria. Uma grande fonte de terra e pedras projetou-se para o céu, e uma nuvem sufocante foi soprada na direção da praça.

Quando a poeira se dissipou sobre o rio, Nancy viu que a ponte tinha desabado. Em seu leito, os dois tanques estavam caídos de lado no meio da correnteza, cercados por homens que se debatiam. De seu reduto na outra margem, Gaspard atirava nos alemães que estavam dentro da água. Os poucos que já haviam conseguido atravessar largaram as armas e ficaram ali parados, assustados demais para ajudar os camaradas que se afogavam, com as mãos para o alto.

Denden soltou outro grito. Disparos de bazuca explodiram os três Panzers. A torreta de um deles ficou pendurada e disparou no chão do açougue. O impacto fez um buraco, e a casa de alvenaria desabou no meio da praça sobre os soldados alemães. Eles começaram a gritar com o comandante de tanque. Então, quando mais dois disparos de bazuca do outro lado da praça atingiram o tanque, eles rolaram para longe dele como se levados por uma onda. Saía fumaça pelas fendas da blindagem. Pelo visto, René havia chegado ao segundo posto.

Os gritos estavam ficando mais altos. Soldados se lançavam contra os muros, atirando para baixo como se tivessem queimado as mãos. Outros se jogavam no chão. Nancy olhou para o sul. Fournier estava encurralando a retaguarda da coluna, reunindo os soldados retardatários e os veículos que ainda não haviam chegado à cidade. Ela o reconheceu pelo modo de caminhar. A Bren estava solta diante do peito, o fuzil nas costas, e ele conversava com o homem ao seu lado. Todos os retardatários estavam com as mãos para o alto, e as armas tinham sido deixadas na beira da estrada.

— Já chega — ela sussurrou. Depois piscou e balançou a cabeça. — Denden, já chega. Eles foram derrotados.

Ele segurou a corda, e o sino parou de badalar. Os tiros passaram de uma tormenta a uma onda ocasional. Uma última leva de disparos. E o silêncio. Eles tiraram o saco de areia do alçapão, e Nancy desceu a escada em espiral lentamente, meio sem jeito. Seus tornozelos tinham voltado a sangrar, e só naquele momento a dor encontrara um jeito de atravessar a confusão em seu cérebro. Ela não avistara na praça nenhum homem da Gestapo. Talvez estivessem nos veículos. Ou talvez as informações que havia recebido estivessem erradas. Nossa, era um vaivém infernal de dúvida e esperança.

Denden foi atrás dela. Eles ignoraram o corpo nas escadas e o outro perto da porta e saíram na praça, de costas para o rio. Tardivat já estava separando os oficiais, dando ordens para seus rapazes coletarem as armas dos alemães. Os maquis começaram a sair das casas, apontando as armas para os soldados encolhidos. Tardivat foi até eles.

— Parabéns, marechal Wake — ele disse.

Nancy correu os olhos sobre os corpos. Alguns maquis, mas muito, muito mais soldados de infantaria alemães haviam caído naquele campo de matança. Ela ainda não via nenhum homem da Gestapo. Quanto tempo aquilo havia durado? Três minutos? Cinco?

— Depois que estiverem desarmados, organize grupos de sepultamento — ela disse. — O prefeito sobreviveu?

Tardi fez que sim.

— Ótimo. Converse com ele sobre onde eles devem ser enterrados. Coloque os oficiais em celas na delegacia ou leve-os para o castelo...

— Nancy! Atrás de você! — Era a voz de Fournier.

Ela se virou. Um major. Ele tinha saído do rio como um fantasma, arma em riste, e estava a três metros dela. *Então é aqui que eu morro*, Nancy pensou. *Graças a Deus consegui ver esses cretinos serem derrotados primeiro.*

Um único tiro. Nancy se encolheu, mas não sentiu dor. O idiota tinha conseguido errar daquela distância? Não. O olho direito dele havia desaparecido. Ele caiu para a frente, morrendo antes de atingir o chão. Nancy ouviu o som de centenas de armas sendo levantadas, ferrolhos deslizando para trás – os maquis estavam apontando as armas para os prisioneiros trêmulos, e ela saiu correndo com os braços levantados.

— Não! — Nancy gritou. — Rapazes, eu estou bem! Olhem para mim! Nós conseguimos!

Os ânimos estavam exaltados. Eles estavam nervosos, e não havia ninguém entre aqueles homens que não tivesse visto a fazenda de um amigo incendiada, um parente desaparecido. Todos conheciam as histórias de mulheres e crianças assassinadas, a brutalidade selvagem da Gestapo naqueles últimos meses. Mas não. Naquele momento não. Eles não podiam derrotar os alemães para se transformar neles.

Ela subiu em um tanque, de onde todos podiam vê-la. *Vamos, Nancy. Só mais uma vez. Encontre as palavras.* Ela abriu bem os braços.

— Maquis! Ouçam o que vou dizer! Esses homens são seus prisioneiros. Vocês venceram, vocês conquistaram a libertação. A França está livre. Os soldados que tomaram seu país estão a seus pés, implorando clemência. Sejam homens! — *Por favor, ouçam. Por favor, por favor, por tudo o que é mais sagrado, por favor, ouçam.* Aquele devia ser um dia de vitória, um dia para celebrar, e não um massacre de prisioneiros que os envergonharia durante muitos anos. — Ouçam! Sejam melhores do que homens comuns! Sejam maquis.

Um. Dois. Lentamente, um de cada vez, eles abaixaram as armas. À direita, um soldado alemão, um garoto de no máximo dezessete anos, começou a chorar, e outro homem mais velho, olhando para uma arma dos maquis ao seu lado, envolveu seus ombros com o braço. O cano da arma foi afastado dele.

Ela olhou ao redor, para o outro lado do rio, de onde tinha vindo o tiro que salvara sua vida. Lá estava Gaspard com seu fuzil. Ele levantou a mão em saudação.

63

Quase todos os prisioneiros estavam aboletados pela cidade e no próprio castelo, desarmados e em pequenos grupos, e cada uma das casas era guardada por maquis que Nancy confiava que não encheriam a cara e tentariam se vingar antes de os Aliados chegarem. Ainda nem sinal de homens da Gestapo, mas talvez eles estivessem se escondendo no meio dos soldados comuns. Ela logo descobriria. Olharia nos olhos de cada um antes de os americanos chegarem. Primeiro, ela tinha que garantir que a paz seria mantida, que a vitória não descambasse para um dia de massacre e trevas.

Nancy e Fournier voltaram para o salão principal do castelo e, com uma garrafa de conhaque sobre a mesa, discutiram os planos para as semanas seguintes. Comitivas de algumas cidades e povoados já haviam solicitado que representantes de seus grupos participassem das cerimônias de agradecimento por sua libertação. Denden estava em algum canto afastado da torre, enviando e recebendo mensagens e atualizações em um frenesi de código Morse.

— Vamos primeiro aos povoados que foram vítimas de represálias — Nancy disse. — Depois às cidades natais dos homens que morreram. — Ela tirou uma caderneta do bolso da camisa.

— O que é isso? — Fournier perguntou. — Achei que tivesse entregado suas anotações ao capitão Rake.

— É meu registro dos mortos — Nancy respondeu, entregando a caderneta a ele e enchendo novamente seu copo. — Nomes, endereços. Essas anotações eu guardei comigo.

Fournier recebeu aquilo como se fosse um objeto sagrado e o guardou no próprio bolso, depois terminou de beber.

— Vou dar uma volta pela cidade. Verificar se está tudo em ordem. Boa noite, marechal.

— Boa noite.

Mas Nancy não foi para a cama. Ela tinha que pensar em um plano para reunir todas as armas e os explosivos que pudesse, esvaziar os depósitos de armas que restavam antes que alguma criança os encontrasse; depois, bolar um sistema para distribuir o dinheiro restante que havia recebido de Londres aos homens e às famílias daqueles que não tinham sobrevivido. Só então faria sua busca.

Passos apressados no corredor a fizeram levantar a cabeça. Era Jules.

— Madame Nancy, pegamos o coronel que comandava a coluna. Tardivat o trancou na despensa.

— Ótimo, Jules. O que mais?

— O coronel estava com um homem da Gestapo. Denis me disse... que, se eu soubesse de alguém da Gestapo deveria dizer a você, apenas a você. Mas acho que alguns dos homens descobriram. Ele está nos estábulos.

Ela se levantou rapidamente e saiu da sala antes mesmo de Jules terminar de falar, já levando a mão à arma.

Havia meia dúzia de maquis ali discutindo com os dois guardas, que abriram caminho quando ela se aproximou.

— Rapazes — ela disse calmamente —, vão dormir um pouco. E vejam se têm ferimentos. Mantenham-nos limpos. Seria um pouco trágico se morressem de sepse agora, não seria? Deixem esse daí comigo.

Funcionou. A pequena multidão se desfez, e os guardas a olharam com gratidão. Ela acendeu uma das lamparinas penduradas no pátio. Será que aquele homem saberia o que havia acontecido com Henri? Ela tinha medo de reagir a um olhar inexpressivo com uma bala. Será que algum deles se lembrava de quantas pessoas tinha matado? Ela abriu a porta, entrou e a fechou, levantando a lamparina. Os estábulos cheiravam a feno fresco e couro. O homem da Gestapo estava encostado na porta de uma das baias, com os tornozelos e pulsos amarrados e um saco cobrindo-lhe a cabeça. Nancy se lembrava da sensação. Ela pendurou a lamparina em um gancho.

O choque, quando tirou o saco da cabeça do homem e viu Böhm piscando para ela, foi brutal. Mais um pequeno golpe de Deus. Ele sabia. Ela conseguiria sua resposta, e de repente teve medo. Teve medo pela primeira vez na vida. Era como se o chão tivesse desaparecido sob seus pés, e foi preciso fazer uso de toda sua força para não desabar.

Ela já havia sacado a arma e pressionado o cano na lateral da cabeça dele antes de sua mente consciente o reconhecer.

— Henri está vivo? — perguntou. Ela imaginou o projétil girando em câmera lenta dentro do cano e em seguida destruindo seu crânio, afundando no tecido macio do cérebro, o jorro longo de sangue e ossos que voaria sobre o monte de palha ao lado dele.

Ele a observava. Vendo que ela esperava uma resposta, alcançou, com os pulsos atados, o bolso lateral da camisa.

— Vou contar. Mas faça uma coisa por mim. — Seus dedos agarraram a ponta de uma carta e a tiraram do bolso. — Mande isto para minha filha. Me dê a sua palavra.

— Está bem.

Ele levantou as mãos atadas, e ela pegou o envelope e o enfiou no bolso da calça, ainda com o revólver apontado para a cabeça dele.

— Agora, me diga. Henri está vivo?

— A resposta está em seu bolso. É uma carta de despedida para minha filha. Porque eu sei que você vai me executar, assim como fiz com seu marido há várias semanas. Ele foi morto logo depois de uma visita do pai e da irmã. A vida tem uma simetria cruel.

A imagem do cérebro de Böhm espalhado sobre a palha era tão clara que ela ficou surpresa ao descobrir que ainda não tinha puxado o gatilho.

Böhm olhava fixamente para ela e, pela primeira vez desde que o conhecera, ele parecia... confuso.

— Vamos, madame Fiocca. Eu matei seu marido. Ordenei a tortura dele. Eu o atormentei durante semanas. Ele sofreu terrivelmente, você sabe. Depois a torturei com a perspectiva de salvá-lo. Sei o que isso fez com você, madame Fiocca. Eu vi. Você já tentou me matar uma vez, por que está hesitando agora?

Nancy ouviu o desespero na voz dele. Desarmou o revólver e o devolveu ao coldre na cintura.

— Não, Böhm. Você vai a julgamento. Gostaria muito de matar você, mas seria egoísmo da minha parte, não acha? Há muitas outras viúvas, mães, pais e maridos que precisam de respostas suas. Vou entregar você aos americanos.

Ele entrelaçou os dedos, mas Nancy viu que eles tremiam. Pegou a lamparina e o deixou sozinho no escuro.

64

Cara *Fräulein* Böhm,

Meu nome é Nancy Wake, e sou uma agente que trabalha com os maquis no sul da França. Acabamos de capturar seu pai e vamos entregá-lo às autoridades norte-americanas. Ele me pediu que enviasse esta carta a você. Não sei o que ele escreveu, mas imagino que seja alguma coisa sobre como sacrificou a vida dele pelo sonho de uma Grande Alemanha e como estava disposto a fazer coisas difíceis para proteger você e seu futuro.

Seu pai é um monstro. Um homem mesquinho que, a despeito de toda sua erudição, não sabe nada sobre a vida humana ou o amor. Vi o regime a que ele serviu antes da guerra, e não vi nada além de crueldade e de uma brutalidade leviana fantasiada de força. Isso não é força, é fraqueza disfarçada, atacando com violência para esconder seu próprio medo dilacerante. Ele lhe dirá que é um patriota, suponho. Eu sei que ele é um covarde.

Ele torturou e assassinou meu marido. Ele matou meus amigos. Ele não é um herói para receber boas-vindas ao voltar para casa. Ele e sua laia causaram um sofrimento incalculável a milhões de mulheres como eu, a milhões de garotinhas como você, e acho que estamos apenas começando a descobrir o verdadeiro horror do que fizeram por trás dessa máscara de ciência e patriotismo.

Você é jovem. Não é responsável por esse sofrimento, mas nos próximos anos terá uma escolha a fazer. Ficar com raiva e com medo por toda a vida e fechar os olhos para a verdade. Ou ser forte, enfrentá-la e fazer parte da construção de um futuro diferente.

Atenciosamente,
Nancy Wake

65

Os norte-americanos chegaram no fim da manhã seguinte e recolheram os prisioneiros com uma eficiência otimista. Além disso, deixaram caixas com suprimentos, principalmente alimentos, mas também uma boa quantidade de combustível para os residentes que regressariam a Cosne-d'Allier e dois engenheiros estruturais com a tarefa de reconstruir a ponte que Gaspard tinha acabado de explodir. Notícias de que Paris havia sido libertada chegaram no meio da tarde.

Quando os prisioneiros foram embora, incluindo Böhm, a tensão na cidade começou a se dissipar, e no início da tarde havia boatos de que o prefeito estava organizando uma festa. Todos os maquis tinham uma garota nos braços e flores na lapela, e o dono do castelo chegou, não para botá-los para fora, mas para abrir a adega de vinhos e compartilhar seu conteúdo.

Depois de apertar as mãos dos americanos e repassar as últimas instruções de Londres, Nancy se retirou para seus aposentos e tentou dormir. Sabia que Henri estava morto. Na verdade, já sabia havia meses, e desde a viagem de bicicleta aquilo lhe parecera uma certeza, mas ela não havia encarado os fatos até a confirmação de Böhm na noite anterior. A notícia a deixou vazia. Ela tinha se despedido e ficado de luto sem nem perceber.

— Nada de tristeza, marechal! — Denden apareceu no quarto quase ao anoitecer, com o rosto rosado e um sorriso arreganhado e satisfeito.

Ela se apoiou nos cotovelos.

— Fez as pazes com Jules, Denden?

O sorriso dele hesitou.

— Mais ou menos. Voltamos a ser amigos, mas ele não...

— Eu não devia ter perguntado, desculpe.

Ele balançou a cabeça.

— Não precisa se desculpar. A escolha foi dele. Agora, seja uma boa menina e penteie esses cabelos. Tenho uma surpresinha para você.

Ela se esforçou para sair da cama e encontrou a escova de cabelos e o batom. Era uma pena ter jogado o estojo de pó de arroz no precipício. Talvez Buckmaster lhe desse outro se ela pedisse com jeitinho. Ela se olhou no espelho manchado que havia sobre a penteadeira, perguntando-se quantas vezes a dona daquela mansão havia se olhado nele para ajeitar um colar de diamantes no pescoço. O reflexo que viu era surpreendentemente parecido com o de Nancy Wake.

— Denden, foi sorte?

— O que foi sorte, querida? — ele perguntou.

— Aquele tiro na torre do sino, quando você derrubou o homem que estava prestes a me matar. Você sempre tirou notas tão horríveis em tiro ao alvo, mas eu vi você atirando. Irretocável. Sem contar o impressionante tempo de reação.

Ele deu de ombros.

— Você sabe que detesto armas. E tive que deixar isso bem claro aos instrutores. Mas não significa que não posso atirar direito nas circunstâncias certas.

— Obrigada.

Ele esperou que ela guardasse a escova, pegou-a pela mão, saiu do quarto e desceu a enorme escadaria, puxando seu braço com tanta força que ela foi obrigada a protestar. Depois a empurrou sobre os primeiros degraus e segurou seus ombros, parado um pouco atrás dela.

— Você já me agradeceu. Agora venha comigo.

Fournier, Juan, René, Tardivat e Gaspard a esperavam nos degraus. Juan estava com o braço apoiado em uma tipoia e Gaspard tinha vestido um terno. Mesmo com o tapa-olho, ele parecia um próspero homem de negócios de meia-idade, do tipo que abriria a porta para as moças a caminho de um bom restaurante em Montluçon e deixaria boas gorjetas. Nancy se deu conta de que provavelmente ele era assim mesmo. Ela se lembrou de ter ouvido rumores sobre uma loja de eletrônicos que ele costumava ter. Ele estava segurando um buquê grande com flores frescas dos jardins de Cosne-d'Allier e as ofereceu a Nancy, empurrando-as na direção dela de maneira um tanto desajeitada, curvando o corpo ao cumprimentá-la.

— *Alors*, madame Nancy — ele disse.

Ela pegou as flores e apertou a mão dele. Gaspard ficou corado, depois estendeu a mão para cumprimentar Denden.

Denden a apertou rapidamente e disse:

— Podemos começar logo essa festa?

Gaspard pigarreou e gritou:

— Marechal Nancy, nós a saudamos!

E a festa começou.

Muitos maquis, alguns carregando bandeiras da França, outros com faixas de seus povoados e cidades, começaram a marchar desde os fundos do castelo e se enfileiraram na frente dela. Eles fizeram uma bela formação, apesar de alguns empurrões e risadas. E não paravam de chegar. Dezenas, depois centenas de homens se enfileirando diante dos degraus até o pátio ficar lotado. A brisa soprava sobre as bandeiras, ondulando-as.

Denden se inclinou para a frente e sussurrou no ouvido dela:

— E, depois disso, bebidas!

Gaspard deu um passo à frente.

— Três vivas para a marechal!

O barulho quase a derrubou.

O salão estava lotado. Eles penduraram as bandeiras nas vigas, conseguiram mover a enorme mesa de carvalho e trazer outras. Então, durante horas, os maquis e seus convidados comeram, beberam e cantaram os hinos nacionais dos Aliados ou versões deles. Sorveram seu vinho e ficaram corados quando as senhoras da cidade puxaram suas orelhas e corrigiram seus modos à mesa; ficaram sentimentais e começaram a cantar de novo. Os rapazes ao redor de Nancy na primeira mesa discutiam planos para o futuro. Tardivat e Fournier pretendiam se realizar no exército regular, Gaspard estava pensando em entrar para a política, e Denden declarou, de cara feia, que iria para Paris assim que possível para ver se as pessoas lá eram mesmo tão liberais quanto se dizia. René surpreendeu a todos ao declarar que também iria a Paris para realizar seu sonho de escrever livros infantis e, depois de combinar com Denden que morariam juntos em Montmartre, ficou descrevendo em detalhes a história de sua primeira obra-prima, sobre um ratinho branco australiano que chegava a Paris para uma série de aventuras empolgantes. Enquanto ele rejeitava algumas das ideias cada vez mais obscenas de Denden para as histórias, Nancy reconheceu uma figura familiar no fundo do salão.

— Garrow!

Ela deixou a mesa e praticamente correu para os braços dele. Ele a abraçou com força por um instante, depois a afastou para poder olhar direito para ela. Estava vestido com roupas civis, parecendo um turista inglês em excursão. Tweed e sapatos estilo Oxford.

— Quando chegou aqui? — ela perguntou.

— Não faz muito tempo, capitã Wake. E, não, não vou chamá-la de marechal.

Nancy fez biquinho e ele riu.

— Vim trazer notícias de Londres. Foi um ótimo espetáculo, nas palavras de Buckmaster.

— Obrigada — ela respondeu com sinceridade.

Garrow ficou mais sério.

— Ei, Nancy, você poderia sair por uns dias? Pelo que estou vendo, está tudo sob controle por aqui, e eu estou de carro. Achei que gostaria de voltar a Marselha comigo. Podemos partir pela manhã.

Nancy olhou à sua volta – os homens transbordavam vitória, aqueles homens que ela liderara, com os quais havia se preocupado, brigado, que tinham lutado ao lado dela. Eles começaram a cantar "A Marselhesa" novamente, todos em pé cantando a plenos pulmões, de forma que até as paredes tremeram. Nunca haveria um momento melhor.

— Podemos partir agora?

Ele deu um tapinha no ombro dela.

— Vou buscar o carro.

Quando ela o encontrou de novo na frente do castelo, Denden estava no banco de trás, com sua mala ao lado.

— Paris pode esperar, querida. Eu vou com vocês.

66

Eles fizeram o caminho em um bom tempo, mesmo com a rota sinuosa, que constantemente os obrigava a retroceder para evitar pontes destruídas e destroços nas estradas ou a aguardar a passagem de colunas de tropas norte-americanas e britânicas. Aquilo lhes deu tempo para colocar os assuntos em dia. Philippe tinha sido encontrado vivo, em péssimo estado, em um acampamento ao norte de Paris. Marshall também havia conseguido sobreviver, com três ferimentos a bala, arrastando-se para fora da casa pelos sótãos dos vizinhos. Garrow não se ateve muito às perdas.

Finalmente, estavam nos limites da cidade, nos subúrbios, e, antes que ela pudesse se dar conta, na rua de Nancy. Garrow estava parando o carro em frente à casa dela. Deixou os dois saírem, disse que tinha que resolver algumas burocracias e que voltaria em uma hora. Depois de cumprimentar de longe o peixeiro e sua esposa, além de alguns outros vizinhos curiosos, Nancy se aproximou de sua antiga casa. O jardim estava malcuidado e a porta, trancada.

— Quer que eu arrombe a fechadura? — Denden perguntou, observando-a.

Ela fez que não com a cabeça e afundou os dedos na terra seca do vaso que abrigava um loureiro quase morto sobre os degraus. Colocou a chave na fechadura. Girou-a. Abriu a porta e entrou. Denden foi atrás.

O cheiro era de ar parado.

Denden suspirou.

— Sinto muito, Nancy.

Era apenas uma casca. Quem quer que tivesse vivido ali após sua partida havia tirado tudo: os quadros e livros que Henri escolhera com tanto carinho. Até mesmo a sofisticada mesa de centro de Nancy. Ela podia imaginá-la amarrada no teto do carro de algum oficial alemão, abandonada na estrada, em algum ponto entre aquele lugar e a fronteira com a Suíça. O que não puderam levar, destruíram. Havia escombros e lixo empilhados nos cantos; comida podre empesteava a cozinha. No andar de cima, encontraram apenas cômodos vazios, as cortinas rasgadas, e alguém tentara botar fogo nas escadas.

— Cretinos — Denden disse.

Nancy não sentia nada. Agora que Henri estava morto, aquilo não passava de um conjunto de paredes.

Alguém bateu na porta da frente, e eles desceram juntos. Talvez Garrow tivesse se dado conta de que ela não gostaria de ficar tanto tempo nas ruínas de um lugar onde tinha sido tão feliz. Ela abriu a porta. Não era Garrow.

— Claudette!

— Madame! — Estava corada e ofegante. — Os vizinhos me disseram que a senhora tinha voltado.

Assim que Denden percebeu que era alguém que ela conhecia, ele foi se sentar na escada, com a expressão mais melancólica e estática que ela já tinha visto.

A empregada de Nancy envelhecera dez anos em menos de dezoito meses. Com uma pontada de dor, notou o lenço em volta da cabeça de Claudette. Alguém devia tê-la acusado de ter um caso com um alemão, ou de colaborar com eles, e a haviam punido por isso. Nancy tinha visto aquilo acontecer em uma das cidades por onde passaram a caminho de Marselha – mulheres deixadas apenas com as roupas de baixo no meio da praça, de cabeças raspadas enquanto a multidão as insultava. Tinha visto milicianos enforcados em postes de luz em outra cidade, com cartazes de papelão com a palavra TRAIDOR pendurados nos pescoços, e ficou imaginando quantos dos homens e mulheres que passavam por ali não haviam colaborado pelo menos um pouco também. Basta. Os alemães tinham ido embora. Mas coisas acontecem durante uma guerra.

— Entre, Claudette. — A empregada hesitou na porta. — Claudette, sei que Henri está morto, então, se está preocupada em me contar isso, não tem necessidade.

Os ombros de Claudette murcharam um pouco.

— Eu não sabia se a senhora já estava sabendo... Eu... eu não quero entrar, madame. Mas precisava lhe contar uma coisa. Antes que soubesse por outra pessoa. Um homem da Gestapo foi até a casa da minha mãe, dois, três dias depois que a senhora partiu.

Nancy se encostou no batente da porta e cruzou os braços.

— Um homem alto? Quarenta e poucos anos, loiro? Gostava de falar que estudou em Londres?

Claudette confirmou.

— Ele se chama Böhm, eu sei quem é. O que aconteceu?

Claudette não conseguia olhar para ela. Ficou encarando os sapatos surrados e falou rapidamente:

— Ele queria saber sobre a senhora, madame. Queria saber tudo sobre a senhora. Eu não podia contar nada sobre seus amigos que frequentavam a casa, mas ele não parecia interessado nisso. Ele queria saber sobre a senhora, então eu... eu contei tudo o que lembrava, tudo o que tinha ouvido. Sobre seu pai ter partido, sobre a senhora não gostar da sua mãe, como fugiu e seus livros e bares preferidos. Tudo o que consegui lembrar. — Ela fungou e secou as lágrimas com o dorso da mão. — Fiquei com tanto medo e temi por minha mãe e meu irmão mais novo também.

Nancy respirou fundo, lentamente. Então todas as informações de Böhm tinham vindo de sua esperta empregada. Nenhuma delas de Henri.

— Sinto muito, madame.

Nancy sentiu o fundo dos olhos esquentando. Aquela imagem que tanto a havia magoado, de Henri contando a Böhm todos os seus segredos, era uma mentira. Henri resistira e não dissera nada. Böhm havia conseguido tudo aterrorizando aquela jovem. Ela sentiu um orgulho profundo e feroz de seu marido.

— Eu entendo, Claudette.

Ela não podia dizer mais nada naquele momento, então começou a fechar a porta, mas Claudette colocou a mão na moldura do vitral, impedindo-a.

— Tenho uma coisa para a senhora.

Nancy esperou impacientemente enquanto Claudette procurava algo na bolsa.

— *Monsieur* Fiocca mandou para o endereço da minha mãe em Saint-Julien. Nós guardamos, com esperança de que a senhora voltasse para casa em segurança.

Um envelope endereçado a Nancy Fiocca e com a caligrafia de Henri.

Nancy ficou olhando para ele, tremendo entre os dedos de Claudette. Conseguiu pegá-lo da mão dela e, sussurrando um agradecimento, finalmente fechou a porta. Ela foi se sentar ao lado de Denden na escada. Ao ver que ela não conseguia abrir o envelope, ele o pegou, rompeu o lacre, tirou uma única folha dobrada ao meio e a entregou a ela em silêncio.

Cara Nancy,
    Eles me deixaram escrever uma carta. Espero que ela chegue até você e que você esteja bem. Não tenho muito tempo até me levarem, então devo ser breve. Como resumir nossa vida juntos? Poderia dizer que a amo. E é verdade. Poderia dizer que cada segundo que passei com você valeu por mil anos neste lugar. E é verdade. Mas você sempre foi uma mulher de ação, então vou apenas dizer o que fiz. Nan, eles me ofereceram uma última refeição, e eu solicitei uma única coisa, uma taça de Krug 1928. Böhm acabou de me trazê-la em pessoa. Brindo à sua saúde, minha querida menina.
    Não estou com medo. O que mais desejo neste mundo é sua felicidade. Seu nome será a última palavra que vou dizer.

                Com todo o meu amor, sempre, Henri

Pela segunda vez desde que havia chegado à França, ela chorou, soluçou até as costelas doerem, mas dessa vez Denden estava com o braço em volta dela e a abraçou com força até o pior passar.

Quando Garrow voltou, eles ainda estavam sentados juntos na escada, como crianças esperando os pais chegarem em casa. Nancy se levantou, guardou a carta no bolso com cuidado e abriu a porta para ele.
    Garrow olhou lá dentro e fez cara feia.
    — Droga. Sinto muito por não ter tido uma recepção melhor, garota.
    Atrás dela, Denden também se levantou e pegou as malas deles no corredor.
    — É só uma casa, Garrow — Nancy disse. — Eu vou vendê-la. Vou voltar para Paris e frequentar os bares com Denden e René por um tempo. Acho que não conseguiria mais viver aqui, de qualquer modo.
    — Nós a manteremos entretida — Denden disse, passando por ela.
    Garrow enfiou as mãos no bolso e curvou os ombros.

— Não é nada bonito, Nancy, mas quer dar uma olhada na cidade? Já que estou de carro. Amanhã de manhã posso levar vocês dois de volta para seus rapazes. Sabe que todos os povoados de Auvergne vão querer fazer uma festa para você. Eles vão precisar vê-la por lá.

Ela olhou para Denden e ele concordou.

Nancy se juntou a eles, fechando a porta ao sair. Ela podia fazer aquilo. Uma despedida mais longa, ver seus homens se acomodando novamente na vida civil.

— E, depois disso, acho que consigo arrumar empregos para vocês dois em Paris, se quiserem — Garrow continuou. — Algo tedioso na embaixada, com muita papelada. Com certeza vai haver muito a ser feito para colocar ordem nessa bagunça.

— Vai ser bem diferente de trabalhar no circo — Denden disse sem rodeios. — Pode contar comigo, Garrow. Se o salário for bom o bastante para bancar o meu conhaque.

Eles voltaram para o carro. Denden sentou-se no banco de trás e Garrow abriu a porta para ela, em uma volta repentina de uma espécie de galanteio pré-guerra, e eles iniciaram uma jornada lenta pela cidade ferida.

A catedral parecia ter escapado do pior, logo acima do porto bombardeado, ainda vigiando a cidade, repleta das orações dos pescadores e de suas esposas. Na água, um ou dois barquinhos desviavam dos destroços de embarcações maiores, saindo para puxar as redes conforme o dia ia desaparecendo na imensidão do céu.

Botar ordem naquela bagunça levaria anos, Nancy pensou, olhando pela janela com o queixo apoiado na mão enquanto Garrow dirigia. Agora começava o trabalho lento e doloroso de reconstrução, de criação de uma base sólida de memória e de esquecimento. O trabalho infernal de reescrever as leis e restabelecer as normas, reconstruir a boa vontade, o respeito e a caridade que sustentavam a paz. Seria um trabalho maçante e cheio de concessões, nada parecido com o horror e a agitação da vida em Auvergne.

Garrow trocou a marcha, e o carro roncou quando ele virou na avenida que levava ao Bairro Velho. Sobre uma das pilhas de escombros, uma senhora e uma garotinha coletavam os tijolos que não haviam se quebrado em um carrinho de mão enferrujado. Elas poderiam usá-los para reconstruir algo. Na base do monte estavam pilhas organizadas das peças já resgatadas.

— Garrow, pare o carro, por favor.

Ele parou e ela desceu.

— O que está fazendo, Nancy?

Ela protegeu os olhos do sol de fim de tarde e apontou para as duas figuras que trabalhavam.

— Quero ajudá-las.

Ela começou a escalar o monte de destroços.

Garrow se virou para Denden no banco de trás.

— E agora, o que fazemos?

Denden observou a silhueta de Nancy, em contraste com o azul turvo do céu, enquanto ela cumprimentava a senhora e a criança e se abaixava para juntar os tijolos.

Ele saiu do carro com um suspiro, e Garrow desligou o motor e fez o mesmo. Denden apertou os olhos devido ao sol e então tirou um par de óculos escuros do bolso da camisa. Colocou-os no rosto e respondeu:

— Você sabe o que fazemos agora. Nós a seguimos, é claro.

Eles subiram a ladeira e se juntaram a ela.

Nota histórica

Em benefício da história deste livro, mudamos datas, alteramos a linha do tempo de eventos, inventamos alguns episódios, omitimos algumas pessoas e criamos personagens combinados a partir de outros. Por respeito a Nancy, às pessoas com quem ela lutou e suas famílias, queremos oferecer aos leitores um resumo de algumas das mudanças que fizemos e recomendar leituras adicionais a todos que desejarem saber mais.

Nancy nasceu em Wellington, na Nova Zelândia, em 1912. Seus pais se separaram depois que a família se mudou para a Austrália. Um presente de sua tia materna permitiu que Nancy viajasse primeiro para os Estados Unidos, depois para Londres, e então para Paris, onde trabalhou como jornalista no Grupo Hearst. Ela ficou enojada com a violência antissemita que viu quando esteve em Viena e Berlim a trabalho e jurou combater o nazismo sempre que tivesse a oportunidade.

Ela conheceu o rico industrial Henri Fiocca enquanto passava férias no sul da França em 1936. Estava na Inglaterra quando foi declarada a guerra, mas retornou imediatamente à França e casou-se com Henri em 30 de novembro de 1939, não em janeiro de 1943, quando o Porto Velho de Marselha foi destruído, um evento a que assistiu de longe. Desde o começo da guerra, Nancy agiu como mensageira e guia de refugiados e prisioneiros fugitivos pelas rotas de fuga de Pat O'Leary e Ian Garrow, recebendo dos alemães o codinome Rato Branco por sua habilidade de passar pelos postos de controle. Ela também planejou e financiou a fuga de Ian Garrow da prisão depois que ele foi capturado. Quando questionada sobre o dinheiro do suborno, ela fez uma reclamação formal aos correios e alegou tê-lo usado para pagar sua conta no bar.

Ao saber que a Gestapo a seguia e havia grampeado seu telefone, saiu de Marselha e passou semanas ilhada na França, tentando escapar pelos Pireneus. Ela realmente saltou de um trem em movimento, sob fogo, perdendo todo o dinheiro, suas joias e documentos no processo. Henri Fiocca foi apanhado pela Gestapo pouco depois de Nancy deixar

Marselha. Eles de fato o torturaram para obter informações sobre Nancy, as quais ele se recusou a dar, apesar dos apelos da família. Henri foi assassinado pela Gestapo em 16 de outubro de 1943. Nancy só soube da morte dele depois da libertação.

Tendo finalmente chegado à Inglaterra e sido rejeitada pelas Forças Francesas Livres, Nancy foi aceita na Executiva de Operações Especiais com a ajuda de Garrow. Conheceu Denis Rake durante seu treinamento, e ela e Violette Szabo hastearam as calças de um instrutor arrancadas à força. Ela invadiu o escritório de uma base de treinamento para ler seu relatório de desempenho (com outro amigo, não Denis), mas, como estava bom, não o alterou. Nancy foi lançada sobre a França na primavera de 1944. Naquele momento, e ao longo da guerra, esteve com ela John Hind Farmer, codinome Hubert, que também trabalhou em estreita colaboração com os maquis até a libertação. Eles foram recebidos por Henri Tardivat, que se tornou seu amigo para o resto da vida. Em sua autobiografia, Nancy conta a história de quando escutou por acaso Gaspard (Émile Coulaudon) e seus homens tramando matá-la, e de como, depois de confrontá-los, ela e Hubert partiram para trabalhar com Henri Fournier, reunindo-se com Denis e seu rádio alguns dias depois. Nancy e Gaspard desenvolveram um bom relacionamento profissional em um momento posterior da guerra. Ele foi nomeado Cavaleiro da Legião de Honra, assim como Tardivat, Denis e a própria Nancy. Ela também trabalhou em estreita colaboração com Antoine Llorca (Laurent), René Dusacq (Bazuca) e muitos outros.

No Dia D em si, Nancy buscava René Dusacq em um esconderijo em Montluçon. Ela realmente explodiu várias pontes durante sua estada na França, embora não o viaduto de Garabit, que os leitores que conhecem a região identificarão pela descrição neste romance. A linha do tempo dos acontecimentos – Nancy pegando o ônibus, o ataque ao acampamento de Gaspard e assim por diante – também foi alterada. Nancy realmente matou com as próprias mãos, evitou ser assassinada por um triz, liderou homens em combate e ordenou que atirassem em uma espiã. Seus homens só obedeceram à ordem para executar a mulher quando Nancy deixou claro que ela mesma estava disposta a fazê-lo. Nancy participou mesmo de um ataque à sede da Gestapo, liderado por Henri Tardivat. Ela não entrou no prédio nem envenenou os oficiais primeiro. Considerou a épica viagem de bicicleta (cerca de quinhentos quilômetros em setenta e duas horas) um de seus maiores feitos na guerra, conseguindo, como resultado, que chegasse a Londres, por meio de um operador das Forças Francesas Livres, a mensagem vital de que precisavam de um novo aparelho de rádio e de novos códigos. Os maquis fizeram mesmo uma marcha para celebrar o aniversário dela em 30 de agosto de 1944, cinco dias depois da libertação de Paris. Nancy também liderou inúmeras ações contra os alemães, capturou soldados alemães fugidos e os entregou em segurança para as forças norte-americanas. Representamos e dramatizamos essas ações na batalha de Cosne-d'Allier, embora a batalha em si seja de nossa criação.

Depois de torturar e assassinar seu marido em Marselha, a Gestapo foi de forma enérgica ao encalço de Nancy durante o período em que ela esteve na França. Colaram cartazes com seu rosto por toda Auvergne, ofereceram recompensas cada vez maiores por sua captura e mandaram, com regularidade, espiões para tentar se infiltrar nos maquis. Böhm é uma versão dramatizada desses esforços. Embora ele seja uma invenção, as atrocidades cometidas pelos nazistas contra indivíduos e povoados inteiros na França ocupada não são.

A despeito do que tenhamos criado ou alterado, gostaríamos de destacar que a bravura, a liderança e o caráter extraordinários de Nancy Wake são, sem dúvida, maiores do que qualquer romance seria capaz de resumir.

Nancy Wake permaneceu casada com seu segundo marido, John Farmer, por quarenta anos e viveu com ele na Austrália pela maior parte desse tempo. Depois da morte dele, ela retornou à Europa e morreu em 2011 em Londres. Como havia pedido, suas cinzas foram espalhadas perto da vila de Verneix, a oito quilômetros de Montluçon.

Nancy escreveu uma autobiografia, *The White Mouse*, assim como Denis Rake, que escreveu *Rake's Progress*. Maurice Buckmaster também escreveu um singular relato sobre a EOE chamado *They Fought Alone*, ainda em catálogo. A biografia de Nancy escrita por Russell Braddon, *Nancy Wake*, é um sólido best-seller desde sua publicação. *In Search of the Maquis: Rural Resistance in Southern France*, de H. R. Edward, é um excelente estudo acadêmico em inglês sobre o que aconteceu na região onde Nancy serviu, e *Behind the Lines: The Oral History of Special Operations in World War II*, de Russell Miller, é uma fascinante coleção de testemunhos de muitos outros corajosos agentes que trabalharam atrás das linhas inimigas.

Darby Kealey & Imogen Robertson
Los Angeles e Londres, 2019

Leia também:

A VIAGEM DE CILKA

HEATHER MORRIS

Baseado em uma história real de amor, coragem e esperança

A incrível sequência do best-seller #1 *do The New York Times*
O TATUADOR DE AUSCHWITZ

Planeta

**Acreditamos
nos livros**

Este livro foi composto em Dante MT Std e
impresso pela Gráfica Santa Marta para
a Editora Planeta do Brasil em agosto de 2020.